BASTEI LÜBBE

*Über die Autorin:*

Die Fernsehjournalistin Claudia Kratochvil studierte Angewandte Kulturwissenschaften an der Uni Lüneburg und begann ihre Karriere bei lokalen Tageszeitungen im Hamburger Umland, bevor sie als Pressesprecherin für *CATS* und *Das Phantom der Oper* arbeitete. Hier wurde sie von SAT1 für das Fernsehen entdeckt. Für »Spiegel TV« drehte sie dann Reportagen in aller Welt und moderierte diverse Sendungen bei VOX.

*Kiss me, Kat* ist Claudia Kratochvils erster Roman. Heute lebt die Autorin – der Liebe wegen – in den USA und Deutschland, entwickelt Drehbücher und schreibt an ihrem zweiten Roman.

Claudia Kratochvil

# Kiss me, Kat

BASTEI LÜBBE

BASTEI LÜBBE TASCHENBUCH
Band 16257

1. Auflage: Mai 2004
2. Auflage: Januar 2005

Vollständige Taschenbuchausgabe

Bastei Lübbe Taschenbücher
in der Verlagsgruppe Lübbe

Originalausgabe

Umschlaggestaltung: Bianca Sebastian
Titelbild: Mauritius
Autorenfoto: Paul Schirnhofer
Satz: Kremerdruck GmbH, Lindlar
Druck und Verarbeitung: Nørhaven Paperback A/S, Viborg
Printed in Denmark
ISBN 3-404-16257-9

Für Hilde & Ben

# Kapitel 1

»Kneif mich, Friederike ...« Katharina versuchte gerade vergeblich, den schweren Westernsattel auf den Rücken ihres Pferdes zu bugsieren, als Greg in der Stallgasse erschien.

»... und sag sofort, dass ich nicht träume!«

Es war gerade mal 7 Uhr morgens, nicht unbedingt Katharinas bevorzugte Tageszeit. Der Anblick dieses Prachtexemplars von Mann aber ließ sie schlagartig wach werden.

Der Sattel fiel zu Boden, und Katharina nutzte geistesgegenwärtig die freien Hände, um schnell ihre langen Haare zu ordnen.

»Wild Bill Hickock ist nur der Vorname ...« Auch Friederike zeigte sich beeindruckt, denn vor ihnen stand der Marlboro-Mann persönlich. Greg Alan O'Neil war gerade vierzig geworden, schlank und hoch gewachsen. In seinen dunkelbraunen Augen lag die geballte Wildheit des Westens.

»Nur schade, dass er vermutlich keinen Dollar auf der Naht hat.«

»Ich will ihn ja nicht gleich heiraten.« Gedankenverloren tätschelte Katharina die Mähne ihres Pferdes und sah sich bereits Seite an Seite mit Greg in den Sonnenuntergang reiten.

»Natürlich nicht – weil du nämlich bereits versprochen bist. Du erinnerst dich? Johannes Flehming heißt dein Freund!«

»Ein bisschen Träumen und anhimmeln wird ja wohl erlaubt sein.«

»Wenn's dabei bleibt, soll's mir recht sein. *Wenn* ...« Friederike kannte Katharinas hoffnungslose Leidenschaft für »echte Kerle«. Und diesen Mann konnte man, ohne rot zu werden, dazu zählen.

Mit wenigen Handgriffen hatte er seinem Pferd Sattel und Zaumzeug angelegt und wandte sich nun den Freundinnen zu.

»Guten Morgen, Ladys. Ihr müsst die verrückten Deutschen sein, die unbedingt Cowgirl spielen wollen.« Schweigen. Hatte er gerade »spielen« gesagt? Katharina und Friederike starrten ihn entrüstet an. Greg registrierte amüsiert, dass die Freundinnen zwar vom Scheitel bis zur Sohle wie Männer gekleidet waren, auf einen Hauch Lippenstift aber offensichtlich nicht verzichten wollten. Katharina spürte seinen Blick auf ihren Chaps, den ledernen Stulpen, die die Cowboys zum Schutz gegen Rinderhörner und Klapperschlangen über den Jeans trugen. Abgesehen davon machten die Chaps einen »schlanken Fuß« und brachten den Hintern äußerst vorteilhaft zur Geltung – Grund genug für Katharina und Friederike, ebenfalls welche zu tragen.

»Greg O'Neil – schön, euch kennen zu lernen.«

»Angenehm. Friederike. Und das mit dem *Spielen* habe ich überhört.« Festen Schrittes stapfte sie an dem Cowboy vorbei ins Freie. Wenn Friederike etwas zutiefst hasste, dann war es das Gefühl, nicht für voll genommen zu werden.

»Habe ich etwas Falsches gesagt?«

»Wie man's nimmt. Im ›Wie-verderbe-ich-es-mir-möglichst-schnell-und-gründlich-Wettbewerb‹ liegen Sie spontan auf Platz eins, Mr. O'Neil.«

Obwohl Katharina Friederikes Ärger nicht ernsthaft

teilte, fühlte sie sich doch verpflichtet, ein wenig Entrüstung zu heucheln.

»Es war sicher nicht meine Absicht, Sie zu beleidigen, aber Frauen – und dann auch noch deutsche – sieht man in Texas nicht alle Tage vor Sonnenaufgang im Pferdestall.«

Als Akt der Versöhnung schwang er Katharinas Sattel mit einem Satz auf den Pferderücken. »Frieden?«

»Frieden.« Angesichts des Muskelspiels seiner Oberarme wäre eine bedingungslose Kapitulation ebenso möglich gewesen.

»Na bestens. Dann können wir ja auch gleich das alberne ›Mr. O'Neil‹ weglassen – denn das passt hier nun wirklich nicht her. Und jetzt beeil dich, Cowgirl. Die anderen warten schon.«

Greg griff nach den Zügeln von Katharinas Pferd und führte »Blaze« ins Freie.

Das Abenteuer »Wilder Westen« hatte im April '97, mitten in Berlin, seinen Anfang genommen. Damals saßen Katharina Fahlke, verbandelte Flehming, und Friederike, verheiratete von Drahten, mit Weltschmerzminen in ihrer Redaktion.

Fast gleichzeitig hatten die Freundinnen ihren Job bei Kanal10 angetreten – Friederike als Moderatorin des wöchentlichen Gesellschaftsmagazins, Katharina als Leiterin der Wissenschaftsredaktion und Moderatorin einer monatlichen Talkshow. Es bedurfte diverser feuchtfröhlicher Betriebsfeste, bis die »Champagnerschlange« und die »Bildungszicke« ihre Gemeinsamkeiten entdeckten. Jetzt aber galten sie gemeinhin als unschlagbare Einheit: Sie teilten ein Büro, einen Computer und alle Geheimnisse, die im Laufe eines zwölfstündigen Arbeitstages zur Sprache kommen konnten. Grundsätzlich liebten die Journalistinnen ihren Job, in letzter Zeit aber hatte sich eine gewisse Unzufriedenheit eingestellt. Sie fanden die Arbeitstage zu lang, den Chef enervierend, die Praktikantinnen zu blond und hegten deshalb akute Fluchtgedanken.

»Ich wollte schon immer ein Cowboy sein.«

Katharina, von ihren Freunden kurz »Kat« genannt, setzte sich rittlings auf den Stuhl und schwang ein imaginäres Lasso.

»Bitte?«

»Ja, schon mit sechs Jahren habe ich jeden Samstagabend mit meinen Vater um den Fernseher gerungen: Er wollte die Sportschau sehen, ich bestand auf ›Bonanza‹. Mein größter Traum war es, auf einer Ranch zu leben, Rinder zu züchten, und natürlich wollte ich Adam Cartwright heiraten.«

»Aha.« Für Friederike roch dieser Traum gefährlich nach Kuhscheiße und sonstigem Dreck, aber Kat war nicht zu bremsen.

»Und soll ich dir was sagen? Seit ich letzte Woche zum fünften Mal ›City Slickers‹ gesehen habe ist mir klar: Ich muss es endlich tun! Bist du dabei? Zumindest mal probeweise im Urlaub?«

Friederike erinnerte sich an den Film über drei gestresste Großstädter, die den Sinn des Lebens mit Hilfe eines Viehtrecks neu entdecken wollten. Und noch etwas fiel ihr wieder ein. Oscar B. Thelen, der Bruder ihrer Mutter, war vor zehn Jahren ausgewandert – und züchtete Rinder in Texas.

Bis zu diesem Zeitpunkt hatte sie nie darüber nachgedacht, ihren Onkel zu besuchen – Texas erschien Friederike doch ein wenig ungeeignet für die vermeintlich schönste Zeit des Jahres. Im Urlaub, so viel war klar, stand Friederike von Drahten für Fleisch gewordene Lethargie. Sie wollte in weichen Betten schlafen, legte Wert auf funktionierenden Service und verabscheute jede Anstrengung. Aber gab es auf der »Ponderosa« nicht auch diese kleidsamen Einspänner, mit denen die Damen über holperige Wege transportiert wurden? Und reiche Rancher und Ölbarone, die fulminante Feste feierten? Vielleicht war die Idee doch nicht so abwegig. Gleich heute Abend würde sie ihren Onkel anrufen.

»Kat, halt dich fest. Eine Ranch zumindest hätten wir. Ist Texas O.K. für dich?«

Drei Monate später war es so weit: Zwei Berliner Großstadtschnecken eroberten den Wilden Westen. Katharina und Friederike erlebten ihren ersten Aufenthalt in Texas als einem Film, der Wahrheit wurde. Auf 5000 Hektar grünen Weiden, durchsetzt mit kleinen Wäldern und kristallklaren Seen, schien die Zeit stehen geblieben zu sein. Auf der »Lone Star Ranch« lebten die Cowboys noch genauso, wie Katharina es von Ben Cartwright und seinen Söhnen kannte. Noch vor Sonnenaufgang wurden die ersten Rinderherden per Pferd versorgt, und gleich nach Sonnenuntergang lag man erschöpft im Bett. Oscar B. Thelen hatte das Land mit schwäbischer Disziplin und mit Hilfe seiner texanischen Frau Shirley zu einer der führenden Rinderzuchtfarmen in Texas ausgebaut. Seine ursprüngliche Herde von 1500 Tieren war auf 8000 angewachsen. Eine Leistung, die ihm den Respekt der texanischen Upperclass einbrachte.

Mr. B., wie Friederike und Katharina ihn nannten, hatte zunächst versucht, die »German Girls« in das Leben der texanischen Upperclass einzuführen.

»Meine Damen – selbstverständlich habe ich euch das beste Zimmer im Hause zurechtmachen lassen. Südbalkon ist hoffentlich genehm?«

Hier sollten sie sich verwöhnen lassen und an nichts weiter denken als an das passende Outfit für zahlreiche gesellschaftliche Ereignisse. Friederike fand die Idee großartig, Katharina protestierte.

»Hey – ich dachte wir spielen ›Bonanza‹ und nicht ›Dallas‹. Komm schon Friederike – einmal Bier statt Champagner, ja? Und stell dir mal vor, welch wirkungsvolle Fotos wir von dir als Cowgirl an die heimische Presse geben können!« Dieser Nachsatz war entscheidend. Gerade als Klatsch-Moderatorin war es zwingend notwendig, selbst von Zeit zu Zeit in den Gazetten zu erscheinen – mit diesem Abenteuer sollte eine Doppelseite gesichert sein.

»Na gut – aber die Spinnen und Skorpione erlegst du.«

»Ehrensache.«

Noch vor der ersten Nacht bezogen sie ein kleines Holzhaus, das für gewöhnlich den Saisonarbeitern zur Verfügung gestellt wurde. Von dort aus fuhren sie jeden Morgen pünktlich um fünf vor sieben in einem klapprigen roten Jeep zum Stall und arbeiteten dann zwölf Stunden mit den Cowboys.

Trotz akut schmerzender Hinterteile trieben sie Rinderherden über texanische Weiten, versauten sich die besten Hemden als Geburtshelfer für den Lone-Star-Nachwuchs und fielen jeden Abend komplett erledigt ins Bett.

Nach zehn Tagen hatten die Cowboys, Oscar B. Thelen und zuletzt auch Friederike begriffen, dass es ihnen ernst war. Die »German cowgirls« durften wieder kommen – und wurden fortan als solche akzeptiert.

*

Heute, zwei Jahre und vier unvergessene Urlaube später, war Lone Star vor allem für Katharina weit mehr als nur ein exotisches Reiseziel. Texas stand für die pure Lust am Leben, gepaart mit dem unheimlich guten Gefühl, dass es weder Champagner noch den Applaus von Millionen brauchte, um glücklich zu sein. Die Arbeit auf der Ranch rückte ihr großstadtgeprägtes Weltbild in ein neues Licht, ließ Quotenerfolge und Designeroutfits deutlich an Wert verlieren.

Selbst die Beziehung zu Johannes, der bereits lautstark mit den Eheringen klimperte, schien nur noch durch den gemeinsamen Job Bestand zu haben. Als Ressortleiter »Wissenschaft« war er Katharina stets ein perfekter Freund und Berater, ohne allerdings zu bemerken, dass die Karriere für seine Freundin längst aus dem Lebensmittelpunkt entrückt war.

Während Katharina jetzt ihr Pferd Blaze auf den Hof führte ertappte sie sich zum wiederholten Male dabei, dass sie einfach keine Lust mehr hatte auf den täglichen Stress und Druck, auf die Zwölfstundentage zur Belustigung des Volkes.

Vor dem Stall warteten bereits die übrigen Männer der Lone Star Ranch mit einem Pott Kaffee: Luke Connor, der wortkarge Chefcowboy, Pedro der Mexikaner, Randy Gardner, ein ungestümer Draufgänger mit eindeutiger Affinität zu Friederike, und natürlich Dick Reynolds, der erklärte Lieblingscowboy der Freundinnen. Seit 58 Jahren machte er nicht nur einen Job, sondern lebte das Cowboy-Dasein mit jeder Faser seines drahtigen Körpers.

Dick war bei ihrem ersten Urlaub auf der Ranch zunächst der Einzige gewesen, der Friederike und Katharina akzeptiert und sie in die Geheimnisse der Rinderzucht eingewiesen hatte.

Auch jetzt noch betrachtete er es als seine väterliche Pflicht, die »German cowgirls« unter seine Fittiche zu nehmen. Katharina erschien mit hochrotem Kopf neben Greg auf dem Hof, was er mit einem Grinsen quittierte.

»Nicht wahr, Kat, nicht nur unsere Rinder sind rassiger als die in Deutschland?!«

In der Tat. Katharina versuchte, sich ihren deutschen Verlobten in dieser Umgebung vorzustellen. Dunkel ahnte sie, dass Johannes vermutlich beschließen würde, die Rinder mit Hilfe philosophischer Weisheiten von A nach B zu locken. Und wenn das nicht half, könnte ein Exkurs in die Historie des Rindviehs an sich folgen. Aber Johannes war weit weg, genau wie Berlin, wo er auf sie wartete.

»Schluss jetzt mit dem Kaffeekränzchen!« Luke Connor drängte zur Eile. »Wir haben verdammt viel zu tun und sollten besser vor Sonnenuntergang damit anfangen.«

Katharina dankte Luke im Stillen für die Ablenkung und hoffte außerdem, dass er sie zusammen mit Greg O'Neil einteilen würde.

»Dick, Greg und die Ladys: Ihr holt die Herde Jungkühe von ›Little Bobcat‹.«

Luke Connor war ein guter Mensch!

Sie luden ihre Pferde auf einen der Hänger und machten sich auf den Weg zu der besagten Weide. Katharina und Friederike saßen hinten auf dem Pick-up und genossen die Fahrt über die staubigen Wege der Lone Star Ranch. Abgesehen von ein paar Zäunen gab es um sie herum nichts außer sattgrüne Weiden und unzählige Rinderherden. Die Luft war für einen Novembermorgen erstaunlich warm und erfüllt von verheißungsvollen Gerüchen. Katharina lehnte sich entspannt zurück und war wunschlos glücklich: In den kommenden zwei Wochen mussten die besten 700 Bullen und Kühe für die jährliche Auktion aussortiert werden, und sie und Friederike würden dabei sein.

*

»Wenn wir nicht gleich eine Mittagspause einlegen, falle ich kommentarlos vom Gaul.« Die ersten fünf Stunden Jungkuh-Jagd hatten Katharina und Friederike an den Rand des Zusammenbruchs gebracht. Wie immer befanden sich ihre Hinterteile in den ersten Tagen auf der Ranch in einer mehr als desolaten Verfassung. Erst im vergangenen Jahr hatte Dick ihnen verraten, warum Cowboys dieses Problem nicht hatten: Sie trugen keine Unterhosen.

»Die verdammten Dinger erzeugen zusammen mit den Jeans eine zusätzliche Reibung. Deshalb lassen wir sie weg. Das hilft garantiert.«

Die Freundinnen hatten kurz darüber nachgedacht, es ihren Idolen gleich zu tun, den Gedanken dann aber schnell verworfen. Jetzt bekamen sie die Quittung. Wund geritten und von Muskelkater geplagt, konnten sie sich kaum noch aufrecht halten. Katharina, immer darauf bedacht, sich in Gregs Beisein keine Blöße zu geben, ritt zur Entlastung der rechten Hinternhälfte im Damensitz. Leise beschwor sie die Freundin, ein gutes Wort bei Dick einzulegen. »Mach was, Friederike – ich will sofort in die Kantine!«

»Nur eine Herde noch aufs Auktionsgelände, dann haben wir es geschafft.« Die Aussicht auf ein Mittagessen war auch für Friederike verlockend, doch sie wusste genau, dass das für heute angesetzte Tagespensum jetzt noch keinen Lunch erlaubte. »Durchhalten, Kat!«

Katharina seufzte. »Das Wort ›nur‹ halte ich in diesem Fall für eine extrem gewagte Formulierung! In diesem Gelände hier kann das noch gepflegte zwei Stunden dauern.«

Friederike lachte. »Dann machen wir eben heute Diät, Frau Kollegin. Die Hose sitzt eh ein wenig eng, finde ich. Und jetzt los – sonst fällt das Abendessen auch noch flach.«

Seit dem frühen Morgen arbeiteten Friederike und Katharina zusammen mit Dick und Greg in Zweierteams. Die Rinder mussten zunächst durch eine Art Allee getrieben werden – das war der leichte Teil der Aktion. Einen Kilometer vor dem Ziel allerdings lag nur noch offenes Feld. Jedes Mal, wenn eine Herde aus der Allee kam, rannten die Tiere los, als sei der Schlachter persönlich hinter ihnen her. Und obwohl sie sehr genau wussten, wo sie hin sollten, rasten sie vorzugsweise in die falsche Richtung.

Kurz bevor die Herde das offene Feld erreichte, mussten deshalb zwei Reiter die Führung übernehmen und die Rinder davon überzeugen, dass sie direkt am Ende der Allee geradeaus weiterlaufen sollten. Die anderen beiden trieben die Tiere von hinten an und schlossen sich dann, einer rechts, einer links, den Vorreitern an.

Den ganzen Vormittag hatte Kat neidvoll auf ihre Freundin geblickt, weil diese stets mit Greg im Team ritt. Wie Katharina es auch anstellte, immer landete Dick an ihrer Seite. Sie beschloss, dies auf der Stelle zu ändern.

»O.K., ich halte durch – aber nur wenn wir dieses Mal die Partner tauschen.«

»Warum?« Friederike spielte die Rolle der Erstaunten nicht ganz überzeugend, aber ihre Augen verrieten, dass sie das auch gar nicht vorhatte.

»Zwecks Erforschung unterschiedlicher Arbeitsmethoden.« Katharina suchte nach einer passenden Ausrede. »Ich weiß jetzt, wie Dick die Tiere handelt – nun würde ich mir gerne Gregs Arbeitsweise aus der Nähe anschauen …«

»Ach so, ja klar – *seine* Methode ist auch wirklich vollkommen anders.« Friederike brach in schallendes Gelächter aus. Katharina ging zum Angriff über. »Tauschen wir oder nicht?«

»Klar – ich würde mich deinen ›wissenschaftlichen Arbeiten‹ nie in den Weg stellen!«

Greg und Dick, die hinter ihnen ritten, fragten sich, was wohl den Heiterkeitsausbruch ausgelöst hatte. Glücklicherweise verstanden sie kein einziges Wort Deutsch, und so konnte Katharina sicher sein, dass sie nicht auffliegen würde. Dachte sie zumindest.

»Hey, Friederike – erzähl uns den Witz.« Greg verlangte nach Aufklärung.

»Ooch, der war nicht wirklich gut.« Kat wollte auf jeden Fall verhindern, dass ihre Freundin auch nur eine Andeutung machte.

»Weißt du, Greg«, setzte Friederike an, »es ging nur um die unheimlich wichtigen Studien, die wir hier so betreiben – und Kat muss jetzt lernen, wie man Rinder jagt.«

»Man brüllt *Jeeeehaaaa* und rast los – das wisst ihr doch.« Greg war klar, dass Friederike ihm nicht die komplette Antwort gegeben hatte. Aber weil ein Cowboy per se Respekt vor Intimitäten hat, fragte er nicht weiter nach. Er ahnte die Antwort, als überraschend Katharina an seiner Seite auftauchte.

»Hey, Kat – sind wir jetzt ein Team?« Kat wurde rot und fühlte sich ertappt. »Ja, ich wollte auch mal links reiten.« Super Antwort. Es war schon merkwürdig, plötzlich wieder 15 zu sein …

»Ach so. Na dann los. Du übernimmst die Spitze und

passt auf, dass die Tiere nicht in den Wald laufen.« »O.K., Sir.«

Bis zum entscheidenden Moment blieben nur noch wenige Meter, und Katharina schickte ein Stoßgebet zum Himmel. Leise flüsterte sie: »Blaze – gib alles. Wir dürfen uns jetzt bitte, bitte nicht blamieren.«

Das Pferd hatte den Ernst der Lage augenscheinlich begriffen und gab sein Bestes. Im gestreckten Galopp rasten sie über das Feld, und Kat brüllte aus Leibeskräften *Jeeeeeehaaaa*!

Greg registrierte unterdessen aus sicherer Entfernung, wie sich das deutsche Cowgirl immer wieder im Sattel zurechtrückte, offensichtlich um eine halbwegs anständige Figur zu machen. Er sah auch, dass die Leitkuh ganz zielstrebig auf den Wald zulief und vermutlich nicht mehr zu halten war. Der Texaner überlegte kurz, ob er einschreiten sollte, entschied sich dann aber dagegen. Er wollte sehen, wie Kat aus dieser Nummer wieder herauskam.

»Shit«, fluchte diese im selben Augenblick und wusste, dass sie verloren hatte.

»Das geht in die Hose, Kat!« Friederike erkannte das Desaster ebenfalls und brüllte einmal quer über die Herde. Als sie Kats unglückliches Gesicht sah, musste sie unwillkürlich wieder lachen.

»Tu einfach so, als wäre es Absicht! Wir treiben sie durch die Bäume und nehmen bekennend den Umweg.«

Inzwischen war die Hälfte der Herde im Unterholz verschwunden, und Kat blieb ohnehin nichts anderes übrig, als hinterherzustürmen. Zweige schlugen ihr ins Gesicht, und Blaze rannte so eng an den Bäumen vorbei, dass diese nur knapp an Katharinas Beinen vorbeischrammten. Aber egal, die Rinder mussten unter Kontrolle gebracht werden.

Eine halbe Stunde später war der Spuk vorbei, das renitente Vieh endlich innerhalb seines Gatters. Katharina bot einen wenig erbaulichen Anblick. Völlig erledigt lehnte sie an ihrem Pferd und sah aus wie nach der letzten Schlacht von Alamo. Den Hut hatte sie im Gebüsch verloren, die Haare hingen ihr wirr im zerkratzten Gesicht. Schwer atmend versuchte sie, sich zu sammeln und zumindest den gröbsten Dreck von den Klamotten zu klopfen.

»Hey, Cowgirl, der gehört wohl dir.« Breit grinsend stand Greg vor ihr, den Stetson in der Hand.

»Du hättest lieber die Rinder einsammeln sollen«, fauchte sie ihn an.

»Warum? Ich wusste, du schaffst das.« Greg reichte ihr den Hut, und für einen kurzen Moment trafen sich ihre Blicke. Kat hielt seinen Augen nicht lange stand, zupfte geschäftig imaginäre Dornen von ihrem Hemd.

»Lass uns Mittagessen gehen. Das hast du dir jetzt redlich verdient.«

»Gute Idee.« Die Nummer mit dem Imponieren war gründlich in die Hose gegangen. Da half in der Tat nur noch Essen.

Friederike hatte bereits den ersten Gang hinter sich, als Greg und Kat endlich in der Kantine ankamen. Jeden Tag zwischen 12 und 14 Uhr war die »Chowhall«, ein kleines Blockhaus mit gemütlicher Holzveranda und unbehauenen Tischen, Treffpunkt für alle Rancharbeiter.

Lois, die weibliche Ausgabe von Bonanza-Koch Hop Sing, zauberte all das, was schwer arbeitende Männer von einem echten Mittagessen erwarteten: dicke Bohnen in scharfer Chili-Tomatensauce, Mais, Kartoffelpüree und natürlich Rindfleisch in allen Variationen. Die Krönung war jedes Mal der Nachtisch: mindestens drei verschiedene Torten – eine köstlicher als die andere. Für Männer ein Genuss, für Frauen ein unverschämter Angriff auf die Figur.

»Noch ein Stück Pie?« Greg schien sich über so etwas keine Gedanken zu machen und hielt Katharina ein verführerisches Stück Kokoskuchen unter die Nase.

»Nein, danke – ich platze gleich.«

»Huch, na, das ist jetzt aber neu!« Friederike mischte sich ein, wusste sie doch, dass ihre Freundin ohne Probleme ein weiteres Stück verdrücken konnte.

»Nein, wirklich nicht. Ich brauche nur noch einen Kaffee und eine Zigarette.«

Einmal mehr beneidete Kat ihre Freundin um deren umwerfende Maße: zarte 55 Kilo verteilten sich formvollendet auf rund einen Meter siebzig Körpergröße.

Katharina brachte gut zehn Kilo mehr auf die Waage – und keinen weiteren Zentimeter auf das Maßband. Einzig Körbchengröße D und eine schlanke Taille retteten sie, wie sie meinte, vor dem Attribut »unförmig«.

»Kommst du mit raus?«

Die Veranda der Chowhall war der erklärte Lieblingsplatz der beiden. Auf schweren Dielen standen bequeme Liegestühle, die Holzbrüstung war gerade hoch genug, um die Füße entspannt darauf zu legen. Angelockt durch Essensreste und Streicheleinheiten, gesellten sich regelmäßig einige Hunde und Katzen dazu. Für Katharina die perfekte Idylle, verzichtbares Übel für Friederike. Haustiere fand sie überflüssig. Die Freundinnen ließen sich erschöpft in einen Stuhl fallen, genossen Lois starken Kaffee und schlossen die Augen.

»Bist du verliebt?« Friederike riss Kat aus den schönsten Träumen.

»Blödsinn. Nur weil ich mit Greg reiten wollte …? Ich

bitte dich. Das ist Spaß, Erfüllung eines Jugendtraumes. Du weißt doch: Ich wollte immer Adam Cartwright heiraten.«

»Lüg mich nicht an – ich hab dich genau beobachtet. Mit Adam Cartwright hat das nichts mehr zu tun. Zwischen euch knistert's – das sieht ein Blinder.«

War sie verliebt?! Kat kümmerte sich ausgiebig um eine der Katzen, bevor sie antwortete.

»O.K. Vielleicht ein bisschen – wie haben wir das früher genannt – *verknallt.* Ist er nicht umwerfend?«

»Du weißt, was Mr. B. von einer Liaison mit einem Cowboy hält, oder? Ich zumindest erinnere mich noch sehr genau an den Vortrag, den er uns an einem der ersten Abende auf Lone Star gehalten hat.« Katharina ahnte sehr wohl, was Friederike meinte: *Hier in Texas bleibt man hübsch in seiner eigenen Kaste – gemischt wird nicht.* So ungefähr lautete das Fazit. Trotzdem passte ihr der abwertende Tonfall ihrer Freundin nicht, die prompt noch weiter auf der Zwei-Klassen-Gesellschaft herumritt.

»Wir sind Oscars Gäste, Kat. Und wenn du dich mit Greg ins Heu schlägst, dann fällt das auf ihn zurück. Stell dir nur mal das Gerede vor: Oscar Thelens Citygirl vernascht Cowboy. Tolle Publicity.« Friederike schüttete den Rest Kaffee in Richtung der Katze und traf dabei fast ihre Freundin, die sich sichtlich wütend vor ihr aufbaute.

»Du würdest selbstverständlich nur mit einem dieser geschniegelten Senatorensöhne in ein weiches Federbett sinken. Schon klar.«

»Ich sinke nirgendwohin – denn im Gegensatz zu dir habe ich Tom bereits die ewige Treue geschworen …« Friederike war seit einem Jahr mit Thomas von Drahten verheiratet. Er war gesellschaftlich betrachtet ein A-Modell: aus gutem Hause, mit perfekten Manieren und gesicherter Erbschaft. Katharina war es dennoch unverständlich, wieso man mit knapp 30 Jahren schon heiraten musste. Sie war jetzt 34 und fand das immer noch arg früh für die finale Bindung. Zum Leidwesen Friederikes.

»... und ich fänd's toll, wenn du Johannes endlich den gleichen Gefallen tätest.«

Der Hinweis auf ihre konsequente Verweigerung in Sachen Hochzeit entlockte Katharina einen theatralischen Stoßseufzer. »Habe ich aber noch nicht. Und davon mal ganz abgesehen, müssten weder er noch Mr. B. überhaupt etwas erfahren.«

Der Nachmittag verlief ohne besondere Vorkommnisse, und Katharina machte drei Kreuze, als sie ihre geschundenen Glieder am Abend in die heiße Badewanne gleiten lassen konnte.

Zwischen Haarkur und Beinrasur tauchte immer wieder Gregs Bild vor ihr auf: Sein Lachen, die blitzenden Augen – und sein muskulöser Körper ließen sie nicht los.

Katharina überlegte, warum dieser Cowboy ihre Hormone so unverschämt in Wallung brachte. Vermutlich, weil er Katharinas europäisch-emanzipierte Denke schlichtweg ausschaltete, sie allein durch seinen Anblick zurück in die Steinzeit katapultierte: Groß und kräftig mussten Männer sein, am Tage ein Mammut erlegen und des Nachts ihre Frauen an den Haaren in die Höhle ziehen. Katharina fing an zu kichern, während sie den Schaum aus ihren Haaren wusch und dabei feststellte, dass ihre den Weg in Höhle auf jeden Fall aushalten würden. Noch nie hatte sie Johannes betrogen, nicht einmal darüber nachgedacht. Jetzt aber war sie nah dran. Sehr nah dran. Schon allein aus »Forschungszwecken« schien es ihr plötzlich legitim, diesen Prototyp von Mann auf ihr Lager zu lassen.

Doch wie sollte sie es anstellen? Greg war nur für zehn Tage gebucht, danach würde er auf Nimmerwiedersehen nach St. Antonio verschwinden. Sollte sie für ein paar stürmische Nächte den Ärger mit Mr. B. wagen? Und was passierte, wenn sie sich tatsächlich ernsthaft verliebte? Johannes würde sofort Lunte riechen, das war so sicher wie das Amen in der Kirche. Und dann stellte sich in der Tat noch die Frage nach ihrem Ruf. Friederike und sie wurden von den anderen Cowboys als vollwertige Team-Mitglieder akzeptiert. Und das hing nicht zuletzt mit ihrer Askese zusammen. Wie würden sie reagieren, wenn die Cowgirls aus Germany plötzlich anfingen, auf Männerjagd zu gehen? Schwierig, ganz schwierig die Situation. Friederike würde sie umbringen, so viel war klar.

*

In den folgenden Tagen blieb für amouröse Abenteuer keine Zeit, denn die gesamte Mannschaft schuftete für die Auktion. Friederike und Katharina sortierten, wuschen und katalogisierten 698 Rinder und waren abends außer Stande, auch nur einen Schritt vor die Tür zu setzen. Als schließlich alle Tiere frisch gewaschen in ihren Gattern standen, belohnte der Himmel sie mit strahlendem Sonnenschein.

An diesem Freitagnachmittag sollten die ersten Jungkühe unter den Hammer kommen.

Oscar B. Thelen war entsprechend aufgeregt und inspizierte zum fünften Mal den Auktionsplatz.

»Mädels, die Rinderpreise sind auf Grund der Dürre des vergangenen Sommers leider völlig im Keller – aber irgendwie werden wir das schon hinkriegen. Zieht ihr euch eigentlich noch um?«

Katharina guckte an sich hinunter und fand an ihrer Kleidung absolut nichts auszusetzen.

Auf Grund der Hitze trugen sie bei der Arbeit nur Jeans und T-Shirt. Ihre Hemden hatten sie locker um die Hüften gebunden, die schwarzen, leicht verbeulten Hüte baumelten auf dem Rücken.

»Wie meinst du das, Oscar? Wir stehen hier den ganzen Tag knietief im Dreck. Was sollen wir denn deiner Meinung nach tragen?«

»Na ja, heute Abend ist doch noch unser großes Fest, da wollte ich euch eigentlich gewaschen präsentieren.«

Katharina konnte ihn beruhigen. »Bis dahin ist noch das ein oder andere Rind zu treiben – mach dir keine Sorgen, heute Abend sind wir dann vorzeigbar.«

»Sind wir?«

»Ich finde ehrlich gesagt, dass wir ganz schön abfallen.«

Friederike griff Oscars Anregung mit Freuden auf – schon den ganzen Vormittag hatte sie mit wachsender Besorgnis beobachtet, dass sie im Vergleich zu den Käufern ziemlich schäbig daherkamen. Inzwischen waren etwa zweihundert Kunden eingetrudelt. Mit Zettel und Stift bewaffnet, wandelten sie zwischen den Rindern auf und ab, machten sich Notizen und fachsimpelten bei Bier und Burgern über den Zustand der Tiere. Vor allem die Frauen der Rancher hatten ihre beste Ausgehgarderobe aus dem Schrank geholt. Ihre Füße steckten in Krokoleder-Stiefeln, dazu trugen sie Designerjeans oder bodenlange Röcke, teure Seidenhemden und als Krönung einen Stetson.

»Na gut. Zumindest ein neuer Hut könnte nichts schaden.« Kat lenkte ein, wusste sie doch, dass ihre Freundin es nicht ertragen konnte, optisch ins Hintertreffen zu geraten. Außerdem war sie selbst wild entschlossen, am

Abend einen Großangriff auf Greg zu starten – des Nachts, so viel hatte sie sich von Oscars Frau Shirley erzählen lassen, standen gerade Cowboys auf ein bisschen Styling.

»Gut. Dann ist hiermit beschlossen: Wir fragen Dick, ob er uns über Mittag drei Stunden freigibt, und fahren in den Western-Store nach Jewett.«

Als Friederike ihr Anliegen Minuten später mit der entsprechenden Dringlichkeit vortrug, konnte Dick ein Grinsen nur mühsam unterdrücken. Er hatte sich schon des Öfteren gefragt, ob diese deutschen Cowgirls eigentlich so gar nichts typisch Weibliches in ihrem Benehmen hätten. Jetzt wusste er, dass sie in letzter Konsequenz dann doch Frauen waren. Wie schön. »Ihr wollt also nach Jewett fahren. ›Sunday-going-church-hats‹ kaufen. Aha. Nun, wir werden natürlich für euch mit ackern müssen, aber ich denke, das geht klar.«

»Danke, Dick – wir sind spätestens um vier zurück.«

So sehr Friederike und Kat die Einsamkeit der Ranch auch liebten – die Einkaufssituation war mehr als desolat. Allein die nächste Tankstelle – und damit der einzige Ort, an dem man Bier und Zigaretten kaufen konnte – war eine halbe Stunde entfernt. Lebensmittel oder gar Kleidung gab es erst weitere 30 Meilen dahinter. Erschwerend kam hinzu, dass der rote Jeep, den sie fuhren, seine besten Tage längst hinter sich hatte. Fuhr man schneller als 50 Meilen, fing das Lenkrad an zu schlackern und der Wagen rutschte fast von der Straße. Nach Jewett brauchten sie gut eine Stunde.

Im Western Store wurden die Freundinnen wie alte Bekannte empfangen. Im Laufe der Jahre hatten sie hier zwei Paar Boots und ihre ersten Hüte erstanden. Obwohl der letzte Einkauf fast ein Jahr zurücklag, wurden sie von der Verkäuferin sofort erkannt.

»Hey – the German cowgirls are back! Was braucht ihr heute?«

»Hi, Susan – schön, dich wiederzusehen! Wir brauchen ›Sunday-going-church-hats‹.«

»Verstehe. Für das Barbecue heute Abend, richtig?«

»Genau.«

Die Hüte lagen in allen nur erdenklichen Formen in den Regalen. Friederike und Katharina suchten nach den passenden Größen und hatten in nur zehn Minuten einen ganzen Stapel vor sich auf dem Tresen liegen. Die Farbe der Saison war eindeutig Braun. Susan bewies im Umgang mit den Freundinnen erneut eine begnadete Gelassenheit, denn sie brauchten wie immer eine kleine Ewigkeit, um sich zu entscheiden.

»Guck mal, Friederike, der hat Klasse, oder?«

»Wenn du aussehen willst wie J.R. Ewing ... aber was hältst du von diesem australischen Modell hier?«

»Marke *Man from Snowy River* – passt perfekt zu dir.«

Die australischen Cowboyhüte waren um einiges kleiner als ihre texanischen Kollegen – und darum einfach optimal für Friederikes schmales Gesicht.

Mit dem Hut sah Friederike wirklich zum Anbeißen aus.

»Leider 'ne Nummer zu groß. Gibt's den noch in kleiner, Susan?«

»Ich fürchte, nein ... aber vielleicht können wir ihn mit Hilfe von Einlegern enger machen.«

Während Susan und Friederike so lange mit dem Hut kämpften, bis er tatsächlich passte, hatte auch Kat ihre Wahl getroffen: einen klassischen Texaner in Hellbraun. Dazu kaufte sie ein handgefertigtes Hutband aus geflochtenem Pferdehaar. Zufrieden und voller Vorfreude machten sie sich auf den Heimweg.

Zurück auf der Ranch suchten Friederike und Kat nach dem passenden Restoutfit. Längst hatten sie beschlossen, nicht bis zum Fest zu warten, sondern sich bereits für die Auktion schick zu machen.

»Die Chaps, die du mir zum Geburtstag geschenkt hast, passen perfekt zu dem Hut.«

Katharina hüpfte vor dem winzigen Spiegel im Badezimmer auf und ab, um sich in voller Pracht bewundern zu können. Sie hatte einen dunkelbraunen Body gewählt, dazu schlichte Bluejeans, die neuen hellbraunen Chaps und einen rustikalen Fischgrätenblazer in braun-grün.

Dezentes Make-up und frisch gewaschene Haare, die sie ausnahmsweise offen trug, rundeten das Bild ab. Schon jetzt klopfte ihr Herz ein wenig schneller bei dem Gedanken an diesen Abend. Den ersten und gleichzeitig letzten, den sie mit Greg verbringen konnte. Zum ersten Mal würden sie sich außerhalb der täglichen Arbeitsstunden sehen, hatten sie die Chance auf ein paar ungestörte Momente im Schutz des nächtlichen Festes. Aber wollte er das überhaupt? Wenn er mich heute nicht will, dann nie, sagte sie nur zu sich selbst, denn das Thema Greg hatten die Freundinnen seit Tagen nicht mehr angesprochen. Eine Überdosis Parfum beendete die Styling-Session.

»Na dann: Auf in den Kampf, Cowgirl! Jetzt können wir der Konkurrenz der einheimischen Ladies ganz gelassen gegenübertreten.«

Der Erste, den sie trafen, war Dick Reynolds. »Wow! Ich habe immer geahnt, dass unter der Kuhscheiße irgendwo zwei Frauen stecken müssen – aber mit Ladies hatte ich nicht gerechnet. Könnt ihr uns trotzdem noch bei der Auktion helfen? Wir brauchen zwei Leute, die die Nummern der verkauften Tiere notieren und sie dann zurück in ihre Pferche bringen.«

»Machen wir, Dick – unsere Arbeitsboots haben wir ja noch an.«

Katharina hatte gehofft, in der Nähe von Greg zu arbeiten, aber der Cowboy war nirgends zu sehen. »Wo ist denn Greg eigentlich?«, fragte sie so beiläufig wie möglich.

»Der bringt die Kühe aus den Außengehegen in die Arena. Bis zum Barbecue ist nicht mit ihm zu rechnen.«

Schade. Kat hoffte nur, dass ihr Make-up so lange halten würde.

Der erste Angriff auf die Wimperntusche kam zeitgleich mit dem Beginn der Auktion. Alle größeren Veranstaltungen in den USA werden traditionell mit der gesungenen Nationalhymne eröffnet, und natürlich hatte auch Oscar B. Thelen es sich nicht nehmen lassen, eine stimmgewaltige Sängerin für diesen Tag zu engagieren. Ganz »Lone Star« schien den Atem anzuhalten, während Lori Ryanne ›The Star Spangled Banner‹ in den blauen Himmel schmetterte. Katharina war von der patriotischen Stimmung schwer ergriffen und sang voller Inbrunst mit. In diesem Moment wünschte sie, ein Teil dieses wundervollen Landes zu sein. Die Tränen spürte sie erst, als sie ihr die Wangen herunterliefen.

»Bringt die ersten Rinder!« Das durchdringende Organ des Auktionators beendete den feierlichen Moment, noch bevor der letzte Ton verstummt war.

Katharina beeilte sich, ihren Platz mit Blaze am Ausgang der Arena einzunehmen. Hier würden die verkauften Rinder auflaufen, die dann möglichst schnell in ihre Pferche getrieben werden mussten. An der Tür zu jedem Pferch hing eine Zahl, die später helfen würde, die Tiere dem richtigen Käufer zuzuordnen.

Und schon ging es los: Der Verkauf der Rinder erfolgte

Schlag auf Schlag. Im Abstand von vier Minuten wurden die Tiere in kleinen Gruppen in die Arena getrieben, den Kunden vorgeführt, meistbietend an den Mann gebracht und wieder zum Ausgang getrieben. Hier nahm Katharina sie in Empfang.

Nicht ohne Stolz lenkte sie Blaze geschickt durch die aufgebrachten Rinder und schaffte es zunächst mühelos, sie an ihren Platz zu bringen.

Gegen Ende des Tages jedoch ließ die Aufmerksamkeit aller Beteiligten nach.

Friederike erkannte den Fehler zuerst und wedelte hektisch mit den Armen. »Vorsicht, Kat, die nächsten zehn sind durcheinander geraten. Drei von ihnen gehören in die 201, die restlichen in 203. Soll ich helfen, oder schaffst du das allein?« Die Freundin war dafür zuständig, die Nummern der Rinder zu notieren und sie dann den richtigen Pferchen zuzuweisen.

»Kein Problem – schaffe ich!« Katharina antwortete schnell und vehement, denn sie hatte just in diesem Moment Greg erspäht. Dies sollte ganz allein ihr Auftritt sein.

Mit einem schnellen Seitenblick versicherte sie sich, dass er ihre Aktion verfolgte, und ritt dann extrem vorsichtig und ruhig auf die Tiere zu.

Die Stallgasse am Ausgang der Arena war etwa zwei Meter breit, rechts und links davon gingen die Pferche ab. Am Rand der Gasse standen Luke Connor und Randy, um im richtigen Moment die entsprechenden Türen zu öffnen. »Beeil dich, Kat – dahinten kommen schon die nächsten!« Luke schaute mit leichter Sorge auf die folgende Gruppe und hoffte, sie würde sich nicht auch noch mit der ersten vermischen. Katharina behielt die Ruhe.

Gerade, als sie die drei verirrten Rinder im Griff hatte

und sie in ihren Pferch treiben wollte, rannten die anderen los. Ohne auf das brüllende Cowgirl zu achten, drängten sie in die enge Gasse und gesellten sich dann ganz selbstverständlich zu den aussortierten. Blaze, bisher die Ruhe selbst, fühlte sich durch die Rinderansammlung offensichtlich bedrängt. Mit vor Aufregung weit geblähten Nüstern stieß das Pferd ein schrilles Wiehern aus und quittierte die plötzliche Nähe mit mehrfachem Steigen. Luke und Randy retteten sich durch einen beherzten Sprung in einen der der noch leeren Pferche.

»Runter vom Gaul, Kat, sonst drehen sie noch ganz durch!« Luke hatte Recht, und Kat reagierte. Sie ließ sich aus dem Sattel gleiten, griff nach einem langen Stock, der genau für diese Fälle am Zaun lehnte, und stürzte sich per pedes in die Schlacht.

»Mist, verdammter!« Kat fluchte leise vor sich hin. Mit dem gelungenen Auftritt war es jetzt vorbei. Während sie mit harten Schlägen auf die Rinder eindrosch, fragte sie sich kurz, wie das wohl für Greg aussehen würde. Spontan kam ihr der Geißenpeter in den Sinn, wie er versuchte, eine Herde Ziegen zu bändigen. Kein schönes Bild ... Sie hoffte nur, dass *Heidi* nie bis Texas vorgedrungen war. Ein Cowgirl ohne Pferd, dafür aber mit Stock, war ungefähr so attraktiv wie Liz Taylor ohne Make-up.

Mit Luke und Randys Hilfe gelang es schließlich doch noch, jedes Rind an den richtigen Platz zu bringen.

»Don't worry, Kat – it happens to the best of us.«

Greg reichte ihr eine brennende Zigarette, seine braunen Augen ruhten wohlwollend auf ihrem noch immer bebenden Körper. Greg zumindest hatte *Heidi* nicht gelesen – Katharina atmete auf und registrierte, dass Attraktivität in Texas offensichtlich anderen Gesetzen folgte als in Deutschland. Sie betrachtete ihn verstohlen und musste unweigerlich an ihren Mammutjäger denken. Der Cowboy war komplett durchgeschwitzt. Die Hemdsärmel hatte er bis über die Ellenbogen hochgekrempelt, die Chaps standen vor Dreck, und seine lockigen, braunen Haare kräuselten sich um die Ohren. Kat fand ihn unglaublich männlich und hätte den Tanz am liebsten direkt eröffnet.

»Sehe ich dich gleich beim Barbecue? Oder seid ihr am Tisch von Mr. Thelen eingeplant?« Gregs Frage klang beiläufig, sein Blick aber konnte ein ernsthaftes Interesse nicht verbergen.

»Ich fürchte eher Letzteres.« Mr. B. hatte in den vergangenen Jahren festgestellt, dass sich die Journalistinnen vorzüglich als Tischdamen eigneten. Sie waren auf Grund ihrer Neugierde in Sachen Rinderzucht bestens informiert, gleichzeitig beherrschten sie die Regeln der Kommunikation perfekt. Und auch optisch waren sie eine Bereicherung. »Aber nach dem Essen werden wir uns schon loseisen können.«

»Das wäre schön. Also, dann bis später.«

Das war zwar noch kein offizielles Date, aber ganz nah dran.

Das Barbecue begann mit einer Enttäuschung. Statt der erwarteten Countryband spielte eine bayrische Humptata-Kapelle. Unglaublich! Katharina und Friederike arbeiteten hart an einem begeisterten Gesichtsausdruck, als Mr. B. ihnen noch im Eingang voller Stolz erzählte, dass er die Band erst nach wochenlangem Suchen ausfindig gemacht hatte.

»Ist das nicht toll? Ganz Texas habe ich abgegrast! Und jetzt steht der ganze Abend im Zeichen bajuwarischer Gemütlichkeit.«

»Super.« Vor Katharinas geistigem Auge erschienen sie und Greg beim Ententanz. Kein schöner Anblick.

»Kein Twostepp, Kat. Das wird eine ganz bittere Veranstaltung …« Auch Friederike hätte gern auf die teutonische Atmosphäre verzichtet. »Und das, wo wir ihn jetzt endlich tanzen können!«

Der Twostepp war *der* Volkstanz der Countrypeople. Im Prinzip ähnlich dem Wiener Walzer, barg er nur eine Schwierigkeit: Statt des üblichen 1-2-3 gab es noch einen weiteren Schritt zwischen 1 und 2. Wann genau der zu tun war, wusste der Himmel.

Zwei Jahre hatten Friederike und Kat gebraucht, um zumindest in Ansätzen zu begreifen, wie er funktionierte. Und jetzt sollten sie schuhplattlern. Entsetzlich!

»Da hilft nur eins: viel Bier.«

Abgesehen von der musikalischen Verirrung hatten Shirley und Oscar alles vorbereitet, um das Fest zu einem grandiosen Erfolg werden zu lassen. Der riesige Heuschober war in stundenlanger Arbeit mit Zweigen, weiß-blauen Girlanden und Blumen dekoriert worden. Dazwischen standen lange Holztische mit weißen Tischdecken. An der gut gefüllten Bar bedienten hübsche Töchter und Söhne der Rancharbeiter in frisch gestärkten, bodenlangen Schürzen. Das Buffett, ebenfalls bayrisch-rustikal mit Leberkäse, Weißwürsten und Brezeln, fand reißenden Absatz.

»Kommt mit, Girls. Nachdem ich euch schon tagsüber komplett an die Cowboys abgeben muss, möchte ich euch den wirklich wichtigen Menschen vorstellen.«

Oscar führte die Freundinnen an den größten Tisch im Raum. Auf Kommando erhoben sich Felippe di Anzo, einer der reichsten Rinderzüchter Brasiliens, Pablo und Antonio aus Mexiko und Gabriel aus Argentinien. Da keiner von ihnen in weiblicher Begleitung angereist war, wurden

Katharina und Friederike sofort mit Beschlag belegt. Während sie sich abwechselnd von Felippe und Gabriel zwischen Tanzfläche und Bar hin- und herschieben ließ, hielt Katharina nach Greg Ausschau. Doch die Cowboys waren offensichtlich noch immer mit dem Verladen der Rinder beschäftigt. Gerade als die Stimmung auf dem Höhepunkt war und die Freundinnen stehend und schunkelnd *Rosamunde* zum Besten gaben, entdeckte sie ihn am anderen Ende des Saals.

Gregs imposanter Körper steckte in einem schwarzen Hemd und den unverzichtbaren Jeans, das schummrige Licht des Raumes ließ sein feines Profil eine Spur verwegen wirken.

Kat fragte sich, ob die Unterhose wohl auch am Abend im Schrank blieb, und fühlte sich in der nächsten Sekunde ihrer Gedanken überführt: Gregs Augen suchten und fanden die ihren, und er grüßte mit einem kurzen Fingertipp an den Hut. Einem ersten Impuls folgend, bewegten sich Katharinas Füße mechanisch auf ihn zu. Noch immer hielten sie Blickkontakt, schienen seine Augen sie direkt an seine Seite zu wünschen. Die Magie des Augenblicks verflog, als eine Frau, die Kat glatt übersehen hatte, Gregs Aufmerksamkeit auf sich lenkte. Nachdem sie selbst tapfer die männliche Südamerika-Fraktion bei Laune gehalten hatte, gab Greg den Alleinunterhalter für eine Gruppe leicht angetrunkener Ladys. Ihrer Kleidung nach gehörten sie eindeutig zur Upperclass, was an diesem Abend aber offensichtlich kein Hinderungsgrund für ihre Kontaktaufnahme zur »Basis« war. Die Frauen lachten ein wenig zu laut über seine Geschichten, und Kat schien es ganz so, als hätten sie bereits unter sich ausgemacht, wer den Mann verführen sollte. »Keine von euch!« Schnell entschuldigte sie sich bei Oscars Kunden mit dem Hinweis auf den

Ladys-Room, holte einen Bourbon für Greg, für sich selbst noch ein Bier und schlenderte scheinbar zufällig in seine Richtung. Als Greg Katharina auf sich zukommen sah, hielt er kurz inne und zwinkerte ihr aufmunternd zu. Er hatte sehr wohl bemerkt, dass sie sich nicht ganz sicher war, ob sie das Gespräch stören sollte oder nicht. »Da bist du ja endlich.« Er flüsterte die Worte leise in ihr Ohr. Seine Stimme klang ungewohnt weich und zärtlich. Die Lippen berührten scheinbar zufällig ihren Hals. Kat zuckte auf Grund der unerwarteten Nähe zusammen.

Mit knappen Worten wurde sie den Damen vorgestellt und zunächst nicht weiter beachtet. Alles in ihr schrie nach Protest, aber dann erinnerte sie sich an das, was Shirley Thelen ihr kurz vorher über Cowboys erzählt hatte: »Das sind Männer der ganz alten Schule. Und das heißt: In der Öffentlichkeit hat sich die Frau dem Mann unterzuordnen. Wenn er sich gerade in einem Gespräch befindet, dann wird er das auch zu Ende führen. Und du musst warten, bis du dran bist. Kurzum: Das Mittelalter lässt grüßen.«

Obwohl Katharina nicht verhindern konnte, dass diese Demonstration archaischer Strukturen ihr einen erotischen Schauer über den Rücken jagte, war sie an diesem Abend nicht gewillt, *so weit* in die Vergangenheit zurückzukehren. Sie wollte gerade gehen, als Greg sie wortlos zum Bleiben aufforderte. Ohne die Unterhaltung zu unterbrechen, ließ er seinen Arm an Kats Rücken entlanggleiten und hielt sie schließlich, fest am Gürtel gepackt, an seiner Seite.

Katharina fühlte sich wie ein bockiges Fohlen, das mit sanfter Gewalt zum Gehorsam gezwungen wurde. Ein Gefühl, das ihr nur bedingt zusagte. Sie stand wie angewurzelt da und überlegte, wie Greg wohl auf eine Ohrfeige reagieren würde.

Das Experiment fand nicht statt. Stattdessen löste er den Griff und wandte sich ihr zu.

»Wolltest du weglaufen, Katharina?«

»Nicht weglaufen. Ganz normal *gehen*. Ich habe den Eindruck, dass ich ... nun ... hier überflüssig bin?!«

»Sorry, Kat – wir haben gerade über Geschäfte gesprochen. Eine der Ladys ist an meinen Fohlen interessiert.« Jeder Cowboy hatte irgendeinen Nebenjob, und Greg züchtete Painthorses – jene braun-weiß gescheckten Pferde, auf denen schon die Indianer über die Prärie geritten waren.

»An den Fohlen interessiert – alles klar.« Katharina schnaubte verächtlich und kippte ihr Bier in einem Zug hinunter.

»Sieht so aus, als bräuchtest du Nachschub. Wir wechseln an die Bar, O.K.?!« Mit vollendeter Höflichkeit verabschiedete sich Greg endgültig von den Frauen, und Katharina schwebte mit ihm durch den Saal.

Es brauchte nicht viel Bier, um sie den unliebsamen Zwischenfall vergessen zu lassen. Während die Bayern-Combo endlich durch eine ordentliche Countryband ersetzt wurde, hing sie an seinen Lippen und lauschte den schier unerschöpflichen Geschichten über Rinderauftriebe in Montana und Sonnenaufgänge in Oklahoma.

»Hast du nie über einen längeren Zeitraum an einem Ort gearbeitet?« Kat stellte sich das Leben als Freelance-Cowboy zwar aufregend, auf Dauer aber auch sehr einsam vor.

»Doch. Als ich Caitlin heiratete, war zunächst Schluss mit dem Herumreisen. Damals habe ich auch die ersten Painthorses gekauft.«

»Ähem ... Caitlin?!« Nur mit akutem Unwillen ließ Katharina die Bedeutung der Worte ihr Hirn erreichen. Hatte er *heiraten* gesagt? Ihre Gesichtszüge entgleisten in Sekundenschnelle, die eben noch strahlenden Augen starrten ins Leere. Auf die Idee, dass es eine Mrs. O'Neil geben könnte, war Katharina bisher noch nicht gekommen.

»Wir sind geschieden. Und jetzt wird getanzt.« Greg wollte dieses Thema offensichtlich nicht vertiefen und schob Katharina auf die Tanzfläche.

»Mein Twostepp ist nicht gerade berühmt …« Genauso schnell, wie der Schock über eine vermeintliche Gattin Katharina aus den Pantinen gehauen hatte, kehrte ihre ausgelassene Stimmung zurück. Aber über die Scheidung hätte sie schon noch gerne ein paar Details gehört.

»Das macht nichts. Lass dich einfach treiben – der Rest geht von allein.«

Der Cowboy zog sie noch ein wenig näher an sich und ließ seine rechte Hand sanft auf Kats Hüfte gleiten. Für einen Moment nahm sie die forschenden Blicke Friederikes wahr, die gleich neben ihr mit Antonio über das Parkett rauschte. Als sie fast zusammenstießen, rief Friederike ihre Freundin zur Räson.

»Wenn ich den Ausdruck in deinen Augen richtig deute, dann haben wir ein Problem.« Friederike hielt den Mexikaner auf Katharinas Höhe. »Mr. B. wird es nicht gefallen, dass du deinen Charme ausgerechnet in aller Öffentlichkeit in Gregs Richtung versprühst.«

»Ich tanze, Friederike. Sonst nichts.«

»Das sehe ich – vor allem von der Hüfte abwärts.« Friederike kannte ihre Freundin gut. Wenn Kat ihre langen Haare beim Lachen auf eine bestimmte Art nach hinten warf und gleichzeitig den Unterleib dezent in Richtung ihres Gegenübers schob, dann war Gefahr im Verzug. Heute Nacht würde Katharina Fahlke zum Angriff blasen – so viel stand fest. Und genau das galt es Friederikes Meinung nach zu verhindern.

»Abgesehen von Oscar gibt's da auch noch Johannes – schon vergessen …?« Aber auch dieser letzte Versuch, zu intervenieren und die Verlobung mit Johannes ins Feld zu führen, wurde vereitelt, weil ein weiteres Tanzpaar Friederike ins Aus drängte. Gerade rechtzeitig zu einem hinreißend schmachtenden Countrysong waren Greg und Katharina wieder allein.

»Wer ist Johannes?« Greg hatte nur den Namen verstanden und hielt Katharina jetzt ein Stück von sich weg.

»Johannes ist einer meiner Chefs im Sender. Und ein Freund. Ein guter Freund.« Katharina kreuzte Zeige- und Mittelfinger, während sie schamlos log.

»Ein Freund. Aha. Mehr nicht?«

»Nein.« Es war einfach nicht der Moment für große Wahrheitsbekundungen. Außerdem wusste sie selbst nicht genau, wie sie das Verhältnis zu Johannes beschreiben sollte.

Das Wort »Verlobter« war eher unangebracht. Johannes hatte sie kurz vor der Reise gefragt, ob sie nicht endlich zusammenziehen und eine Familie gründen wollten, aber Kat hatte abgelehnt. Angst vor dem Feind? Vor der finalen Bindung? Eine echte Begründung hatte sie nicht liefern können. Was beide zusammengebracht hatte, war die gemeinsame Arbeit bei Kanal10. Obwohl rein optisch nicht unbedingt Katharinas Typ, hatte Johannes mit seiner außergewöhnlichen Intelligenz und seinem Wissen zunächst ihren Respekt und wenig später dann ihre Gefühle erobert. In allen wichtigen Dingen des Lebens konnte sie sich auf Johannes verlassen und er sich auf sie. Warum reichte ihr das eigentlich nicht? Und warum wollte sie mit Greg ins Bett und hatte dabei nicht einmal ein schlechtes Gewissen? Katharina war froh, dass der Cowboy keine weitere Antwort forderte, sondern sie stattdessen zurück in seine Arme zog. Jeder hing seinen eigenen Gedanken nach, während sich ihre Körper wieder ganz dem Klang der Musik hingaben. Als die Countryband zum fulminanten Finale ansetzte, dem Teil des Songs, in dem sich der Boy und das Girl endlich doch noch küssen, hatte sich Friederike erneut vor Katharina und Greg aufgebaut.

»Sorry, Cowboy – aber dein Chef ruft nach uns – ich muss dir diese Frau jetzt leider entführen.«

Widerspruch war an dieser Stelle zwecklos, denn in der Tat konnten die Freundinnen Oscar B. Thelen und seine Gäste nicht länger warten lassen.

»Ist schon in Ordnung, Kat.« Greg hielt ihre Hand noch einen Moment fest und schaute ihr in die Augen. »Wir werden den Tanz ein anderes Mal beenden. Versprochen.« Katharina fragte sich traurig und enttäuscht, ob es dieses andere Mal jemals geben würde.

*

Die Auktion verlief auch am zweiten Tag erfolgreich. Zwar erzielte Mr. B. wie erwartet nicht ganz die Preise, die seine Tiere eigentlich wert waren, aber bereits am Morgen waren bis auf 80 Bullen alle verkauft. Während der Mittagszeit verließen Katharina und Friederike abwechselnd ihre Posten und brachten den Cowboys ein paar Burger aufs Pferd. Wie selbstverständlich übernahm Katharina die Versorgung von Greg und Dick, die gemeinsam in den Außengattern arbeiteten. Sie hatte Greg den ganzen Morgen nicht ein einziges Mal zu Gesicht bekommen, und so fieberte sie der Begegnung nervös entgegen. Katharina beobachtete den Cowboy eine Weile aus der Ferne, ohne sich zu zeigen. Behutsam und doch bestimmt trieb er sein Pferd durch die Rinder. Greg saß kerzengerade und fast unbeweglich auf dem großen Rappen. Nur das geübte Auge sah die winzigen Befehle, mit denen er »Storm« lenkte. Pferd und Reiter waren eine Einheit – eine wunderschöne, bezaubernde Einheit.

Mit einem dicken Kloß im Hals dachte Katharina daran, dass heute Gregs letzter Arbeitstag war. Noch in dieser Nacht würde er nach San Antonio aufbrechen. Und was war mit ihrem Tanz?

»Hey, Greg, ready for lunch?« Kat verdrängte die trüben Gedanken, bevor der Burger endgültig kalt war.

»Kat – wie geht es dir? Du siehst aus, als hättest du nicht sehr viel Schlaf bekommen.« Mit leichter Besorgnis blickte der Cowboy auf ihr aschfahles Gesicht.

»Kein Problem – I will survive.« Mehr fiel ihr nicht ein, und auch Greg war offensichtlich so in seine Arbeit vertieft, dass er keine Lust auf einen Plausch hatte. »Entschuldige, aber wir haben viel zu tun hier unten. Wir sehen uns später.«

Als es dunkel wurde, hatte endlich das letzte Rind seinen Besitzer gewechselt, und Katharina und Friederike restaurierten sich für das Abschiedsessen im Mainhouse. Greg hatten sie nur noch kurz zu Gesicht bekommen und versprochen, sich auf dem Weg dahin zu verabschieden.

Verabschieden – der Gedanke erschien Kat unerträglich.

»*Baby, blue was the colour of her eyes …*« Friederike legte den Schmachtfetzen auf, zu dem Greg und Katharina getanzt hatten.

»Muss das sein???« Zu spät. Die Wimperntusche rann Kat in dunklen Bächen über die Wangen.

»Himmel nochmal! Ist es so schlimm? Habe ich etwas verpasst? Hast du dich gestern Nacht noch fortgeschlichen …?«

»Natürlich nicht! Mist, shit, Hilfe – ich will nicht, dass er geht.« Plötzlich verlor Katharina die Kontrolle, schluchzte und heulte, als ginge die Welt unter. Friederike fühlte sich hoffnungslos überfordert. Damit hatte sie nicht gerechnet. Hatte Katharina überhaupt schon einmal um einen Mann geweint? Sie konnte sich nicht daran erinnern. Etwas unbeholfen nahm sie die Freundin in den Arm. »Kann ich etwas tun? Willst du vielleicht lieber zu Hause bleiben? Was soll ich machen???«

»Nichts, danke. Es geht schon wieder.« Katharina versuchte, die Fassung zurückzugewinnen, und schob die Freundin durch die Tür nach draußen.

Friederike zögerte. »Willst du die Verabschiedung lieber ausfallen lassen? Vielleicht wäre das besser.«

»Auf keinen Fall!«

Schweren Herzens und etwas nervös schloss Katharina die Tür ab und stieg zu Friederike in den Wagen.

Die Cowboys arbeiteten auch jetzt im Dunkeln noch immer an den Außengattern. Mit Hilfe von Taschenlampen suchten sie nach den Rindern, die verladen werden mussten. Als Greg den roten Jeep vorfahren sah, ließ er den Bullen, mit dem er gerade beschäftigt war, sofort stehen. Er lenkte sein Pferd in ihre Richtung und ritt im Galopp auf die Freundinnen zu. Katharina kämpfte bei seinem Anblick erneut mit den Tränen. Das Mondlicht zauberte einen leicht melancholischen Ausdruck auf sein Gesicht. Oder gab es den da wirklich? Während sie sich verabschiedeten, nahm Greg Kat fest in die Arme und ließ auch nicht los, als Friederike an der Reihe war.

»Ihr beiden seid das Erstaunlichste, was mir seit langem über den Weg gelaufen ist – und ich gestehe, dass ich noch nie zuvor soviel Spaß hier auf der Ranch hatte. Passt gut auf euch auf, versprecht ihr das?« Greg strich sanft über Kats Haar und ließ noch beiläufig fallen, dass er erst am nächsten Tag nach San Antonio fahren würde. Als sie nicht reagierte, wiederholte er seine Worte und schaute ihr dabei flüchtig, aber doch bestimmt in die Augen.

»Erst morgen? Aha.« Noch immer hatte sie nicht ganz begriffen, was er ihr damit sagen wollte.

»Ja. Dick sagt, er braucht mich vielleicht noch, und deshalb bleibe ich.«

Er würde noch eine Nacht bleiben! Endlich hatte Katharina verstanden.

»Schläfst du in der kleinen Hütte im Bottom?« Der Bottom war ein riesiges unwirtliches Gebiet, in dem sie sich nicht besonders gut auskannte. Die letzten Nächte hatte Greg dort verbracht.

»Nein, in der Chowhall. Hinter dem Essensraum gibt es ein paar Schlafzimmer für die Jäger.«

»Ah ja ...« In Katharinas Gehirn arbeitete es fieberhaft.

Gut, sie war bei Oscar Thelen geladen – aber musste sie dort ewig bleiben? Während sie mit Friederike zurück zum Wagen ging, wurde Kat eines klar: So einfach würde sie ihren Traummann nicht ziehen lassen!

»Du gehst ihn heute Nacht besuchen, richtig?« Friederike gab Gas, während sie aussprach, was Katharina dachte.

»Ja.«

»Und unter welchem Vorwand willst du da auflaufen? Und was tust du, wenn dich jemand sieht?« Direkt neben der Kantine lagen die Schlafquartiere der Mexikaner. Und deren Blicken entging nichts.

»Ich schleiche mich an wie Winnetou und sage dann einfach ›Hallo – hier bin ich‹. Und wenn mich wirklich einer erwischt, fällt mir schon etwas ein.«

»Winnetou. Alles klar, weiße Schwester.« Friederikes

Tonfall verriet, dass sie mit Kats Entscheidung noch immer ganz und gar nicht einverstanden war.

»Hey, nun sei mal nicht päpstlicher als der Papst – es gibt nur diese eine Nacht. Greg ist ab morgen weg, und wir sind schon so gut wie auf dem Heimweg nach Berlin.«

»Und so Gott will, wird diese romantische Affäre im Trubel von Großstadtfreuden und Fernsehstress als Farbfoto an der Bürowand enden. Wenn du mir das versprichst, Kat, dann wünsche ich dir viel Spaß.«

Das Essen bei Oscar und Shirley zog sich ewig hin. Jede der anwesenden Personen fühlte sich berufen, ein paar Worte des Lobes über die Qualität der Rinder, die Gastfreundschaft und die gute Organisation zu sagen. Als schließlich das letzte Lob ausgesprochen und der letzte Löffel Dessert verspeist waren, hielt es Katharina nicht länger auf ihrem Stuhl.

»Sorry, Friederike – ich kann nicht mehr. Wenn ich in einer Stunde nicht zurück bin, sehen wir uns im Guesthouse.«

Friederike zuckte nur mit den Schultern. Wenn Kat beschlossen hatte, auf die Jagd zu gehen, dann konnte niemand sie aufhalten. »Weidmannsheil – aber mach dich nicht zum Deppen, verstanden?«

»Ich versuch's.« Wo auch immer dieses »zum Deppen machen« anfangen mochte.

Katharina konnte sich nicht erinnern, wann sie zum letzten Mal so aufgeregt gewesen war wie in dem Moment, als sie sich der Chowhall näherte. Sie parkte den Jeep ein paar hundert Meter entfernt und schlich sich auf die Veranda. Im Inneren des Hauses brannte Licht, durch ein geöffnetes Fenster hörte sie die Dusche rauschen.

Mist – unter diesen Umständen konnte sie schlecht hineingehen. Was also tun???

Rettung kam in Gestalt von Pedro. Der Mexikaner feierte im Nachbarhaus eine Party und holte gerade frisches Bier aus seinem Auto, als er Katharina erblickte. »Hey, Kat – was tust du hier? Lunch gibt's erst morgen Mittag wieder.«

»Sehr witzig.« Katharina fühlte sich durchschaut, wusste aber, dass sie sich auf Pedros Verschwiegenheit verlassen konnte. »Greg wollte mir seine Sporen verkaufen.« Nur gut, dass Friederike diese Ausrede nicht hörte.

»Dann geh doch rein.«

»Er duscht!«

»Verstehe. Dann leiste ich dir ein wenig Gesellschaft, bis der Junge wieder trocken ist, O.K.?«

»Gern. Bekomme ich ein Bier?«

Als Greg wenig später auf die Terrasse trat, schien er nicht im Geringsten überrascht zu sein, Katharina dort vor zu finden. »Hey, Pedro – wo hast du das Cowgirl gefunden?« Greg ließ sich auf dem Stuhl neben Katharina nieder und beobachtete sie belustigt aus den Augenwinkeln.

»Sie hat mich gefunden – und eigentlich dich gesucht. Wegen der Sporen … Bier?«

»Immer.«

Die Cowboys unterhielten sich angeregt über den Ausgang der Auktion, und Katharina bemühte sich, ihren Worten zu folgen. Noch immer wies ihr Englisch erhebliche Lücken auf. Aus diesem Grund entging ihr auch der Part, in dem beschlossen wurde, dass sie und Greg jetzt nach Marquez fahren und Nachschub holen sollten.

»Get up – die Tankstelle schließt in einer Dreiviertelstunde.«

»Was? Wieso Tankstelle?«

Greg schaute sie verschwörerisch an. »Kat – das Bier ist alle.«

»Ach so, na dann besorgen wir doch schnell neues.«

Wenig später war klar, dass die Bier-Ausrede ebenso gelogen war, wie Katharinas Vorwand, Gregs Sporen kaufen zu wollen.

»Darf ich dir die Ranch zeigen? Ich meine, die Teile, die du noch nicht kennst?« Ich kenne sie alle, dachte Katharina. Laut sagte sie: »Ja, bitte – lass uns mit dem Bottom anfangen.«

Den Rest der Nacht hätte Robert Redford nicht besser inszenieren können. Stundenlang fuhren Greg und Katharina über die roten Wege der Lone Star Ranch, tranken Budweiser aus der Flasche und beobachteten die Schatten der Rinder, die sich von Zeit zu Zeit aus dem Schutz der Bäume lösten. Dabei sprachen sie kaum ein Wort, und das war auch nicht nötig: Die ewig romantische Countrymusik aus dem alten Autoradio erzählte ihre Geschichte von selbst.

Jedes Mal, wenn eine Schranke zwischen den einzelnen Weiden geöffnet werden musste, stieg Kat aus, ließ Greg durchfahren, schloss sie von der selben Seite wieder – und krabbelte dann drüber. Da sie einen langen Rock trug, musste sie diesen hochheben und gab so den Blick auf ihre Beine frei.

»Machst du das mit Absicht?«

»Was?«

»Dass du immer über das Gatter steigst. Nicht, dass mich das stört – du hast sehr schöne Beine, aber ich glaube, die Schranken lassen sich auch von der anderen Seite schließen.«

Katharina schickte ein Dankgebet in Richtung Dunkelheit, die ihre Röte verdeckte, und schloss die nächste Schranke erst, nachdem sie selbst durchgegangen war. »Schade«, kommentierte Greg.

Am Ufer des Sees im »Coyote Pasture« hielt er den Pick-up an.

Beide stiegen aus, und Katharina holte Bier aus der Kühlbox im Fond des Wagens.

Als sie gerade von der Ablage springen wollte, half Greg ihr herunter und hielt sie einen Moment länger als notwendig im Arm. »Meinst du, du wirst mich vermissen?«

Katharina war völlig perplex. Seit Stunden hatte sie auf irgendein Zeichen gehofft, das ihr sagte: Jawohl – auch er will dich. Nichts war geschehen. Und nun das.

»Ja, das werde ich.« Eine direkte Frage verlangte nach einer direkten, wenn auch sehr leise vorgetragenen Antwort. »Es ist sogar noch viel schlimmer. Ich habe das Gefühl, dass in den vergangenen Tagen etwas ganz Entscheidendes in meinem Leben passiert ist. Und dabei kennen wir uns kaum.« Spätestens jetzt, dachte sie, wäre es wirklich Zeit für den erlösenden Kuss. Wieder nichts.

»Ich weiß, was du meinst – mir geht es genauso.« Er entließ sie aus seinen Armen.

Eine Weile saßen sie schweigend auf der heruntergeklappten Ablage des Pick-ups und starrten in den sternklaren Himmel. Greg sprach schließlich aus, was beide dachten:

»Aber es hilft nichts, Cowgirl – wir haben nicht einmal die Zeit, um herauszufinden, was all das hier bedeutet.«

Wir haben diese Nacht ... Der Gedanke blieb unausgesprochen, stattdessen sagte sie: »Und das heißt, dass wir einfach vergessen und jeder seiner Wege geht?«

»Kat – worauf willst du hinaus? Welche andere Möglichkeit bleibt uns? Wir sind keine 16 mehr, haben jeder unser Leben – und deines spielt außerdem auf einem anderen Kontinent.«

»Das muss aber nicht so bleiben …«

»Nicht weiterreden, Katharina – es hat keinen Sinn. Du träumst einen Traum. Vielleicht auch nur deshalb, weil er so wunderbar in dieses Land passt. Aber wird er auch in der Großstadt überleben?« Darauf konnte Katharina keine Antwort geben, wusste sie es doch selbst nicht.

Beide waren inzwischen immer näher aneinander gerückt, und als Greg schwieg, berührten sich ihre Beine, die Hände lagen ineinander.

»Darf ich dich noch eine Sache fragen?« Katharina wagte kaum, sich zu bewegen – auf keinen Fall wollte sie die plötzliche Nähe zerstören.

»Sicher.«

»Hat es irgendetwas mit deiner Ex-Frau zu tun? Dick hat mir erzählt, ihr seid erst seit sechs Monaten geschieden.«

»Meine Ehe war schon lange vorher zu Ende. Nachdem die Pferdezucht nicht so erfolgreich anlief, wie ich zunächst gehofft hatte, musste ich mindestens zwei Wochen jeden Monat außerhalb der Stadt arbeiten. Caitlin hasste die Einsamkeit – vor allem aber die Tatsache, dass ich wohl doch nicht ganz ihren hoch trabenden Vorstellungen entsprach. Aber mit uns hat das nichts zu tun – und die Liebe für Caitlin ist lange Vergangenheit, falls du das wissen wolltest. Mir waren die Probleme sehr früh bewusst, aber für Luisa, meine Tochter, habe ich die Beziehung so lange wie möglich aufrechterhalten. Sie ist erst sechs – und auch jetzt ist es noch schwer genug für sie. Ich versuche, jede freie Minute mit ihr zu verbringen – aber sowohl ihre Mutter als auch mein Job stehen ständig zwischen uns.« Während Greg von seiner Ehe sprach, verhärteten sich seine Gesichtszüge. Mit einem Ruck entzog er sich den Gedanken an die Vergangenheit und sprang auf. »Es ist Zeit, nach Hause zu gehen«.

Kat konnte nicht glauben, dass er den Abend tatsächlich so enden lassen wollte. Und sie biss sich im Nachhinein auf die Zunge, nach seiner Ex-Frau gefragt zu haben. Ihrem flehenden Blick wich er aus. »Es ist besser so. Glaub mir.«

Auf der Rückfahrt kehrte das Schweigen zurück. Diesmal jedoch war die Romantik einer bedrückenden Traurigkeit gewichen, die Kat fast den Atem nahm. Sie versuchte, sich selbst damit zu trösten, dass Gregs Reaktion lediglich ihren Stolz verletzt, er sie um die Trophäe »Cowboy im Bett« gebracht hatte. Doch der schwere Stein in ihrem Magen und die aufsteigenden Tränen brachten die Wahrheit ans Licht. Katharina hatte sich verliebt. Mit Haut und Haar in diesen Cowboy verliebt. Aber wohin sollten diese Gefühle sie führen? Ins Nichts. So zumindest sah es Greg.

*

Friederike hatte sich am nächsten Morgen den Ausgang der Nacht en détail erzählen lassen und war froh, dass es nicht zum Äußersten gekommen war.

Die letzten Tage vor dem Heimflug wurden für sie dennoch zu einer einzigen Geduldsprobe. Genervt musste sie miterleben, wie Katharina, gefangen in ihrer Traurigkeit und den scheinbar unerreichbaren Träumen, über die Weiden ritt und nur noch bedingt am übrigen Leben teilnahm. »Kat – du nervst. Der Mann ist weg, wir sind hier und fliegen morgen nach Hause. Jetzt nimm Haltung an!«

»Ich wünschte, ich wäre tot.«

»Das klingt unter diesen Umständen in der Tat verheißungsvoll ... Mein Gott – freu dich gefälligst auf zu Hause! Johannes hat sicher längst den Mega-Strauß Rosen geordert, den Champus kalt gestellt und das Lachsfilet im Ofen. Wir kehren zurück ins richtige Leben, Katharina Fahlke.«

Aber genau dort wollte Kat nicht hin.

»Schon gut. Sobald wir gelandet sind, versuche ich das mit dem *freuen*. Und jetzt wäre ich lieber allein, in Ordnung?«

Sie hatten die letzte Herde getrieben, und nun blieb nur noch der obligatorische Abschiedsritt mit Blaze. Da die Ranch insgesamt gut 5000 Hektar maß, wurden die Pferde normalerweise per Hänger zu den Weiden und wieder zurück gefahren. Den letzten Weg vor dem Heimflug aber ritt Katharina traditionell zurück zum Stall. Allein.

Sie liebte diesen letzten Blick auf die Ranch, das kräftige, grüne Gras und die glänzenden Körper der Rinder. Tief sog sie den Geruch der Tiere ein und wünschte, der Urlaub hätte gerade erst begonnen. Im warmen Licht der letzten Sonnenstrahlen näherten Katharina und Blaze sich ihrem Ziel. Der Stall und damit das unausweichliche Ende der Reise waren in Sichtweite, als ein weißer Pick-up etwa 500 Meter vor ihnen hielt. Katharina zuckte zusammen, verdrängte aber sofort die aufsteigende Hoffnung auf Greg. Er fuhr zwar genau diesen Wagen, aber auf der Ranch gab es noch ungefähr fünf weitere Modelle der gleichen Bauart – und außerdem war der Cowboy in San Antonio.

Der Mann am Steuer stieg aus und wandte sich ihr zu. Gegen die untergehende Sonne versuchte Kat, sein Gesicht oder zumindest sein Profil zu erkennen. Blaze spürte ihre wachsende Unruhe und fiel automatisch in einen leichten Galopp.

Katharina fiel fast vom Pferd – vor ihr stand Greg.

Blaze stoppte und hinterließ eine beeindruckende Staubwolke. »Du …???«

»Ich schulde dir noch etwas, Cowgirl. Schon vergessen? Darf ich bitten!«

Im Autoradio lief ein Liebeslied, Greg verbeugte sich vor ihr, als stünden sie in einem Ballsaal. Katharina rutschte vom Pferd und lag Sekunden später in seinen Armen.

Alle Gedanken, alle Zweifel über Sinn und Unsinn ihrer Gefühle, alle Fragen nach dem Morgen waren plötzlich vergessen. Katharina spürte eine wohlige Wärme in sich aufsteigen und fühlte, dass auch Greg seine Zweifel in diesem Moment vergessen hatte. Mit einem Seufzer, der sich partout nicht unterdrücken ließ, schloss sie die Augen. Greg zog Katharina mit der einen Hand an sich, strich ihr mit der anderen über die Wange und küsste sie lange und leidenschaftlich. Die Innigkeit dieser Berührung und der Druck des drahtigen Körpers brachten Katharina fast um den Verstand. In ihrem Bauch explodierte die angestaute Sehnsucht, die sie seit Tagen mit sich herumtrug.

»Wanna dance, Kat?« Unzählige Songs und ebenso viele Seufzer später tanzten sie noch immer. Die Sonne war längst untergegangen, aber Katharina spürte die Kälte der Nacht erst, als Greg ihr seine Jacke umlegte.

»Sie wird dich daran erinnern, dass ich immer hier sein werde. See you soon, Cowgirl.«

## Kapitel 2

Fünf Grad, grauer Himmel und Nieselregen – Berlin zeigte sich so, wie man es von der Stadt gewohnt war.

In Gregs viel zu großer Jacke stand Katharina am Gepäckband und hoffte, dass es noch eine Weile dauern würde, bis sie Johannes gegenübertreten musste. Nicht einmal die Zähne hatte sie im Flieger geputzt – ein dramatischer Hinweis auf ihr Seelenleben. Friederike hingegen scharrte ungeduldig mit den Füßen. Sie freute sich auf Tom und wollte endlich zu ihm.

»Ich hoffe nur, Johannes hat nicht zufällig das Aftershave aufgelegt, das du gar nicht leiden kannst. Ein falsches Zeichen von ihm, und du springst ihm wahrscheinlich an die Gurgel. Kat – versprich mir, dass du ihn nicht anbrüllst!« Johannes tat ihr jetzt schon Leid.

»Keine Sorge – ich sag nur ›15 Punkte im Theaterkurs!‹ Ich werde sehr brav und reizend sein.«

Für die folgende Begrüßung hätte es vermutlich nur noch neun Punkte gegeben.

Mit leicht verkrampftem Lächeln schob Katharina den Gepäckwagen auf Johannes zu und atmete einmal tief durch, bevor sie sich in den Arm nehmen ließ.

»Hey, Cowgirl – schön, dass du wieder da bist.«

»Pass auf – du zerdrückst meinen neuen Hut.«

»Oh – Entschuldigung – komm, wir nehmen einen Begrüßungs-Champus an der Bar.«

Johannes war auf Katharinas rüde Art gefasst. Jedes

Mal, wenn sie aus Texas zurückkam, fand sie alles in der Heimat furchtbar und benahm sich entsprechend. Etwas neidvoll blickte er auf Friederike und Tom. Wie eine Klette hing Friederike an seinen Lippen, ihre Augen sprühten vor Wiedersehensfreude. Katharina folgte seinem Blick und ahnte Johannes Gedanken. In diesem Augenblick schämte sie sich fast für ihr Benehmen – und verfluchte gleichzeitig Johannes, der trotz allem nichts von seiner Liebenswürdigkeit verlor.

»Ich habe deinen Kühlschrank aufgefüllt und ein fulminantes Begrüßungsmenü vorbereitet. Meinst du, du könntest dich durch ein Lachsfilet an Blattspinat aufheitern lassen?«

»Schon geschehen.« Unwillkürlich musste Katharina lachen. Was hatte Friederike kurz vor ihrer Abreise gesagt? »Champus im Kühlschrank, Lachsfilet im Ofen.« Nur die Rosen fehlten noch, aber Kat war sicher, dass sie zu Hause in der Vase standen.

»Da bin ich aber ehrlich erleichtert – ich weiß, Schatz, der Abschied von der ›Ponderosa‹ ist für dich immer ein schwerer Schlag, aber es wäre doch wirklich schön, wenn er diesmal ohne die üblichen Depressionen über die Bühne ginge. Hier ist Berlin – und hier sehen wir die Rinder nur als Steak in der Pfanne.«

*

Schon einen Tag später waren Friederike und Katharina wieder mitten im dicksten Stress.

»Guten Morgen, Kuhmädchen – gut, dass ihr zurück seid, denn wir haben einen Arsch voll Arbeit zu erledigen.« Johannes hatte nicht ganz Recht behalten, denn das erste Rindvieh der Heimat kam in Form des Chefredakteurs daher. Lion baute sich mit breitem Grinsen und stinkendem Zigarillo im Mundwinkel vor den Freundinnen auf.

»Guten Morgen, Lion. Wieso viel Arbeit? Wir haben all unsere Projekte bis zum Jahresende erledigt …« Katharina hatte sich auf drei gemütliche Wochen mit langen Mittagspausen am Glühweinstand gefreut. Dafür hatten sie und Friederike vor ihrem Urlaub bis zum Umfallen geschuftet.

»Pech für euch. Zwei Filme sind uns geplatzt, und wir haben niemanden sonst, dem wir die aufdrücken könnten. Die Details klären wir nachher in der Konferenz.« Lion war schon fast durch die Tür, als er sich noch einmal umdrehte. »Und dann ist da noch etwas – Katharina, komm bitte nach dem Mittagessen in mein Büro.«

Eine Perlhuhnbrust, zwei Gläser Weinschorle und eine Redaktionskonferenz später war das ganze Ausmaß der Katastrophe klar: Friederike musste ab dem nächsten Morgen quer durch die Republik fliegen und eine heitere Reportage über »die Trinkkultur der prominenten Deutschen im Advent« moderieren; und Katharina durfte sich – mal eben – mit einer zweistündigen Dokumentation über Kaiserin Sissi und Prinzessin Diana beschäftigen. Beide hatten bis zur Ausstrahlung ihrer Filme zehn Tage Zeit.

»Und während mein Bericht über den Sender geht, bleibe ich gleich im Büro sitzen und arbeite an der Silvestergala. Super. Was wollte Lion denn eigentlich noch von dir?« Friederike war aufgefallen, dass Katharina seit dem Gespräch mit dem Chefredakteur leicht blass um die Nase war.

Katharina schluckte. »Bianca hat gekündigt. Ich muss ab Januar für mindestens drei Monate die Nachrichten sprechen.«

»Du musst was? News moderieren? Kannst du das?« Katharina war in Friederikes Augen immer die klassische

Anti-Moderatorin gewesen. Gut, ihre wissenschaftliche Talkshow brachte sie recht ordentlich über die Bühne, aber Anchorwoman in den News bedeutete jeden Tag 30 Minuten live, fünf Tage die Woche.

»Leider ja. Zumindest konnte ich es vor fünf Jahren. Damals war ich die erste weibliche Nachrichtensprecherin des Mitternachtmagazins.« Katharina dachte nur ungern an diese Zeit zurück. Stockend berichtete sie der Freundin von diesen wenig erbaulichen Erfahrungen ihres Lebens.

Am Anfang war sie mit einem gewissen Stolz jede Nacht in die Bütt gestiegen, hatte ihr Leben ganz auf das Moderatorinnendasein eingerichtet. Durch die außergewöhnlichen Arbeitszeiten waren jedoch nach und nach zahlreiche ihrer Freundschaften zerbrochen, und auch sie selbst konnte dem täglichen Live-Druck schließlich nicht mehr standhalten. Nach eineinhalb Jahren war sie in der laufenden Sendung zusammengebrochen. Damals hatte sie beschlossen, nie mehr vor eine Kamera zu treten. Lion, ihr jetziger Chef, war schon damals der Redaktionsleiter gewesen. Ohne auf die deutlichen Signale seiner noch unerfahrenen Moderatorin zu reagieren, hatte er sie Nacht für Nacht durch die Sendung gepeitscht und sich schließlich in einem Moment der Selbsterkenntnis eine gewisse Teilschuld an ihrem Zusammenbruch eingestanden. Lion hatte sich später auf seine Weise entschuldigt: In unzähligen Gesprächen und mit dem Job als Wissenschaftsredakteurin hatte er sie in einem monatelangen Kampf wieder aufgebaut. Ihm war es auch zu verdanken, dass Katharina dann schließlich doch die Moderation der von ihr entwickelten Talkshow übernommen hatte.

Friederike nestelte an ihrem Blusenknopf. »Von all dem hatte ich keine Ahnung! Warum hast du mir das nie erzählt?« Mit Grausen dachte sie an die vielen Abende, an denen sie Katharina von ihrem Stress als Moderation etwas vorgeheult hatte. Sie fühlte sich ausgeschlossen und gleichzeitig peinlich berührt.

Kat seufzte. »Es ist nicht unbedingt mein Lieblingsthema.«

Am Abend war Katharina dann in genau der Verfassung, die Johannes am meisten hasste. Sie hatte ihn am Telefon kurz abgebügelt und sich in ihrer Wohnung verschanzt.

Jetzt saß sie eingehüllt in Gregs Jacke auf dem Fußboden ihres Arbeitszimmers, legte eine Country-CD nach der nächsten auf und träumte von einem Leben an seiner Seite. Darin würden sie in aller Herrgottsfrühe den ersten Kaffee zusammen trinken, danach die Pferde satteln und den ganzen Tag im Freien verbringen. Mit jedem weiteren Bild, das in Katharinas Kopf entstand, wuchs die Sehnsucht nach der texanischen Einfachheit – und nach Greg. Schließlich griff sie beherzt nach Papier und Füller und versuchte sich an einem Brief an ihren Cowboy. Doch wie sollte sie ihm ihre Probleme erklären? *»Ich soll jetzt ganz wichtig eine zweite Karriere als Nachrichtensprecherin machen und will eigentlich lieber jeden Morgen Kaffee für dich kochen. Weil ich Angst habe vor dem täglichen Live-Druck und es außerdem nicht leiden kann, wenn mir jeden Abend jemand die Haare föntt?«*

Dieser Brief wurde nie geschrieben. Greg würde sie für ein Wesen von einem anderen Stern halten.

*

Es regnete noch immer, als Katharina am nächsten Morgen mit einem Pott Kaffee und der ersten Zigarette im Büro saß. Friederike war auf dem Weg nach München, und so konnte sie ihren Gedanken ganz in Ruhe nachhängen. Kat war froh, dass die Freundinnen sich im Sender ein Zimmer teilten und nicht in einem der üblichen Großraumbüros sitzen mussten.

Die Wände waren gepflastert mit Fotos aus ihren gemeinsamen Urlauben, mit Erinnerungen an frühere Reportage-Drehs, die sie um die halbe Welt geführt hatten, und mit persönlichen Widmungen verschiedener Stars, die sich für ihre Berichte bedankt hatten. Aus dem Fenster hatten sie einen traumhaften Blick auf den Berliner Zoo, inklusive Affenfelsen. Kein Zweifel: Katharina hatte es gut getroffen mit ihrem Job bei Kanal10, und eigentlich müsste sie sich täglich drei Mal dankbar gen Mekka wenden, anstatt Trübsal zu blasen.

Gerade als sie sich einen zweiten Kaffee holen wollte, klingelte das Telefon. Friederike meldete sich aus einem Taxi. »Ich habe meine ganzen Unterlagen im Büro liegen lassen und keinen blassen Schimmer, wann ich mich mit dem Kamerateam treffe. Kannst du mir die Sachen bitte ins Hotel faxen? Ich wohne im Palace.«

»Klar. Ist sonst alles in Ordnung? Du hörst dich so merkwürdig an.«

»Tom und ich haben mal wieder gestritten.«

»Worum ging es diesmal?« Friederike und Tom liebten sich zwar leidenschaftlich, aber da sie in puncto Karriere völlig unterschiedliche Auffassungen hatten, flogen in regelmäßigen Abständen die Fetzen.

»Die alte Leier: Er ist stinksauer, dass ich nach nur zwei Tagen trauter Zweisamkeit schon wieder unterwegs bin. Heute Morgen hat er glatt gefordert, ich solle Lion die Moderationen vor die Füße knallen.«

»Verstehe. Hast du ihn gefragt, wer dann wohl die Miete für eure Luxusbehausung zahlt?«

Es war kein Geheimnis, dass dies bisher Friederike tat. Ebenso wie jedes Pfund Butter im Kühlschrank. Tom saß zwar auf einem fetten Erbe, seine Eltern waren aber schlau genug, ihm dieses bisher nur in Aussicht zu stellen. Sie hatten ihrem Sohn eine solide Ausbildung inklusive Studium in den USA ermöglicht und erwarteten jetzt, dass er sich des Namens von Drahten würdig erwies. Im Klartext: Er sollte endlich arbeiten und sich eine eigene Existenz aufbauen. Was Tom immerhin versuchte. Er fand, dass »Marketing-Agentur« gut klang, und hatte spontan eine gegründet. Etwas verfrüht, wie sich schnell herausstellte, denn es fehlte ihm sowohl an Erfahrung als auch an Kunden. Er hätte seinen hohen Lebensstandard längst empfindlich herunterschrauben müssen, wenn Friederike ihm nicht finanziell den Rücken freihalten würde.

»Sei nicht so gemein, er hat gerade mal wieder eine schwierige Phase. Ich glaube, der Deal mit der Software-Firma ist geplatzt, und jetzt steht »Bonjour Tristesse« ganz groß auf seiner Stirn geschrieben.« Friederike klang ganz so, als hätte sie dies ebenfalls dort stehen.

»Das ist noch lange kein Grund, dir die Laune gleich mit zu verderben. Aber davon ganz abgesehen, ist es natürlich wirklich Mist, dass du sofort wieder weg musstest. Und das mit dem Job tut mir auch Leid.«

»Kannst du vielleicht heute Mittag mit ihm Essen gehen?«

»Mach ich – viel Glück für den Dreh.«

*

Tom von Drahten sah wie immer blendend aus, als er das kleine Bistro betrat, in dem Kat sich mit ihm verabredet hatte. Seine beachtliche Größe von fast 1 Meter 90 hatte er in feinsten Zwirn gehüllt, die schwarzen Haare waren sorgfältig auf »planvolle Unordnung« gestylt, und die dunklen Augen schienen ständig und zu jedem weiblichen Wesen »Na, Süße, wie wär's denn mit uns beiden« zu sagen. Hinter der perfekten Aufmachung steckte ein charmanter und dabei hochsensibler Mensch, der, abgesehen von gelegentlichem Größenwahn, ein echter Freund für Katharina war.

»Na, Schatz, mal wieder alle Flaggen auf Halbmast?« Auf Höflichkeitsfloskeln verzichtete Kat an diesem Tag. Sie kannte Tom seit fast sieben Jahren aus feuchtfröhlichen Dienstzeiten bei einem Regionalsender in der schleswigholsteinischen Provinz. Tom war dort Praktikant mit der irren Ambition auf den Posten des Programmdirektors gewesen, Katharina aufstrebende Jungreporterin mit dem Traum von der gefeierten Moderatorin. Mit ihren hoch trabenden Karrierevorstellungen und als einzige Großstädter unterschieden sie sich extrem von den übrigen Kollegen. Solidarität, aus der später Freundschaft wurde, war deshalb Ehrensache.

Mit einem abgrundtiefen Stoßseufzer ließ Tom sich jetzt auf den Stuhl neben Katharina fallen. »Alles Scheiße deine Elli. Die Kölner Firma hat ihren Auftrag zurückgezogen, und deine Freundin Friederike fliegt, anstatt mir die Hand zu halten, durch die Weltgeschichte.«

Katharina lachte: Genau wie Väter, die ihre Kinder gerne zu denen der Mutter machten, sobald etwas schief lief, sah Tom Friederike in ähnlichen Fällen als »Katharinas Freundin« und nicht als seine Frau. Er hatte Friederike bei Kat im Büro kennen gelernt und war sofort mit voller Hingabe in ihr Dekolletee gefallen. Nachdem beide ihren gemeinsamen Hang zu lebensnotwendigen

Dingen wie teuren Klamotten, schicken Designermöbeln und Wellness-Hotels entdeckt und mit einer Prise Liebe untermauert hatten, beschlossen sie sehr schnell, ihr Leben in Zukunft zu teilen. Dumm war nur, dass Tom fast immer das nötige Kleingeld zur Finanzierung dieser Freuden fehlte.

»Die Hand, die dich halten soll, ist gleichzeitig die, die dich füttert, mein Herz. Und damit es was zu futtern gibt, muss sie arbeiten. So einfach ist das.«

»Weiß ich doch alles. Aber als Partner ist eure Branche wirklich nur schwer auszuhalten. Kanal10 hat eindeutig die Abschaffung der Sklaverei verschlafen. Auf nichts kann man sich verlassen, weil der Sender immer den Terminplan vorgibt.«

»Da hast du leider Recht.« Das Beziehungsproblem der beiden war kein Einzelfall. Jedes Jahr zerbrachen unzählige Freundschaften in der Redaktion, weil die Liebenden keine Zeit füreinander fanden. Und kam der Partner gar aus einer anderen Branche, konnte man die Angelegenheit gleich komplett vergessen – wie sollte ein »Nine-till-five-Worker« verstehen, dass Arbeitstage anderer durchaus auch mal bis in den nächsten Morgen dauern konnten?

Tom brachte seinen Espresso durch starkes Umrühren zum Überschwappen. »Und weißt du, was das Schlimmste ist?« Abrupt hielt er inne, der Espresso kam zur Ruhe. »Dass ich mir vorkomme wie ein Idiot. Ich lande eine Pleite nach der anderen, meine Frau schuftet sich den zarten Hintern weg, und ich mache ihr dann auch noch Vorwürfe, dass sie unser Leben finanziert. Normal ist das nicht.«

»Armer, schwarzer Kater.« Wie jeder Frau war auch Katharina hinlänglich bekannt, dass »der Mann an sich« ein wehleidiges, wimmerndes Wesen ist. Aber Tom war mit

Abstand die größte Memme seiner Art. »Wie wäre es denn, wenn du den dicken Pott Selbstmitleid in Toleranz für Friederike und Engagement für deine Firma umwandelst? Könnte helfen.«

»Ehrlich gesagt, habe ich höllische Angst davor, dass sie mich irgendwann in die Wüste schickt. Und das lähmt ungemein.«

Katharina antwortete im Brustton der Überzeugung. »So ein Blödsinn! Sie liebt dich abgöttisch – auch mit ohne Erfolg.«

»So wie Johannes dich liebt? Mit ohne Erfolg auf die finale Vereinigung?« Ein schelmisches Zwinkern signalisierte, dass Tom sich auf dem Wege der Besserung befand.

Katharina registrierte den Themenwechsel mit Missfallen. »Hey – ich denke wir baden hier gerade in deinem Elend?«

»Schon fast behoben. Und jetzt lass uns deines besprechen, ja? Ist psychologisch genau das Richtige für mich. Ablenkung, du verstehst?«

Sie verstand bestens: Tom war schon immer ein Mensch gewesen, dessen Laune in Sekundenschnelle von Selbstmord in Glückstaumel umschlagen konnte. »Nein, danke. Erstens gibt's bei mir kein Elend, und zweitens muss ich zurück in die Redaktion. Wie hast du so schön gesagt: Der Sender gibt den Terminplan vor. Und darin steht: Mittagspause beendet.« Katharina hatte nicht die geringste Lust, ihr seelisches Chaos mit Tom zu erörtern. Sie musste es zunächst für sich alleine ordnen, dann erst würde sie mit jemandem darüber reden können. Sie legte das Geld für die Rechnung auf den Tisch und zog Tom mit sich auf die Straße.

Eingehakt wie ein altes Ehepaar schlenderten sie über den weihnachtlich geschmückten Kurfürstendamm und freuten sich über Straßenmusiker und Werbe-Engel. Tom war wieder obenauf. Er wollte den abgesprungenen Kunden mit einem neuen Angebot locken und schickte vom nächsten Blumenladen einen »Verzeih-dass-ich-ein-Esel-bin«-Strauß in Friederikes Hotel.

An einem der Glühweinstände überredete er Katharina trotz abgelaufener Mittagspause zu einem »Schlückchen auf das Leben«. Mit den heißen Bechern in den Händen beobachteten sie die vorbeihetzenden Menschen. Eine Gruppe verlotterter Straßenkinder in dünnen Pullovern bettelte vor dem KaDeWe. »Haste mal 'nen Euro?« Mit dem ewig gleichen Spruch stellten sie sich hochnäsigen Pelzmantelträgern in den Weg.

Reiche und Arme, Freaks und Spießer – über vier Millionen Menschen unterschiedlichster Herkunft und Klasse hofften auf ihr Stück vom Hauptstadtkuchen. Seit Berlin den Kampf gegen Bonn gewonnen hatte, platzte die Metropole aus allen Nähten. Hier lebte eine reizvolle Mischung unterschiedlichster Menschen, unzählige neue Bars, Cafés und mondäne Geschäfte hatten in den letzten Jahren ihre Tore geöffnet. Und es wurden fast täglich mehr. Katharina dachte kurz an Texas. Ob sie wohl auf all das hier verzichten könnte? Wann immer sie wollte, konnte sie sich ins Getümmel stürzen und ausleben, wonach ihr gerade war. In Texas beschränkte sich die Ablenkung auf einen Burger an der Tankstelle von Marquez.

»Wie sieht's denn eigentlich mit deinen Finanzen aus, Kat?« Tom ahmte die Straßenkinder nach und ging in Bettel-Position. »Immer noch 'ne schwarze Null auf dem Konto?«

»So ist es. Und das wird sich wohl auch nie mehr ändern. Ich kann verdienen, was ich will – am Ende des

Monats ist alles futsch. Irgendwo muss ein Höllenschlund sein, der sich jeden Monat ausgerechnet unter meinem Portemonnaie öffnet.«

Katharina war froh, dass sie nicht auch noch einen dicken Schuldenberg mit sich herumtrug. In den Zeiten ihres Studiums hatte ihr Vater mehr als ein Mal einschreiten und sie vor dem Gerichtsvollzieher retten müssen. Mit wachsendem Einkommen war ihr immerhin die von Tom angedeutete Null geglückt.

»Dein Höllenschlund heißt ›Leben‹. Überleg doch mal, wieviel Geld du allein für Reisen, Essen und Trinken ausgibst. Von Klamotten, Kosmetik und Friseur mal ganz zu schweigen.«

»Du musst mir das gerade vorhalten …«

»Jawohl – gerade ich. Denn ich kann es am besten verstehen!« Er drehte die leeren Taschen seines sündhaft teuren Designermantels mit vollendeter Leidensmine nach außen. »Nicht verstehen kann ich hingegen, wie ihr in Texas lebt. Ich meine, da sitzt ihr doch wirklich beim Teufel auf der Rinne, verzichtet auf jegliches Amüsement und lauft rum wie die letzten Penner.«

»Wie Cowboys, Thomas von Drahten – und dort sähe dein edles Mäntelchen genauso dämlich aus wie meine Chaps hier.«

»Schon gut. Jedem Tierchen sein Pläsierchen. Der sporadische Wunsch nach Kuhmist sei dir gegönnt.«

*

Zurück im Büro signalisierte der Computer durch Blinkzeichen den Eingang einer E-Mail. Der Text holte Katharina auf den Boden der Tatsachen zurück. »Sofort in mein Büro. Lion«. Siedend heiß fiel ihr ein, dass sie seit einer halben Stunde eine Verabredung mit Lion und dem neuen Nachrichtenchef hatte.

Im Laufschritt passierte sie den langen Flur und suchte noch beim Eintreten in das Büro des Chefredakteurs nach einer passenden Ausrede für die Verspätung.

»Es tut mir leid, sorry, aber ich habe bei der Post derart lange angestanden, um meine Weihnachtspakete loszuwerden …«

»Setz dich.« Lion hasste Verspätungen. Und schlechte Ausreden noch mehr. »Das ist Bernhard Rieken. Dein Nachrichtenchef.«

»Tag – ich bin Katharina Fahlke. Ihre Moderatorin.« Sympathisch war ihr dieser Bernhard nicht. Für Kats Geschmack hing er ein wenig zu lässig in seinem Sessel und stand nicht einmal auf, als sie ihm die Hand gab. Das folgende Gespräch machte diesen ersten Eindruck nicht besser. Bernhard Rieken musterte Katharina unablässig aus seinen kalten Augen und verzog keine Miene. Professionell wolle er arbeiten, erfolgsorientiert und effektiv. Aha. Das war ja mal richtig originell. »Ich hoffe, Frau Fahlke, Sie ziehen da mit. Als Hauptmoderatorin können Sie sich keine Ausfälle leisten. Außerdem ist dieser Job natürlich eine großartige Chance für Sie.«

Bei diesem Nachsatz zuckte selbst Lion zusammen, denn keiner wusste besser als er, dass Katharina sich mit Händen und Füßen gegen diese »Chance« gewehrt hatte. Katharina registrierte zu ihrer Erleichterung, dass Lion offensichtlich nichts von ihrem Blackout vor fünf Jahren erzählt hatte. Sie kopierte Bernhard Riekens Blick und antwortete betont cool.

»Ausfälle, Herr Rieken, habe ich auch nicht eingeplant, und auf eine Chance als News-Moderatorin pfeife ich. Ich springe ein, weil sonst niemand da ist – so sieht es aus.«

Lion rutschte ein wenig tiefer in seinen Sessel und wünschte, sie hätte das jetzt nicht gesagt. Er versuchte, zu retten, was zu retten war. »Ist schon gut, Katharina. Alles Weitere sollten wir heute Abend in Ruhe beim Essen besprechen.«

»Da kann ich nicht. Ich bin im Schnitt. *Sissi* und *Diana.*«

»Richtig, das hatte ich ganz vergessen. Also, dann morgen.«

Da wollte Katharina eigentlich texten, aber ein Blick in Lions Gesicht machte deutlich, dass er keine weiteren Diskussionen wünschte. »Also gut. Bis morgen dann.«

Mit einer Mischung aus Wut und leichter Unsicherheit ging Katharina zurück an ihren Schreibtisch. Das konnte ja heiter werden. Sie musste fünf Tage die Woche Nachrichten moderieren, hatte zur Zeit nur eine sehr vage Ahnung von der weltpolitischen Lage – und zu allem Überfluss einen News-Chef, den sie am liebsten direkt in den nächsten Flieger nach Sibirien setzen würde. Klasse Basis. Vielleicht hätte sie doch etwas netter sein sollen.

Katharina wollte jetzt und sofort zurück nach Texas!

Noch am selben Abend schrieb sie eine Weihnachtskarte an Greg.

»Just a little Christmas note – MERRY CHRISTMAS, love, Kat«

Auf die Vorderseite klebte sie ein Foto, das sie und Blaze im gestreckten Galopp zeigte. »I'll be back soon.«

Ob er sich wohl ebenfalls melden würde? Zwar hatten sie ihre Adressen ausgetauscht, ein Versprechen, zu schreiben, aber gab es nicht. Überhaupt fehlte es Kat an konkreten Absprachen. »Ich bin immer hier … Komm bald wieder …« Im pragmatischen Berliner Journalistenalltag schien die Aussage plötzlich gefährlich vage.

Trotzig klebte Katharina den Umschlag zu und brachte ihn sofort zum Briefkasten. Ob er sein Wort hielt, würde sie spätestens wissen, wenn sie wieder vor ihm stand.

*

Die letzten Tage vor Weihnachten vergingen wie im Fluge. Friederike und Katharina arbeiteten, was das Zeug hielt, besorgten nebenbei die Geschenke für ihre Lieben und kreierten Festtagsmenüs. Jeden Morgen stand Kat erwartungsvoll vor ihrem Briefkasten – aber es kam kein Brief aus Texas. Zudem wurde die Lage an Katharinas Nachrichtenfront immer bedenklicher. Auch das »ruhige Abendessen« mit Bernhard Rieken hatte die Spannungen nicht lösen können, und die Zusammenarbeit war für beide eine Qual.

»Immer hübsch professionell an die Sache rangehen, Kat. Alles andere bringt hier gar nichts.« Svea, Katharinas Maskenbildnerin, war kurz davor, ihre Moderatorin mit Baldrian zu dopen. Seit drei Tagen probten sie für das neue Format. Bisher waren die Nachrichten mit einem Mindestmaß an Aufwand produziert worden. Ein kleines Studio mit nur einer Kamera, keine Interviewgäste, ganz selten einmal ein telefonisches Schaltgespräch.

Ab dem 1. Januar wollte Kanal10 seine »Nachrichtenkompetenz erhöhen«. Und das war auch dringend notwendig. In den vergangenen Monaten waren die Einschaltquoten drastisch in den Keller gegangen, und die Geschäftsleitung rief sehr deutlich nach Reformen. Die Sendung sollte erweitert und mit aktuellen Hintergrundreportagen und Studiogesprächen aufgefüllt werden. Für Katharina bedeutete das vor allem, dass sie jetzt mit drei Kameras arbeitete und natürlich die Gespräche führen musste. Alles andere blieb gleich.

»Wenn ich *nicht* professionell wäre, säße hier längst ein anderes Gesicht, das du anmalen müsstest. Dann wäre ich nämlich schon nach Hause gegangen. Bernhard Rieken macht mich fertig. Jeden Vorschlag von mir bügelt er ab, als wäre ich die letzte dumme Hippe. Unverschämtheit.«

»Pardon, aber du benimmst dich wie eine dumme Hippe. Warum bist du nicht zur Abwechslung mal ein wenig freundlicher?«

Katharina wusste, dass Svea Recht hatte. Jedes Wort von Bernhard legte sie auf die Goldwaage, zickte ihn an und merkte dabei nicht, dass er längst dabei war, seine Taktik zu ändern.

»Katharina – bist du soweit?« Über die Haussprechanlage mischte sich der Nachrichtenchef in das Gespräch. Bernhard Rieken fand seine Moderatorin mindestens genauso abscheulich wie sie ihn. Seine stille Hoffnung lag auf der neuen Redakteurin, die ab Januar in seine Redaktion kommen sollte. Er kannte Lena noch aus alten Kölner Zeiten und würde alles daran setzten, die arrogante Katharina durch sie möglichst schnell abzulösen – und zwar nicht nur in den Nachrichten. Bis dahin aber würde er sich nichts anmerken lassen – sollte sie doch Amok laufen, sein Stil war das nicht.

»Darf ich bitten?« Mit einer eleganten Verbeugung hielt Bernhard ihr die Tür auf.

»Wirklich zu gnädig.« Einen Tag vor Heiligabend entschied sie sich für Waffenruhe. Was die Israelis und Palästinenser in Ramallah konnten, das sollte auch ihr möglich sein.

*

Der 24. Dezember war ein scheußlicher Tag. Nasskalt und gar nicht festlich. Katharina stand um 8 Uhr morgens auf, um die letzten Einkäufe zu erledigen. Durch die ständigen Proben im Nachrichtenstudio lag sie mit ihren Vorbereitungen ganz klar zurück.

Laut fluchend kämpfte sie sich durch Supermärkte und Geschenkeshops, ersteigerte im letzten Moment eine windschiefe Edeltanne und machte drei Kreuze, als ihr Appartement Stunden später endlich nach »Weihnachten« aussah. Das Wohnzimmer versprühte mit Hilfe unzähliger Kerzen einen festlichen Glanz, und das Weihnachtsessen würde selbst Johannes verwöhntem Gaumen standhalten. Sie machte sich an die Arbeit. Als Entree würde es eine Maronensuppe mit geräucherter Geflügeleinlage geben, für den Zwischengang bereitete sie Entenbrustfilet auf Feldsalat vor und als krönender Abschluss sollte marinierte Wildschweinkeule mit Kartoffelklößen und Apfelrotkohl auf den Tisch kommen. Seit Katharina aus Texas zurück war, hatten sie und Johannes nicht einen einzigen entspannten Abend verbracht, und Katharina versuchte nun nach Kräften, das schlechte Gewissen wegzukochen. Sie war ihm gegenüber nicht fair gewesen – und ehrlich schon gar nicht. Immer, wenn er nach dem Grund für ihre schlechte Laune fragte, schob sie alles auf den Stress mit den Nachrichten oder die Sehnsucht nach Texas. Greg behielt sie für sich.

Heute Abend aber musste sie herausfinden, ob sie überhaupt noch mit Johannes zusammenbleiben wollte. Er war ihr bester Freund, ihr Verbündeter im Kampf gegen den Weltschmerz und ihr liebster Gesprächspartner – aber war er noch immer der Mann, den sie auch darüber hinaus lieben konnte? Katharina war es Johannes schuldig, das zu klären.

Punkt halb acht stand er vor der Tür. Seine leicht ergrauten Locken waren vom Wind zerzaust, die Brille war regennass – er kämpfte mit Tüten und Päckchen, die einfach nicht in seine kleinen Hände passen wollten. Kat musste lachen. Johannes sah immer aus wie der Protagonist eines französischen Films. Eigentlich müsste er den ganzen Tag Rotwein trinken, Gauloises rauchen und Boule spielen. »Hallo, Schatz – kann ich helfen?«

»Geht schon.« Das sagte er immer, bevor dann doch alles zu Boden fiel. Zum Glück blieben diesmal die Flaschen ganz. Champagner, deutscher Riesling und ein alter Burgunder aus dem Weinkeller von Johannes Eltern.

»Sag mal, Katharina ...«, umständlich kämpfte Johannes mit dem Draht des Champagnerkorkens »meinst du nicht, dass wir langsam eine gemeinsame Basis in unsere Beziehung bringen sollten?«

Katharina war nicht darauf gefasst, so schnell zum Thema zu kommen – noch weniger darauf, dass ausgerechnet Johannes den Anfang machte. Für gewöhnlich überließ er ihr jede Initiative. »Was genau meinst du mit ›gemeinsame Basis‹? Haben wir nicht längst eine?«

»Sag du es mir. Ich habe eher den Eindruck, als würdest du mir entgleiten. Warum weigerst du dich zum Beispiel konsequent, mit mir zusammenzuziehen? Wir lieben uns doch ... oder?«

»Natürlich tun wir das ...« Gelogen war das nicht. Johannes war ein fester und wichtiger Bestandteil in Katharinas Welt, aber musste sich das auf die Wohnung ausweiten?

»... aber ich bin einfach gerne auch mal allein.« Dünn, sehr dünn die Ausrede. Als Nächstes würde sie vermutlich ihre Freiheit proklamieren.

»Katharina – ich wollte dich nicht in eine 20-qm-Wohnung pferchen. Ich spreche von einem Haus mit genügend Platz für jede Art von Einsamkeitsgelüsten.«

»Das weiß ich – und es tut mir Leid, dass ich mich so sperre.«

»Dann nenn mir wenigstens einen einzigen Grund, den ich begreife.«

Natürlich konnte sie das nicht. Wäre sie wirklich ehrlich, müsste sie Johannes ganz klar mit der Tatsache konfrontieren, dass sie sich einfach nicht sicher war, ob ihre Gefühle ausreichten – für einen Heiligabend nicht unbedingt die passende Aussage.

»Vielleicht liegt es daran, dass ich zurzeit grundsätzlich nicht weiß, wohin mein Leben führen soll. Ich drehe mich seit zehn Jahren wie ein Brummkreisel. Habe nach dem Studium sofort angefangen zu arbeiten, reiße seitdem jedes Jahr so viele Stunden ab, dass sie eigentlich fast bis zur Rente reichen müssten, und habe darüber völlig das Nachdenken vergessen. Vielleicht will ich lieber Floristin sein und weiß es nur nicht?«

»Oder Rinderzüchterin in Texas? … Kat, auch wenn ich nie etwas gesagt habe, ist mir sehr wohl aufgefallen, dass nach jedem Urlaub ein Teil von dir dort geblieben ist. Ich versuche, das zu respektieren – aber eigentlich möchte ich dich nach Deutschland zurückholen. Warum nimmst du dir nicht ein halbes Jahr unbezahlten Urlaub, lässt mich ausnahmsweise deine Miete zahlen und ergründest dein Innerstes?«

»Und was wäre die von dir präferierte Erkenntnis? Hochzeit und Kinder?«

»Du weißt genau, dass ich mir das schon sehr lange wünsche – aber ich habe dich nie zu etwas gezwungen und werde das auch in Zukunft nicht tun. Es ist dein Leben, Kat, und solange du es nicht mit mir teilen willst, sind mir die Hände gebunden.«

Jede Frau würde ob dieser Aussage vor Verzückung in die Knie gehen – bei Katharina löste sie blanke Wut aus.

»Vielleicht liegt darin der Schlüssel: Du *zwingst* mich nie zu etwas, akzeptierst alle Launen, ohne jemals wütend zu werden. Kannst du mich nicht ein einziges Mal anschreien? Dich einmal gerade machen? Weißt du, was ich will? Ich will einen Mann, der mir tagsüber das Mammut erlegt und mich nachts an den Haaren in die Höhle zieht. Ich will einen Helden!«

Kat war sich durchaus bewusst, dass sie in dieser Sekunde 35 Jahre Emanzipation ad absurdum geführt hatte. Alice Schwarzer wäre not amused. Johannes war es auch nicht.

»Die Helden von heute jagen Aktien, keine Mammuts. Und selbst wenn ich es versuchen würde – den Jäger unserer Vorfahren kann ich dir nicht geben.«

»Ich weiß – und jetzt machen wir den Burgunder auf, ja?«

Genauso schnell wie Katharina in Wut geraten war, war diese wieder verschwunden.

Bis in die frühen Morgenstunden versuchten Katharina und Johannes, einen möglichen Weg für ihre Beziehung zu finden, diskutierten Trennung, Pause und sogar Ehe. Am Ende hielten sie es mit Scarlett O'Hara: »tomorrow is another day« – und dann würde sich schon eine Lösung finden.

*

»Prosit Neujahr, alle zusammen!« Der erste Arbeitstag des neuen Jahres begann für Katharina am 1. Januar um 9 Uhr 30.

»Hey, Kat – wir hatten schon Wetten abgeschlossen, ob du tatsächlich pünktlich erscheinst.«

Die alten Kollegen aus der Nachrichtenredaktion kannten Katharinas Vorliebe für ausschweifende Nächte. Dass ausgerechnet sie an Neujahr moderieren musste, war die absolute Höchststrafe. »Pünktlich – und zudem frisch wie der junge Morgen. Friederike und Tom haben mich den ganzen Abend so mit Wasser zugeschüttet, dass für Alkohol partout kein Platz mehr war.«

In diesem Moment erschien Bernhard Rieken – fünf Minuten zu spät, wie Kat befriedigt feststellte. »Guten Morgen und ein frohes neues Jahr. Da ihr gestern vermutlich nicht ganz auf eure Kosten gekommen seid, habe ich Sekt kalt gestellt. Für einen kleinen Absacker nach der Sendung.«

»Früher gab es hier noch Champagner.« Kat begann das neue Jahr exakt so, wie sie das alte beendet hatte.

»Früher, liebe Katharina, da hatten wir auch noch Moderatorinnen, die stolz darauf waren, vor der Kamera zu sitzen.«

In den folgenden Stunden bis zur Sendung blieb keine Zeit für weitere Sticheleien.

Fieberhaft arbeiteten die Redakteure an ihren Berichten, Katharina schrieb Meldungen und suchte nach einem passenden Gesprächspartner zur Börsenkrise. Bernhard stritt mit Christina Gellert, der Chefin vom Dienst, über den Aufbau der Sendung. Was war das Thema des Tages? Die Drohung von Palästinenserführer Arafat, einen Vergeltungsschlag direkt in das Herz Israels zu richten? Oder doch die Serben und Albaner, die sich erneut die Köpfe einschlugen? Am besten ein Inlandsthema – aber es gab keines. Die Neujahrsansprache des Bundeskanzlers? Eher nicht.

Katharina fing langsam an, sich wohl zu fühlen. Angst, erneut zu versagen, hatte sie nicht.

»Ich weiß, dass es kein Problem für dich sein wird, Katharina«, hatte Lion bei ihrem ersten Gespräch über die Moderation gesagt – und sie vertraute ihm noch immer. Abgesehen davon mochte sie die Menschen der News-Redaktion im ganzen Sender am liebsten.

Hier gab es eine schrille Melange aus altgedienten Reportern und aufstrebenden Newcomern. Alle hatten sie so viel mit der Hatz auf die neuste Nachricht zu tun, dass ihnen für das Austoben von Eitelkeiten keine Zeit blieb. Gut ein Drittel der Kollegen aus ihren Zeiten beim Mitternachtsmagazin arbeitete noch immer in der Nachrichtenredaktion. Kat hatte sie immer gemocht, und dies beruhte auf Gegenseitigkeit. Während der Proben für die neue Sendung war ihr damaliger Zusammenbruch nicht mit einem Wort erwähnt worden. Nicht ihr gegenüber – und schon gar nicht im Beisein Bernhard Riekens. Der Chef war in der Redaktion ebenso unbeliebt wie bei ihr. Vor allem Christina Gellert, eine ausgewiesene Emanze, kämpfte gegen akute Mordgelüste. Sie hatte bis zum Amtsantritt von Bernhard relativ autark gearbeitet und empfand seine ständige Einmischung als persönlichen Angriff auf ihre Ehre. Abgesehen davon hielt sie ihn schlicht für unfähig. Besser ist das, dachte Katharina, so waren sie zumindest schon zu zweit.

Als es Zeit wurde, in die Maske zu gehen, spürte sie ein angenehmes Kribbeln im Magen. Kein Zweifel: Sie war aufgeregt, und zwar höllisch. Fast wäre sie in einen Fleurop-Boten gerannt, der unvermittelt vor ihr stand. »Blumen für Sie, Frau Fahlke – wenn sie hier unterschreiben mögen?!« In der Hand hielt er einen dicken Strauß Baccara-Rosen.

*Ich weiß nicht, ob Mammutjäger Blumen pflücken … ich jedenfalls tu's. Toi, toi, toi für deine Sendung, in Liebe, Johannes.*

Katharina schluckte. Natürlich hatte Johannes an ihre Sendung gedacht, obwohl sie sich seit dem Schlagabtausch an Weihnachten nicht mehr gesehen hatten. Die gemeinsame Silvesterfeier mit Friederike und Tom hatte Johannes unter einem Vorwand abgesagt. Weder er noch Katharina waren in diesem Jahr in der Stimmung für einen fröhlichen Pärchen-Abend gewesen. Gespickt mit lauter Pärchen-Wünschen für das gemeinsame neue Jahr. Beide hatten Angst, dass es vielleicht bald keine Gemeinsamkeiten mehr für sie geben würde. Katharina wurde für einen Moment traurig und steckte Johannes Karte dann schnell als Glücksbringer in ihre Jackentasche. Einem ersten Impuls folgend, griff sie zu ihrem Handy, um ihn anzurufen. Dann aber besann sie sich eines Besseren. Nur noch eine Stunde bis zur Sendung – darauf musste sie sich konzentrieren.

»Svea – gib alles. Die hektischen Flecken auf Hals und Dekolletee sind nicht besonders kleidsam.«

»Sie sind fast so schön rot wie die Rosen. Alles wieder in Butter mit Johannes?« Die Maskenbildnerin freute sich über das üppige Bouquet, als hätte sie es bekommen. Glückliche Moderatorinnen strahlten eine natürliche Schönheit aus – und das machte ihre Arbeit um einiges leichter.

»Nicht ganz. Die Blumen stehen eher für die gleiche Frage. Und ich kann sie nicht beantworten.«

»Das diskutieren wir später. Jetzt heißt es: Tief durchatmen und ran an den Speck. Katharina, die Frontfrau, ist zurück in der Bütt!« Dabei machte sie den roten Pusteln mit gezielten Make-up-Klecksen den Garaus.

Um Viertel nach sieben, 15 Minuten vor Sendebeginn, setzte Katharina sich ins Studio.

Olli, ihr Lieblingstontechniker, befestigte das Mikrofon am Revers ihres Sakkos und versenkte das so genannte »Ohr«, einen kleinen Empfänger, durch den die Moderatorin Anweisungen aus der Regie erhielt. »Sitzt alles?« Katharina half mit ein wenig Druck auf die Ohrmuschel nach. Dann war sie zufrieden. »Perfekt. Danke, Olli.«

Noch zehn Minuten. Katharina las alle Texte noch einmal gegen. Zum ersten Mal war sie froh, einen Teleprompter zu haben. Jenes Wunderwerk der Technik, das die Sätze direkt vor der Kamera abspielte. In ihrer Talkshow verzichtete sie darauf, aber jetzt war sie so aufgeregt, dass ihr vermutlich rein gar nichts eingefallen wäre.

»Alles klar, Frau Moderatorin, ist die Lautstärke für dich O.K.?« Bernhard brüllte ihr ins Ohr.

»Zu laut. Eindeutig. Und wieso sitzt du in der Regie? Ich dachte, Christina macht das.«

»Tut mit Leid. Die erste Sendung würde ich gern selbst fahren.«

Auch das noch. Aber für Diskussionen war jetzt definitiv keine Zeit mehr.

»Noch eine Minute bis zum Beginn – viel Glück.«

Noch dreißig Sekunden, noch zehn – und Katharina war auf Sendung.

»Einen schönen guten Abend und ein frohes neues Jahr. Ich begrüße Sie zu den Kanal10-News.« Umdrehen in Kamera 3: »Ramallah – nach zweiwöchiger Waffenruhe droht nun ein erneuter Krieg zwischen Israelis und Palästinensern …«

Wie im Rausch flogen Berichte, Meldungen und Studiogespräch an Katharina vorbei. Alles lief gut. Kein Versprecher, kein Blick in die falsche Kamera. Sie wurde langsam ruhiger und genoss es sogar wieder, hochwichtige Dinge aus aller Welt zu verkünden.

Zum Schluss noch der Blick auf das Wetter – und tschüss. Nach 30 Minuten war der Spuk vorbei.

Alle Filme waren rechtzeitig fertig gewesen, niemand hatte gepatzt, und das neue Studio war auch nicht in sich zusammengefallen. Mit dem guten Gefühl, die erste Hürde genommen zu haben, stießen alle Beteiligten mit Bernhard Riekens Sekt auf die gelungene Sendung an.

»Vielen Dank an alle. Wenn wir so weitermachen, werden wir aus dem Quotentief schnell heraus sein.« Der Nachrichtenchef war sichtlich erleichtert. »Auf die nächsten Monate!« Bei diesen Worten guckte er in Richtung der neuen Redakteurin.

Katharina hatte Lena Ahlers erst jetzt registriert. Sie war hübsch, so viel stand fest. Kurze blonde Haare, blaue Augen, edles Profil, knabenhafter Oberkörper.

»Ich sag mal 75 A – kurz vor der Unsichtbarkeit.« Christina war Katharinas Blick gefolgt und erriet ihre Gedanken.

»Aber ansonsten schwer attraktiv. Hat sie Kamera-Erfahrung?«

»Ein wenig. Soviel ich weiß, hat sie irgendein Regionalfenster in Köln moderiert.«

»Ach, kiek mal an. In Köln. Wo kommt Bernhard noch gleich her?«

»Aus Köln.«

Katharina und Christina beschlossen, die gute Lena unauffällig unter Beobachtung zu halten.

*

Drei Wochen später saß Katharina endlich wieder für ein paar Tage mit Friederike zusammen im Büro.

Ihre Wissenschaftssendung stand an, diesmal über die Mythen des 20. Jahrhunderts. Entspannt stellte sie fest, dass ihre Redaktion bereits ganze Arbeit geleistet hatte. Ein Forscher, der vermeintlich handfeste Beweise für die Existenz des Ungeheuers von Loch Ness vorlegen wollte, ein Überlebender eines Schiffsunglücks im Bermuda dreieck und ein Psychologe, der erklärte, warum Mythen so wichtig für die Menschheit sind, hatten bereits zugesagt. Alle einführenden Filme waren ebenfalls fertig. Kat ließ sich in den vertrauten Bürostuhl fallen und freute sich auf eine Woche ohne Nachrichtenstress.

Ihr Blick blieb an den Texas-Fotos hängen, die über ihre ganze Bürowand verstreut hingen. »Greg hat mit keinem Wort auf meine Karte reagiert.«

»Vielleicht kann er nicht schreiben?«

»Sehr witzig! Meinst du, er hat mich aus seinen Gedanken gestrichen?«

»Wenn er denken kann – und das zumindest will ich ihm mal zugestehen – dann wäre es das Beste. Was soll der Quatsch überhaupt? Ich dachte, die Herzschmerzen seien längst perdu?«

Friederikes harscher Tonfall zeigte Katharina, dass die Freundin nicht die geringste Lust hatte, das leidige Thema erneut aufzuwärmen. Gleichzeitig schien sie überrascht, dass es überhaupt noch eines war. Katharina hatte Greg in den letzten Wochen mit keinem Wort erwähnt.

»Sind sie nicht. Obwohl ich es ehrlich versucht habe.«

Katharina war ernsthaft deprimiert. Noch vor Weihnachten hatten sie ihren nächsten Trip auf die Ranch gebucht. Am 2. Mai ging ihr Flieger nach Houston. Und natürlich träumte sie davon, ihre Romanze mit Greg fortsetzen zu können. Aber so wie die Dinge jetzt standen, würde daraus wohl nichts.

»Was sagt Johannes überhaupt zu unseren Reiseplänen? Nachdem ihr euch wieder zusammengerauft habt, müsste der sich doch mit Händen und Füßen gewehrt haben.«

»Er sagt nichts – wie immer.«

»Hast du eigentlich nie Angst davor, dass er irgendwann die Nase voll hat von deinen Eskapaden?«

»Doch – und genau dann werden wir wissen, wie sehr ich ihn wirklich will.«

»Ich hoffe nur, dass es ihn dann auch noch interessiert.«

In den Tagen vor der Sendung konzentrierte sich Katharina voll und ganz auf das bevorstehende Thema. Sie las alle Artikel und Biographien, die sie über ihre Gäste finden konnte, diskutierte die Fragen an jeden Einzelnen mit ihren Mitarbeitern, und Johannes und schrieb ihre Moderationen. Das Thema machte ihr Spaß, die Vorbereitung lief perfekt – es konnte rein gar nichts schief gehen. Trotzdem fühlte sie sich unsicher und wusste nicht, warum.

Um sich abzulenken, zog sie fast jeden Abend mit alten Freunden durch die Kneipen und kam morgens mit gefährlich geröteten Augen in die Redaktion.

»Ist alles in Ordnung? Du siehst ziemlich, nun, ziemlich abgelebt aus.« Friederike machte sich ernsthaft Sorgen.

»Bisschen viel Rotwein, sonst nichts.« Kat wollte nicht über ihre innere Unruhe sprechen.

»Morgen Abend um 22 Uhr stehst du für volle zwei Stunden live vor der Kamera – denk bitte daran.«

»An nichts anderes – so viel steht fest.«

In der Nacht konnte Katharina nicht einschlafen. Weder Rotwein noch ein schmachtender Videofilm halfen. Gegen fünf Uhr morgens hatte sie sich endlich in den Schlaf geheult und wusste noch immer nicht, warum sie sich eigentlich so ausgebrannt fühlte.

»Ist Katharina schon da? Wir wollen mit den Stellproben beginnen.« Johannes stand etwas ratlos an Friederikes Schreibtisch. Als Ressortleiter »Wissenschaft« war er für den reibungslosen Ablauf der Sendung verantwortlich. Und die Moderatorin der Sendung gehörte eindeutig dazu.

»Leider nicht. Sie geht auch nicht ans Telefon.«

»O.K., ich fahre hin.«

Noch nie war Katharina zu spät ins Studio gekommen. Egal, ob sie krank oder einfach nur verkatert war, Unzuverlässigkeit gehörte nicht zu ihren Eigenschaften. Johannes ahnte, dass die Sendung ernsthaft in Gefahr war. Einem ersten Impuls folgend, wollte er Lion anrufen. Der Chefredakteur musste in diesem Fall als Erster informiert werden. Doch er legte den Hörer zurück auf die Gabel – vielleicht hatte sie nur verschlafen.

20 Minuten später sah er die Katastrophe vor sich.

Katharina öffnete die Tür im Schlafanzug, hatte ganz offensichtlich noch nicht geduscht, und ihre Augen waren so verquollen, dass selbst Svea nicht würde helfen können.

»Ich komme heute nicht. Und versuch nicht, mich zu überreden.« Sie wollte die Tür gleich wieder schließen, aber Johannes stellte den Fuß dazwischen.

»Was ist denn bloß passiert? Ist jemand gestorben?«

»Ja. Die Moderatorin Katharina Fahlke. Und zwar endgültig.«

»Findest du nicht, dass dies ein schlechter Zeitpunkt zum Sterben ist? Du hast heute Abend eine Sendung!«

»Umso besser. Dann kommt zumindest niemand mehr

auf die bescheuerte Idee, mich live in den Fernseher stellen zu wollen. Ich kann es einfach nicht. Habe es nie gekonnt.« Ein weiterer Weinkrampf folgte.

Daher wehte der Wind – Johannes wusste sofort Bescheid. Katharina steckte in dem gleichen Loch wie vor fünf Jahren, nur dass sie es diesmal rechtzeitig erkannt hatte. Sie wollte unter keinen Umständen ein zweites Mal vor laufenden Kameras baden gehen. Er führte sie in die Küche und setzte heißes Wasser auf. Nescafé, das hatte er in der Zeit mit ihr gelernt, half meistens. »Kat, nun mal ganz ruhig.« Hilflos tätschelte Johannes ihren Nacken. »Du hast die letzten Wochen im News-Studio bravourös gemeistert, kein einziges Mal gepatzt. Und heute sitzt du in deiner eigenen Sendung. Was soll denn da schief gehen?«

»Es kann alles schief gehen. Glaub mir. Beim letzten Desaster standen zunächst auch alle Zeichen auf Grün – trotzdem hatte ich von einer Sekunde auf die nächste einen Blackout und bin aus dem Studio gerannt. Ich möchte mich niemals wieder so fühlen! Und soll ich dir etwas sagen? Heute ist so ein Tag. Ein ›Ich-laufe-aus-dem-Studio-Tag‹. Und deshalb gehe ich erst gar nicht hinein.«

»Aber, Kat …« Johannes wollte gerade zu einer weiteren Motivationstirade ansetzen, als Katharina die eben gefüllte Kaffeetasse an die Wand knallte.

»Aber, Kat …« äffte sie ihn nach. »Kein ›aber, Kat‹ mehr, Johannes! Ja, Lion hat mir mit der Talkshow eine zweite Chance gegeben, und ja, ich danke ihm dafür. Aber mit der Zwangsverpflichtung in die täglichen News hat er den gleichen Fehler gemacht wie damals: Er geht einfach davon aus, dass ich funktioniere, ohne selbst auch nur das Geringste dafür zu tun!«

»Aber was hätte er denn tun sollen?«

»Mir zum Beispiel diesen Kotzbrocken von Nachrichtenchef vom Hals halten, der jeden Tag an meinem Stuhl sägt. Und – und das ist der entscheidende Punkt – er hätte mir vielleicht einen Coach gönnen können, so, wie das bei allen anderen professionellen Sendern üblich ist.«

»Hast du denn nach einem gefragt?«

»Natürlich. Er hat abgelehnt.«

»Du hast sicher Recht, Kat – aber darüber können wir erst nach der Sendung reden. Einverstanden? Ich werde die Stellproben jetzt auf 16 Uhr verschieben und erwarte, dass du kommst. Noch was, Kat – ich liebe dich – auch wenn du ein Scheusal bist.«

Damit stand er auf und betete noch im Gehen ein kleines Vaterunser. Wenn Katharina heute kniff, würde Lion ihr nicht wieder helfen.

*

Kat kniff nicht.

Immer noch schauderhaft aussehend, aber immerhin geduscht und angezogen, stand sie um fünf vor vier im Studio. Keiner ihrer Kollegen wagte, nach dem Grund für die Verspätung zu fragen, und alle arbeiteten gewohnt routiniert am Aufbau der Sendung. Es gab eine einzige situationsbedingte Maßnahme des ersten Kameramanns: Das Licht wurde eine Stufe sanfter eingestellt.

Svea traf derweil ihre eigenen Vorbereitungen. »Moritz! Sekt muss her. Kalt, trocken – und verdammt schnell.« Der Aufnahmeleiter verstand.

Dann baute sie einen CD-Player in der Maske auf und holte Billy Joel aus dem Auto. »Wenn der nicht hilft, dann nichts.«

Als Kat sich erschöpft auf ihren Stuhl fallen ließ, war alles vorbereitet.

»So, meine Liebe. Ich frage nicht, warum du so spät bist – aber jetzt üben wir uns in Motivationstechnik. Trink dieses Glas aus – und sing!«

Etwas überrascht, aber unfähig, sich zu wehren, ergab sich Katharina ihrem Schicksal.

Eine Stunde später war das Schlimmste überstanden. Zum dritten Mal schon krächzten Svea und Katharina »Italian Restaurant«, der Sekt war zur Hälfte geleert, und Kats Blässe ließ sich unter der Doppelschicht Puder nur noch erahnen.

»You made my day, Svea – vielen Dank.«

Um Mitternacht war alles wobei, und als Katharina gerade die letzten Make-up-Reste von ihrem Gesicht kratzte, betrat Lion die Maske. »Das war aber verdammt knapp. Kannst du mir erklären, was los war?«

»Wieso – ist doch alles gut gegangen.« Katharina hatte in der Sendung keinen einzigen Hänger gehabt, nichts vergessen, nichts falsch gemacht. Eigentlich hätte niemandem etwas auffallen dürfen.

Lion sah die Sache entschieden anders. »Don't piss on my back and tell me it's raining!«

»Bitte?« Katharina erschrak über seinen rüden Tonfall.

»Du sollst mir nicht auf den Rücken pissen und das als Regen verkaufen! Jeder, der dich kennt, weiß, dass du die ganze Zeit kurz vorm Umkippen warst, Katharina. So habe ich dich bisher nur ein einziges Mal gesehen. Deine Augen waren völlig leer, dein Lachen eingefroren.«

Katharina setzte sich. Sie seufzte und schaltete um auf Ehrlichkeit. »Du hast Recht – ich bin einfach durch. Diese verdammten täglichen News machen mich völlig mürbe. Immer hübsch sein, immer auf dem aktuellen Stand, immer topfit für das Volk. Und als Krönung Bernhard Rieken.

Ich hab es so satt, Lion! Moderieren macht mir keinen Spaß mehr. Es tut mir Leid.«

Lion verzog keine Miene. »Gut. Ich werde mir etwas überlegen. Ich habe nur noch eine Frage. Warum bist du nicht früher zu mir gekommen?«

»Vielleicht, weil ich dachte, du würdest nach meiner Bitte um einem Coach von allein darauf kommen? Vielleicht, weil du mich, ohne ein »Nein« zu akzeptieren, in die tägliche Moderation zurückgesteckt hast? Aber vielleicht wollte ich dich auch einfach nicht enttäuschen. Ich weiß es selbst nicht genau.«

In einer verzweifelten Geste warf Katharina das Abschminktuch ins Waschbecken und drehte Lion ihr ungeschminktes Gesicht frontal zu. »Genau so, wie ich jetzt aussehe, fühle ich mich. Und das ist nicht gut.«

Lion konnte sich Katharinas offensichtlicher Verletzlichkeit nur durch schnelles Verlassen der Maske entziehen. Dabei sah er gerade noch, wie Bernhard Rieken um die nächste Ecke verschwand.

Keiner der beiden hatte ihn zuvor bemerkt. Wie zufällig hatte er vor der Tür gestanden und jedes Wort verstehen können. Auch die Sektflasche war ihm nicht entgangen. Noch in der gleichen Nacht traf er sich mit Lena Ahlers.

Katharina zog aus dem gerade noch abgewendeten Zusammenbruch still und heimlich ihre Konsequenzen. Sie musste weg. Weg vom Sender, weg aus Berlin und auch weg von Johannes.

Einen Tag nach der Sendung telefonierte sie mit der Lone Star Ranch und fragte Oscar B. Thelen nach einem Job.

»Den kannst du haben, Cowgirl, und zwar für ein Jahr auf Probe, aber erst, wenn du dich beruhigt und zu Hause alles geregelt hast.« Typisch Mr. B. – und natürlich hatte er Recht.

Zu regeln waren vor allem die Finanzen. Katharina hatte weder Bausparverträge auf der Bank noch Millionen unter dem Kopfkissen. Sie brauchte zumindest ein kleines Startkapital. Kein Texas ohne Geld, kein Geld ohne Moderationen – sie war alt genug, den Fluchttrieb der Vernunft unterzuordnen. Der Ausstieg musste warten.

*

Erst zwei Monate später sollte Katharina erfahren, dass auch Bernhard Rieken nicht untätig gewesen war. Mit dem Gedanken an Texas hatte sie zu ihrer gewohnten Routine zurückgefunden, die Nachrichtensendungen und auch die weiteren Talkshows souverän hinter sich gebracht, als Friederike sie eines Abends zum Essen einlud. »Ich glaube, da ist was im Busch.« Friederike nahm einen großen Schluck Prosecco, bevor sie weiterredete. »Ich bin vorhin zufällig am Büro von Lion vorbeigegangen und hörte ihn mit Bernhard über deine Talkshow reden.«

»Mit Bernhard? Was hat der denn damit zu tun?«

»Gar nichts – aber Lena Ahlers.« Nach dem, was Friederike mitbekommen hatte, war Lena bereits heimlich für Katharinas Show gecastet worden. Die Proben hatten unter Ausschluss der Öffentlichkeit an einem Samstag stattgefunden.

»Die beiden schauten sich gerade die Aufnahmen an, als ich vorbeiging. Offensichtlich waren sie ganz begeistert.«

Gut, eine Probe hieß noch nichts, und über ein so genanntes »Backup«, jemanden, der im Notfall einspringen konnte, hatte sie mit Lion auch gesprochen. Aber dass man Katharina nicht darüber informiert hatte, war schon ein dicker Hund. »Meinst du, die kicken mich aus der Sendung?«

»Sieht ganz danach aus.«

Kat glaubte nicht daran. Sie hatte gute Quoten, die Zuschauer liebten sie, und außerdem war das Konzept perfekt auf sie zugeschnitten. »Das geht gar nicht. Wie sollten sie das denn organisieren?«

»Und wenn doch? Spielen wir das Theater doch einmal durch.« Friederike versuchte jetzt, Katharinas Kampfgeist zu mobilisieren.

Bei drei bis fünf weiteren Gläsern Prosecco überlegten die Freundinnen, wie Lion und Bernhard Katharinas Abschiebung wohl organisieren würden. Einfach war das nicht, denn Kat war längst mitten in den Vorbereitungen für die kommenden Sendungen. Sie hatte die Filme bestimmt, die Gäste ausgesucht und auch schon einige Vorgespräche geführt. Eigentlich war es nicht möglich, sie kommentarlos zu ersetzen. »Es sei denn – sie machen es im Mai.« Wieder war es Friederike, die den zündenden Gedanken hatte. Und endlich wurde auch Katharina hellhörig. »Stimmt. Für Mai ist offiziell keine Sendung in Planung – und wir sind in Texas. Wenn sie also heimlich eine weitere ins Programm nehmen, dann kann Lena die moderieren. Clever, wirklich clever.« Sie ergründete ihr Innerstes nach ersten Anzeichen von Panik, konnte aber keine entdecken. »Ich glaub's trotzdem nicht. Mit dem Casting will Lion mich ärgern. Mehr nicht. Schließlich sind die letzten Sendungen perfekt gelaufen.«

Friederike ärgerte sich über Katharinas Ignoranz. »Dein Selbstbewusstsein in allen Ehren, Frau Starmoderatorin – aber versprich mir, dass du die Angelegenheit im Auge behältst, ja?«

»In Ordnung. Es bleiben noch genau vier Wochen, um

herauszufinden, ob und – wenn ja – welches Spiel gerade gespielt wird.«

Katharina musste sich eingestehen, dass Friederikes Befürchtungen doch nicht ganz spurlos an ihr vorbeigingen. Sie hielt die Augen offen, wollte sich aber nicht unnötig verrückt machen. Solange kein Beweis für eine geplante Ablösung vorlag, würde sie einfach das tun, was sie am besten konnte: arbeiten.

Extrem konzentriert und sorgfältig bereitete Katharina sich auf ihre Sendungen vor, ging früh schlafen und verzichtete auf feuchtfröhliche Abende mit Freunden. Der Erfolg gab ihr schließlich Recht: Kat war in Hochform, verstand sich bestens mit den Kollegen, und auch das Quotentief in den Nachrichten war überwunden.

Einzig die Ungewissheit über Lena Ahlers Casting blieb. Katharina hoffte, Lion würde von sich aus doch noch auf sie zukommen und das Geheimnis lüften. Aber nichts passierte. Hatte Friederike womöglich etwas falsch verstanden? Vielleicht ging es gar nicht um die Talkshow, sondern nur um die Nachrichten? Schon mehrfach hatte Lena im Nachrichtenstudio ein Kameratraining absolviert, und nach Katharinas Einschätzung war sie bald so weit, die Sendung zu übernehmen.

Ein Gespräch mit Christina Gellert bestätigte die Vermutung. Die Chefin vom Dienst erzählte ihr, dass Bernhard fast täglich mit Lena probte. »Vor der Kamera macht sie sich nicht schlecht. Das ändert aber nichts an der Tatsache, dass sie Nordkorea noch immer für ein super Urlaubsland hält und sich einfach nicht vorstellen kann, dass eine Ampelkoalition nichts mit Verkehrsregelung zu tun hat. Wenn du mich fragst, hat das Kind bei der Verteilung der Intelligenz ganz laut ›nein, danke‹ geschrien.«

Christina waren dumme Menschen zutiefst zuwider. Und dumme Frauen gingen schon gar nicht.

»Hast du zufällig etwas davon gehört, dass Lena auch meine Talkshow übernehmen soll?«

»Natürlich nicht! Ich hätte dich sofort angerufen. Das kann in Wahrheit ja wohl auch keiner wollen … oder?«

»Vielleicht doch. Sperrst du die Ohren ein bisschen auf?«

»Unbedingt! Die Inthronisierung der personifizierten Dämlichkeit muss zwingend verhindert werden. Du kannst dich auf mich verlassen, Kat.«

Zumindest für die Nachrichten war es zu spät, denn noch am selben Abend rief Bernhard Rieken Katharina und Lena zu sich. »Meine Damen, ich denke, Lena ist jetzt fit für die Sendung. Ich möchte, dass sie ab Montag übernimmt.«

»Ist mir recht.« Katharina hatte nichts dagegen, ihr Gastspiel zu beenden. Außerdem waren es nur noch zwei Wochen bis Texas – bis dahin musste ohnehin Ersatz gefunden sein.

Lena spielte die Überraschte. »Ach wirklich, Bernie – das ist ja wundervoll. Meinst du wirklich, ich kann das schon?« Sie unterstrich ihre vermeintliche Hilflosigkeit mit einem gekonnten Augenaufschlag. Kat musste würgen.

»Natürlich kannst du das – und noch einiges mehr.« Bernhard war kurz davor, seinem neuen Sternchen über die Haare zu streichen, riss sich aber im letzten Augenblick zusammen.

»Katharina, dir danke ich für deinen Einsatz.«

Zwei Tage später beendete Kat ihre Nachrichtenzeit mit einem Champagnerausstand und räumte den Schreibtisch. *Bis zum nächsten Mal, Katharina – wir halten die Stel-*

*lung und dir deinen Platz warm!* Die Kollegen hatten ein Videoprint, einen Fotoabzug aus ihrer letzten Sendung, auf den Stuhl gestellt. Bei ihrem Ausstieg aus dem Mitternachtsmagazin hätte Katharina die Worte noch als Drohung verstanden, dieses Mal nicht. Obwohl für sie feststand, dass ihre Karriere als Nachrichtensprecherin nun endgültig beendet sein würde, ging sie doch mit einem Hochgefühl: Sie hatte es geschafft, hatte den Job erledigt und würde jederzeit wieder in die Bütt steigen können.

*

»Nur noch fünf Tage – hast du schon gepackt?« Friederike rutschte auf ihrem Stuhl hin und her. Die Freundinnen saßen in ihrem gemütlichen Büro und besprachen bei Kaffee und Zigaretten den Urlaub.

»Nö. Das zerknittert doch alles.« Katharina konnte nicht glauben, dass sie schon so bald wieder auf Blaze sitzen und über die Weiden reiten sollte. Und Greg? Würde sie ihn überhaupt wiedersehen? Gemeldet hatte er sich jedenfalls nicht. Trotzdem konnte sie es kaum erwarten, »nach Hause« zu kommen. Cowboy hin oder her. »Aber alle Hemden sind gewaschen, die Stiefel geputzt und die Chaps entstaubt.«

»Wenn du dir endlich vernünftiges Reisegepäck zulegen würdest, könntest du alles schon in den Koffer legen …«

In diesem Moment klingelte das Telefon, und Christina unterbrach mit ihrem Anruf das Geplänkel der Freundinnen. »Alarmstufe Rot, Katharina! Ich weiß nichts Genaues, aber Moritz läuft ziemlich aufgeregt durch die Gänge und faselt etwas von ›Talkshow im Mai‹ – außerdem strahlt unser Lena-Herzchen über beide Arschbacken. Soll ich sie mal ein wenig aushorchen?«

Katharinas Tagträume von Blaze, blauem Himmel und Budweiser verschwanden in einer Sekunde.

Sie hatte das Thema »Lena stiehlt mir meine Show« längst abgeschrieben – zu voreilig, wie sich jetzt herausstellte. Was hatte Bernhard zu Lena gesagt? »... und noch für vieles mehr.« Also doch!

»Nein – vielen Dank, Christina – ich kümmere mich selbst darum.«

Sie wählte die Nummer des Aufnahmeleiters. Noch bevor Katharina sich einen Vorwand ausdenken musste, platzte Moritz mit den Tatsachen heraus. »Mensch, Kat, gut, dass du anrufst – das mit der Sendung im Mai kommt etwas überraschend. Das Studio wird anderweitig gebraucht, und ich weiß nicht, ob ich die Produktion noch umlegen kann. Geht auch ein anderer Termin?«

Kat schaltete auf ahnungslos. »Was für 'ne Sendung? Wir sind erst im Juni wieder dran.«

»Pustekuchen. Lion hat mich gerade angerufen. Wir machen irgendein Sex-Thema. Und zwar am 24. Mai.«

»Sorry, Moritz – aber mit der Sendung habe ich nichts zu tun. Ich bin am 24. Mai auf dem Rückflug von Texas. Frag Lion wegen des Termins.«

Das war ja wohl der Gipfel der Unverschämtheit. Man wollte sie also klammheimlich aus dem Verkehr ziehen. Nur gut, dass Moritz sich verplappert hatte.

»Er hat es tatsächlich getan – ich fasse es nicht! Lena moderiert meine Sendung!« Völlig fassungslos starrte Katharina Friederike an, die sich aus den Gesprächsfetzen nur mühsam einen Reim machen konnte.

»Schön, dass du mir auch endlich mitteilst, was hier in den letzten Minuten vor sich gegangen ist! Haben wir ein Konzept?«

»Lion erschießen – und zwar gleich.«

Bevor sie sich einen Termin bei Lion besorgte, prüfte sie ein letztes Mal ihr Gewissen. Gut – sie hatte ihm gesagt, sie hätte keine Lust mehr zu moderieren. Das war nicht wirklich clever gewesen. Lion aber hatte mit Verständnis reagiert und ihr im Gegenzug doch noch einen Coach an die Seite gestellt. Diese Frau hatte mit ihr geübt, ein psychologisches Training durchgeführt und sie so wieder in die richtige Spur gebracht. Hatte sie Lion gesagt, dass sie jetzt wieder O.K. war? Nein, nicht direkt. Aber eigentlich müsste er das doch gemerkt haben!

Für Kat jedenfalls war klar: Die Talkshow gehörte ihr – und das sollte auch so bleiben. Schließlich sollte die Gage ihren Traum finanzieren. Katharina beschloss, den Stier direkt bei den Hörnern zu packen.

»Guten Tag, Lion. Schön, dass du Zeit hast!«

»Katharina, was gibt's?« Sein entspanntes Gesicht ließ erahnen, dass der Aufnahmeleiter ihn noch nicht erreicht hatte.

»Du hättest mir ruhig sagen können, dass ich meinen Urlaub verkürzen muss. Warum erfahre ich das von Moritz?«

»Urlaub verkürzen, was meinst du?«

»Ich meine die Sendung am 24. Mai.«

Katharina wollte von ihm persönlich hören, dass Lena Ahlers die Moderation übernehmen würde, und erwähnte ihren Namen deshalb nicht.

»Ach so, ja, die haben wir ganz plötzlich ins Programm genommen …«

Lion fing an zu stammeln, wurde erst blass, dann rot und ging schließlich zum Angriff über.

»Du kannst in Texas bleiben, Lena wird die Sendung moderieren.«

Jetzt war es raus. Katharinas Knie wurden weich, in ihren Ohren fing es an zu rauschen, und sie konnte nur mit Mühe die Fassung wahren. »Wann hast du das beschlossen?«

»Hör mal, Kat, du selbst hast gesagt, du hättest keine Lust mehr, vor der Kamera zu stehen. Und ich respektiere das.«

»Was schert mich mein Geschwätz von gestern! Lion, das ist fast vier Monate her. Seitdem hat sich vieles geändert. Nicht zuletzt dank deiner Hilfe – und jetzt schießt du mir in den Rücken?« Katharina war nun doch aufgestanden und stemmte die Arme angriffslustig in die Hüften. »Die Talkshow ist meine Sendung. Ich habe sie konzipiert, mir den Arsch dafür aufgerissen und ein klasse Team zusammengestellt. Und diese kleine Schlampe bekommt das jetzt alles auf dem silbernen Tablett serviert? Du hättest wenigstens mit mir darüber reden können.«

Aber Chefredakteure konnten das offensichtlich nicht. Schon häufig hatte Katharina der Gedanke beschlichen, dass die Chefs, egal bei welchem Sender, allesamt konfliktscheue Kreaturen waren. Kat schäumte vor Wut. »Und wie geht's weiter, wenn ich zurück bin?«

»Das werden wir sehen.« Damit war für Lion das Gespräch beendet. Demonstrativ drehte er ihr den Rücken zu und griff nach dem Telefonhörer.

Zurück in ihrem Büro konnte Katharina noch immer nicht glauben, was sich gerade zugetragen hatte. Sie fragte sich, warum Lion sie so behandelte. Jahrelang waren sie trotz aller Probleme eine Art berufliches Dream-Team gewesen. Beide galten nicht gerade als einfach im Umgang, hatten ihre Launen und auch manchen Streit, aber bisher hatte sich alles bei einem Bier regeln lassen. Diesmal offensichtlich nicht. Lion hatte sie eiskalt in den Regen gestellt, ihr nicht einmal eine Chance gegeben. Die Enttäuschung über sein Handeln und das verlorene Vertrauen zogen Katharina in ein tiefes Loch.

»Da hilft nur eins: Flucht nach vorn.« Friederike dachte fieberhaft über einen Plan nach.

»Du verbündest dich einfach mit Lena.«

Kat verstand nicht, worauf Friederike hinauswollte. »Nie im Leben – das Weib soll baden gehen, und zwar ohne Schwimmflügel.«

»Natürlich, und das wird sie auch. Aber es darf auf keinen Fall so aussehen, als hättest *du* sie ins Wasser geschubst.« Friederike hatte Recht. Kat musste Lena rein pro forma ihre Hilfe anbieten. Allein schon, damit sie vor dem Rest der Kollegen nicht wie die Gemobbte dastand.

Außerdem hatte sie so die Möglichkeit, ihre Arbeitsweise und damit eventuelle Mängel zu ergründen und Lenas Moderation zu einem einmaligen Gastspiel werden zu lassen. Katharina würde einfach so tun, als hätte sie längst gewusst, dass Lena ihre Urlaubsvertretung übernahm. Aber wollte sie überhaupt kämpfen? Nervös klimperte sie auf der Computertastatur herum. »Ich weiß ehrlich gesagt nicht, ob ich die Talkshow unter diesen Umständen noch moderieren möchte. Lion hat mich abgeschrieben – und das tut fast noch mehr weh als mein verletzter Stolz.«

Friederike gab nicht so schnell auf. »Unsinn, Katharina. Du kennst ihn doch: Lion hat ein Gedächtnis wie ein Elefant. Der ist noch immer stinksauer, dass du ihm damals in der Maske einen solchen Vortrag gehalten hast. Und jetzt rächt er sich eben.«

»Das macht es nicht besser.« KÜNDIGUNG stand jetzt in großen Lettern auf dem Schirm.

»Nein, das macht es nicht. Aber es erklärt sein Verhalten und sollte dir verdammt noch mal einen Kick in die richtige Richtung geben! Kapitulation ist nicht dein Ding, Kat!«

Endlich zeigte Friederikes vehementes Auftreten Wirkung. Katharina verdrängte die trübe Stimmung und baute ihre Feindbilder auf. »O.K. – holen wir uns die dusselige Kuh und zeigen Lion, wie weit er mit seiner Rache kommt.« Klick! Das Wort »Kündigung« verschwand vom Bildschirm, und Katharina griff zum Telefon.

Noch am selben Abend traf sie sich mit Lena in der Stammkneipe neben dem Redaktionsgebäude.

Lena fühlte sich sichtlich unwohl. Nervös nippte sie an ihrem Weißwein, zupfte ständig das kurze Röckchen gerade und versuchte verzweifelt, Katharinas Monolog zu folgen.

»Weißt du, Schätzchen« – wenn Kat »Schätzchen« sagte, war das ein eindeutiger Hinweis auf tiefe Verachtung, aber das wusste Lena zum Glück nicht – »ich bin wirklich sehr froh, endlich eine Vertretung zu haben. Texas ist mir heilig. Und diese Sex-Sendung ist auch kein großer Akt. Du hast doch Talkshow-Erfahrung?«

Bei dem Wort »Vertretung« zuckte Lena kurz zusammen.

»Aha«, dachte Katharina, »sie glaubt also bereits, dass ich ganz raus bin.«

»Nicht viel, aber Bernie sagt, wir machen das nicht live, sondern als Aufzeichnung. Dann klappt das schon.«

Im weiteren Verlauf des Gesprächs wurde deutlich, dass Bernhard Rieken auch den Rest perfekt für seine Lieblingsmoderatorin arrangiert hatte. Ein Redakteursteam würde ihre Moderationen und Interview-Fragen vorbereiten, und um Filme und Talkgäste musste sie sich ebenfalls nicht kümmern. Bernhard hatte bewusst eine Crew freier

Autoren angeheuert, die nicht mit Katharina zusammenarbeiteten. Auf diese Weise würde niemand bemerken, dass Lena Ahlers in ihrer ersten Sendung nichts weiter darstellte als eine Sprechpuppe.

Auf Dauer allerdings würde sich diese Mogelpackung allein schon aus Kostengründen nicht aufrechterhalten lassen. Im Budget für die Talkshow waren vier feste Redakteursstellen vorgesehen – eine davon für den Moderator. An der aktuellen Sendung arbeiteten immer zwei Personen, die anderen bereiteten die nächste vor.

Wenn man bedachte, dass diese zwei Leute Filme und Gesprächsgäste für immerhin zwei volle Stunden organisieren mussten, war die Personaldecke mehr als dünn.

Eine Moderatorin ohne redaktionelle Kompetenz konnte man sich jedenfalls nicht leisten.

Nach drei Stunden wusste Katharina genug. Sie würde ihr Wissen im richtigen Moment an den richtigen Stellen fallen lassen – alles Weitere regelte sich dann hoffentlich von selbst.

»Also, Lena, wenn du irgendetwas brauchst, melde dich. Ich bin noch bis Samstag in Berlin und jederzeit für dich da.« Wieder einmal zahlten sich die 15 Punkte im Theaterkurs aus – und diesmal hatte sie die volle Punktzahl erreicht.

»Du bist ein schlechter Mensch und kommst in die Hölle!« Friederike hatte im Nebenraum auf Katharina gewartet und durch die dünnen Wände den Großteil des Gesprächs verfolgen können.

Kurz, sehr kurz, meldete sich bei Kat das schlechte Gewissen.

»Meinst du, ich bin ungerecht? Bin ich eine profilneurotische Moderatorenzicke, die Angst um ihren Job hat und deshalb ein junges Talent in den Abgrund stürzen will?«

»Du bist eine profilneurotische Moderatorenzicke, aber Lena ist nicht das Talent, das tatsächlich deine Vertretung übernehmen könnte. Außerdem hat sie dich zuerst hintergangen – und deshalb: Streck sie nieder!«

*

Am Sonntagmorgen um Punkt 6 Uhr 55 waren Lena, Lion und alle Fernsehsendungen dieser Welt für den Augenblick vergessen. Friederike und Katharina schnallten sich im Flugzeug an und waren bereit für Texas.

»Gut, dass wir diesmal Air France gebucht haben. Hier gibt's wenigstens Raucherzonen.« Friederike bekam jedes Mal Entzugserscheinungen, wenn sie die lange Reise ohne Zigarette überstehen musste. »Und Schampus statt Sekt! Lass uns gleich einen bestellen.«

»Um sieben Uhr morgens?«

»Jawohl!«

Nur noch ein kurzer Zwischenstopp in Paris – und dann würden sie beginnen, die Stunden bis zur Landung in Houston zu zählen. Kat dachte für einen Moment an Johannes. Er und Tom hatten die Freundinnen wie immer zum Flughafen gebracht, und zum ersten Mal hatte Johannes ihr nicht einfach nur viel Spaß gewünscht. »Ich hoffe, ich verliere dich nicht endgültig an den Wilden Westen.«

*»Willkommen in Paris Charles des Gaulles …«*

Der Flughafen lag fast komplett im Nebel, und es war ein Wunder, dass sie überhaupt hatten landen können. »Guck Dir mal die Suppe an. Hoffentlich kommen wir hier wieder weg.« Friederike schaute besorgt aus dem Fenster.

*»... leider können zurzeit auf Grund des Wetters keine Maschinen starten. Bitte erkundigen sie sich bei ihrer zuständigen Airline nach den Anschlussflügen.«*

»Ich habe es gewusst. So ein Mist!«

Der gesamte Flugverkehr war zusammengebrochen. Hunderte von entnervten Reisenden stapelten sich in den Cafés und Wartezonen. Die freundlichen Ansagen aus den Lautsprechern waren seit vier Stunden die gleichen: *»Wir bedauern, ihnen mitteilen zu müssen, dass noch immer keine Wetterbesserung in Sicht ist. Bitte haben sie noch etwas Geduld.«*

Katharina und Friederike vertrieben sich die Zeit mit »Shopping and Drinking«.

Fest entschlossen, sich nicht gleich am ersten Urlaubstag nerven zu lassen, schlenderten sie durch die Boutiquen und kurbelten die Wirtschaft an. Ein hellbrauner Wildlederrock für Kat, ein paar Python-Stiefel für Friederike, dazwischen ein Café au lait und dann weiter zu Parfum und teuren Cremes.

»Wolltest du nicht eigentlich sparen???« Katharina hatte ihrer Freundin zwar nichts von dem Telefonat mit Oscar Thelen erzählt, hatte sie aber über die geplanten Sparmaßnahmen informiert. Friederike hatte dies als positives Zeichen in Richtung »erwachsen werden« gedeutet.

Katharina seufzte. »Mache ich ja – sonst hätte ich das rote Kleid von René Lezard auch noch gekauft.«

Als ihr Flug am Abend dann doch noch aufgerufen wurde, hatten sie bereits über 450 Euro unter das Volk gebracht. Jede von ihnen. Gut, dass es Kreditkarten gab.

»Heilige Madonna – wir haben vergessen, auf der Ranch Bescheid zu sagen. Dick wollte uns doch abholen.« Friederike hielt nach einem Telefon Ausschau. Wenn sie jetzt tatsächlich starten konnten, würden sie zwölf Stunden zu spät und damit mitten in der Nacht in Texas ankommen. Nach hektischem Suchen wurden sie fündig. Gerade noch rechtzeitig erreichte Friederike das Ranch-Office und konnte die Nachricht loswerden. »Dick bringt uns den Jeep nach Houston und hinterlegt den Schlüssel am Infostand. Der ist 24 Stunden lang besetzt.«

Die ausgiebige Shoppingtour und der an Bord ausgeschenkte Rotwein verfehlten ihre Wirkung nicht. Katharina und Friederike verschliefen fast den ganzen Flug über den Ozean und wachten gerade rechtzeitig zum Essen auf. Ungeachtet der nächtlichen Zeit servierten die Stewardessen Frühstück. Rührei und Croissants.

»Denkst du an Greg?« Friederike beobachtete Katharinas abwesenden Blick aus dem Fenster.

»Ja, ich habe Dick vor einer Woche ein Fax mit unseren Reisedaten geschickt. Er hat versprochen, es an Greg weiterzuleiten.«

»Und – hat sich wer gemeldet?«

»Nein.«

Katharina spürte plötzlich, dass ihre Romanze vorbei war. Keine Antwort auf die Weihnachtskarte, keine Antwort auf das Fax. Deutlicher konnte es nicht werden.

»Vielleicht ist es besser so. Die Fortsetzung des vergangenen Urlaubs hätte meine Abwehrkräfte außer Kraft gesetzt. Berlin wäre mir dann endgültig völlig egal.«

Mit sanftem Schwung setzte das Flugzeug zur Landung an.

Der »George-Bush-Intercontinental«-Flughafen war um diese Zeit fast menschenleer. Eine Putzkolonne beseitigte die letzten Spuren des vergangenen Tages, die Männer des Sicherheitsdienstes standen, entspannt in ein Gespräch vertieft, in einer Ecke.

Gedankenverloren strich Katharina mit den Fingern an der Krempe ihres Sonntagshuts entlang und setzte ihn für den Gang durch den Zoll auf den Kopf. Texanerin wollte sie trotzdem sein!

Die Neonbeleuchtung in der kleinen Ankunftshalle war auf ein Mindestmaß heruntergedimmt, die Geldwechsel-Schalter, vor denen für gewöhnlich die Reisenden in einem dichten Pulk anstanden, hatten geschlossen. Ein junges Paar und ein älterer Mann warteten hinter der Absperrung auf ihre Angehörigen. Die Frau hinter Katharina und Friederike stieß einen Freudenschrei aus und stürzte auf den Mann zu. In einer Mischung aus Französisch und Englisch redete sie auf ihn ein, während er sie einfach nur fest in den Arm nahm. Offensichtlich hatte sich hier ein Liebespaar nach langer Zeit wiedergefunden.

»Nicht traurig sein, Kat. Wir holen jetzt unseren Jeep und fahren durch die Nacht. Das ist auch romantisch!«

»O.K.«

Der Informationsstand war tatsächlich noch besetzt, und Friederike fragte nach dem Schlüssel. »Lone Star Ranch – is there any key for us?«

»No, Ma'am, I am sorry.« Auch längeres Suchen brachte keinen Erfolg. Es gab keinen Schlüssel, keine Nachricht, nichts. »Toll, dieser Urlaub steht unter einem verdammt schlechten Stern!« Es blieb den Freundinnen nichts anderes übrig, als nach einem Taxi zu suchen. »Das kostet mindestens 200 Dollar, wenn nicht noch mehr. Da wäre noch 'ne Nachtcreme drin gewesen.« Katharina fluchte wie ein Rohrspatz, als sie durch die Glastür nach draußen traten.

Eine Sekunde später stand die Erklärung für das Schlüsseldesaster vor ihnen. »Ihr seid spät dran, Ladys.« Greg lehnte an seinem Pick-up und ging jetzt auf die Freundinnen zu. Katharina starrte ihn an und fuhr den Trolley gegen einen Betonpoller.

Friederike blieb cool. »Mensch, Greg – ausnahmsweise finde ich es direkt schön, dich zu sehen. Ich dachte schon, wir müssten trampen.« Sie gab ihm beherzt die Hand. »Sorry, ich muss dringend mal wohin – bin gleich wieder da.« Weg war sie – und überließ die Freundin ihrem Schicksal.

Katharina sammelte planlos die Gepäckstücke zusammen, die ebenso durcheinander geraten waren wie ihre Gefühle. Sie wich seinem Blick aus und konzentrierte sich stattdessen auf Koffer und Taschen. Wütend oder glücklich sein, das war hier die Frage.

»Willkommen in Texas, Kat. Bist du in Ordnung?« Greg hatte sich jetzt direkt vor ihr aufgebaut.

»Ob ich in Ordnung bin?« Wut schien angebracht. »Warum hast du nichts, rein gar nichts von dir hören lassen? Ich hatte mich schon damit abgefunden, dich nie wiederzusehen!«

»Hey« Gregs Stimme wurde sehr leise, vorsichtig nahm er Katharina in den Arm. »Ich werde dir später alles erklären, aber jetzt bin ich erst mal froh, dass du da bist.«

»Ich auch.« Wut war wohl nicht länger angebracht. Schließlich lag sie endlich an der Brust, von der sie monatelang geträumt hatte.

»Wenn ein Cowgirl einen Cowboy küsst ...« – »nimmt das Girl den Hut ab.« Kat vollendete den Satz und hatte dabei ihren Stetson schon in der Hand. Als Greg sie küsste, fiel die Anspannung der letzten Wochen von ihr ab, und sie entschied sich endgültig für »glücklich sein«.

»Ist der Kutscher bereit?« Friederike war zurück und wollte nun schnellstens auf die Ranch.

Um fünf Uhr morgens hatten sie es endlich geschafft.

Greg half ihnen noch, das Gepäck ins Haus zu tragen, und verabschiedete sich dann schnell. »Darf ich dich morgen zum Abendessen abholen, Kat? Ich kann jetzt leider nicht bleiben.«

»Ja, sicher.« Irgendetwas war ganz und gar nicht in Ordnung. Schon während der Fahrt zur Ranch hatte Katharina bemerkt, dass Greg versuchte, eine gewisse Distanz zu ihr zu wahren.

Er bemühte sich um möglichst belanglose Konversation, und nur ganz selten – und eher zufällig – hatte seine Hand sie berührt. Kat hatte das zunächst auf Friederikes Anwesenheit geschoben, aber jetzt war ihr klar, dass wesentlich mehr dahinter steckte.

Die Sonne stand längst gleißend am Himmel, als die Freundinnen aus einem komatösen Schlaf erwachten. Völlig gerädert ging Kat wie immer als Erstes auf die Veranda und versuchte, einen klaren Kopf zu bekommen.

Die Lone Star Ranch im Mai war ein Traum. Die Weiden und Bäume standen in saftigem Grün, rund um ihr kleines Haus wuchsen bunte Wildblumen, und über allem strahlte der tiefblaue Himmel. Nur wenige Meter von Katharina entfernt wackelte ein Gürteltier durchs Gras, aus der Ferne hörte sie das vertraute Muhen ihrer Kühe. »Alles wird gut. Wenn nicht hier, dann nirgendwo.«

Katharina und Friederike hatten den ersten Tag ausnahmsweise ganz für sich. Oscar und Shirley würden erst Mitte der Woche aus Europa zurückkommen, und arbeiten mussten sie auch nicht. »Los, Cowgirl – wir nutzen die einmalige Chance und gehen ganz in Ruhe einkaufen.«

Mit ihrem roten Jeep, den Dick vorsorglich am Haus abgestellt hatte, fuhren sie nach Jewett.

»Was ist mit den neuen Stiefeln, die du dir unbedingt

kaufen wolltest? Sollen wir die für heute Abend noch besorgen?« Friederike stellte die letzte von ungefähr zwölf Lebensmitteltüten hinten ins Auto.

»Nein, nach dem Kaufrausch in Paris muss ich mein Geld zusammenhalten. Und heute Abend helfen auch die Stiefel nicht weiter.« Katharina wollte am liebsten absagen.

»Es ist vorbei. Beim Essen gibt's den Gnadenschuss.«

»Schön wär's ja ... aber jetzt mal realistisch. Warum sollte er das tun?«

»Weiß der Geier. Seine Ex-Frau, seine Tochter – oder vielleicht habe ich mir die ganze Romanze auch nur eingebildet.«

»Also Letzteres glaube ich nicht. Hast du nicht gesehen, wie er dich angeschaut hat?«

»Nein.«

»Ich aber.«

»Nach dem Hauptgang wissen wir mehr. Ich ruf dich dann an. Können wir jetzt bitte zurückfahren? Ich will, dass Greg umfällt, wenn er mich sieht – und dafür brauche ich mindestens zwei Stunden.« Zur Sicherheit kauften sie die Stiefel dann doch noch: cognacfarbene Wildlederboots mit hohem Absatz. Für 250 Dollar! Gut, dass es Kreditkarten gab.

Um zehn vor sieben war Kat bereit. Ihren Unterleib hatte sie in die engsten Jeans gezwängt, die sie finden konnte. Greg liebte enge Hosen –, das braune, taillierte Hemd war gerade so weit offen, dass man noch den Ansatz ihres schwarzen Spitzen-BHs sehen konnte, und die neuen, hohen Stiefel sorgten für die nötige Streckung der Beine. Die meiste Zeit aber hatten die Haare in Anspruch genommen. Gut eine halbe Stunde hatte sie die widerborstigen

Strähnen mit drei Rundbüsten in Form gebracht. Das Resultat konnte sich sehen lassen: In weichen Wellen fiel die braunrote Pracht auf ihre Schultern, der etwas zu lange Pony umspielte ihr dezent geschminktes Gesicht. Katharina warf ihrem Spiegelbild einen Kussmund zu. Im nächsten Moment streckte sie ihm die Zunge heraus. Was würde der Abend bringen? Würde der Lippenstift ungeküsst die Nacht überstehen oder vielleicht doch bereits im Auto sein Dasein aushauchen? Katharina versuchte, sich selbst zur Ordnung zu rufen. Wenn Greg ihre Romanze für beendet erklären wollte, dann sollte er das tun – ihr Glück hatte sie noch nie von einem Mann abhängig gemacht. Aber vielleicht wollte er das ja gar nicht, vielleicht hatte sie sich die Distanz auf der Fahrt zur Ranch nur eingebildet?

»So solltest du mal moderieren.« Friederike erschien hinter Katharina im Spiegel und lächelte ihr aufmunternd zu. »Die Quote wäre gesichert.«

»Ist das nicht vielleicht zu viel Schminke für den Wilden Westen? Und was ist mit der Hose? Sehe ich dick aus?«

»Nein. Knackig.« Für Änderungen war es jetzt eh zu spät, denn Greg fuhr in diesem Moment vor.

»Viel Glück, Cowgirl!« Friederike drückte Katharina einen Kuss auf die Wange und verschwand im Schlafzimmer.

»Du bist wunderschön, Kat ...« Greg machte einen Schritt zurück, als Katharina die Tür geöffnet hatte. Auf diesen Anblick war er offensichtlich nicht vorbereitet.

»Ich weiß – und alles für dich, Cowboy.« Kat hatte sich fest vorgenommen, sofort in die Offensive zu gehen. Nur zu gut erinnerte sie sich an den Anfang ihrer Romanze im November. Tagelang waren sie damals umeinander herumgeschlichen, bis es am allerletzten Tag schließlich doch zu der finalen Umarmung gekommen war. Diesmal nicht. Texanischer Anstand hin oder her. Heute wurde nach Berliner Regeln gespielt. Leider reagierte Greg nicht wie geplant. Stumm nahm er ihre Hand und geleitete sie zum Wagen.

Das »Yellow Rose« lag etwa eine Stunde von Lone Star entfernt. In dem einzigen Speisezimmer standen acht Holztische, eingedeckt mit rot-weiß karierten Tischdecken und passenden Servietten. Die Leuchtreklamen von Budweiser, Miller Light und Jack Daniels sowie ein riesiger Longhorn-Schädel über dem breiten Tresen an der Kopfseite des Raumes schienen deutlich »Welcome to Texas« zu sagen. Das gesamte Restaurant war in ein angenehm dunkles Licht getaucht, im Hintergrund hörte Katharina die vertrauten Klänge der Countrymusik. Bis auf einen Tisch waren alle Plätze belegt.

»Das ist das einzige Raucher-Restaurant in ganz Robertson County. Ich hoffe, es gefällt dir.«

»Sehr gemütlich. Wenn die Steaks so gut sind wie das Ambiente, dann ist alles bestens.«

Katharina hatte Mühe, halbwegs entspannt zu wirken. In Wahrheit war es viel *zu* gemütlich und viel *zu* romantisch für einen »Gnadenschuss«. Vielleicht war ja doch alles in Ordnung zwischen ihnen?

Auf der Fahrt waren sie fast mit der gewohnten Vertrautheit miteinander umgegangen.

Greg hatte von seinen Painthorse-Jährlingen erzählt, die nun bald eingeritten werden konnten. Dann von seinem Vater, der bei einem schrecklichen Unfall sein halbes Bein verloren hatte, und von einem Viehtreck in Montana, bei dem er 1000 Rinder zwei Wochen durch den Staat getrieben hatte. Ein persönliches Wort über seine Gefühle oder auch nur die Frage nach den ihren hatte Greg jedoch bewusst vermieden. Jetzt saßen sie sich bei Bier gegenüber und warteten auf das Dinner.

»Ein Viehtreck in Montana – das wär's. Ich würde meinen Sonntagshut geben, um das zu erleben.« Kat leerte ihr erstes Glas und wurde langsam locker. »Wo schläft man da?«

»Unter freiem Himmel mit dem Kopf auf dem Sattel. Ganz wie im Film.«

Kats Phantasie übernahm für kurze Zeit die Regie in einem grandiosen Kitschfilm.

Sie stellte sich vor, wie sie, Greg und seine Hunde ganz allein eintausend Rinder Meile um Meile durch das Land trieben. Am Abend säßen sie am Lagerfeuer und würden selbst geschossene Kaninchen essen, und nachts würde sie sich an ihn kuscheln, seinen muskulösen Körper genießen und die Sterne zählen. »Können wir das einmal machen? Ich meine irgendwann einmal?«

»Frauen sind dabei nicht gern gesehen. Zu viel Stresspotential unter den Kerlen.«

»Welche Kerle? Machst du das nicht allein?«

»Kat, kannst du dir vorstellen, wie ein Cowboy und sieben Hunde 1000 Rinder treiben? Wir sind mindestens mit sechs Leuten unterwegs. Plus Koch.«

»Ach so. Klar.« Wie peinlich.

»Aber selbst, wenn es möglich wäre, ich könnte dich nicht mitnehmen, Cowgirl.«

Gregs Gesichtsausdruck verriet ihr, dass es jetzt ernst wurde. Die Lachfalten um seine Augen waren verschwunden, sein Blick senkte sich. Schnell bestellte Katharina ein weiteres Bier – und einen Whiskey dazu. Für schlechte Nachrichten war sie noch entschieden zu nüchtern.

»Warum nicht, Greg?« Es schien Stunden zu dauern, bis er endlich antwortete.

Als er merkte, dass sie zitterte, nahm er ihre H

»Ich habe unentwegt darüber nachgedacht, Sinn es macht, dich weiter zu treffen. Darübe bist, wer ich bin. Ich bin ein texanischer Cowboy. zumindest steht fest. Aber wer bist du, Kat?« Kat saß irritiert auf ihrem Stuhl, als Greg schnell weiterredete. »Ich habe eine Frau erlebt, die sich wie ein kleines Mädchen über Pferde, Rinder und Westernromantik freut. Eine Frau, die arbeiten kann wie ein Mann, die sich nicht zu schade ist, ihre Kleider schmutzig zu machen, und die offensichtlich ein riesiges Herz für mein Land und dessen Bewohner – zweibeinig und vierbeinig – hat. In diese Frau habe ich mich tatsächlich verliebt – und das will ich auch nicht leugnen. Aber bist das du, Kat?« Den letzten Satz hatte er sehr leise gesagt, fast als spräche er zu sich selbst.

»Oder bist du nicht vielmehr die Frau, die ich auf dem Barbecue mit Mr. Thelens reichen Kunden beobachtet habe? Eine Frau, die mühelos alle Regeln der Upperclass beherrscht, die die millionenschweren Herren aus Südamerika mit offensichtlich interessanten Gesprächsthemen um den Finger wickelt und so vornehm ihre Gabel zum Mund führt, als säße sie mit dem Präsidenten am Tisch? Ich vermute, Letzteres hängt mit deinem eigentlichen Leben in Deutschland zusammen. Damned, Kat – du wandelst zwischen zwei Welten – und in der zweiten habe ich sicher keinen Platz.«

Katharina begriff nur in Teilen, wovon Greg sprach. Sie war von den offenen und offensichtlich lange durchdachten Worten des Cowboys völlig überrumpelt. »Ehrlich gesagt weiß ich selbst zur Zeit nicht genau, wer ich bin und wo ich hingehöre – was allerdings weniger mit Tischmanieren zu tun hat. Aber ist das jetzt und hier von Bedeutung?« Die Endgültigkeit von Gregs Aussage erschreckte at. Sie überlegte kurz, ihm von ihren Ausstiegsplänen zu erzählen, entschied sich aber dagegen. »Warum können wir nicht dort weitermachen, wo es im November aufgehört hat?«

»Mit welchem Ziel, Kat?«

»Brauchen wir denn eines? Kann sich das nicht ergeben?« Katharina hatte diese Frage befürchtet. Die meisten Männer fragten ab einem gewissen Alter nach der Zukunft. Sie hatte sich noch nie festlegen wollen – und selbst ein Cowboy von der Klasse eines Greg O'Neil war nicht im Stande, das zu ändern. Mammutjäger hin oder her.

»Du vielleicht nicht – ich schon. Für mich bist du weder eine Affäre noch ein Urlaubsflirt. Wenn es für dich nicht mehr Bedeutung hat, habe ich mich wohl geirrt.« Gregs Stimme war mit dem letzten Satz härter geworden, änderte ihren Klang aber sofort wieder, als er weitersprach. »Habe ich mich geirrt, Kat?«

»Nein, hast du nicht! Entschuldige bitte – aber es kann doch für uns nicht nur hopp oder topp geben. Warum können wir uns nicht trotzdem treffen? Wenn ein Gefühl – ohne zu wissen, um welches genau es sich handelt –, aber wenn ein Gefühl über Monate anhält, ohne dass wir uns gesehen haben, dann können wir das doch nicht einfach ignorieren? Und wer sagt denn, dass ich nicht meine Koffer packe und nach Texas ziehe?«

»Nicht schon wieder träumen, Katharina, nicht jetzt.« Greg strich ihr unbeholfen ein paar Haarsträhnen aus dem Gesicht. Ihm war deutlich anzumerken, dass er drauf und dran war, sich Katharinas Traum anzuschließen. Doch irgendetwas hielt ihn zurück.

Kat bemerkte sein Zögern und wagte einen letzten Vorstoß. »Das macht für mich alles keinen Sinn. Was haben wir denn zu verlieren???«

»Die Achtung voreinander und die Chance, zumindest Freunde zu werden.«

»Freunde?« Das Wort ließ Wut in Kat aufsteigen. »Wir können Freunde werden, uns aber nicht lieben? Das ist doch völliger Blödsinn!«

Greg hatte sich jetzt wieder unter Kontrolle. »Ist es nicht. Und für mich ist es der einzige Weg, mit dir umzugehen.« Er lehnte sich in seinem Stuhl zurück und baute damit Distanz zu Katharina auf.

Sie registrierte den Stimmungswandel sofort. Aber einen Freund wollte sie in Greg ganz sicher nicht sehen. Zumindest nicht jetzt. Nur mühsam verbarg sie ihre Enttäuschung über den Verlauf des Abends. »Dann ist es jetzt wohl endgültig so weit, ›goodbye‹ zu sagen.«

»Nein, wir treffen uns morgen früh am Stall. Ich bin für die kommenden zwei Wochen auf Lone Star gebucht. Vielleicht auch länger.«

Auch das noch. Der bestellte Whiskey kam gerade rechtzeitig, und Kat gab dem Wirt das mit einem Zug geleerte Glas direkt wieder mit. »Das ist ein Scherz, oder?«

»Nein, ich habe den Termin gleich nach unserer gemeinsamen Viehauktion zugesagt. Und ehrlich gesagt kann ich es mir finanziell nicht leisten, den Job abzusagen.« Greg bemerkte Katharinas entsetztes Gesicht und bemühte sich, die Situation aufzulockern. »So kann ich dich immerhin vor wilden Rindern beschützen.« Das eilig hinzugefügte Zwinkern verfehlte sein Ziel komplett. Kat blieb versteinert.

»Ich kann allein auf mich aufpassen.«

»Weiß ich – es macht mir trotzdem Spaß.«

Katharina verstand an dieser Stelle endgültig überhaupt nichts mehr, fühlte aber, dass Gregs Finanzen nur ein Vorwand waren. Zumindest in einem Punkt brauchte sie Klarheit: »Bist du noch in mich verliebt, Greg?«

»So etwas fragt man nicht.«

»Ich schon.«

»Ja, Kat, das bin ich, aber in der derzeitigen Situation hilft uns das auch nicht weiter.«

»Mir schon«, dachte Katharina, sagte aber nichts.

Friederike hatte bereits kleine Kreise in den Teppichboden gelaufen, als Katharina endlich nach Hause kam. Sie riss die Tür auf, bevor Kat die Klinke in der Hand hatte. »Heilige Scheiße! Ich dachte schon, ich müsste dich irgendwo vom Highway kratzen! Wolltest du nicht nach dem Hauptgang anrufen? Was, zum Henker, ist passiert?«

Es kam nicht oft vor, dass Friederike die Contenance verlor, aber wenn ein Cowboy mit Herzensbrecher-Qualitäten im Spiel war, dann vergaß selbst sie ihre gute Erziehung.

»Also: Bis zum Hauptgang sind wir gar nicht erst gekommen. Er hat mich schon während des Aperitifs abserviert. Außerdem ist er in mich verliebt, hat aber Angst vor meinen Tischmanieren, und deshalb beschützt er mich ab morgen vor wilden Tieren.«

»Na, dann ist ja alles klar. Hast du Hasch geraucht, oder was ist los mit dir?«

Katharina sammelte sich und erzählte das Drama in aller Ausführlichkeit – und in der richtigen Reihenfolge.

»Und wie ist es ausgegangen? Elisabeth Taylor und Richard Burton haben ihre Trennungen immer mit ein bisschen Sex besiegelt.«

»Kein Sex. Das ist ja gerade der Punkt. Hier in Texas wird nur mit Perspektive gepoppt, pardon, und die konnte ich ihm nicht klar machen.«

»Na, so ein Ärger – und das obwohl wir mitten in der Paarungszeit stecken!«

Als Katharina am nächsten Morgen ihr Pferd sattelte, versuchte sie, die nicht vollzogene Paarung der vergangenen Nacht bestmöglich zu verdrängen. Zumindest der tierische Lone-Star-Nachwuchs sollte seine Chance haben.

Auf einer texanischen Zuchtfarm stand die Vermehrung ganz im Zeichen der Wissenschaft. Jede einzelne Kuh und jeder Bulle wurden untersucht, entsprechend ihrer Qualitäten eingestuft und die Daten per Computer festgehalten. Luke Connor, der erste Cowboy auf Lone Star, legte dann zusammen mit einem Zuchtexperten fest, welche Tiere gepaart wurden. Die Befruchtung selbst war denkbar unromantisch: Das Sperma des Bullen wurde tiefgefroren und der Kuh mit Hilfe einer überdimensionalen Spritze in die Eizelle gesetzt. Auf diese Weise wurden pro Saison rund 500 Kälbchen produziert. Für die Cowboys war diese Zeit eine der arbeitsreichsten. Jeden Tag mussten die Kühe auf ihre Paarungsbereitschaft überprüft werden, im Ranch-Jargon »Checking the heat« genannt. Es ließ sich relativ leicht erkennen, ob ein Eisprung vorlag oder nicht: Wenn eine Kuh von ihren Kolleginnen besprungen und am Hinterteil geleckt wurde, dann war sie fällig. Sie musste von der übrigen Herde getrennt und zu einer der Besamungsstationen getrieben werden.

Am ersten Tag arbeiteten Katharina und Friederike zusammen mit Randy und Pedro auf »Big Doogwood«.

»Das war unsere erste Weide – weißt du noch? Dick Reynolds hat uns hier in die Geheimnisse der Rinderzucht eingewiesen. Und du hast kein Wort verstanden, weil der texanische Slang so gar nichts mit deinem Schulenglisch zu tun hatte.« Friederike amüsierte sich noch heute, wenn sie an Kats Anfänge dachte, und Kat dachte mit Grausen daran zurück. In den ersten zehn Tagen hatte sie so ziemlich alles falsch gemacht, was es falsch zu machen gab.

Brüllte einer der Cowboys »Schließ das Tor«, hatte sie es geöffnet, sollte sie Kuh 506 fangen, kam sie mit 546 – es war die pure Katastrophe. »Und du hast auf Hank gesessen wie ein Sandsack, gefragt ob Pferde auf grünem Gras lieber laufen als auf braunem und »hü« gerufen.«

Es war neun Uhr morgens, und sie saßen bereits seit zwei Stunden im Sattel. Die Sonne schien hell und warm, am Himmel war nicht eine Wolke zu sehen. Katharinas Blick wanderte bis zum Horizont. Kein Haus, keine Straße, kein Hinweis auf Zivilisation. Um sie herum gab es nur Gras, kleinere Baumgruppen und ganz am Ende der Weide einen Hügel. Durch kurzes Schnalzen mit der Zunge und einen Klapps mit den Zügeln trieb Kat ihr Pferd zum Galopp an.

»Friederike, pass auf die Eisprünge auf, ich bin gleich wieder zurück.«

Blaze teilte ihre Leidenschaft für hohes Tempo und rannte mit seinem Schatten um die Wette.

Pfeilschnell schoss der Wallach über den Boden, und Kat hätte vor Freude laut juchzen können. Als sie weit genug von den anderen entfernt war, tat sie es.

Nach wenigen Minuten hatten sie den Hügel erreicht. Pferd und Reiterin atmeten heftig, als sie schließlich zum Stehen kamen. Vor ihnen lag »Coyote Pasture«, die Weide mit dem schönsten See der Ranch. Im kristallklaren Wasser brachen sich jetzt die Sonnenstrahlen, und wenn man die Augen ein klein wenig zusammenkniff, sah es aus, als tanzten silberne Schiffe auf der Oberfläche. Rechts vom See hatte sich im Laufe der Jahre eine bizarre Steilküste gebildet. Die rostrote Erde stand in krassem Gegensatz zu dem azurblauen Wasser. Am linken Ufer gab es einen kleinen Strand, an dem etwa 40 Jungbullen damit beschäftigt waren, tiefe Löcher in den Sand zu buddeln. Dort hatten Greg und Katharina ihre erste Nacht verbracht. Stundenlang hatten sie auf der Klappe des Trucks gesessen, Bier getrunken und geredet. Kat schloss die Augen und wähnte sich für einen Moment wieder in dieser Nacht.

Als hätte sie ihn mit ihren Gedanken herbeibeschworen, tauchte Greg in diesem Moment hinter Kat auf. »Hey, Cowgirl, was machst du hier so ganz allein? Deine Kühe stehen auf der anderen Seite des Hügels.« Mit einem Zipfel seines Hemdes wischte sich Greg den Schweiß von der Stirn. Die Ärmel waren bis zum Ellenbogen aufgekrempelt, und seine dunkelbraunen Wildleder-Chaps trug er an den Seiten fast ganz offen. Storm, der schwarze Hengst, tänzelte nervös auf der Stelle.

»Blaze und ich haben den Hügel gestürmt – und was tust du hier?« Katharina hätte den Cowboy am liebsten sofort vom Pferd gezerrt, so unglaublich gut sah er aus.

»Ich habe dich von weitem brüllen gehört und wollte sehen, was los ist. Warum hast du so geschrien?«

»Aus Spaß am Leben – und an der Natur.« Was für eine pathetische Antwort. Und das am frühen Morgen.

»Du liebst dieses Land, oder?«

»Ja, das tue ich.« Ihr Blick wanderte wieder zum See und »ihrer« Stelle am Ufer.

»Es liegen noch immer einige Zigarettenreste von uns im Sand. Ich habe vorhin nachgesehen.« Greg rückte ein bisschen näher an Kat heran und tätschelte den Hals ihres Pferdes.

»Lass mich in Ruhe, Cowboy. Du hast mich in die Wüste geschickt. Jetzt mach es mir nicht noch schwerer, als es ohnehin schon ist.« Katharina spürte, dass Greg hart mit seinen Gefühlen kämpfte. Sie war kurz davor, auf sein Pferd zu rutschen und ihn mit vollem Körpereinsatz zur

Liebe zu zwingen. Einzig die Gewissheit, dass dies nur ein kurzer Sieg sein würde, hielt sie zurück.

»Entschuldige, Kat. Für einen Moment hatte ich unser gestriges Gespräch aus meinem Gedächtnis gestrichen. Wir reiten wohl besser zu den anderen und fangen Kühe.«

Seite an Seite galoppierten sie den Hügel hinab und bremsten gerade noch rechtzeitig, um die Herde nicht zu beunruhigen. Friederike und Randy hatten inzwischen mehr als 20 Kühe ihrer Bestimmung zugeführt, Pedro übernahm die Besamung. »Ich dachte schon, ihr hättet euch den Tag freigenommen.« Randy grinste ziemlich unverschämt unter seinem schwarzen Hut, und Friederike bemühte sich um einen möglichst belanglosen Gesichtsausdruck. Es war eindeutig, dass die beiden ihre Gedanken zum Thema »Kat & Greg« ausgetauscht hatten.

»Ihr seid *das* Ranchgespräch.« Friederike sprach deutsch, als sie die Freundin auf den aktuellen Gerüchtestand brachte. »Die Geheimhaltung ist komplett in die Hose gegangen. Jeder hier weiß von eurem amourösen Abenteuer im November. Und jetzt sind alle gespannt, wie es weitergeht.«

Von Gregs Vorsatz, Katharina nicht weiter zu treffen, wussten sie offensichtlich noch nichts.

»Welches *amouröse Abenteuer*? Ich wünschte, es hätte eines gegeben!« Kat war peinlich berührt und gleichzeitig stinksauer. Ehrbarer als in jener letzten Nacht mit Greg war sie nie gewesen – allerdings war das nicht ihr Verdienst.

»Das glaubt bloß keiner. Und mich wundert das nicht. Spätestens nach deinem Auftritt in der Chowhall war allen alles klar.«

Das Gerücht über die heimliche Liebe zwischen dem Country-Boy und dem City-Girl hatte auch vor dem Mainhouse nicht Halt gemacht. Als Oscar B. Thelen und Shirley zwei Tage später von ihrer Reise zurückkehrten, wurden die Freundinnen noch am selben Abend zum Dinner zitiert.

»Von euch hört man ja Dinge …« Mr. B. lehnte sich mit einem Glas sehr alten Cognacs in einem breiten Rattansessel zurück. Sie hatten ihr Wiedersehen mit einem herzhaften Barbecue auf der Terrasse gefeiert und waren jetzt beim Digestif angelangt. Kat rutschte bei seinen Worten ein Stück tiefer in die Kissen, während Friederike so aussah, als wolle sie »von mir nicht« sagen.

»Ich dachte, ihr liebt nur eure Pferde.« Oscar genoss die Situation sichtlich und war gespannt, ob Katharina freiwillig von Greg erzählen würde. Wollte sie nicht. Schließlich konnte sie immer noch alles leugnen.

»Also schön, Katharina, du hast dich also in einen meiner Cowboys verliebt.«

Friederike trat der Freundin unter dem Tisch auf den Fuß. »Lüg ihn an«, sollte das heißen.

Beide hatten keine Ahnung, wie der Hausherr darauf reagieren würde, dass Katharina die goldene Regel *Jeder hübsch in seiner Kaste* gebrochen hatte. Zumindest beinahe.

Katharina spielte nervös mit ihren Haaren. »Na ja, was heißt verliebt. Ich finde ihn ganz reizend.« Sie klemmte sich zum fünften Mal innerhalb von einer Minute die Haare hinter die Ohren. »Aber passiert ist nichts, Oscar, mach dir keine Sorgen.«

Hätte sie anstatt auf den Boden in Mr. B.s Augen gesehen, wäre ihr sein verschmitzter Gesichtsausdruck nicht entgangen. So aber konnte er das Spiel noch ein wenig weitertreiben und gab sich betont streng. »Wenn ich höre, dass mein Cowgirl mitten in der Nacht unter einem fadenscheinigen Vorwand das Männerquartier aufsucht und dann eine ganze Nacht mit Greg O'Neil im Truck über die Ranch fährt, dann, meine liebe Katharina, mache ich mir allerdings Sorgen.«

Kat starrte Oscar entgeistert an. Er hatte soeben immerhin exakt den Abend beschrieben, an dem sie und Greg sich näher gekommen waren. Damit war auch klar, wer gepetzt hatte: Pedro. Er war der Einzige, der sie damals gesehen hatte. »Diese Nacht hat es gegeben ...« Jetzt half nur noch entwaffnende Ehrlichkeit. »... aber ich war bis zum Ende angezogen. Bist du jetzt sauer?« Friederike fiel das Bier aus der Hand.

Endlich fing Oscar an zu lachen. Herzhaft, prustend, und so laut, dass die Hirsche im angrenzenden Wildpark erschreckt davonstoben.

»Nein, Kat, ich habe mich schon die ganze Zeit gefragt, ob ihr eigentlich aus Stein seid. Ich kann allerdings nicht verhehlen, dass mir einer meiner Senatorensöhne oder Rinderzüchter lieber gewesen wäre, aber ich hätte mir wohl denken müssen, dass ihr Cowgirls mehr auf die harten Typen steht.«

»Was heißt hier eigentlich immer ihr ...« Friederike wollte jetzt auch mal etwas sagen.

»Für dich finden wir auch noch einen.« Mr. B. klopfte Friederike väterlich auf die Schulter. Kat beobachtete amüsiert, wie Friederike um Fassung rang. Sie wusste, was die Freundin jetzt dachte. Das war ja wohl die Höhe. Da machte sie sich die größten Sorgen um die seelische Verfassung ihres Gastgebers, und er fand das alles lustig und völlig normal. Wie man sich doch täuschen konnte. Friederike holte sich ein neues Bier.

»Meine Ansage bezüglich der Regeln allerdings bleibt bestehen: In der Öffentlichkeit wird der Ball gefälligst schön flach gehalten – und komm bitte nicht auf die Idee, Katharina, deinen Cowboy zum Dinner ins Mainhouse mitzubringen. Das ist alles, was ich von dir erwarte.«

»Schon klar.« Es widerstrebte Katharina zutiefst, dass Greg in eine Ecke gestellt wurde, in die er ihrer Meinung nach nicht gehörte. Aber hatte er nicht selbst von »zwei Welten« geredet? Diese Seite ihres geliebten Texas hatte sie bisher übersehen. Sie nahm sich vor, ihr in Zukunft ein wenig mehr Aufmerksamkeit zu widmen.

»Bist du stinkig?« Katharina suchte den Blickkontakt zu Friederike, die auf dem Nachhauseweg kaum ein Wort mit ihr gewechselt hatte. Jetzt saß sie hinter einem Roman verschanzt in ihrem Bett und blickte mit verbissenem Gesichtsausdruck auf die Buchstaben.

»Ich finde das alles ausgesprochen lästig.« Friederike setzte sich sehr aufrecht hin. Mit schneidender Stimme sprach sie weiter. »Wir sind auf Lone Star angetreten als die netten Mädels, die hart arbeiten, mit den Jungs ein Bier trinken und ansonsten kein Interesse an Männern haben. Wir wollten uns erholen, zusammen etwas erleben – und auf keinen Fall wollten wir Stress. Und was ist jetzt? Du benimmst dich genau wie zu Hause. Verliebst dich in den nächstbesten Cowboy und bringst alles durcheinander. Am schlimmsten finde ich, dass Mr. B. alles weiß. Was für eine Blamage.«

»Aber er hat doch wunderbar reagiert?!« Kat verstand die Aufregung nicht.

»Was hätte er denn sonst auch sagen sollen? Finger weg von den Männern? Wohl kaum. Ich glaube nicht, dass er mit deiner Liebschaft einverstanden ist.«

»Und ich glaube, dass es ihm egal ist. Solange ich Greg nicht mitten in der Einfahrt zum Sex zwinge, ist alles in Butter. Ganz sicher.«

»Das glaube ich nicht!« Friederike wünschte sich manchmal, dass ihre Freundin zumindest einen Hauch von Standesdünkel aufbrächte. Texas war ein Abenteuer. Nicht mehr und nicht weniger. »Aber was soll's. Es ist ja ohnehin vorbei, oder?«

»Ja, das ist es wohl.« Den ganzen Abend hatte Katharina den Gedanken daran verdrängt.

Das Zusammentreffen auf dem Hügel und das Gespräch mit Oscar Thelen hatten die Illusion heraufbeschworen, dass alles beim Alten war. Aber das war es nicht. Greg würde seine Abende in Zukunft ohne sie verbringen. Keine weiteren Ausflüge, keine Tanzstunden auf der Weide vor dem Stall.

Sie hätte ihre Gedanken gerne mit Friederike geteilt, doch die Freundin hatte als Symbol einer unumstößlichen Mauer, das Buch bereits wieder zwischen ihnen »errichtet«. Greg O'Neil war nie ihr Thema gewesen. Und heute Abend schon gar nicht.

*

Friederike und Katharina hatten gerade drei Stunden geschlafen, als sie durch lautes Klopfen an der Haustür geweckt wurden.

»Zieht euch schnell an. Wir müssen die Rinder aus dem ›Bottom‹ evakuieren. Die Schleuse wird geflutet.« Dick Reynolds stand im bodenlangen Regenmantel vor ihnen. Die langen grauen Haare klebten in nassen Strähnen am Kopf, die knochigen Hände zitterten vor Anspannung. Ein Blick genügte, um festzustellen, dass der sonst so bedächtige Cowboy schwer beunruhigt war. Blitzschnell schlüpften die Freundinnen in Jeans, Hemd und Boots. »Ich fasse es nicht. Wir evakuieren den Bottom, die größte Weide der Ranch.« Friederike war hellwach. Im Bottom gab es nichts als dichtes Buschwerk, Seen und sumpfige Wiesen. Das Gebiet endete im Norden am etwa 15 Meter breiten Navassota River, der natürlichen Grenze zwischen der Lone Star und der Center Ranch. Nach starken Regenfällen trat der Fluss drei bis vier Mal im Jahr über die Ufer – und zwar immer am unteren Lauf, kurz vor dem kleinen Ort Marquez. Um die Bewohner zu schützen, war vor wenigen Jahren eine Schleuse gebaut worden, die das Wasser umleiten sollte. Wurde sie geöffnet, liefen die Wassermassen direkt in den Bottom. Rund 800 Rinder mussten innerhalb der nächsten zwölf Stunden von der Weide geholt werden. So viel Zeit blieb noch bis zum Fluten.

Beim Verlassen des Hauses griffen sie noch nach ihren wasserdichten Mänteln und den Hüten. Vor der Tür ging die Welt unter. Der Himmel über Lone Star war wolkenverhangen, in gefährlich kurzen Abständen rasten grelle Blitze über den Himmel. Hinzu kam strömender Regen, der von wirbelsturmartigen Winden über das Land gepeitscht wurde.

»Jesus, Maria und Josef. Wo kommt denn bloß so plötzlich das Unwetter her?« Katharina hatte sich neben Dick und Friederike in den Truck gequetscht. Auf dem Anhänger dahinter hörte sie die Pferde mit den Hufen scharren.

»Es regnet seit zwei Stunden.«

»Und davon tritt der Fluss gleich über die Ufer?« Kat verstand noch immer nicht, wo das Problem lag.

»Wir hatten viel Regen dieses Frühjahr. Eigentlich ist es erst trocken, seid ihr gekommen seid. Und dieses Gewitter gibt dem Navassota River den Rest.«

Vor lauter Aufregung vergaßen Friederike und Katharina, dass sie sich gestritten hatten. Eingehakt saßen sie auf der engen Pritsche und beobachteten durch das Fenster das gewaltige Naturschauspiel. »Hoffentlich geht nichts schief – wenn wir es an dieser Stelle mal nicht mit dem Abenteuer übertreiben ...« Friederike schlug den Kragen ihres Mantels automatisch noch ein wenig höher.

Am Tor zum Bottom warteten etwa zehn Männer. In der Dunkelheit erkannten die Freundinnen Luke, Randy, Pedro und Greg. Die übrigen waren zum größten Teil Mexikaner, die Pedro auf die Schnelle zusammengetrommelt hatte.

»O.K. Wir sind vollzählig, Cowgirls. Ihr reitet mit mir. Alle anderen wissen, was sie zu tun haben.« Luke verteilte Walkie-Talkies und Taschenlampen und wünschte allen viel Glück. Mit einem kurzen Wink bedeutete er Katharina und Friederike, ihm zu folgen, dann trabten sie los. »Was wir hier tun, ist verdammt gefährlich, Girls. Wir reiten Richtung Navassota River und versuchen, eine Herde von etwa 150 Tieren zu finden. Kühe, Jungbullen und ein paar Kälber. Ihr müsst davon ausgehen, dass sie leicht in Panik geraten, wenn sie es nicht schon sind. Seid also vorsichtig, möglichst ruhig und spielt auf keinen Fall den Helden. Wenn wir ein paar Tiere verlieren, ist das kein Beinbruch. Verstanden?«

»O.K. Boss.« Kat platzte fast vor Stolz. Die Tatsache, dass sie in dieser Nacht helfen durften, war das größte Kompliment, das die Cowboys ihnen machen konnten. Außerdem hatten sie zum ersten Mal ein eigenes Walkie-Talkie. Was für eine Ehre!

Mit glühenden Gesichtern, die Mäntel eng um die Körper geschlungen, saßen sie auf Hank und Blaze. Der Regen sammelte sich auf ihren Hutkrempen, um dann in einem dünnen Bach über ihren Rücken zu laufen. Beide hatten gehörigen Respekt vor den Blitzen, die noch immer gleißend hell am Himmel zuckten. Kat suchte in der Dunkelheit nach Greg. Er ritt etwa 500 Meter von ihnen entfernt. Dick war bei ihm.

»Da hinten sind sie.« Luke hielt sein Pferd an und beobachtete die Herde.

Triefnass standen die drei auf einer Anhöhe, und Friederike und Kat konnten nur mit Mühe erkennen, was vor ihnen lag. Die Tiere standen dicht gedrängt in einem kleinen Waldstück und schienen relativ ruhig zu sein.

»Super. Es blitzt, und die dummen Kreaturen stehen ausgerechnet unter Bäumen.« Friederike dachte an Kats Sendung über Wetterphänomene. Das Blitzopfer war beiden noch gut in Erinnerung.

»Gleich hinter den Bäumen beginnt die Flussebene. Dorthin dürfen sie auf keinen Fall laufen. Wir teilen uns jetzt auf. Ihr beide reitet links um den Wald, ich komme von rechts. Wenn alles klappt, bringen wir sie durch die Büsche hier auf den Hügel.« Ohne ein weiteres Wort preschte Luke davon.

»Los, Friederike. Den Job dürfen wir nicht versauen.« Katharinas Jagdinstinkt war erwacht.

»Jetzt sind wir wohl aus Versehen echte Cowgirls, oder? Ich fühle mich wie John Wayne und bin nicht sicher, ob mir das gefällt ...«

»Versuchen wir's. Lets go!«

Um die Rinder nicht zu erschrecken, ritten sie in einem weiten Bogen und trauten sich erst näher heran, als sie im Schutz der Bäume waren. Luke erreichte das Waldstück ungefähr zur gleichen Zeit und gab ihnen mit der Taschenlampe ein kurzes Blinkzeichen. Im Schritt kreisten sie die Herde ein. Als die ersten Tiere die Cowboys entdeckten, war es mit der Ruhe vorbei.

»Shit. Sie rennen los.« Kat brüllte Hilfe suchend in Friederikes Richtung.

»Schrei sie an. Hauptsache, sie rennen zum Hügel.« Einige Jungbullen hatten sich in den Kopf gesetzt, genau dies nicht zu tun. In atemberaubender Geschwindigkeit versuchten sie, den Fluss zu erreichen. Den Hut tief ins Gesicht gezogen, nahmen die Freundinnen im gestreckten Galopp die Verfolgung auf. Hank und Blaze wussten genau, was zu tun war. Die Pferde brachten die Bullen durch blitzartige Wendemanöver in Verwirrung: Sie liefen direkt vor ihren Köpfen hin und her, drehten sich abwechselnd links und rechts herum. Ihre Reiterinnen unterstützten sie durch wildes Gebrüll.

Völlig entnervt gaben die Tiere schließlich auf und kehrten zum Rest der Herde zurück.

Die hatte das Waldstück inzwischen hinter sich gelassen und war auf dem Weg zum Hügel. Friederike und Katharina würden nie begreifen, wie ein einzelner Cowboy das schaffen konnte. Voller Bewunderung beobachteten sie Luke und hätten fast vergessen, ihm zu helfen.

»Wir müssen die Seiten sichern. Du links, ich rechts.«

Eine Stunde später war es tatsächlich geschafft. 150 Rinder standen vollzählig auf einer sicheren Weide, und Katharina und Friederike hatten ihren Teil dazu beigetragen.

»Gute Arbeit. Die Bullen habt ihr gerettet.« Luke schmunzelte unter seinem schwarzen Schnauzbart als er sah, wie fertig die beiden waren. Sie hatten sich erschöpft vom Pferd fallen lassen und saßen jetzt, Rücken an Rücken, mitten im nassen Gras. Sturm, Blitz und Donner schienen ihnen völlig egal zu sein, und den Regen bemerkten sie erst, als ihre Zigaretten durchgeweicht kapitulierten.

»Kat, es tut mir Leid wegen Greg. Ich war vorhin wirklich schwer genervt, aber wahrscheinlich kannst du nicht anders, als dich ständig zu verlieben. Ich wünsche für dich, dass alles gut ausgeht – und dass es innerhalb der texanischen Grenzen bleibt.«

»Schon gut. Tut mir auch Leid, dass ich dich in Verlegenheit gebracht habe.«

»Luke, kannst du mich hören? Wir brauchen Hilfe.« Dick war durch das Funkgerät kaum zu verstehen. Aber der Klang seiner Stimme machte klar, dass die Nacht noch nicht vorüber war.

»Ich höre dich, Dick. Was ist los?«

»Wir sind direkt an der Schleuse. Und die verdammten Longhorns machen Ärger.«

Friederike und Kat hörten nur Longhorns und bekamen eine Gänsehaut. Auf Lone Star gab es nur eine Longhorn-Herde, und die Tiere waren komplett verrückt. Sie wurden nicht als Zuchtvieh gehalten, sondern ausschließlich als Attraktion für Besucher. Einmal im Jahr suchten die Cowboys die schönsten Tiere aus und stellten sie auf eine Weide gegenüber dem Office. Mit ihren ein Meter langen Hörnern entsprachen sie genau dem Klischee einer Rinderfarm. Der Rest der Herde lebte zwölf Monate im Jahr frei und wild im Bottom.

Im Februar hatten Katharina und Friederike ihre erste Begegnung mit den Longhorns gehabt. Zu sechst hatten sie versucht, die menschenscheuen Tiere auf eine andere Weide zu treiben – ohne jede Chance. Die Longhorns machten immer genau das, was man nicht von ihnen erwartete, und griffen außerdem die Pferde an.

»O.K. Wie viele Leute brauchst du?« Luke hätte die Frauen aus der Nummer lieber herausgelassen.

»Jeden.«

»Die Cowgirls und ich sind die einzigen, die schon fertig sind.«

»Dann los, die schaffen das schon – und beeilt euch.«

»So, so … Wir schaffen das???« Friederike sah ganz so aus, als würde sie in der nächsten Sekunde kommentarlos nach Hause reiten wollen. »Ich wünschte, wir hätten die Bullen in den Fluss laufen lassen.« 150 brave, hornlose Angus-Rinder waren eine Sache. 30 Longhorns eine ganz andere. Mit einem stummen Fluch auf den Lippen krabbelte sie dennoch umständlich zurück in den Sattel.

Katharina war schon aufgestiegen, als Dick »jeden« sagte. Die Zügel fest in der Hand trieb sie Blaze zur Eile. Auch sie hatte gehörigen Respekt vor dieser Aufgabe, sah sie aber gleichzeitig als eine Chance. Hier und heute würde sie Greg beweisen, dass sie nicht das verwöhnte Stadtkind war, das er in ihr sehen wollte. Koste es, was es wolle.

Beim Anblick der Situation vor Ort verließ allerdings auch Kat fast der Mut. Dick und Greg hatten die Herde in die hinterste Ecke der Weide getrieben. Sie stand direkt an der Wand zur Schleuse. Rechts davon verlief ein Zaun, links standen die Cowboys. Derart eingekeilt versuchten immer wieder einige Tiere, auszubrechen, und rannten direkt auf die Pferde los.

Es war völlig klar, dass diese Monster nicht bereit waren, in akkurater Gruppenformation auf sicheres Gelände zu gehen. Luke blickte zweifelnd auf die erschöpften Frauen. »Ihr müsst das nicht machen. Am liebsten würde ich es gleich verbieten.«

»Gibt's irgendeinen halbwegs sicheren Platz?« Kat wollte sich so kurz vor dem Ziel auf keinen Fall nach Hause schicken lassen.

»Du hältst dich an Greg, Friederike geht zu Dick. Bleibt immer dicht hinter ihnen. Manchmal reicht es schon, wenn man den Rindern mit zwei Pferden entgegentritt.« Überzeugt wirkte er nicht. »Und wenn nichts mehr geht, weglaufen, ganz schnell weglaufen.«

Greg war alles andere als begeistert, als er Kat hinter sich auftauchen sah. »Nein, Kat, kehr sofort um, das ist definitiv eine Spur zu hart. Ich will dich hier nicht sehen.«

Trotz der Dunkelheit konnte Katharina Gregs Augen gefährlich aufblitzen sehen.

»Anordnung von Luke. Ich soll dicht hinter dir bleiben und die Longhorns erschrecken, und wenn es eng wird, laufe ich weg.« Stärke zeigen, lautete Kats Motto. Und das wollte sie tun.

»Wie du willst, aber das hat nichts mit Mut zu tun, sondern nur mit Dummheit. Und die ...« Greg wollte gerade zu einem Monolog ansetzen, als die Herde in Bewegung kam.

Luke, Dick und Friederike hatten die Tiere von der Schleusenwand weg an den Zaun gedrückt und lenkten sie auf die vor ihnen liegende Weide. Jetzt mussten Greg und Katharina ihnen den Rückweg abschneiden. Zunächst ging alles gut. Schnell, aber immerhin auf dem richtigen Weg stürmten die Longhorns durch die Dunkelheit. Nach etwa 500 Metern schien ihnen die Richtung allerdings nicht mehr zu passen. Zwei Kühe drehten plötzlich um und liefen mit gesenktem Haupt auf Greg und Katharina zu. Katharinas Herz rutschte eine Etage tiefer. Storm, Gregs Rappe, reagierte sofort und stellte sich ihnen entgegen. Blaze bemerkte die Angst seiner Reiterin und wich zurück. Der Wallach stoppte aus vollem Lauf, und Kat wäre heruntergefallen, hätte sich ihre Hand nicht in den um den Sattelknauf geschlungenen Zügeln verfangen. Nur eine Sekunde später war sie wieder Herrin der Lage und trieb das Pferd frontal auf eine der Kühe zu.

»Blaze, verdammt noch mal, sie *muss* umkehren, und wir machen das jetzt.« Blaze verstand und gab Gas. Kat brüllte »Jeeeehaaa«.

Die Kuh war unbeeindruckt. Sie hielt direkt auf Katharina zu.

»Lass sie gehen. Dreh ab, und lass sie gehen« Greg hatte seine Kuh zurückgeschickt und schrie gegen den Sturm an.

In diesem Moment blitzte es gleich zweimal hintereinander, und die Ereignisse überschlugen sich. Die Kuh – zu Tode erschrocken – lief zu ihrer Herde. Blaze, nicht ganz so abgehärtet, stieg gen Himmel, und Kat fiel in hohem Bogen in den Matsch.

Fast schon beschämt blieb Blaze stehen und wartete auf seine Reiterin.

»Toll, Blazeman. Super Auftritt.« Katharina war nass bis auf die Knochen. Ihr Hut hing platt gedrückt am Rücken, die Haare waren voller Lehm.

Plötzlich musste sie an Lena Ahlers und den Stress in der Redaktion denken. Worüber hatte sie sich eigentlich in Berlin so aufgeregt? Hier war sie in der letzten Minute gleich an zwei lebensbedrohlichen Situationen vorbeigeschrammt: aufgespießt von einer Longhornkuh und Genickbruch beim Sturz vom Pferd. Und – war sie gestresst? Nein, nur überrascht.

Die Sendung konnte ihr gestohlen bleiben. Und Greg sollte endlich begreifen, dass sie für ein Leben als Cowgirl sehr wohl geeignet war.

Die Rinderherde geriet durch die krachenden Blitze ebenfalls in helle Panik. Ohne auf die Cowboys zu achten, schlugen sie einen rechten Haken und rasten in Richtung Fluss.

Friederike und Dick ritten an die Spitze und gefährlich dicht an den Leitbullen heran. Wenn sie ihn davon überzeugen konnten, umzudrehen, würden die anderen folgen. Etwa 300 Meter entfernt jagte Randy, flankiert von drei Mexikanern, Dick und Friederike zu Hilfe. Atemlos beobachtete Katharina, wie Randy sein Ziel fast erreicht hatte, als der Bulle noch einmal Gas gab und versuchte, die Linien der Cowboys zu durchbrechen. Friederikes Pferd Hank nahm den Kampf, ohne Absprache mit der Reiterin, sofort auf. Als wolle er beweisen, dass er trotz seiner 14 Jahre noch jeder Situation gewachsen war, schnitt er dem Bullen den Weg ab. »Halt ihn fest, Friederike! Verdammt, halt den Gaul fest!!!« Kats gellender Schrei ging im Tosen des Unwetters unter. Und selbst, wenn Friederike sie gehört hätte – Hank war nicht zu bremsen. Die Angst um die Freundin weckte noch einmal Katharinas Lebensgeister. Kraftvoll trieb sie Blaze in Friederikes Richtung und stoppte erst, als Randy ihr das Zeichen zur Umkehr gab. Er hatte die Situation erkannt und war jetzt nah genug dran. Weder Pferd noch Bulle würden nachgeben, und Friederike befand sich in äußerster Gefahr.

Mit einem kurzen Sporenstich trieb Randy sein Pferd »Potatoe« vorwärts und drängte sich gerade noch rechtzeitig zwischen Friederike und den Longhornstier. Potatoe schrie auf und knickte in der Hinterhand ein, Blut floss ihm über die Flanke. Friederike wurde erst jetzt bewusst, dass sie sich in Gefahr befunden hatte. Sie zitterte am ganzen Leib, als Hank zum Stehen kam, ihre Augen waren vor Schreck geweitet. »Oh Gott, Randy. Er hat dein Pferd getroffen.«

»Besser mein Pferd als dein Bein. Das war verdammt eng.« Beide waren abgestiegen und betrachteten die Wunde. »Potatoe muss dringend zum Tierarzt. Hilfst du mir?«

Die Herde war jetzt unter Kontrolle, und Friederike folgte Randy zu den Trucks. Natürlich würde sie helfen. Schließlich hatte Potatoe seine Flanke für sie hingehalten.

Kurz vor Tagesanbruch waren alle Rinder aus dem Bottom evakuiert. Das Gewitter lag in den letzten Zügen, als die Cowboys die erschöpften Pferde in den Stall brachten.

Wie selbstverständlich stieg Katharina in Gregs Pick-up, nachdem Blaze versorgt und der folgende Tag geklärt war. Der Cowboy setzte sich neben sie und drehte das Radio an. Jeder von ihnen hing den eigenen Gedanken nach, während Garth Brooks sie in den Morgen sang und der Wagen sich mühsam durch den aufgewühlten Boden schob.

Kurz vor Katharinas Haus hatte der Regen eine tiefe Rinne in den Weg gespült. Der Truck fuhr sich kurz fest und hüpfte dann wie ein Kalb aus der Furche. Ein Stück Papier fiel aus der Sonnenblende zu Boden, und Kat hob es auf.

... *Just a little Christmas note* ... stand auf der einen Seite, die andere zierte ihr Foto. »Du fährst mit meiner Weihnachtskarte spazieren?« Trotz aller Müdigkeit schlug ihr Herz höher, das Blut rauschte fast spürbar durch die Adern.

»Ja.« Greg wollte nicht darüber reden.

»Trinken wir noch ein Bier zusammen?«

»Meinetwegen auch zwei.«

Friederike war noch nicht vom Tierarzt zurück, und Greg und Katharina ließen sich, ungeachtet ihrer dreckigen und durchnässten Kleider, mitten auf das geblümte Sofa fallen. Als ihnen die Situation bewusst wurde, fingen beide an zu lachen. Greg fing sich zuerst. »Meinst du, wir sollten vor dem Bier noch duschen? In den Klamotten holen wir uns mindestens eine Lungenentzündung.« Katharina verbot sich den spontan aufkeimenden Gedanken an eine gemeinsame Dusche und stimmte zu. »Sicher. Ich fange an.«

Greg holte in der Zwischenzeit trockene Kleider aus seinem Pick-up und ging dann ungeduldig im Wohnzimmer auf und ab. Endlich kam Kat, in nichts als ein kurzes Handtuch gehüllt, aus dem Bad. Ihre Haut war vom heißen Wasser warm und leicht gerötet, an ihren Schultern liefen Tropfen aus den nassen Haaren herunter. Das Bewusstsein, beinahe nackt vor Greg zu stehen, verursachte ein erotisches Kribbeln, dem sie nicht widerstehen konnte. An seiner spontanen Bewegung in ihre Richtung erkannte Katharina, dass ihr Anblick auch Greg aus der Fassung brachte. Sie lehnte sich vorsichtig an seine Brust, ohne jedoch die Arme um ihn zu schlingen. »Ich wäre dir jetzt gerne so nah wie damals, als wir vor dem Stall getanzt haben.« Kat hatte ein unendliches Verlangen nach Gregs Körper, seinen wärmenden Armen und seiner Leidenschaft. In Gedanken strich sie ihm über den breiten Rücken und fühlte seine Lippen auf den ihren. Sie spürte seine Hände, den Druck seines Beckens beim Tanzen unter dem Sternenhimmel.

Greg fühlte ihre Sehnsucht, küsste die nassen Haare und zog ihren Kopf dann an seine Schulter. Leise flüsterte er. »Das will ich auch, aber gerade heute Nacht würde das Ende sicher anders aussehen … und das darf nicht sein.« Gedankenverloren zeichnete seine linke Hand den Weg von Kats Gesicht über den Hals, die Brust bis hin zur Hüfte nach. »Und führe mich nicht in Versuchung …«

»Sondern erlöse mich von dem Bösen! Greg, du fehlst mir.«

»Du mir auch.« Mit diesen Worten löste er die Nähe,

ging zielstrebig ins Badezimmer und überließ sie beide ihren unerfüllten Leidenschaften.

Katharina hätte am liebsten laut losgeschrien. Was für eine dämliche Moral war das, die ihr die vermutlich romantischste Nacht ihres Lebens versagte? Knapp der Gefahr entronnen, nass bis auf die Haut – und in den Armen des letzten lebenden Helden! Kein Film, wirklich keiner fiel ihr ein, der diese Szene so enden lassen würde. Greg aber hielt an seinen verdammten Prinzipien fest. Keine Chance für German Cowgirls.

Als Friederike zwei Stunden später nach Hause kam, lag Greg in eine Decke gerollt auf dem Sofa. Katharina schlief in ihrem Bett. Das Kissen fest mit beiden Armen umschlossen.

Der Duft nach Kaffee und Eiern mit Speck zog durch das ganze Haus, als die Freundinnen um ein Uhr vom Klingeln des Weckers geweckt wurden.

Völlig erledigt von den Strapazen der vergangenen Nacht quälten sie sich mühsam aus den Federn und wären im Türrahmen fast zusammengestoßen. »Guten Morgen, Ladys.« Greg sah aus, als hätte er mindestens zehn Stunden länger geschlafen. »Heiß duschen hilft. Hier, nehmt einen Kaffee mit.«

Mechanisch griffen Katharina und Friederike nach den Bechern und verschwanden wortlos im Bad. »Kat, warum hat Greg hier geschlafen? Und warum auf dem Sofa?« Friederike ließ die heiße Dusche über ihren geschundenen Körper laufen und wurde langsam wach.

»Es hätte sich nicht mehr gelohnt, nach Hause zu fahren. Und das Sofa hat *er* sich ausgesucht. Mein Plan sah anders aus.« Katharina spuckte die Zahnpasta mit Nachdruck ins Waschbecken. »Und wie war's bei dir?«

»Spannend. Potatoe ist noch in der Nacht genäht worden und bleibt bis übermorgen zur Beobachtung in der Tierklinik. Der Arzt sagt, er wird auf jeden Fall wieder ganz gesund.«

»Immerhin ein Happy End …«

Nach dem Frühstück fuhren die drei gemeinsam zum Stall. Von dem Unwetter war nichts mehr zu sehen. Die Sonne hatte alle Pfützen getrocknet und brannte erbarmungslos vom Himmel. Luke hatte ihnen versprochen, dass sie heute nur das Nötigste erledigen müssten. Katharina und Friederike beschlossen, den Tag sehr, sehr langsam angehen zu lassen.

Während Greg sein Pferd sattelte, um nach den Kühen zu sehen, brachten sie Hank und Blaze zum Grasen auf die Weide. »Lasst euch Zeit, Girls. In etwa drei Stunden treiben wir eine große Herde am Old Pin. Es reicht, wenn ihr dann dazukommt.«

»Machen wir.«

Erleichtert ließen sie sich neben ihren Pferden ins Gras fallen und dösten sofort wieder ein.

Wahrscheinlich hätten sie so den ganzen Nachmittag verschlafen, wäre nicht Mr. B. mit einem Fax aus Deutschland aufgetaucht. »Aufstehen, Cowgirls. Eine Nachricht aus der Heimat!« Er hatte bereits eine ganze Zeit mit dem Papier vor ihnen herumgewedelt, als Katharina endlich wach wurde. Das Fax war von Johannes.

»Entschuldige die Störung, aber ich glaube, es ist besser, du meldest dich mal ganz schnell. Gruß an Friederike und tausend Küsse, Johannes.« Das sah nach Ärger aus. Kat überlegte kurz, ob sie sich das jetzt antun sollte. Eigentlich war ihr ziemlich egal, was im Sender gerade vor sich ging. Dann aber siegte doch die Neugierde. »Ich bin gleich zurück, Friederike.«

Sie schnappte sich Blaze und ritt ohne Sattel den kurzen Weg zum Office.

Johannes war mitten in einem Meeting mit Lion und Bernhard, als Katharina ihn über Handy erreichte. Unter einem Vorwand verließ er das Büro. »Gut, dass du dich meldest. Ich will dir ja nicht den Urlaub verderben, aber hier brennt die Luft. Lena Ahlers und Bernhard schießen aus allen Rohren gegen dich.«

»Aha. Womit denn?« Katharina war nur mäßig interessiert.

»Hast du Lena mit Absicht falsche Tipps für ihre erste Sendung gegeben und außerdem die Kollegen gegen sie aufgewiegelt?«

»So ein Quatsch. Ich habe ihr nur so ganz nebenbei gesteckt, dass sie nichts weiter als eine Vertretung ist. Das war's. Mit meinen Leuten habe ich gar nicht über Lena gesprochen.«

»Das hörte sich bei Lena aber ganz anders an. Sie hat sich gleich nach deinem Abflug heulend bei Lion beschwert, dass du deinen Redakteuren verboten hättest, mit ihr zu arbeiten.«

Katharina war fast beeindruckt von so viel Frechheit. »BITTE??? So ein Quatsch. Lena Ahlers war niemals Thema in meiner Redaktion.«

»Aber warum arbeitet sie dann mit eigenen Autoren?« Johannes ließ nicht nach.

»Weil Bernhard das so wollte. Er hat eine freie Mannschaft für sein Herzchen gebucht. Mein Team war von Anfang an nicht eingeplant.« Genau da lag der Hase im Pfeffer. Offensichtlich hatte der Nachrichtenchef dieses nicht unwesentliche Detail vorher nicht mit Lion abgesprochen. Als dann klar war, dass die freien Autoren das Budget der

Sendung um mindestens 10 000 Euro sprengen würden, musste er sich schnell eine passende Erklärung einfallen lassen. Und die kam dann von Lena.

»Die anderen haben schon an der Sendung gearbeitet, als von uns noch niemand wusste, dass es sie überhaupt geben würde. So viel steht fest.«

»Das ist ja ein starkes Stück! Gibt's dafür irgendwelche Zeugen?«

Johannes glaubte Katharina – der Chefredakteur aber würde es wahrscheinlich nicht tun.

Lion hatte eine sehr einfache Art, mit solchen Dingen umzugehen: Schuld war immer der, der gerade nicht da war.

»Vielleicht solltest du lieber zurückkommen und die Angelegenheit klären.«

»Nie im Leben. Die zwei Schweinepriester fliegen auch ohne mich auf.« Damit war die Sache für Katharina erledigt. »Und jetzt muss ich eine Herde treiben.«

Friederike und Hank standen schon fertig zum Aufbruch am Stall. Kurz und ohne große Gefühlsaufwallungen berichtete Katharina von dem Telefonat mit Berlin, dann ritten sie zum »Old Pin«.

»Hast du noch immer keine Angst um deinen Job? Ich dachte, wir wären uns einig, dass du die Schlacht nicht so schnell verloren gibst?« Friederike war nicht ganz so sicher, dass die Intrige gegen ihre Freundin aufgedeckt werden würde.

»Doch, aber wenn Lion unsere langjährige Zusammenarbeit tatsächlich diesen Pfeifen opfert, dann bin ich in dem Laden nicht mehr richtig. So einfach ist das.« War es das? Katharina spürte trotz aller Wut im Bauch eine leise Traurigkeit in sich aufsteigen. War sie Lion wirklich so wenig wert, dass er sie jetzt so mir nichts dir nichts austauschte?

Im Stillen hatte sie gehofft, dass Lions Rachegefühle dem Verstand weichen würden. Offensichtlich nicht – ein Argument mehr für Texas.

Der Anblick der Rinder vertrieb die trüben Gedanken. Rund 300 Kühe und ihre Kälber grasten friedlich vor sich hin. Die Cowboys warteten im Schatten eines Wäldchens.

»Auf geht's, und passt auf, dass wir kein Kalb verlieren.«

Katharina und Friederike, noch immer leicht geschwächt, übernahmen freiwillig den langweiligen Part am Ende der Herde. Die Hüte in den Nacken geschoben und eine Entspannungszigarette im Mundwinkel, genoss Kat den ruhigen Spazierritt und träumte von ihrer eigenen kleinen Ranch. Wie schön müsste es sein, wenn man nie mehr ein stinkiges Büro betreten und stattdessen ständig in freier Natur arbeiten könnte!

»Hey, Katharina, kannst du bitte vor reiten und das Tor öffnen?«

Luke zeigte auf den etwa 500 Meter entfernten Eingang zum »Coyote Pasture«.

»Bin schon unterwegs.«

Nur widerwillig setzte sich Blaze in Bewegung. Auch der Wallach spürte die vergangene Nacht in den Knochen. Im leichten Galopp überholten sie die Herde und hatten das Gatter fast erreicht, als das Pferd plötzlich strauchelte. Sein rechter Vorderhuf steckte in einem tiefen Erdloch. Katharina fand gerade noch die Zeit, ihre Füße aus den Steigbügeln zu ziehen, bevor Blaze krachend auf dem harten Boden aufschlug.

Mit Entsetzen sahen die Cowboys Kat über den Hals des Pferdes fliegen. Einen Meter von Blaze entfernt blieb sie bewegungslos liegen.

»Katharina, verdammt, sag was, kannst du mich hören?« Greg war als Erster bei ihr.

»Ich bin O.K.« Leicht verschwommen erkannte sie den Cowboy. Dann verlor sie das Bewusstsein.

*

Als Katharina nach mehreren Tagen erwachte, lag sie in einem weiß bezogenen Bett. Rechts und links davon standen grüne Plastikstellwände, ihr linker Zeigefinger war über einen Sensor mit einem technischen Apparat verbunden.

Katharina hasste Krankenhäuser, und die Umgebung und der widerliche Geruch nach Desinfektionsmitteln bestätigten schnell die Befürchtung, dass sie sich genau dort befand.

Auf einem Stuhl saß Greg. Sein Hut lag auf dem Schoß, seine Augenlieder zuckten im Schlaf.

Katharina versuchte, den Kopf zu bewegen, und stöhnte laut auf. Mindestens zehn Hufschmiede schienen sich darin eingenistet zu haben. Bei jeder Bewegung schlug einer von ihnen mit einem Hammer auf den Amboss. Nur vage erkannte sie Greg und fiel dann sofort wieder in einen tiefen Schlaf.

Der Cowboy war durch ihr Stöhnen wach geworden. Er setzte sich auf das Bett und strich ihr über die Wangen. Seit fünf Tagen schon hoffte er, dass sie endlich wieder zu sich kommen würde. Aber bisher war ihr Zustand unverändert schlecht, und die Ärzte konnten keine logische Begründung liefern.

Erste Untersuchungen hatten ergeben, dass sie keine inneren Verletzungen davongetragen hatte. Auch der Kopf war unverletzt. Das Koma musste also psychische Ursachen haben. Katharina wollte nicht aufwachen.

Greg hatte in den langen Stunden im Krankenzimmer

darüber nachgedacht, ob diese Flucht aus der Realität wohl mit ihm zusammenhing.

Der Gedanke, dass er schuld daran sein könnte, dass Kat nicht mehr ins Leben zurückkehren wollte, brachte ihn fast um den Verstand.

Am späten Abend schlug sie erneut die Augen auf, und dieses Mal blieb sie wach.

»Kat, Gott sei Dank. Wie geht es dir?« Greg nahm ihre Hand und ließ sie nicht mehr los.

»Ich habe furchtbaren Durst.«

Zärtlich küsste er ihre trockenen Lippen.

Trotz der Kopfschmerzen fühlte Katharina, wie ihr Herz heftig anfing zu klopfen.

»Ich hole sofort die Schwester.«

»Warte, was ist mit Blaze?« Die Erinnerung an den Sturz kam jetzt wieder.

»Es geht ihm gut.«

»Greg, bitte lüg mich nicht an. Ich habe sein Bein gesehen, kurz bevor ich ohnmächtig geworden bin.« Katharina dachte mit Grauen an den Anblick. Blaze hatte versucht, aufzustehen, und hatte sich nur mit Mühe halten können, das rechte Vorderbein zog er dabei dicht unter den Bauch. Ein Beinbruch bedeutete für Blaze das Todesurteil, denn die Knochen wuchsen bei Pferden nie wieder ganz zusammen.

»Es ist nicht gebrochen, Kat. Blaze lebt.«

Dass das nur Friederikes Einsatz zu verdanken war, verschwieg er geflissentlich.

Als Luke gesehen hatte, dass das Schienbein zumindest angeknackst war, wollte er das Pferd noch auf der Weide erschießen. Friederike hatte sämtliche Überredungskünste aufgebracht, um das zu verhindern. Katharina weinte vor Erleichterung.

»Wann kann ich nach Hause?«

»Das kommt drauf an. Du hast fast fünf Tage im Koma gelegen. Die Ärzte müssen dich jetzt erst einmal gründlich untersuchen.«

In diesem Moment erschien die Schwester. Die rundliche Texanerin war durch den Sensor an Kats Finger alarmiert worden und schob den Vorhang zur Seite. Sie bat Greg, hinauszugehen. »Ich warte auf dem Flur, mach dir keine Sorgen, Cowgirl, es wird alles gut.«

Zwei Ärzte überprüften in der folgenden Stunde jeden Zentimeter von Katharinas Körper. Sie wünschte, Friederike wäre bei ihr, denn die medizinischen Vokabeln, mit denen beide um sich warfen, verstand sie überhaupt nicht. Lediglich die Anweisungen kamen klar und deutlich rüber. »Linkes Bein bewegen, dann das rechte.« Die Beine funktionierten tadellos.

»Haben Sie Schmerzen in der Brust?« Hatte Katharina nicht.

Nachdem sich die Ärzte auf diese Weise Stück für Stück vorgearbeitet hatten, waren sie endlich bereit, ein paar klärende Worte an ihre Patientin zu richten. »Es sieht so aus, als hätten Sie verdammtes Glück gehabt. Außer einer Gehirnerschütterung und ein paar blauen Flecken haben wir nichts festgestellt.«

»Heißt das, ich kann gehen?«

»Nicht ganz. Ein paar Tage werden wir Sie noch zur Beobachtung hier behalten. Nur, um ganz sicher zu gehen, dass wirklich alles in Ordnung ist. Und jetzt pudern Sie sich die Nase. Sie haben jede Menge Besuch«

Friederike, Oscar und Shirley warteten bereits ungeduldig. Mit Blumen, Zeitschriften und Schokolade bewaffnet, drängten sie sich jetzt um Katharinas Bett.

»Hast du uns einen Schrecken eingejagt. Ich habe in Gedanken schon hundert Erklärungen für deine Eltern formuliert.« Oscar war sichtlich erleichtert, dass keine davon zum Einsatz kommen musste. Friederike drückte einfach nur ihre Hand.

»Hey, das mit dem Loch war eigentlich mein Albtraum.« Seit sie gehört hatte, dass Pferde die Löcher im Boden nur schwer erkennen können, war sie sich bei jedem Galopp sicher, dass sie irgendwann durch eine dieser Vertiefungen ihr Ende finden würde.

»Ich weiß. Und auf deinem Grabstein sollte stehen: Sie war hässlich, sie war stark – und sie hatte Würde, ganz wie bei John Wayne. Tut mir Leid, dass ich dir den Traum geklaut habe.«

Zehn Minuten später wurden die Freunde von der robusten Schwester unwirsch aus dem Krankenzimmer geschickt.

»Die Patientin braucht jetzt Ruhe, sonst wird es nichts mit der schnellen Genesung.«

Friederike hatte gerade noch Zeit, ihr zu sagen, dass Greg noch immer auf dem Flur wartete.

»Seit du eingeliefert wurdest, ist er nicht von deiner Seite gewichen.«

Am Tag von Katharinas Entlassung stand Greg mit einem riesigen Blumenstrauß und einer Tasche, die Friederike ihm mitgegeben hatte, vor ihr. Katharina schlüpfte in den langen Wildlederrock vom Pariser Flughafen. Dazu hatte Friederike ein Jeanshemd, die Lizzard-Boots und Spitzenunterwäsche eingepackt. Socken gab es keine. Nur unter Protest setzte sie sich in den Rollstuhl, den die Schwestern bereitgestellt hatten. »Greg, ich kann laufen, ehrlich.«

»Geht nicht, Krankenhausvorschrift.«

Am Auto angekommen, öffnete er zuerst die Beifahrertür und hob Kat vorsichtig auf den Sitz.

»Himmel noch mal, ich bin doch nicht aus Glas.« Langsam wurde es wirklich peinlich.

»Ich weiß, Cowgirl, aber man muss auch mal genießen können.«

»Na gut.« In Wahrheit war Katharina immer noch etwas wackelig auf den Beinen und deshalb ganz froh über die Fürsorge. Sie öffnete das Fenster, stellte ihren Lieblingssender im Radio ein und genoss dann die Fahrt über den Highway.

Die Luft roch nach frisch gemähtem Heu, und auf den Farmen sah man Männer auf ihren Mähdreschern.

Kurz vor der Abzweigung in Richtung Marquez passierte der Wagen eine Koppel mit jungen Fohlen.

»Können wir zuerst bei Blaze vorbeischauen?« Kat dachte an ihr Pferd und hoffte inständig, dass er tatsächlich noch am Leben war.

»Friederike hat erzählt, dass er bei Steve in der Tierklinik ist, und die liegt doch direkt auf dem Weg.«

»Machen wir.« Greg verzog keine Miene.

Etwa 30 Meilen von der Lone Star Ranch entfernt bog er jedoch links ab. »Caldwell« stand auf dem Ortsschild, und Kat wurde unruhig. So hieß der Ort, in dem Greg zu Hause war.

»Stopp, Steves Praxis liegt in die andere Richtung.«

»Wir fahren zuerst zu mir. Ich möchte dir etwas zeigen.«

»Zu dir???« Katharina hatte noch nie darüber nachgedacht, wie es bei Greg O'Neil zu Hause aussah. Überhaupt hatte sie ihn immer nur ohne ein Dach über dem Kopf wahrgenommen. Ein Cowboy gehörte aufs Pferd und in die wilde Natur. Basta.

»Warum überrascht dich das so?

»Nur so … ich habe nie wirklich über dein Zuhause nachgedacht.«

»Dann wird es Zeit.« Er lachte über ihre Unsicherheit und zog ihre Hand auf sein Knie.

»Keine Angst, Kat – ich wohne nicht in einer dunklen Höhle.«

Die Hauptstraße mündete in eine Art Feldweg, der sich schier unendlich durch die Landschaft zog und schließlich in einem Waldstück endete.

Gerade, als Kat fragen wollte, ob sie sich wohl verfahren hätten, stoppte Greg den Wagen.

Vor ihnen lag das schönste Stück Land, das Katharina jemals gesehen hatte. Am Rande einer Lichtung stand ein zweistöckiges Holzhaus mit einer riesigen Veranda und einem kleinen Balkon im ersten Stock. Links davon lag eine große Scheune, vermutlich die Stallungen. Direkt davor gab es einen kreisrunden Reitplatz, abgesteckt mit weißen Holzlatten. Den hinteren Teil der Wiese konnte Kat nicht sofort überblicken. Auch er war eingezäunt, und im Schatten der Bäume glaubte sie, einige Pferde zu entdecken.

»Mein Gott, es ist wunderschön hier.«

Greg fuhr dicht an das Gatter und half ihr aus dem Wagen. »Kannst du ein paar Schritte gehen?«

Noch immer wusste Katharina nicht, was all das bedeuten sollte. Zögernd folgte sie ihm auf die Weide und war dankbar, als Greg seinen Arm um ihre Hüfte legte. Drei ausgewachsene Painthorse-Stuten und ein Hengst, etwa eineinhalb Jahre alt, trabten ihnen erwartungsvoll entgegen. Als sie Greg erkannten, wurden sie noch etwas schneller und blieben schließlich vor ihm stehen. Der Cowboy klopfte seinen Pferden den Hals und strich ihnen über die Flanken. Dem jungen Hengst war das Spiel zu langweilig. Er tänzelte um die kleine Gruppe herum, versuchte, nach Katharinas Rock zu schnappen, und warf übermütig seinen Kopf in die Luft.

»Das ist Blue. Wenn alles gut geht, kann er in einem halben Jahr eingeritten werden.« Greg ließ die Stuten stehen und wandte sich Kat zu. Eindringlich und sehr ernst schaute er sie an.

»Und dann gehört er dir, wenn du ihn willst.«

Katharinas Kreislauf rebellierte, und sie war sich ganz sicher, dass dies nur ein Traum sein konnte. Doch der »Traum« stand dicht vor ihr und passte auf, dass sie nicht umfiel.

»Kat, als du im Krankenhaus lagst und mir nicht klar war, ob du leben oder sterben würdest, wusste ich, dass ich dich nie wieder verlieren darf. Blue ist meine Entschuldigung für den Abend im ›Yellow Rose‹ – und mein Versprechen an dich, dass wir gemeinsam nach einem Ziel suchen werden.«

Katharina tat das, was alle Frauen in Hollywood-Filmen in diesem Moment tun würden: Sie fiel ihrem Cowboy um den Hals und schluchzte hemmungslos in sein frisch gewaschenes Hemd. Greg hatte seine Arme noch enger um ihre Hüfte geschlungen. Durch das feine Leder ihres Rockes spürte sie seine angespannten Beinmuskeln.

Endlich küsste er sie mit all der Leidenschaft, die er in den letzten zwei Wochen unterdrückt hatte. Mit einem Griff hob Greg Katharina hoch, um sie Sekunden später vorsichtig ins Gras zu betten. Seine Hände liebkosten zärtlich ihren Hals, öffneten das Hemd und blieben für einen Augenblick zögernd auf ihrer Brust liegen. Als er merkte, dass sie ungeduldig ihren Unterleib an den seinen schmiegte, schob er ihren Rock ein wenig hoch und massierte leicht die Innenseiten ihrer Schenkel.

»Schlaf mit mir, Greg – jetzt sofort.« Katharinas Stimme zitterte vor Erregung. Der Cowboy hatte keine Einwände.

Glücklich und noch immer berauscht von den letzten Stunden machten sich Katharina und Greg am späten Nachmittag auf den Weg zur Ranch. Sie hatten den ganzen Tag draußen bei den Pferden verbracht, in der Sonne gelegen und die zarten Anfänge ihrer Liebe genossen.

Über die Zukunft sprachen sie nicht. Noch immer reichten die starken Gefühle allein nicht aus, ihre Welten zu vereinen. Selbst an diesem Tag lagen die Grenzen bereits vor der Haustür.

»Caitlin hat fast all ihre Sachen hier gelassen. Ich möchte dir das Haus erst zeigen, wenn nicht mehr in jeder Ecke etwas an sie erinnert.«

»Fast ein Jahr nach der Scheidung sind ihre Sachen immer noch da?«

»Es lief nicht alles so glatt, wie ich dir damals geschildert hatte – aber wir wollen uns diesen Tag jetzt nicht mit alten Geschichten verderben, O.K.? Bei deinem nächsten Besuch ist alles verschwunden. Versprochen.«

Kat verstand und bohrte nicht weiter nach. Greg würde Zeit brauchen, alles zu regeln – und sie auch.

Auf dem Rückweg zur Ranch hielten sie in New Baden für einen Zwischenstopp an Blazes Krankenlager. Der Wallach stand gleich in der ersten Box und wieherte erfreut, als Kat ihn rief. Die angebrochene Fessel war dick eingegipst. Mit einem unsicheren Blick auf Steve, den Tierarzt, strich sie vorsichtig über das verletzte Bein. »Wird er wieder ganz gesund?«

Steve antwortete nicht sofort. »Nun, soweit ich das beurteilen kann, wird der Knochen wieder zusammenwachsen. Das ist mehr, als ich am Anfang erwartet hätte. Aber ich fürchte, Blaze wird nie mehr so hart arbeiten können wie bisher.«

»Warum nicht?« Kat ahnte Fürchterliches. Blaze war ein Arbeitspferd, wenn er nicht mehr arbeiten konnte, würde er für die Ranch überflüssig werden.

»Das Bein ist nach einem Bruch einfach nicht mehr so belastbar. Da kann man nichts machen. Zwei bis drei Stunden pro Tag sind O.K. Alles andere wird zu viel.«

Katharina nahm den Kopf ihres Pferdes in den Arm und strich zärtlich über die weiße Blesse, die von den Augen bis zur Schnauze verlief. Blaze schnappte mit seinen weichen Lippen nach Kats Haaren und blies ihr seinen warmen Atem ins Gesicht. »Das sind nicht wirklich gute Nachrichten, Blazeman ...« Sie kämpfte vergeblich gegen die aufsteigenden Tränen.

Greg beendete die traurige Situation. »Keine Angst, Kat. Ich werde mit Luke darüber reden. Lone Star ist groß genug, um Blaze durchzufüttern. Es wird ihm nichts geschehen.« Er gab er Kat einen Kuss und klopfte Blaze dann beruhigend auf die Flanke. »Und wenn gar nichts geht, hole ich ihn zu mir.«

Katharinas Tränen versiegten im Handumdrehen. »Versprochen?«

»Cowboy-Ehrenwort. Wann können wir ihn abholen, Steve?«

»In etwa zehn Tagen.«

Katharina begann zu rechnen. In zehn Tagen müsste sie eigentlich längst wieder an ihrem Schreibtisch sitzen, aber man würde sehen. Schon im Krankenhaus hatte sie darüber nachgedacht, ihren Urlaub um mindestens eine Woche zu verlängern. Schließlich musste sie sich nach dem Sturz wirklich noch erholen.

»Bis dann also, Steve, und vielen Dank für alles!« Auf dem Weg zum Auto stand Katharinas Entschluss fest: Berlin musste warten.

*

Es wurde gerade dunkel, als der Pick-up die kleine Anhöhe zu ihrem Haus auf der Ranch erreichte. Friederike stürmte heraus und drückte die Freundin an sich. »Endlich, ich dachte schon, sie hätten dich doch noch im Krankenhaus behalten. Wo wart ihr bloß so lange?«

»Zuerst bei Greg, dann bei Blaze. Entschuldige, aber die Zeit verging wie nix.«

Ein Blick auf Katharinas zerknitterten Rock und die verräterischen Grasflecken am Rücken des Hemdes genügten, und Friederike hatte den Grund für die Verspätung durchschaut.

»Lass mich raten: *Es* ist endlich passiert!!! Besser ist es, du ziehst dich schnell um. Wir sind verabredet.«

»Verabredet? Heute?« Kat war nicht wirklich begeistert.

»Es wird dir gefallen. Und jetzt beeil dich, die anderen warten schon.«

Der Weg, den sie wenig später einschlugen, gab die Richtung für einen ganz besonderen Abend vor. Greg kutschierte die Freundinnen in den Bottom – und direkt zum Lone Star Hill.

Der Hügel erhob sich etwa 500 Meter über das Tal, dicht bewachsen mit allerlei Bäumen und Gestrüpp. Auf seiner Spitze gab es einen ovalen, etwa 300 Quadratmeter großen, freien Platz.

Vor fast 150 Jahren stand hier das erste Mainhouse der Ranch, erbaut von dem irischen Siedler Randall McKenzie. Nur ein Schornstein, rußgeschwärzt und ein wenig windschief, erinnerte jetzt noch an den Einwanderer.

Katharina bereute ihre anfänglichen Bedenken, als sie sah, welchen Empfang man für sie vorbereitet hatte.

Am Fuß der Ruine brannte ein großes Lagerfeuer, direkt daneben stand eine kleine Bar, und über allem hing der Duft von gebratenem Fleisch.

»Welcome home, Kat. Schön, dass du endlich gesund bist!« Inmitten der Cowboys, Rancharbeiter und ihrer Familien stand Mr. B. und prostete Katharina zu. Etwa 40 Leute drängten sich um das Feuer und beeilten sich nun, ihr persönlich auf die Schulter zu klopfen.

Kat, zu Tränen gerührt, griff nach Friederikes Hand und war sprachlos.

»Alles für dich, Cowgirl. Freust du dich?«

»Ich bin platt!«

Eine Viertelstunde später hatte Katharina alle Hände geschüttelt und suchte nach Greg.

Er stand etwas abseits und unterhielt sich mit Dick Reynolds. Als er ihren Blick auf sich spürte, ließ er den alten Cowboy stehen.

»Sag mal …«, Greg sprach so leise, dass er kaum zu verstehen war, »… darf ich dich jetzt vor allen Menschen hier in den Arm nehmen, oder möchtest du das lieber nicht?« Die Frage war durchaus ernst gemeint. Greg kannte Mr. Thelens Bedenken in Bezug auf enge Beziehungen zwischen seinen Gästen und den Angestellten der Ranch. Er wollte Katharina auf keinen Fall in Verlegenheit bringen. Die Antwort kam jedoch prompt und ohne Diskussionen.

Kat nahm den Hut ab, schlang ihre Arme um seinen Hals und küsste ihn innig und leidenschaftlich. »Ich liebe dich, Greg – und das kann jeder wissen.«

Im gleichen Moment erschrak sie über ihre eigenen Worte. *Ich liebe dich* war der Satz, der direkt nach *Ja ich will* auf der schwarzen Liste stand. Sie mochte ihn nicht sagen, schon als Teenager nicht. Außerdem hatten sie und Greg bisher nicht von Liebe gesprochen. Jedenfalls nicht so direkt. Aber Greg dachte offensichtlich das Gleiche. Nach einem winzigen Zögern trat er einen Schritt zurück und schaute ihr fest in die Augen. »Ich liebe dich auch, Cowgirl ... womit wir die Frage nach unserem Gefühl endlich geklärt hätten ...«

»Auf Katharina und Greg und auf Texas!« Friederike zerstörte die romantische Situation und hatte sie gleichzeitig gerettet. Zumindest die Hälfte der Anwesenden hatte zunächst gebannt zugehört und dann betreten geschwiegen. »Auf Texas – und die Liebe.« Fieberhaft suchte man nach dem passenden Countrysong. Shirley fand ihn schließlich in Clay Walkers *»Country Boy & City Girl«*, einer leidenschaftlichen Ballade über die Liebe eines Cowboys zu einer Großstädterin. Unglücklicherweise endete das Lied mit der Erkenntnis, dass diese Kombination nicht funktionieren konnte. Kat textete sich kurzerhand ihr eigenes Ende.

Erst als sie völlig erschöpft in ihr Bett fiel und Greg auf dem Weg nach Hause war, kam ihr Clay Walker und auch Gregs düstere Vision der zwei Welten wieder in den Sinn. Hatte er am Ende Recht? Was wusste sie eigentlich über das wahre Leben einer Cowboy-Braut?

»Friederike, meinst du, Greg und ich haben eine Chance?« Die Freundin war in derartigen Fällen immer ein guter Berater – wenn auch nicht der angenehmste.

»Nein, Kat. So Leid es mir tut – aber die habt ihr nicht. Ich fürchte allerdings, dich wird das nicht von einem Versuch abhalten. Du willst jeden Traum leben, bevor du ihn begräbst. Leider.« An dieser Stelle stoppte sie. Die finale Moralpredigt würde sie sich für später aufheben.

Katharina verlängerte den Urlaub wie geplant um eine Woche. Johannes war stinksauer.

»Das glaube ich doch alles nicht. Du fällst vom Pferd, liegst im Koma, und niemand informiert mich? Ich wäre sofort zu dir geflogen!« Nur sehr selten wurde Johannes einmal laut. Jetzt aber hatte Katharina das Gefühl, er könnte auch ohne Telefon direkt über den Ozean schreien. Sie bemühte sich um einen versöhnlichen Tonfall.

»Ich weiß, Schatz, deshalb habe ich Friederike verboten, auch nur ein Wort zu sagen. Ich wollte nicht, dass du dir unnötig Sorgen machst. Jetzt ist ja alles wieder in Ordnung. Ich muss mich bloß noch ein wenig erholen.« In den letzten Tagen war so viel in Katharinas Leben passiert, dass sie Mühe hatte, sich auf Berlin und auf Johannes einzustellen. Am liebsten hätte sie ihn gar nicht angerufen und nur ein Fax geschickt.

»Das kannst du auch zu Hause tun!« Er ahnte, dass das nicht alles sein konnte.

»Kat, verschweigst du mir etwas? Einen Mammutjäger vielleicht?«

Katharina war drauf und dran, die ganze Geschichte zu erzählen. Sie hasste es, Johannes so schamlos anzulügen. Aber der Mut zur Wahrheit fehlte ihr. »Nein. Wirklich nicht. Ich möchte einfach noch hier bleiben. O.K.?«

»Das ist nicht O.K., aber es lässt sich wohl nicht ändern. Wir reden darüber, wenn du zurück bist.« Wütend und enttäuscht legte Johannes auf. Katharina war erleichtert, dass er nicht weiter nachgefragt hatte. Gleichzeitig schluckte sie und fragte sich, ob sie nicht doch zu weit ging.

Wenn sie ihren Traum leben wollte, dann würde sie Johannes tief verletzen müssen. Und das hatte er nicht verdient. Mit einem beachtlichen Kloß im Hals dachte sie an das klärende Gespräch, das sie so schnell wie möglich mit ihm führen musste. Die Traurigkeit verschwand erst wieder, nachdem Katharina Friederike zum Flughafen gebracht hatte.

Die Freundin hatte ihr zum Abschied den Hut ins Gesicht gezogen und Ratschläge mit auf den Weg gegeben. »Jetzt hast du freie Fahrt, Kat. Nimm dir deinen Cowboy, wann immer du magst, gönne dir ein paar himmlische Nächte, und spiel die Texanerin. Wenn du ihn dann immer noch willst, musst du dich von Johannes trennen, und zwar ihm zuliebe. Und noch eines … bitte lass dein Rückflugticket nicht verfallen …«

Der erste Abend ohne Friederike begann für Katharina mit einem flauen Gefühl in der Magengegend. Eher lustlos stand sie am Herd und übte sich in hausfraulichen Tätigkeiten.

Es war sechs Uhr, in einer Stunde würde Greg zum Essen kommen.

Kat wünschte inbrünstig sie hätte schon am Tage mit ihm arbeiten können, aber der Arzt hatte ihr körperliche Anstrengungen strikt verboten. Jetzt gab sie die klassische Hausfrau, und das war ihr vor Greg aus unerfindlichen Gründen peinlich. Die ungewohnte Rolle raubte ihr die Sicherheit, und sie fühlte sich ausgesprochen unwohl in ihrer Haut. Was sollte sie sagen, wenn er kam? »Hallo, Schatz, wie war dein Tag? Das Essen ist gleich fertig!?«

Außerdem bekam sie die texanischen Lebensmittel einfach nicht in den Griff: Steaks verbrannten, Kartoffeln verkochten, und Soßen brauchte sie gar nicht erst auszuprobieren. Ein Blick in die Töpfe genügte, um festzustellen, dass auch dieses Essen gepflegt in die Hose gehen würde. Gerade als Katharina drauf und dran war alles ins Klo zu schütten, erschien Greg.

»Wenn du mich jetzt fragst, was es zu essen gibt, dann bringe ich dich um.« In ihrem Gesicht spiegelte sich eine Mischung aus Angriffslust und Verzweiflung. Sie hätte Greg am liebsten nach Hause geschickt und den Abend allein vor dem Fernseher verbracht.

»Darf ich zuerst mal eintreten?« Gut gelaunt und ohne eine Antwort abzuwarten, nahm er Katharina in den Arm und ließ sich mit ihr aufs Sofa fallen. »Was ist los, Kat?« Mit sanfter Gewalt hinderte er sie daran, sich aus der Umarmung zu befreien.

»Riechst du nichts?«

»Es riecht nach Steak. Und?«

»Es riecht nach verbranntem Steak.«

»Und weiter?«

»Ich wollte dich beeindrucken. Das ist los. Ich habe in Jewett eingekauft, das Haus geputzt, mir ein klasse Menü überlegt und wollte dir gerne zeigen, dass ich mehr kann, als Rinder treiben.« Katharina schubste ihn von sich, ging rüber zur Küchenzeile und kam mit der Pfanne zurück. »Aber es ist nichts geworden. Alles verkocht, verbrannt, kurzum: Schweinefutter.« Mit einem beherzten Satz landeten die misslungenen Steaks im Mülleimer. Jetzt stiegen Katharina vor Wut und Verzweiflung Tränen in die Augen. Und dabei wusste sie selbst nicht einmal genau, warum sie sich so aufführte. An den lächerlichen Fleischstücken konnte es kaum liegen. Aber was war es dann? Angst vor der plötzlichen Nähe, die ein selbst gekochtes Abendessen mit sich brachte? Vor dem, was Greg von ihr im Alltag wohl fordern würde?

»Kat … Hey … wer hat gesagt, dass ich dich als Hausfrau sehen will?« An Gregs irritiertem Gesichtsausdruck konnte Katharina deutlich erkennen, dass auch er nicht wirklich wusste, wo ihr Problem lag.

»An dem schrecklichen Abend im ›Yellow Rose‹ hast du mich als ›Mann‹ und als ›Gesellschaftsdame‹ beschrieben – ich dachte es wäre gut, dir eine dritte Variante zu zeigen …« Katharina kam sich nun selbst albern vor und suchte nach einer Möglichkeit, die Diskussion zu beenden. Greg kam ihr zuvor.

»Genau dort fahren wir jetzt wieder hin, und dann erkläre ich dir in Ruhe, was du mir *nicht* beweisen musst. In Ordnung?«

»Machst du dich über mich lustig?« Katharina forschte in Gregs Augen nach einem Anzeichen von Spott.

»Über deine Bedenken? Ja. Und nun ziehst du dich besser um. Du hast einen fetten Soßenfleck auf dem Hemd.«

Katharina überlegte, ob sie hier und jetzt und mit Soßenfleck ein problemorientiertes Gespräch vom Zaun brechen sollte. Schließlich befand sie sich mitten in ihrer schönsten Identitätskrise, und Greg hatte diese Tatsache gefälligst nicht einfach vom Tisch zu wischen. Er schien ihre Gedanken zu ahnen und ergriff erneut die Initiative.

»Gibt es irgendetwas, das wir nicht entspannt bei einem Bier im Yellow Rose besprechen könnten?«

»Nein, tut mir Leid, dass ich mich so aufgeführt habe.« Katharina verschwand im Schlafzimmer und war fast froh, dass Cowboys sich offensichtlich nicht mit typisch europäischen Paartherapien auskannten. Nicht auszudenken, welch psychologische Schlüsse man aus den verbrannten Steaks hätte ziehen können!

Mit dem schmutzigen Hemd legte Katharina auch die trübsinnige Stimmung ab. Sicher würde es nicht einfach werden, wenn sie tatsächlich für immer nach Texas zog, sicher würde ihr die Beziehung zu Greg noch manchen Kompromiss abfordern, der ihr schon in deutsch-deutschen Beziehungen im Weg gestanden hatte, aber sie wollte es versuchen und sie hatte einen Mann an ihrer Seite, der ihr dabei helfen würde.

»Hübsch?« Wenig später kehrte sie in frischem Outfit zurück. Das schwarz-gelbe Blümchenkleid endete kurz über den Knien, die sonnengebräunten Beine steckten in wildledernen Cowboystiefeln.

»Wenn du dich so magst?«

»Du sollst mich mögen, Cowboy!«

»Siehst du, Kat ...« Greg wurde plötzlich ernst. »Für Fragen wie diese liebe ich dich. Für die Tatsache, dass du dich für *mich* anziehst. Lass uns gehen. Du bist wunderschön.«

Genau mit diesem Kompliment hatte der erste Abend im ›Yellow Rose‹ auch begonnen. Doch in dieser Nacht ging es nicht mehr darum, dass sie ihre Träume vergessen müssten, sondern darum, wie sie möglichst schnell Realität würden.

Zwischen frittierten Stierhoden, Filetsteak und Kokoskuchen besprachen sie detailliert die nächsten Schritte. Der Wirt, durch Katharinas letzten Auftritt vorgewarnt, hatte den Whiskey bereits in Reichweite gestellt. Mit steigendem Wohlgefallen beobachtete er jedoch, dass heute keine harten Schnäpse vonnöten sein würden. Greg und Katharina schwelgten in einer anderen, in ihrer gemeinsamen Welt. Immer wieder suchten sie die Nähe des anderen, berührten sich ihre Handflächen, ihre Knie, trafen sich ihre Blicke.

»*A country boy and city girl making life in this old world / We went against the grain and against all odds …*« Als Clay Walker zum traurigen Finale ansetzen wollte, wechselte der Wirt den Song.

*Thats Us* zwei Songs weiter, traf es doch mehr.

## Kapitel 3

Katharina, komm wieder zu dir, ich bitte dich. Was du mir hier gerade versuchst zu erzählen, ist der komplette Wahnsinn.« Johannes hatte nach der Vorgeschichte zwar mit einigem gerechnet. Nicht aber damit, dass seine Freundin mit einem Cowboy leben wollte. Entsprechend vergaß er Sanftmut und gute Erziehung und wurde zum ersten Mal, seit er Katharina kannte, ernsthaft ungehalten.

»Deine romantische Ader in Ehren, aber das ist einfach nur dumm. Du funktionierst nicht als demütige Schickse eines John-Wayne-Verschnitts.«

Sein Gesicht war rot vor Wut. Eine Haarsträhne, die immer wieder über das rechte Brillenglas rutschte, strich er vehement nach hinten. »Wie oft habe ich dich gebeten, mich zu heiraten oder zumindest mit mir zusammenzuziehen? Drei oder vier Mal? Und mit welcher Begründung hast du mich abgewiesen? Ich erinnere mich dunkel an Vokabeln wie ›Abhängigkeit‹ und ›Freiheitsdrang‹ – und jetzt kommst du mir mit so einer Nummer??? Ein schlichter Kuhhirte streckt die stolze Katharina nieder?«

Johannes war stinksauer, zutiefst gekränkt und verstand die Welt nicht mehr. »Ist dir eigentlich klar, dass du dich gesellschaftlich und finanziell auf das Niveau eines Hilfsarbeiters begibst? Aber ich verstehe – wahrscheinlich ist er ein Held. Hat dir endlich deinen Traum erfüllt und dich an den Haaren in die Höhle gezogen …«

Katharina hatte diese Reaktion vorhergesehen und entsprechende Vorkehrungen getroffen. Um jeder Eskalation von vornherein das Wasser abzugraben, hatte sie ein öffentliches Restaurant als Treffpunkt gewählt. Das »Pierre« war einer dieser neumodischen Fresstempel mitten in der Innenstadt. Grelle Neonbeleuchtung unterstrich die kühle Wirkung des chromblitzenden Interieurs, und die Kellner hatten den Charme einer Eisscholle. Gleich nach Katharinas stockender Offenbarung über ihre Pläne mit Greg war Johannes klar, warum sie ausgerechnet diesen Ort vorgeschlagen hatte.

»Und ganz abgesehen von dem persönlichen Irrsinn, dem du ganz offensichtlich unterliegst. Wovon willst du leben? Von ein paar Hundert Dollar im Monat, verdient als Hilfskuhtreiber? Du hast doch nicht einen Euro auf dem Konto!«

»Von 700 Dollar, um genau zu sein.« Katharina war ehrlich froh, dass Johannes so pragmatisch war. Hätte er ihr von seiner Liebe erzählt, ihren gemeinsamen Plänen und seinem gebrochenen Herzen, sie hätte viel mehr gelitten. Johannes aber zog es vor, sie bei ihrer Vernunft zu packen, und das war genau der falsche Weg. »Außerdem gehe ich nicht morgen oder übermorgen, sondern frühestens in einem Jahr. Bis dahin schaffe selbst ich ein kleines Polster auf die Bank.«

»Und du meinst tatsächlich, dass dieser Typ so lange auf dich wartet?«

Das war in der Tat eine berechtigte Frage. Greg aber hatte am letzten Abend alle Zweifel zerstreut. »Was ist ein Jahr, Kat? Gerade einmal die Zeit, in der ein Fohlen erwachsen wird. Warum sollte unsere Liebe nicht die gleiche Chance haben?«

Katharina dachte an ihr Hengstfohlen. In fünf Monaten würde Greg »Blue« an Sattel und Zaumzeug gewöhnen. »Er wird warten – und selbst, wenn nicht. Du weißt genau, dass ich immer nach Texas gehen wollte. Schon lange, bevor ein Mann dort irgendeine Rolle gespielt hat. Außerdem haben wir bisher nicht ein Wort über Heirat verloren. Ich ziehe zunächst auf die Ranch und werde dort arbeiten. Und dieser Traum ist nicht neu.«

Johannes schwieg eine Weile. Traurig stocherte er an seinem Loup de mer herum, von dem er bisher nicht einen Bissen gegessen hatte. »Du hast Recht. Wahrscheinlich hätte dich niemand auf Dauer hier halten können.«

Viel schneller als erwartet gab sich Johannes versöhnlich und fing überraschend an, über ihre Nachfolge im Sender zu spekulieren. »Ich nehme mal an, dass du uns rechtzeitig Bescheid geben wirst. Nicht, dass deine Sendung plötzlich ohne Moderatorin dasteht.«

»Moment. Mal ganz abgesehen davon, dass erst mal geklärt werden muss, ob ich überhaupt noch eine Sendung habe, ist unser Gespräch hier rein privater Natur. Ich erzähle dir als meinem Freund, was los ist. Der Sender – und damit auch mein Kollege Johannes Flehming – weiß noch gar nichts.« Katharina beschlich plötzlich der Gedanke, dass Johannes ebenfalls ein Geheimnis mit sich herumtrug.

»Kann es sein, dass Amor dich überraschend aus meinen Armen befreit und an eine andere Brust getrieben hat?« Allein die Vorstellung kratzte empfindlich an ihrem Stolz.

»Nein, Kat, jedenfalls nicht ernsthaft. Aber du hast es mir in der Vergangenheit sehr schwer gemacht, meine Liebe zu dir aufrechtzuerhalten.« Jetzt wurde er doch traurig, und Katharina schloss sich an.

»Ich weiß, es tut mir furchtbar Leid, dass es so gekommen ist.«

Für etwa zehn Minuten sagte keiner ein Wort. Katharina dachte an Greg und hoffte inständig, dass sie nicht einem Traum nachhing, der im ersten kalten Winter zum Albdruck mutierte.

Johannes hingegen überlegte, ob er ebenfalls Farbe bekennen und seine Affäre mit Inka gestehen sollte. Vor zwei Wochen hatten Wein und Einsamkeit ihn für eine Nacht in das Bett der Kollegin getrieben. Obwohl es damit 1:1 stand, schämte er sich in Grund und Boden.

Nachdem der Eisschollen-Kellner die bedrückende Situation mit einem forschen »Darf es noch was sein?« beendet hatte, fasste er sich ein Herz.

»Kat, versprich mir, dass du jetzt keine Szene machst. Ich habe dich mit Inka betrogen.«

»Mit Inka???!!!« Katharina holte tief Luft, bevor sie weitersprach, und Johannes duckte sich instinktiv, aber die Wurfgeschosse blieben diesmal aus.

»Mit dieser spindeldürren, auf ganzer Linie mittelmäßigen Person, die bei jeder Auseinandersetzung anfängt zu heulen? Die Inka, die sich vor der Obrigkeit bis unter den Teppich duckt und nicht einmal das Selbstvertrauen eines Buschröschens aufbringt?«

Immerhin verdiente sie das Prädikat »schlicht gestrickt, aber lieb« und wünschte sich nichts sehnlicher als einen Mann, Kinder – und eine Absicherung fürs Rentenalter.

»Na, herzlichen Glückwunsch! Da hast du ja endlich das Frauchen gefunden, das du mit all deiner Fürsorge überschütten kannst. Hat sie die Pille schon abgesetzt?« Der Stachel der Eifersucht bohrte sich in ihr Herz und ließ sich nicht ignorieren.

Johannes Augen blitzten. »Weiß dein Cowboy eigentlich, dass du eine Hexe bist?«

»Die Hexe fliegt nie mit nach Texas – dort brauche ich sie nicht.«

»Dann wünsche ich dir, dass das so bleibt. Alles Gute, Kat. Und das meine ich ehrlich.« Johannes fast geflüsterte Worte läuteten den emotionalen Umschwung der Situation ein. Schweigend beugte sich Katharina über den Tisch und gab ihm einen Kuss. Sie würde seine Liebe und seine behutsame Art, mit den Dingen umzugehen, vermissen. Und die Sicherheit und Ruhe, die er ihr immer wieder gegeben hatte. Aber sie wusste auch, wofür sie all das aufgab. Das einstige Vorzeige-Liebespaar der Redaktion beschloss den Abend mit einem zünftigen Champagnerrausch und dem gegenseitigen Versprechen der Freundschaft. Wie auch sonst sollte eine Beziehung mit Johannes auseinander gehen.

Die Situation im Sender war nicht so einfach zu lösen.

Lena Ahlers hatte ihre erste Talkshow vor der Kamera zur allgemeinen Zufriedenheit gemeistert, und Bernhard Rieken tat nun alles, um Katharina aus ihrer Position zu kicken.

Das Gerücht, sie hätte ihr Team gegen die Vertretung aufgewiegelt, war nicht entkräftet worden, denn die überbezahlten, freien Autoren verschwanden rechtzeitig von der Bildfläche.

Gleichzeitig hatte Bernhard es trefflich verstanden, Katharinas Urlaubsverlängerung Lion gegenüber als verstecktes Schuldgeständnis zu verkaufen.

Von Friederike vorgewarnt, erschien sie an ihrem ersten Arbeitstag im Kampfanzug.

Immer, wenn an der Business-Front ein Gewitter drohte, warf sie sich in ihren knallroten Schottenmini, einen schwarzen Rollkragenpullover und die kniehohen Wildlederstiefel.

»Das streitbare Oberhaupt der McLouds« nannte Johannes sie in diesen Momenten.

Kat McLoud war zur Abwechslung eine halbe Stunde zu früh in der Redaktion.

Betont beiläufig passierte sie mit den Morgenzeitungen unter dem Arm Lions Büro.

Erwartungsgemäß saß er bereits bei grünem Tee und Zigarrenstummel an seinem Schreibtisch und studierte die Nachrichtenmeldungen am Computer.

»Guten Morgen, Lion. Ich bin wieder da.«

»Das sehe ich. Ich hoffe, du hast deinen Sturz gut überstanden.« Kein Herzlichwillkommen, keine tiefer gehende Frage nach ihrem Befinden. Lion präsentierte sich als kaltschnäuziges Arschloch. Leicht irritiert überlegte Kat, ob sie seine Art einfach ignorieren und ihm von Texas erzählen sollte. Früher hatten ihre blumigen Geschichten immer für eine Auflockerung der Situation gesorgt. »Ist noch was?« Er wollte keine Geschichten hören.

Katharina schlich in ihr Büro. Immerhin waren ihre Sachen noch an Ort und Stelle.

Unschlüssig, wie sie nun weiter vorgehen sollte, legte Kat erst einmal ihren Texas-Film in den Videorecorder.

Ihre ersten Urlaubswochen auf der Ranch hatten sie und Friederike mit einer kleinen Kamera dokumentiert und dann mit viel Liebe und Musik zu einem Film geschnitten.

Der Anblick der Lone Star Ranch mit all ihren Rindern und Cowboys half ihr auch heute, das innere Gleichgewicht zurückzugewinnen.

Mit dem obligatorischen Kaffee in der Hand und der Zigarette im Mundwinkel träumte sie sich gerade auf Blaze' Rücken und in Gregs Arme, als Friederike auftauchte. »Genauso habe ich mir das gedacht. Kaum bist du wieder hier, entschwindet dein Geist auch schon wieder.«

Friederike hängte ihren brandneuen Donna-Karan-Blazer ordentlich auf einen Bügel, räumte Katharinas Lederjacke hinterher und schaltete den Fernseher rigoros aus.

»Diesmal nicht, Kat. Wenn du wirklich planst, ein Jahr auf der Ranch zu verbringen, dann musst du zuerst diesen Job zu Ende bringen. Also reiß dich zusammen.«

»Ich bin nicht sicher, ob ich hier überhaupt noch einen Job habe. Lion hat mich gerade eiskalt abblitzen lassen.« Katharina war ehrlich verzweifelt.

»Ich weiß, Süße, aber wir kriegen das schon wieder hin. Die Hauptsache ist, dass du deine Gedanken uneingeschränkt auf den Laden konzentrierst und den perfekten Arbeitnehmer gibst. Erinnerst du dich an Sigourney Weaver und Melanie Griffith in *Die Waffen der Frauen*? Du bist Melanie Griffith – alles Weitere wird sich dann schon finden.«

Keine der Freundinnen war wirklich überzeugt von dieser Aussage, aber sie mussten es zumindest versuchen.

»In Ordnung, auf geht's.«

Katharina verbannte Texas in den hintersten Winkel ihres Herzens und setzte die Redakteursmine auf.

Als Erstes rief sie ihr Team per E-Mail zu einer Konferenz zusammen. Es gab in den kommenden sechs Wochen zwei Talkshows zu bestreiten, und sie musste wissen, wie weit die Vorbereitungen gediehen waren. Um sicherzugehen, dass sie nicht von feindlichen Spitzeln belauscht wurden, legte Katharina den Termin auf die Mittagspause und außerhalb der Redaktionsräume.

Im »Al Limone«, einem kleinen Italiener, zwei Querstraßen von der Redaktion entfernt, wartete sie ungeduldig auf ihre Kollegen. Ein beachtliches Häufchen Brotkrümel auf dem Tisch zeugte von Katharinas Nervosität. Stand ihr Team eigentlich noch hinter ihr? Oder war es bereits zum Feind übergelaufen? Nicht ein einziges Mal hatte sie sich in den vergangenen Wochen bei ihren Leuten gemeldet, nicht gerade clever für jemanden, der beim Chef auf der Abschussliste stand. Es wäre kein Wunder, wenn die Kollegen sie ebenfalls als Auslaufmodell betrachteten. Kat nahm sich vor, auf jeden Fall wachsam zu sein.

Um Punkt 12 Uhr 30 stand die Mannschaft geschlossen vor ihr. »Mensch, Kat – mit dir haben wir fast schon nicht mehr gerechnet!« Martin, der am längsten mit Katharina zusammenarbeitete, warf einen Berg Unterlagen auf den Tisch und setzte sich ihr genau gegenüber. »Ist wirklich Zeit, dass du dich mal wieder blicken lässt.«

»Entschuldigt, Jungs – aber es ist viel passiert.« Gespannt beobachtete Katharina die Minen aller Anwesenden, konnte aber nicht erkennen, ob die dünne Entschuldigung angenommen worden war.

»Wem sagst du das. Lena Ahlers und dieser aalglatte Nachrichtenchef haben sich in unserem Format breit gemacht, und wir wurden behandelt wie die Aussätzigen. Na ja, zumindest hatten wir so genügend Zeit, unsere nächsten Themen vorzubereiten.«

»Das heißt, ihr wart überhaupt nicht in Lenas Sendung eingebunden?«

»Uns hat keiner gefragt, und wir haben uns nicht angeboten. War 'ne ziemlich beschissene Situation, ehrlich gesagt. Aber nun bist du ja wieder da und wirst es richten, oder?« Martins erwartungsvoller Blick ließ Katharina aufatmen. Dies war noch nimmer *ihr* Team, und es würde sie nicht hängen lassen. Mit einem Handstreich fegte sie die Brotkrümel vom Tisch.

»Das werde ich. Die Talkshow ist unser Baby, und das wird uns niemand wegnehmen! Am besten tun wir so, als wäre alles beim Alten. Und außerdem werden wir zwei Sendungen hinlegen, an denen es absolut nichts zu meckern gibt. Gar nichts. Der Vietnamkrieg ist das nächste Thema, richtig? O.K., was habt ihr bisher? Welche Filme, welche Talkgäste? Was kann ich tun?« Katharinas Kampfgeist war geweckt und zog den Rest der Mannschaft mit. Geschäftig kramten nun auch die Übrigen ihre Unterlagen hervor und breiteten sie zwischen Tellern und Gläsern auf dem Tisch aus. »Wir sind eigentlich perfekt aufgestellt – nur der amerikanische Hubschrauberpilot will noch nicht zusagen.« Martin wedelte mit einem Zettel. »Wenn du ihn vielleicht überreden könntest? Hier ist die Telefonnummer.«

»Geht klar – und vielen Dank für alles.«

Am Ende der zweistündigen Sitzung waren alle erleichtert und voller Feuereifer für die kommenden Projekte.

Zum Abschluss gönnte sich die gesamte Mannschaft einen Grappa. Der Schnaps verdaute einiges mehr als nur die italienische Nudelplatte.

Neben der Arbeit erkundete Katharina in den folgenden Tagen unauffällig den Stand der Intrige. Lena Ahlers und Bernhard Rieken stolzierten durch die Räume, als hätten sie den Sender gekauft. Gestylt bis unter die Haarwurzeln, suchten sie den ständigen Austausch mit möglichst einflussreichen Kollegen, gaben Sektparties in Bernhards Büro und mischten sich in die Programmplanung und deren Umsetzung ein.

Aber vor allem bei den Technikern verursachte die Selbstinszenierung des »dynamischen Duos« nur noch Pickel. Die Kameraleute, Tontechniker, Cutter und Sendeabwickler galten bei Bernhard als Kollegen zweiter Klasse. Entsprechend abfällig wurden sie von ihm behandelt.

Aus deren Ecke wurde Katharina dann auch bald nach der Rückkehr darüber informiert, dass der professionelle

Erfolg des Duos weit hinter den gesellschaftlichen Aktivitäten zurückblieb.

Die Talkshow zum Beispiel hatte trotz eines quotenträchtigen Sex-Themas nur mäßige Einschaltquoten erreicht, und auch bei den Nachrichten ging deren Kurve kontinuierlich nach unten.

»Kat, Lena Ahlers ist einfach ein bisschen unterbelichtet, da nützt die hübsche Visage dann auch nichts!« Olli, der Tontechniker, ahnte nicht, wie wohltuend diese Aussage für eine vermeintlich alternde Moderatorin war. »Wie genau äußert sich das? Ich will jedes Detail hören!«

»Ganz einfach: Die kann nur vorlesen, was man ihr aufgeschrieben hat. Sobald eine unvorhergesehene Meldung reinkommt oder ein Gesprächspartner anders antwortet als gedacht, stottert unser Schätzchen sich peinlichen Mist zusammen. So äußert sich das.«

»Danke, Olli, mehr davon, und wir haben eine Verabredung zum Abendessen!«

Nicht, dass Katharina dem Sender Probleme mit den Einschaltquoten wünschte, aber eine amtliche Portion Schadenfreude ließ sich nicht verleugnen.

Gestärkt durch weitere Aussagen ähnlicher Couleur, fand sie endlich zu ihrer alten Form zurück. Katharina genoss die Wertschätzung ihrer Kollegen und die Arbeit in der Redaktion. Einzig das Verhältnis mit Lion war nach wie vor gestört. Besser gesagt, sie hatten einfach keines mehr. Kat vermutete, dass er ihr die nächsten Shows nur deshalb nicht weggenommen hatte, weil sie von ihr vorbereitet und auf ihre Moderation zugeschnitten waren. Nun, sie würde ihm schon beweisen, dass sie noch immer eine gute Journalistin war. Und die beste für diese Talkshow.

Am Tag der aktuellen Sendung war Katharina schon eine Stunde vor der angesetzten Stellprobe im Studio. In bester Laune begrüßte sie die Kamera-Crew, ging mit dem Regisseur den Ablauf durch und stellte für Svea einen Strauß Sonnenblumen in die Maske.

Sie saßen gerade bei der ersten Grundierung, als Lena hereinkam.

»Hallo, Katharina, entschuldige, dass ich störe …«

»Kein Problem. Was willst du?«

Die Frage war für Lena dann doch etwas zu direkt. Wie damals bei ihrem ersten Gespräch pulte sie nervös an ihren Fingernägeln.

»Ähem. Eigentlich nichts Bestimmtes. Ich habe gestern einen Blazer vergessen, und der muss in die Reinigung.«

Katharina überlegte, was wohl jetzt in der Kollegin vorging. Lena hatte ohne Zweifel damit gerechnet, dass sie an diesem Abend an ihrer Stelle sitzen würde. Aber es hatte nicht geklappt, zumindest bis jetzt nicht. Wahrscheinlich hatte Bernhard sie geschickt, um die Stimmung auszukundschaften.

»Bist du sicher, dass der Blazer der einzige Grund ist?«

Schon wieder eine direkte Frage. Lena drohte zu kollabieren.

»Was meinst du denn damit?« Rote Flecken am Hals verrieten die Aufregung.

»Lena, ich sage es jetzt genau einmal, also hör gut zu.« Katharina hatte große Lust, Lena die gesamte aufgestaute Wut der vergangenen Monate ins Gesicht zu spucken. Ihre Augen wurden kalt und abweisend, das Kinn rutschte etwas höher als gewöhnlich. Nur unter Aufbietung aller Disziplin behielt sie äußerlich die Ruhe.

»Ich bin über einiges informiert, was du und Bernhard während meiner Abwesenheit hier abgezogen habt – und

›I am not amused‹, wie die Queen jetzt sagen würde. Spiel also nicht das Unschuldslamm. Entweder du lernst den ehrlichen Umgang mit mir, oder aber du musst dich sehr, sehr warm anziehen. Und jetzt verschwinde und denk darüber nach.«

Lena erstarrte. Auch Svea hatte Katharina noch nie so hart reden hören.

Ohne ein weiteres Wort, dafür aber mit hochrotem Kopf, rauschte Bernhards Liebling von dannen.

»Mensch, Kat, was war das denn? Du, die Diplomatin vor dem Herrn, verscheuchst aufstrebende Jungmoderatorinnen?«

»Ich lasse mich einfach nicht verarschen. Und genau das haben einige Leute hier vor.« Katharina fühlte sich unendlich befreit, und ihre Laune wurde noch ein bisschen besser. Wahrscheinlich hätte sie schon früher einmal biestig werden sollen. Es lebe die Hexe!

»Wenn das mal, nicht nach hinten los geht.« Svea dachte daran, wie Lion und Bernhard Lena bei ihrer ersten Talkshow in Watte gepackt hatten. Ihnen würde Kats Ton nicht gefallen.

»Das ist mir völlig egal. In diesem Moment sowieso. Wir machen jetzt eine Klasse Sendung, haben zehn Millionen Zuschauer, allein in Berlin – und danach betrinken wir uns.«

Die Rechnung ging auf. Angestachelt durch den kleinen Disput mit Lena und aus Trotz gegenüber Lion, gewann Katharina an diesem Abend den Preis für die charmanteste Talkshow-Moderatorin des Universums. Die Gäste waren Wachs in ihren Händen und reagierten mit Emotionen und Offenheit.

Die Einschaltquote machte den Triumph perfekt: 3,6 Millionen Zuschauer hatten die Sendung im Schnitt gesehen. Das war das beste Ergebnis seit sechs Monaten.

Vier Wochen später war Katharina ganz plötzlich und ohne Kenntnis der näheren Umstände rehabilitiert.

Nachdem auch die zweite Sendung die Quotenerwartung voll erfüllt hatte, fand Lion endlich den Weg in ihr Büro. »Wie wär's mit einem Bierchen auf deinen Erfolg?« Der Chefredakteur tat so, als hätte es die Eiseskälte der vergangenen Monate nicht gegeben.

»Wenn du meinst ...« Kat traute dem Frieden nicht ganz.

Wie in alten Zeiten gingen sie in ihr Stammlokal, tranken, lachten und diskutierten die Fernsehlandschaft. Das Thema Lena und Bernhard klammerten beide zunächst geflissentlich aus. Katharina dachte darüber nach, welch eigenwilligen Gesetzen diese Branche doch folgte. Noch vor kurzem schien es so, als würde sie demnächst auf der Straße sitzen, und jetzt war plötzlich wieder alles in Ordnung. Und sie selbst hätte weder die eine noch die andere Entscheidung maßgeblich beeinflussen können. Was für eine verrückte Welt.

Es war kein Wunder, dass manche Kollegen mit dem ewigen Auf und Ab nicht fertig wurden.

Wie viel bodenständiger, wie viel ehrlicher ging es im Vergleich dazu doch auf einer Rinderfarm zu!

»Sag mal, Kat«, Lion wurde plötzlich ernst. »Wirst du deine Sendung weitermachen, oder sitzt du schon auf gepackten Koffern?«

»Wie kommst du denn darauf?« Johannes schien doch geplaudert zu haben.

»Das tut nichts zur Sache. Also, wie sehen deine Pläne aus?«

»Zunächst einmal wundert es mich, dass du überhaupt fragst. Ich dachte, ihr habt Lena Ahlers längst als meine Nachfolgerin vorgesehen?«

»Das wird sie mit Sicherheit nicht.« Die Gründe dafür nannte Lion nicht. Katharina ahnte aber, dass Lena irgendeinen entscheidenden Fehler begangen haben musste.

»Ich werde bestimmt noch ein Jahr hier bleiben. Und wenn du mich lässt, dann werde ich auch die Sendung weitermachen.«

Die Moderatorin war heilfroh, dass die Unsicherheit in Bezug auf ihren Job jetzt endlich vorbei war. Zwar waren nach Katharinas Meinung noch allerlei Fragen über das Vergangene offen, aber sie wusste, dass Lion nicht darüber sprechen würde. Und sie selbst hatte sich bewiesen, dass sie noch immer perfekt in ihrem alten Leben funktionierte, wenn sie es nur wollte.

Als sie zu Hause ankam, schrieb sie einen langen Brief an Greg und einen zweiten an Mr. B. Jetzt, da sie davon ausgehen konnte, dass ihr der Schreibtisch in der Redaktion erhalten blieb, wollte sie endlich konkret in die Planung für ihr Texasjahr gehen. Bei ihrer ersten Anfrage nach einem Job auf Lone Star hatte Mr. B. von ihr gefordert, zunächst die Probleme in Berlin zu regeln. Das hatte sie jetzt getan. Katharinas Umzug nach Amerika war nicht länger eine Flucht vor bestehenden Schwierigkeiten, sondern ein klares Bekenntnis an das Abenteuer Texas.

*

Mit sechs oder sieben Jahren hatte sich Katharina immer gewünscht, in der Mitte einer der dicken, weißen Wolken am Himmel zu sitzen und mindestens zwei Tafeln Kinderschokolade hintereinander zu verdrücken. Das, so dachte sie damals, müsste das perfekte Glück sein.

Als Katharina jetzt am Hafen von Houston stand und

darauf wartete, dass der Container mit ihrem Hausstand zum Entladen freigegeben wurde, bekam »Glück« eine neue Dimension.

Greg O'Neil hielt sie von hinten fest umschlungen und hatte sein Kinn auf ihr Haar gestützt.

»Wie fühlt es sich an, nach Hause zu kommen, Kat?«

»Erschreckend gut – auch wenn ich ›zu Hause‹ noch nicht endgültig definiert habe.«

Mit einem leichten Druck im Magen dachte Katharina darüber nach, dass sie sich im Sender eigentlich nur für ein Jahr abgemeldet hatte. Nach der Versöhnung mit Lion waren die vergangenen Monate ausgesprochen angenehm verlaufen. Sie hatte ihre Sendung bis zum Schluss erfolgreich moderiert und keinerlei Ärger mehr mit der Chefetage gehabt.

Ganz im Gegenteil: Ein halbes Jahr vor der Abreise hatte sich die Geschäftsführung sogar dazu hinreißen lassen, ihr ein extrem großzügiges Angebot zu unterbreiten. Katharina musste nicht, wie allgemein üblich, ihre Kündigung einreichen. Sie wurde offiziell für ein Jahr beurlaubt. Wenn sie sich entschloss, zurückzukehren, hatte sie die Garantie, nahtlos wieder in den Job einzusteigen. Alle, inklusive Friederike, gingen davon aus, dass Katharina dies tun würde.

Greg ahnte ihre Gedanken. »Es ist immer gut, eine Rückfahrkarte zu haben. Aber ich bin sicher, du wirst sie nicht brauchen.«

Im vergangenen Jahr war Katharina zwei Mal in Texas gewesen, und mit jedem Besuch war ihre Beziehung inniger geworden. Selbst wenn Greg nicht auf der Ranch arbeitete, trafen sie sich so oft es ging, fuhren auf seine Farm und genossen das Zusammensein an den Wochenenden. Auf Lone Star wurde sie längst als die neue Frau an Gregs Seite akzeptiert. Selbst Oscar Thelen hatte dies zähneknirschend eingesehen. Im Gegensatz zu ihren deutschen Freunden hielten die Texaner Katharinas finalen Umzug längst für beschlossene Sache.

Jetzt erledigte Katharina die Zollformalitäten, und anschließend konnten sie ihren Hausstand in den Hänger laden. Etwa eine halbe Stunde lang stapelten sie Kiste um Kiste, gefüllt mit Kleidern, Büchern, Küchenutensilien und ein paar kleineren Möbelstücken, auf dem Pick-up.

»Zumindest mein Gepäck sieht ganz danach aus, als wäre eine Rückkehr ausgeschlossen.«

Kat verscheuchte jeden Gedanken an die Heimat und freute sich auf ihre Arbeit. Zwölf Monate Lone Star Ranch: Ihr Traum wurde Wirklichkeit an einem Freitag im August.

Die erste Überraschung erwartete sie bei der Ankunft am Haus.

Kat und Friederike hatten mehrfach unauffällig fallen lassen, dass der Fußboden gerade noch als Auslegeware für einen Schweinestall taugte. Der beigefarbene Teppich war voller Flecken und Brandlöcher und stank immer ein klein wenig nach nassem Hund.

Als Katharina jetzt die Tür aufschloss, strahlte ihr ein nagelneuer Holzfußboden entgegen.

»Wow, was ist denn hier passiert?« Sie mochte kaum eintreten, so blitzsauber war alles.

»Freust du dich? Der Fußboden geht auf Dicks Konto. Die Grundreinigung hat seine Frau Sue erledigt.«

Kat war gerührt. »Was hältst du davon, wenn wir die Reynolds und vielleicht noch ein paar andere Leute auf einen Drink einladen?« Ihr Herz klopfte ein wenig, als sie sich »wir« sagen hörte.

Auf dem Weg zur Ranch hatte Greg erzählt, dass er für mindestens zwei Monate auf Lone Star gebucht war und dass ein Nachbar unter der Woche seine Pferde versorgte. Kat konnte also davon ausgehen, dass er sich häuslich bei ihr einrichten würde.

Keine Frage, Greg und sie waren jetzt ein Paar. Für sich selbst genauso wie für den Rest der Welt.

»In Ordnung, aber nicht sofort, O.K.?« Er schob sie vollständig ins Wohnzimmer und verriegelte die Tür. »Ich hätte dich gern einen Moment für mich.« Der Cowboy an sich hält nicht viel von Sex am helllichten Tag. Greg aber hatte bereits mehrfach bewiesen, dass er in diesem Fall etwas anders gestrickt war. Ohne eine Antwort abzuwarten, trug er Kat ins Schlafzimmer.

Erst drei Stunden später wurde der Pick-up von seinen Kisten befreit.

Greg und Katharina räumten alles ins Haus und waren gerade fertig, als die ersten Gäste erschienen. Bepackt mit einem Sack voller Burger, fuhren Sue und Dick Reynolds vor. Im Schlepptau hatten sie fünf ihrer insgesamt sieben Enkelkinder. »Willkommen daheim! Sind wir zu früh?« Dick grinste recht unverschämt, als er Katharinas noch leicht verklärten Blick bemerkte.

»Nein, wir sind gerade fertig … mit dem Auspacken …«

Die Röte in ihrem Gesicht ließ Dicks Grinsen noch breiter werden. »Na, dann ist ja gut.«

Er schickte seine Enkel zum Holzsammeln und bereitete das Lagerfeuer vor.

»Hast du eine Schüssel für den Salat?« Sue hantierte gleichzeitig in der Küche mit Grünzeug und Kartoffeln herum.

»Die steckt noch in einer der Kisten. Warte, ich such mal.«

Während Katharina Geschirr, Pfannen und sogar eine

Spülbürste zum Vorschein brachte, schnitt Sue Reynolds Tomaten, Zwiebeln und Blätter mundgerecht klein.

»Warum hast du all das Zeug mitgeschleppt? Hat dir keiner gesagt, dass wir hier in Texas auch nicht mehr in Erdlöchern kochen?« Als sie lachte, überzog sich ihr Gesicht mit unzähligen kleinen Falten. Sue war 55 und seit ihrem 16. Lebensjahr mit Dick verheiratet. Für Katharina eine unvorstellbar lange Zeit.

»Ich wollte einfach etwas *eigenes* mitbringen. Verstehst du das?«

»Oh ja. Das verstehe ich gut. Und ich hoffe für dich, dass es mit der Küchenausstattung tatsächlich getan ist.«

»Wie meinst du das?« Kat wollte sich den ersten Abend zwar nicht unbedingt mit Unkenrufen verderben lassen, Sues Aussage aber interessierte sie doch.

»Das erkläre ich dir später einmal – entschuldige, dass ich überhaupt mit so einem Quatsch angefangen habe. Du weißt ja: Ich bin eine alte Frau – und entsprechend etwas wunderlich.«

Das war sie ganz und gar nicht, aber beide beschlossen, es für diesen Moment dabei bewenden zu lassen. Bevor sich Sue wieder ganz ihrem Salat widmete, strich sie Katharina mütterlich über das Haar. »Aber falls du irgendwann jemanden zum Reden brauchst, ruf mich an, ja? Ich bin jederzeit für dich da. Und Kat: Willkommen in Texas – schön, dich hier zu haben!«

Der erste von insgesamt 365 Abenden wurde eingeläutet mit Burgern und Bier im Schein des Lagerfeuers.

»Ich kann noch immer nicht ganz glauben, dass ich jetzt hier bin. Für so lange Zeit, meine ich. Ich liebe dich, Cowboy – und das glaube ich nicht nur, das weiß ich sogar.« Gegen zwei Uhr morgens waren die letzten Gäste gegangen, und Kat kuschelte sich erschöpft an Gregs Brust. Die Abreise aus Deutschland war keine 24 Stunden her.

In dieser Zeit hatte sie sich von allem verabschiedet, was 35 Jahre lang wichtig gewesen war.

Von ihren Freunden, einem gut bezahlten und verantwortungsvollen Job, ihrer Familie und nicht zuletzt von all den kleinen luxuriösen Annehmlichkeiten, die eine Großstadt wie Berlin zu bieten hatte. Und von der Hexe.

Zum ersten Mal an diesem Tag kam sie innerlich zur Ruhe. Katharina wurde sich plötzlich klar, dass die kommenden Monate über ihr ganzes Leben entscheiden würden.

Greg hielt sie so fest in den Armen als wüsste er das ebenfalls. »Ich liebe dich auch, Cowgirl.« Er sprach ganz leise und genoss die Berührungen ihrer Hände. Kat spürte, dass er vor Erregung leicht zitterte. Sie schlug die Bettdecke zurück und schmiegte sich nun ganz an ihn. Ihre Haut war wie elektrisiert, als sie versuchte, jeden Zentimeter seines Körpers mit dem ihren abzudecken. Greg passte sich den Bewegungen an. Seine Finger gruben sich in ihre Haare, die Küsse wurden fordernder. »Und ich werde tun, was ich kann, damit du Texas nie mehr verlassen willst …«

Gregs zweitbestes Argument hieß »Blue«. Gleich am ersten Morgen nach Kats Ankunft fuhren sie auf die Farm in Caldwell, um den Hengst zu besuchen. Blue war jetzt zweieinhalb Jahre alt und das schönste Painthorse, das Katharina je gesehen hatte. Mit seiner braunweißen Maserung und der langen Mähne sah er aus wie ein Indianerpony. Einzig das schon jetzt beachtliche Stockmaß von 1 Meter 75 sprach dagegen. Und er war noch längst nicht ausgewachsen.

Noch leicht benommen vom Jetlag und den Ereignissen der vergangenen Stunden erreichten sie Caldwell. Sie wollten die Nacht auf der Farm verbringen und am Sonntagmorgen ganz früh zu Dick Reynolds fahren. Der alte Cowboy hatte neben seinem Job auf Lone Star eine eigene kleine Rinderzucht aufgebaut und brauchte an diesem Wochenende Hilfe beim Brennen der Tiere.

Wie jedes Mal, wenn die Farm zwischen den Bäumen auftauchte, hielt Kat für einen Moment den Atem an. Jetzt im Sommer spielte die Natur ihre ganze Kraft aus. Überall wucherten riesige Grünpflanzen, das Gras stand fast hüfthoch. Rund um das Holzhaus sprossen Kornblumen, Margeriten und Sonnenblumen.

»Sieh nur, die Blumen sind tatsächlich gewachsen, nicht zu glauben.«

Greg amüsierte sich über ihre Begeisterung. In Texas hielt man nicht besonders viel von bunten Wiesenblumen. In jedem Wohnzimmer fand sich ein mehr oder minder hässlicher Strauß von Plastikblüten, das reichte für gewöhnlich. Kat verabscheute die künstliche Pracht und hatte deshalb heimlich deutsche Samen über die Grenze geschmuggelt und ausgesät.

»Und wie sie gekommen sind. Die bunten Dinger wachsen wie verrückt.«

Bevor sie ins Haus gingen, pflückte Kat einen großen Strauß Kornblumen. »Die vertreiben die bösen Geister.«

Noch immer fühlte sie sich im Inneren des Hauses nicht ganz wohl. Obwohl Gregs Ex-Frau Caitlin längst ausgezogen war, hatte sie jedes Mal aufs Neue das Gefühl, sie verdrängen zu müssen.

Katharina war von Natur aus eifersüchtig, und zwar nicht nur auf aktuelle Konkurrentinnen, sondern vor allem auf Ex-Frauen. Sie konnte den Gedanken nicht ertragen, dass Caitlin acht Jahre hier mit Greg gelebt hatte, dass jeder Schrank, jede Gardine und selbst das Bett aus der Zeit seiner Ehe stammten.

»Die bösen Geister sind lange fort.« Greg konnte Katharinas Bedenken nicht ganz nachvollziehen. Das Thema Caitlin war für ihn erledigt. Eine Verbindung gab es nur noch über ihre gemeinsame Tochter. Jedes zweite Wochenende und drei Wochen in den Ferien verbrachte Luisa bei ihrem Vater. Katharina hatte Gregs Tochter bisher noch nicht zu Gesicht bekommen.

»Luisa wird uns übrigens zu Dick begleiten. Caitlin bringt sie heute Abend vorbei.«

Kat schaute ihn entgeistert an und beschloss spontan, noch mehr Blumen zu pflücken. Gegen ein Treffen mit Luisa hatte sie im Prinzip nichts einzuwenden, irgendwann musste es schließlich einmal sein. Auf die Ex-Frau allerdings konnte sie gut verzichten.

»Wie bitte? Heute? Und dann gleich das komplette Familienzusammenführungsprogramm??? Wir können Luisa doch in Dallas abholen – und ich warte im Auto.«

»Hey ...« Gregs Stimme wurde sanft. Er wusste, dass er Kat mit dieser Ankündigung überfahren hatte, aber nach einigen vergeblichen Versuchen, die beiden Frauen einander vorzustellen, sollte die Situation nun endlich geklärt werden. Nicht zuletzt wegen seiner Tochter. Luisa gehörte zu seinem Leben, und seine Ex-Frau ließ sich dabei leider nicht umgehen. »Wovor fürchtest du dich? Erstens bist du viel größer, und zweitens kannst du besser schießen.«

Als Caitlin gegen sechs Uhr abends auf der Bildfläche erschien, hatte Kat ganze Arbeit geleistet. Die Gardinen waren verschwunden, das Wohnzimmer von hinten nach vorne umgestellt, und in jedem Zimmer standen frische Blumen. Mrs. O'Neil sollte gleich sehen, dass dies nicht länger ihr Heim war.

In letzter Minute hatte Katharina ihre Haare zu einer kunstvollen »Entwarnungsfrisur« aufgetürmt und die Sonntagschaps über die dreckigen Jeans gezogen. Um sich wirklich sicher zu fühlen, sattelte sie »Blue« und arbeitete ihn auf der Weide. Greg hatte ihr erzählt, dass Caitlin nicht reiten konnte, und somit schien ihr das der beste Weg zu sein, Eindruck zu schinden.

»Der Feind« hielt mit quietschenden Reifen direkt am Aufgang zur Veranda und würdigte sie keines Blickes. Auf unverschämt hohen Stöckelschuhen erklomm Gregs Ex-Frau die fünf Stufen zum Eingang und zerrte ihre Tochter hinter sich her. Kat sah von ihrer Position aus nur eine blonde Lockenmähne und einen knackigen Hintern, eher notdürftig von einem knappen Minirock bedeckt.

»Wir bleiben schön hier draußen, Blue. Die Nummer geht uns gar nichts an.«

Greg machte ihr jedoch einen Strich durch die Rechnung. Gerade als sie beschlossen hatte, sich anhand eines spontanen Ausritts jeder Konfrontation zu entziehen, trat er auf die Veranda.

»Kat, könntest du wohl für einen Augenblick hereinkommen. Ich möchte dir Caitlin vorstellen.«

»Ich wollte eigentlich gerade zur Tankstelle reiten und Bier besorgen ...« Sie blickte ihn möglichst forsch an, aber Greg ließ sich nicht beeindrucken.

»Wir haben noch eine 12er-Kiste Budweiser im Kühlschrank, komm bitte.« Immerhin wartete er, bis sie Blue am Zaun festgebunden hatte und neben ihm stand.

»Und wie wolltest du das Bier ohne Satteltaschen transportieren, du Feigling?« Noch während er ihr die Worte ins

Ohr flüsterte, legte er den Arm um ihre Taille und führte sie in die Küche.

»Caitlin, das ist Katharina. Katharina, meine Ex-Frau.« Kat war platt. Aus irgendeinem Grund hatte sie fest damit gerechnet, dass Caitlin O'Neil dem Bild der typischen Provinzpomeranze entsprach, aber das Gegenteil war der Fall. Vor ihr stand eine aufgemotzte Städterin, etwa Ende dreißig. Wie alle modebewussten Amerikanerinnen hatte sie viel zu viel Make-up aufgelegt. Zu dem schwarzen Minirock und den Pumps trug sie ein knappes T-Shirt, an Hals, Ohren und Armen baumelte dicker Goldschmuck. Das mit Abstand Schärfste aber war ihr unglaublicher Silikonbusen. In Deutschland musste man wohl mindestens 5000 Euro für diese Oberweite hinblättern.

Und mit dieser Person war ihr Cowboy acht Jahre lang verheiratet gewesen? Kat war fassungslos.

Caitlin schien ebenso überrascht. Sie hatte gehört, dass Greg sich eine Moderatorin vom Fernsehen geangelt hatte. Und die hatte nun wiederum sie sich entschieden anders vorgestellt. Dieses nach Pferd riechende Wesen in Jeans, Boots und mit Staub im Gesicht entsprach diesen Vorstellungen überhaupt nicht. »Caitlin O'Neil – schön, Sie kennen zu lernen.« Sie betonte Gregs Nachnamen ganz besonders.

»Nette Blumen hier im Haus. Mein Mann, pardon, mein Ex-Mann sagte mir, sie haben sie extra aus Deutschland importiert.«

»Das stimmt. In Europa stehen wir eher nicht auf künstliches Zeug – weder bei den Blumen noch sonst wo.« Kats Blick wanderte bewusst zu Caitlins Dekolletee und blieb mit unverhohlener Verachtung an den Brüsten kleben. Ein bisschen Hexe brauchte man offensichtlich überall. Caitlin blieb die Spucke weg, Greg guckte aus dem Fenster.

Er war froh, dass Luisa inzwischen in ihrem Zimmer verschwunden war und Katharinas Feldzug nicht mitbekam. Die stand angriffslustig mitten im Zimmer, ihre eigenen, echten 80 D leicht in Pose gebracht, die Hände in die Hüften gestemmt. »Möchten Sie vielleicht ein Bier?« Wenn Caitlin schon wagte, sich weiterhin als Mrs. O'Neil zu verkaufen, wollte Kat zumindest die Hausherrin heraushängen lassen.

»Nein, danke, ich trinke kein Bier. Nicht wahr, Greg, das habe ich nie getan.« Betont selbstverständlich entfernte sie ein paar Pferdehaare von Gregs Hemd.

»Außerdem muss ich los. Ich bin noch verabredet. Darling, bringst du mich bitte zum Wagen?«

»Das machen wir doch gerne. Nicht dass Sie auf den drei Metern von einer Klapperschlange gefressen werden.« Bevor Greg etwas sagen konnte, hakte Kat ihn besitzergreifend unter und öffnete Caitlin die Tür. »Es war mir eine Freude, Mrs. O'Neil.« Sie spuckte den Namen fast in den Staub.

Noch schneller, als sie gekommen war, verließ Caitlin O'Neil die Farm.

»Himmel, was war das denn?« Greg konnte nicht glauben, was er gerade erlebt hatte.

»Was meinst du?«

»Verdammt, Kat. Du hast dich aufgeführt wie eine Hyäne. Um welches Aas hast du gekämpft?« Er war ehrlich sauer, aber Katharina stand ihm diesbezüglich in nichts nach.

»Diese Person, die bedauerlicherweise deine Ex-Frau ist, ist eine ekelhafte, arrogante Schlampe, die hier die Königin von Saba gegeben hat. Hast du nicht gemerkt, wie in großen Lettern *er gehört noch immer mir* auf ihrer Stirn blinkte? Aber nicht mit mir. Da muss man gleich klare Fronten schaffen!«

»*Er* gehört ihr aber nicht mehr. Und weil du das am besten wissen solltest, kannst du dich in Zukunft vielleicht ein bisschen zusammenreißen??? Du weißt doch, dass die Sorgerechtsfrage noch immer nicht ganz geklärt ist. Caitlin hat als Mutter leider die eindeutig besseren Karten.«

Katharina schluckte. Daran hatte sie nicht eine Sekunde gedacht. »Sorry – mit mir sind eindeutig die Pferde durchgegangen. Ich hoffe, du bekommst keinen Ärger.« Erst jetzt meldete sich das schlechte Gewissen und schärfte Kats Blick für das Wesentliche. Gregs Intention, die beiden Frauen einander vorzustellen, hatte rein gar nichts mit ihr und Caitlin und noch weniger mit Greg zu tun. Es ging allein um Luisa. Katharinas Eifersucht durfte auf keinen Fall schuld sein, dass Greg seine Tochter nicht mehr sehen durfte.

»Schon gut – und jetzt lass uns nach Luisa sehen. Ich bitte dich, deine Abneigung gegen Caitlin nicht an ihr auszulassen.«

Gregs Tochter, mittlerweile sieben Jahre alt, hatte zum Glück mehr von ihrem Vater geerbt als von der Mutter. Dunkle Locken umrahmten ihr koboldartiges Gesicht, und wenn sie sprach, zog sie die Nase in lustige Falten.

Luisas Stimme war laut wie die eines Jungen, und ihr Slang entsprach eher dem eines Cowboys als dem einer Dame. Das Gleiche galt für ihre Interessen. »Daddy, können wir jetzt zu meinem Pony gehen? Ich habe Ponky schon so lange nicht mehr gesehen.« Von der fremden Frau im Haus nahm sie keine Notiz, und Kat fragte sich, ob hier direkt das nächste Problem auf sie zukam. Was, wenn Luisa sie nicht mochte? Wie würde Greg damit umgehen? Im Moment jedenfalls schien es, als sei sie komplett überflüssig. Ohne auf Kat zu achten, stürmte Luisa in den Stall und gab sich der Pflege ihrer Shetland-Stute hin.

Gregs Augen strahlten vor Liebe zu seinem Kind, als Luisa anfing, das Pony mit einer Bürste zu traktieren. Fachmännisch strich sie vom Hals bis zu den Fesseln, diskutierte nebenbei mit ihrem Vater ihre Chancen beim nächsten Turnier und kontrollierte zum Schluss die Hufe.

Katharina fühlte sich wie ein Eindringling und beeilte sich, Blue in die Box zu stellen. Nur mit äußerster Disziplin gelang ihr ein fröhliches Gesicht und der scheinbar unbefangene Umgang mit Gregs Tochter.

»Wir wollen gleich Essen, Luisa. Hast du Hunger?«

»Hab ich, aber nur auf Pizza.«

Shit. Pizza hatte sie natürlich nicht. Und Katharina konnte sich nicht daran erinnern, dass es in dieser abgelegenen Gegend einen Lieferservice gab.

»Welche magst du denn am liebsten?« Zeit gewinnen und nachdenken.

»Die mit Hackfleisch, Mais, roter Sauce und Käse. Kannst du die machen?«

»Klar, Lady. Kein Problem.« Sie war gerettet. Die Zutaten gab es auf jeden Fall im Supermarkt.

»Kannst du?« Greg hatte dem ersten Gespräch zwischen den beiden Menschen, die er am meisten liebte, aufmerksam zugehört. Er war ehrlich gespannt, wo Kat die Pizza herbekommen würde.

»In einer Stunde können wir essen.« Sie nahm den Pickup und fuhr in den nächsten Ort. Im Stillen dankte Katharina »Uncle Sam« dafür, dass ein Ladenschlussgesetz in den USA kein Thema war. In Deutschland hätte sie an einem Samstagabend auf dem Lande ziemlich alt ausgesehen.

Dass die Schlacht damit noch nicht ganz gewonnen war, zeigte sich, als die Pizza auf dem Tisch stand.

»Mamis sieht aber anders aus. Und außerdem kommt die nicht aus dem Ofen, sondern aus einer Schachtel.«

Skeptisch beäugte Luisa den matschigen Haufen vor sich, während Kat messerscharf schloss, dass Dallas durchaus einen Pizzaservice aufzuweisen hatte.

Sie zuckte die Schultern und blickte zu Greg. »Da müssen wir jetzt alle gemeinsam durch – oder hungrig schlafen gehen. Guten Appetit!«

Ohne Luisa aus den Augen zu lassen, steckte sie sich ein großes Stück in den Mund.

Das Mädchen probierte nur eine Gabelspitze. Als verköstige sie einen guten, alten Rotwein, schob sie das Hack von einer Ecke des Mundes in die nächste, runzelte die Stirn, nahm noch etwas nach und schluckte schließlich runter. »Alles klar, Katharina, die schmeckt.«

Der Abend inklusive Familienfrieden war gerettet.

»Was für ein Satansbraten. An deiner Tochter wirst du noch viel Freude haben, Daddy O'Neil.«

Nachdem Luisa schlafen gegangen war, genossen Greg und Katharina die laue Sommernacht auf der Veranda. Wie ein altes Ehepaar saßen sie auf zwei hölzernen Schaukelstühlen. In der einen Hand ein Bier, in der zweiten die des anderen.

»Warum hast du eigentlich keine Kinder, Kat?« Greg sah sie aufmerksam an.

»Ich weiß nicht. Entweder gab es nie den passenden Mann, oder aber ich war in meinem Job so eingespannt, dass ich nicht die Zeit dafür gehabt hätte. Ehrlich gesagt habe ich nie ernsthaft darüber nachgedacht.«

Das war die volle Wahrheit. Katharina mochte Kinder und freute sich über ihre Freundinnen, die ein kleines Monster nach dem anderen zur Welt brachten. Sie selbst aber hatte nie das Verlangen gehabt, es ihnen gleichzutun.

»Vielleicht habe ich auch Angst vor der Verantwortung.

Ich glaube, je älter man wird, desto mehr Sorgen macht man sich über die Rolle als Elternteil. Und wenn man schließlich so alt und weise ist wie ich, dann fehlt endgültig die Traute.«

»Glaubst du nicht, dass sich das noch ändert?«

»Nein, ich bin jetzt Mitte 30. Da wird's langsam eng in puncto Mutterfreuden. Warum fragst du?« Sie hatte Gregs Hand losgelassen und sich stattdessen eine Zigarette angezündet.

Katharinas Radar stand auf höchster Alarmbereitschaft. Mit Grauen erinnerte sie sich an wohl ein halbes Dutzend Männer, die unbedingt ein Kind von ihr haben wollten. Nicht nur eine Beziehung war auf Grund ihrer Verweigerung in die Brüche gegangen.

»Keine Sorge, ich bin bestens versorgt.« Greg hatte den Unterton ihrer Frage verstanden. »Falls du deine Entscheidung allerdings eines Tages änderst, hätte ich nichts dagegen.«

»Nein, danke. Mit den Fohlen, die deine wunderschönen Stuten jedes Jahr zur Welt bringen werden, sind meine mütterlichen Bedürfnisse vollends befriedigt.« Damit war das Thema für sie erledigt.

*

Am Montagmorgen trat Katharina offiziell ihren Dienst als Junior-Cowgirl auf der Lone Star Ranch an. Zum ersten Mal musste sie eine Stechkarte in den Schlitz der Zeitschaltuhr stecken. Klick. 6:58 stand in der obersten Zeile, direkt darüber prangte ihr Name. Kat setzte sich zu den übrigen Cowboys, die ihren Arbeitstag traditionell mit einem starken Kaffee in der Chowhall begannen.

»Jetzt bin ich ein amtlich verbrieftes Cowgirl – nicht zu

fassen.« Sie versuchte gar nicht erst, ihre Freude und den leichten Stolz zu verbergen.

Der Rest des Teams amüsierte sich köstlich über ihre Begeisterung. Ihnen war noch immer nicht klar, warum eine Großstadtpflanze wie sie ausgerechnet im Dreck arbeiten wollte.

Luke Connor nahm seine Rolle als Chefcowboy ernst und baute sich majestätisch vor dem neusten Mitglied seiner Truppe auf. »Katharina, von heute an bist du nicht mehr ein Gast des Hauses, sondern ein Mitarbeiter. Und du weißt ja, wie wir mit Greenhörnern umgehen: Du bist Schütze Arsch im letzten Glied und musst die ganze Mistarbeit erledigen. Bist du dazu bereit?« Nicht ein Muskel zuckte in seinem wettergegerbten Gesicht, und Katharina nahm automatisch Haltung an. »Ich bin bereit, wenn Sie es sind, Sir!«

»Gut, Cowgirl, dann los!« Er haute ihr mit so viel Schwung auf die Schulter, dass Kat den halben Kaffee verschüttete.

Dick Reynolds, Pedro und Randy standen nacheinander auf und gratulierten ihr mit einer herzlichen Umarmung und einem kräftigen Händedruck zum neuen Job. Als Letzter zog Greg sie kurz an seine Brust. »Willkommen in unserem gemeinsamen Leben, Kat!«

»Welches Pferd willst du denn eigentlich reiten? Blaze wird die tägliche Arbeit nicht mehr schaffen.« Der Wallach war nach seinem Sturz mit Katharina vor zwei Jahren nie mehr ganz auf die Beine gekommen, und Luke hatte ihn entsprechend von der Liste der Arbeitspferde gestrichen. Mr. B. nutze ihn nur noch als Freizeitpferd für seine Gäste.

Kat dachte mit Grausen an den Anblick der angebrochenen Fessel zurück. Ein Wunder, dass Blaze überhaupt noch lebte. Sie beschloss, gleich am nächsten Wochenende mit ihm auszureiten. Für sie war der kleine Fuchs noch immer das Pferd Nummer eins, ihre erste große Liebe auf der Ranch.

»Greg hat ›Blue‹ für mich mitgebracht. Ich habe ihn gestern mit Dicks Rindern gearbeitet, und das klappte hervorragend.« Das stimmte zwar nicht ganz, aber sie hatte mit Dick und Greg besprochen, dass der Hengst seine Chance bekommen sollte. In Wahrheit hatte Blue vor lauter Aufregung die ein oder andere Kuh entkommen lassen, und Kat fehlte es an Erfahrung, ihn richtig anzuleiten.

»In Ordnung, und falls es doch schief geht, holen wir Hank von der Weide. Der ist nicht mehr geritten worden, seit du und Friederike das letzte Mal hier waren. By the way – kommt sie dich besuchen?«

»Sicher. Zur Viehauktion im November ist sie zur Stelle.« Bei der Erwähnung von Friederikes Namen bekam Kat einen leichten Anflug von Heimweh.

Noch auf dem Weg zum Stall wünschte sie, die Freundin wäre jetzt hier.

Der neue Status des »German cowgirls« hatte nicht nur Vorteile. Das wurde schon in den ersten Stunden des Tages klar. Katharina und Friederike waren bisher immer als etwas Besonderes betrachtet worden. Man hatte sich bemüht, ihnen möglichst eine Arbeit zuzuteilen, die ihnen Spaß machte, und unauffällig dafür gesorgt, dass sie sich nicht jeden Tag völlig verausgabten.

Wenn die deutschen Cowgirls freiwillig auch die härteren Jobs übernahmen, gab es stummen Beifall und ein Dankeschön.

Mit dem Anspruch auf eine Lohntüte änderte sich das. Katharina hatte im Gegensatz zu den übrigen keine speziellen Herden, für die sie verantwortlich war. Entsprechend wurde sie als Handlangerin für jeden, der sie gerade brauchte, von einem Teil der Ranch zum nächsten geschickt. Immer, wenn irgendwer Hilfe anforderte, musste sie einspringen.

Zumindest die ersten beiden Stunden des ersten Tages waren ganz nach Katharinas Geschmack. Zusammen mit Dick ritt sie das kurze Stück zum Old Pin. Etwa 30 Kälber mussten auf der dahinter liegenden Weide von ihren Müttern getrennt und mit neuen Nummern versorgt werden. Blue hatte zuvor noch nicht mit Kälbchen gearbeitet und gebärdete sich selbst wie ein Fohlen, während die Tiere zwischen seinen Beinen hindurchflitzten. Aufgeregt sprang er so lange von rechts nach links, bis ein Kälbchen die Flucht ergriff, um es dann im gestreckten Galopp einzuholen und in den Pin zu treiben. Besonders effektiv war diese Art des Arbeitens nicht, für Pferd und Reiterin jedoch ein Riesenspaß. Das Brummen des Walkie-Talkies beendete die fröhliche Rinderjagd. Pedro hatte einen niedergetrampelten Zaun entdeckt und fragte nach Katharinas Hilfe. »Aber wir haben noch nicht alle Kälbchen im Pin – ich bleibe lieber bei dir, Dick«. Zäune zu reparieren erschien Katharina nicht unbedingt eine attraktive Alternative zu sein.

»Den Rest mache ich allein, im Zweifel sind mein alter Gaul und ich ohne euch eh schneller fertig.« Hätte Dick ihr nicht gleichzeitig zugezwinkert, Katharina hätte spontan ein schlechtes Gewissen gehabt. Sie nahm sich vor, die Arbeit als Cowgirl in Zukunft etwas ernster zu nehmen. »Aber wenn der Zaun wieder steht, kannst du zurückkommen, schätze mal, die Kälber werden den Pin ordentlich einsauen. Da ist jede helfende Hand willkommen.«

»Suuuuper! Und vielleicht darf ich dann später noch alle Wagen waschen?«

»Life ain't no picnic, Kat – und vor allem nicht als Junior-Cowgirl.« Mit einem breiten Grinsen winkte Dick Katharina zum Abschied zu und widmete sich dann wieder den Kälbern.

Nach dem Mittagessen ging es mit Greg hinauf zum Black Jack. Katharina frohlockte innerlich, denn damit müssten die Hilfsarbeiten für diesen Tag beendet sein.

In den Gattern standen etwa einhundert trächtige Kühe, die auf Vitaminspritzen warteten. Bei dieser Arbeit gab es nur zwei Aufgaben: Einer musste die Kühe zu Fuß in den Shuut treiben, eine Stahlkonstruktion, in der man die Tiere zur besseren Behandlung einklemmt, der andere setzte die Injektionen. Letzteres war eindeutig der bessere Job.

»Ich übernehme die Spritzen, in Ordnung?« Kat hatte definitiv keine Lust, die Tiere per pedes durch den Staub zu jagen.

»Nein, Katharina – das ist mein Job.« Gregs Tonfall war sachlich und ausgesprochen bestimmt.

»Was heißt hier ›das ist mein Job‹??? Ich habe schon x-mal Spritzen gesetzt.« Empört schob sie den Hut zurück und blitzte Greg an. Wie konnte er ihr so einfach einen ganz harmlosen Wunsch abschlagen?

»Das kann schon sein, aber heute treibst du Kühe.«

Kat ließ nicht locker. »Und warum, zum Henker, muss ich das machen?« Sie stellte sich direkt vor ihm auf die Zehenspitzen und sah so aus, als wolle sie ihm gleich eine kleben.

»Weil du der Junior bist, und der treibt die Kühe.« Greg konnte sich ein Lachen jetzt nicht mehr verkneifen. Ihm war längst bewusst, dass Katharina den ganzen Tag über ein paar neue Regeln hatte schlucken müssen, die ihr deutlich sichtbar gegen den Strich gingen.

»Jetzt pass mal auf.« Er zwang sie auf einen Baumstumpf und kniete sich dann davor.

»Die Frauen in Texas haben lange gekämpft, bis sie als Cowgirls anerkannt wurden. Ihre größte Schlacht gewannen sie in dem Augenblick, als die Männer sie wie ihresgleichen behandelten. Das heißt: keine Sonderwünsche, keine Rücksichtnahme und schon gar keine Gentlemen-Allüren während der Arbeit. Du bist jetzt eine von uns, und wer neu anfängt, schluckt Staub. So ist das.« Zur Bekräftigung rückte er Katharina den Hut dahin zurück, wo er hingehörte.

»Und wie steht es mit dem Gesetz, dass der Mann, der Frau, die er mag, einen Gefallen tut?« Man konnte es schließlich mal mit der banalen Tour versuchen …

»Mein liebstes Cowgirl, ich liebe dich von Herzen, und wenn es dich glücklich macht, trage ich dich für den Rest deines Lebens auf Händen – aber erst nach Feierabend.«

Oscar und Shirley lachten herzhaft, als Katharina eine Woche später ihre ersten Erlebnisse im neuen Job beim Dinner zum Besten gab. Sie waren gerade beim Digestif angelangt, und Kat genoss einen von Mr. Bs berühmten uralten Brandys.

In ihrer eigenen Hausbar würde es in den nächsten Monaten keinen derart edlen Tropfen geben. Allein diese Flasche verschlang wahrscheinlich einen halben Wochenlohn.

»Du hast es nicht anders gewollt, Frau Moderatorin. Statt Rotwein gibt's Bier, und die angesehene Journalistin ist jetzt eine Kuhtreiberin. Schöne Geschichte für eine Frauenzeitung!«

Oscar B. Thelen malte sich prustend aus, wie Katharina auf einer Doppelseite über seine Ranch ritt. Darunter würde wahrscheinlich ein poetischer Satz wie »Für ihren Traum verzichtete sie auf Ruhm und Geld« stehen.

»Sehr lustig, Mr. B., wirklich sehr lustig.« Der Rotwein und auch ihr gesellschaftlicher Status waren Kat ziemlich schnuppe. Einzig die Tatsache, dass jeder Cowboy, selbst der vorlaute Randy mit seinen knapp 29 Jahren, das Recht hatte, sie herumzukommandieren, trieb sie schier zur Verzweiflung. »Wie lange wird es denn wohl dauern, bis ich auch ein Wörtchen mitreden darf?«

Shirley blickte mitleidig auf, legte ihre Hand auf Katharinas Unterarm und nahm ihr dann alle Illusionen auf eine baldige Änderung. »Genau so lange, bis es ein neues Greenhorn gibt. Das sind die Regeln.« Mr. Bs Frau wusste, wovon sie sprach. Aufgewachsen in einer Rancher-Familie, hatte sie von klein auf die Hackordnung texanischer Männer aus der ersten Reihe studiert. »Hier im Süden gelten noch die gleichen Gesetzte wie vor 1000 Jahren. Und gerade die Cowboys halten eisern daran fest.«

»Das ist aber doch Quatsch! Ich kann die meisten Arbeiten genauso gut erledigen wie sie. Manche sogar besser.«

»Das ist vollkommen egal. Und wenn du überleben willst, dann musst du dich fügen. Ganz einfach.«

»Don't mess with Texas – leg dich nicht mit Texas an – verstehe. Aber findet ihr nicht, dass man im dritten Jahrtausend langsam anfangen könnte, den Rest der Welt auch wahrzunehmen?«

»Vorerst nicht. Denn schließlich hat es auch sein Gutes. Nehmen wir einmal das Zusammenspiel zwischen Mann und Frau. In diesem Punkt ist das altertümliche Gefüge geradezu eine Wonne. Der Mann wird immer für dich sorgen. Das ist doch auch etwas wert, oder?« Shirley zwinkerte Kat vielsagend zu.

»Apropos *Sorgen.*« An dieser Stelle mischte sich Oscar Thelen in das Gespräch.

»Übermorgen haben wir ein paar Senatoren aus Austin zu Gast. Du bist herzlich eingeladen, als Tischdame zu fungieren.«

»Das *Apropos* ist mir zwar nicht ganz klar, Mr. B. – aber ich komme natürlich gern.«

»Wunderbar. Pünktlich um 19 Uhr 30, bitte.« Er schickte sich an, das Dinner zu beenden, und verschloss demonstrativ die Brandyflasche.

»Wenn man morgens früh rausmuss, geht man abends früh schlafen. Auch so eine Regel, allerdings eine eher schwäbische.«

Falls Greg ein Problem damit hatte, dass Katharina ab und an mit der High Society verkehrte, so ließ er sich das zumindest nicht anmerken. »Wow, was für eine Verwandlung!«

Kat stöckelte auf einem Paar Riemchenpömps aus dem Bad. Dazu trug sie ein schlichtes, kniefreies schwarzes Seidenkleid mit gefährlich tiefem Rückenausschnitt.

»Meinst du, so kann ich den Senatoren unter die Augen treten?«

»Den Senatoren auf jeden Fall. Die Gesichter ihrer Frauen möchte ich lieber nicht sehen.«

»Soll ich etwas anderes anziehen?«

»Nein, Mr. Thelen präsentiert dich heute Abend als seinen Gast aus Europa – und entsprechend solltest du auch aussehen.«

»Ich wünschte, du könntest mitkommen …« Katharina konnte sich mit den herrschenden Klassenunterschieden noch immer nicht recht anfreunden.

Mr. B. wusste selbstverständlich, dass Greg zur Zeit mit ihr auf der Ranch lebte, und hatte seinen offiziellen Segen dazu gegeben. Eine Eintrittskarte ins Mainhouse war darin allerdings nicht enthalten.

»Ich würde mich dort nicht wohl fühlen, Kat. Ein Cowboy gehört zu seinen Leuten. Unter ihnen weiß ich mich zu benehmen. Im Mainhouse fangen die Probleme schon beim Essbesteck an.«

»Immer von außen nach innen – ganz einfach.« Es versetzte ihr einen leichten Stich, dass Greg nicht einmal den Wunsch hatte, über seinen Horizont hinauszugehen. Als Journalistin konnte sich Kat mit jedem Hafenarbeiter genauso gut unterhalten wie mit einem Akademiker oder Multimillionär. Und die Benimm-Regeln ließen sich schließlich erlernen.

»Interessiert es dich nicht, worüber die von dir gewählten Menschen so reden? Wie sie über Dinge denken, die dich tagtäglich beschäftigen?«

»Du wirst es mir erzählen. Heute Nacht, wenn du nach Hause kommst. Und jetzt musst du dich beeilen. Soll ich dich hinfahren?«

»Nein, ich nehme den Jeep.«

Greg brachte sie zum Wagen und fragte sich kurz, ob er Katharina nicht eines Tages doch wieder ganz an diese Welt der Kristallgläser und unübersichtlichen Besteckformationen verlieren würde. Noch immer hatte er keine Ahnung von ihrem früheren Leben, konnte ihren Beschreibungen des Alltags in Deutschland nur schwer folgen. Die Abende im Mainhouse waren diesem sicher näher als die Tage im Sattel.

In einem Jahr würde er wissen, für welchen Teil ihres Lebens sie sich letztendlich entschied.

Das Mainhouse erstrahlte an diesem Abend in voller Pracht. Beleuchtet von etwa fünfzig Bodenstrahlern, erhob sich das rote Backsteingebäude majestätisch gegen den pechschwarzen Abendhimmel. Juan, der Gärtner, hatte den Job des Einparkers übernommen. In weißer Livree öffnete er Kat galant die Tür und konnte sich ein Grinsen nicht verkneifen.

»Miss Katharina, Sie sehen großartig aus. Aber vielleicht hätten Sie einen anderen Wagen nehmen sollen.«

»Sehr witzig, Juan. Cowgirls fahren nun einmal Jeep, auch wenn sie auf ›Dame‹ blenden. Und hör auf mit dem dämlichen ›Miss‹. Zumindest die Sklaverei habt ihr hier in Texas ja wohl überstanden.«

»Nicht wirklich, Miss, nicht wirklich!« Mit einem übertriebenen Diener entließ er sie in Richtung Haustür.

Im Inneren bot sich ein Bild, das spontan an »Dallas« erinnerte. Drei Herren gehobenen Alters lehnten an dem gemütlichen Holztresen im Kaminzimmer. In ihren klassischen dunkelgrauen oder schwarzen Anzügen samt Weste und korrekt gebügeltem Hemd strahlten sie eine beeindruckende Souveränität aus, die durch die dicken Zigarren in ihren Händen noch unterstrichen wurde. Kat verkniff sich die Frage, ob die Tabakware wohl aus Kuba stammte.

Die dazugehörigen Gattinnen saßen in Korbstühlen an einem großzügigen Glastisch zu ihren Füßen. Mit einem Likörchen in der Hand diskutierten sie die anstehenden karitativen Veranstaltungen.

Jeweils in der Mitte der sorgsam separierten Gruppen thronten Shirley und Oscar B. Thelen.

»Katharina, endlich!« Mr. B. kam hinter seinem Tresen hervor und führte sie am Unterarm zu den Damen. Angesichts ihrer skeptischen Blicke fiel die Vorstellung eher dürftig aus, und Mr. B. bugsierte sie schnell zu den Herren der Schöpfung.

»Das ist mein deutsches Cowgirl! Kat, die Senatoren Bob, Richard und Dave.«

»Nett, sie kennen zu lernen, Gentlemen.« Katharina setzte ihr schönstes Moderationslächeln auf und schüttelte dann kräftig die ihr dargebotenen Hände. Drei Augenpaare ruhten wohlwollend auf ihren Rundungen.

»Wir warten noch auf Jack Clooney, dann wird gegessen.« Oscar reichte Katharina ein Glas kalifornischen Champagners und band sie dann geschickt in das laufende Gespräch zur politischen Lage der Nation ein.

Texas war traditionell erzkonservativ, und dass George W. Bush es geschafft hatte, den Präsidentensessel zu erklimmen, befriedigte die Senatoren zutiefst. Den äußerst knappen Wahlausgang gegen Al Gore hatten sie längst verdrängt.

»Zum Glück ist das amerikanische Volk gerade noch rechtzeitig aus dem Dämmerschlaf erwacht! Man stelle sich nur vor, diese Demokraten hätten es noch einmal geschafft! Gestärkt durch den dritten Sieg in Folge wäre Gore in seinen Reformen noch ein Stück weiter gegangen als Clinton. Und unser Süden stand dabei ganz oben auf seiner Liste.«

»In Deutschland haben wir den Eindruck, dass es dem Land unter den Demokraten ganz gut ging. Die Wirtschaft steht weit besser da als in den 80er Jahren, und auch der soziale Status des einzelnen Bürgers ist heutzutage so gut wie gesichert. Bushs Drohgebärden gegen Russland und China hingegen fanden bei uns nicht besonders viel Zustimmung.« Kats Journalistenherz rief nach Aufruhr.

»Das bisschen Brüllen schadet niemandem, glauben sie mir, Lady. Viel wichtiger aber ist die Innenpolitik! Und da sind wir mit Bush um Längen besser bedient!«

»Was war denn falsch an den Demokraten?«

»Zu viel Toleranz, viel zu viel Toleranz.« Dave schnaubte verächtlich durch seine riesigen Nasenlöcher und zog bedächtig an seiner Zigarre, bevor er weitersprach. »Die Demokraten führen sich auf, als wären sie die Reinkarnation Abraham Lincolns. Es passt ihnen nicht, wie wir hier im Süden mit den Ausländern umgehen.«

Diesen Punkt fand Kat in der Tat ebenfalls diskutabel – allerdings nicht in Daves Sinne. Ein Mexikaner arbeitete für den Bruchteil dessen, was ein Texaner verdiente. Von der gesellschaftlichen Ausgrenzung ganz zu schweigen. Mr. B. zuliebe versuchte sie dennoch, diplomatisch zu bleiben. »Ehrlich gesagt, Sir, verstehe ich auch nicht so ganz, warum sie die Mexikaner so wenig schätzen. Schließlich machen die Jungs, ohne zu murren, die ganze Drecksarbeit und sind mit ein paar Dollar zufrieden.«

»Und genau so soll es bleiben. Können sie sich vorstellen, was passiert, wenn wir jetzt anfangen, sie auf Rosen zu betten? Wir müssten vermutlich die halbe Armee der Vereinigten Staaten an der Grenze aufstellen, um den Zustrom zu stoppen.«

Schon jetzt versuchten jede Woche hunderte Mexikaner, auf illegalem Weg nach Texas zu gelangen. Obwohl sie genau wussten, dass sie dort nicht erwünscht waren, schien ihnen die Ablehnung der Amerikaner im Vergleich zu dem Hunger im eigenen Land das kleinere Übel zu sein.

»Meine Frau traut sich kaum noch allein aus dem Haus. Überall lungern die schwarzhaarigen Bastarde herum, betteln und belästigen unsere Ladys.«

Katharina fragte sich, welche der drei Damen wohl gemeint war. Keine von ihnen sah auch nur im Entferntesten so aus, als könne sie für einen Mann zum Objekt der Begierde werden.

»Dann musst du deine Rosie bewaffnen, Dave.« Von den

anderen unbemerkt, hatte Jack Clooney das Kaminzimmer betreten.

Im Gegensatz zu der leicht ergrauten Senatoren-Riege war er ungefähr in Katharinas Alter. Sein athletischer Körper steckte in einem schwarzen Nadelstreifenanzug, der sich bestechend von seinen dunkelblonden Haaren abhob. Das Gesicht war sonnengebräunt. Kein Zweifel, Jack Clooney war eine blendende Erscheinung.

Ohne weiter auf Dave zu achten, wandte er sich jetzt Kat zu. »Sie müssen die Journalistin sein, die sich seit neustem als Cowgirl verdingt. Wer sonst würde es wagen, mit den Herren über Politik zu streiten, anstatt, wie es sich hier bei uns gehört, mit den Damen Rezepte auszutauschen.« Galant deutete er eine Verbeugung an. »Gestatten, Jack Clooney, Ihr Tischherr.«

»Angenehm, Katharina Fahlke, demzufolge wohl Ihre Tischdame.« Sie war beeindruckt.

Oscar B. Thelen amüsierte sich königlich, als er bemerkte, wie Katharinas Interesse an der Politik urplötzlich erlosch. Vielleicht konnte er sie doch noch davon überzeugen, dass Greg O'Neil nicht der einzig passable Mann in Texas war.

»Dann darf ich jetzt zu Tisch bitten.« Auf dem Weg ins Esszimmer nutzte Oscar die Gelegenheit, um Katharina auf Deutsch ein paar Details über Jack ins Ohr zu flüstern. »Und jetzt zum *Apropos* von vorgestern Abend: Das ist mit Abstand der begehrteste Junggeselle zwischen Houston und Austin. Seine Familie ist steinreich und gehört zu den größten Rinderzüchtern in den Vereinigten Staaten.«

»Mr. B. Ich hab schon einen. Der treibt zwar nur die Rinder der anderen, aber das ist mir wirklich völlig egal.« Kat hielt nicht viel von Verkupplungsmanövern dieser Art.

»Sei einfach nett zu ihm, ja? Wir wollen in Zukunft einige

Geschäfte mit der Clooney Ranch tätigen, und da kann es nicht schaden, wenn er sich heute Abend gut amüsiert.«

»Ist geritzt, Mr. B., ich bin immer nett.« Sein Vorwand der geschäftlichen Notwendigkeit war nur allzu leicht zu durchschauen.

Sie waren am Tisch angelangt, und Jack rückte ihr fürsorglich den Stuhl zurecht. »Gibt es ein Problem? Sie sahen gerade nicht besonders begeistert aus.«

»Alles in Ordnung.« Katharina beschloss, den Abend zu genießen. Verkupplungsversuch oder nicht. »Ich hätte gerne Rotwein.«

Zum ersten Mal hatte sie jetzt die Gelegenheit, die anwesenden Damen genauer zu begutachten. Ihr gegenüber saßen Dave und Rosemarie Cartland. Rosies gute 15 Kilo Übergewicht steckten zusammen mit dem Rest in einem geblümten wallenden Kleid. Die Haare waren kinnlang, blond gefärbt und am Ansatz stark toupiert. Voller Bewunderung schaute sie auch nach 30 Jahren Ehe zu ihrem Mann auf und kümmerte sich rührend um seine Bedürfnisse. Kat mochte sie irgendwie, nicht zuletzt wegen der gütigen blauen Augen, die dem runden Gesicht einen gewissen Glanz verliehen.

Charlotte Main war das genaue Gegenteil. Hager, in einen schlichten hellen Hosenanzug gekleidet, legte die Frau von Richard Main offensichtlich Wert auf »europäischen Schick« und zur Schau getragene Distanz. Ihr kalter Blick musterte jeden Gast bis ins Mark.

Die Dritte im Bunde, Mary, gefiel Kat am besten. Ihre kräftigen dunklen Haare und die braunen Augen ließen auf mexikanische Vorfahren schließen. Das übersprudelnde Temperament bestätigte diesen Eindruck. Mary redete viel, lachte laut und hielt das Tischgespräch in Gang. Alle drei mussten ihren 50. Geburtstag längst hinter sich haben.

Es war also kein Wunder, dass Jack seine ungeteilte Aufmerksamkeit ihr zuwendete.

»Und was denken Sie von mir, Katharina?« Er schenkte bereits zum zweiten Mal Rotwein nach und hatte Katharinas Musterung amüsiert beobachtet.

»Nun, ich denke, dass Sie vermutlich die Abschlussrede am College gehalten haben, mit dem schönsten Mädel der Schule zum Abschlussball gegangen sind – und …« – sie blickte kurz auf die breiten Schultern – »auf jeden Fall haben Sie Quaterback gespielt und jeden zweiten Cheerleader flachgelegt. Die Frage, die sich logischerweise anschließt, ist: Warum sind Sie nicht verheiratet und schaukeln mindestens drei Kinder auf ihrem Schoß?«

»Weil das schönste Mädel der Schule bei der Geburt unseres ersten Kindes gestorben ist – und das Baby auch.« Jede Fröhlichkeit war aus Jacks Gesicht gewichen, und Katharina verfluchte ihr loses Mundwerk.

»Oh Gott, das tut mir sehr Leid. Entschuldigen Sie bitte.« Reflexartig legte sie die Hand auf seinen Arm.

»Ist schon gut. Das ist jetzt fast zehn Jahre her.«

»Und Sie haben nie wieder geheiratet?«

»Nein.«

Zum Glück hatte Mary den Rest der Gesellschaft so lautstark unterhalten, dass niemand das Gespräch mitbekommen hatte.

»Erzählen Sie mir von sich. Warum sind sie aus Deutschland geflohen?«

»Wer sagt, dass ich geflohen bin?«

»Niemand verlässt in ihrem Alter, pardon, das ist nicht böse gemeint, und in ihrem Job seine Heimat, um Cowgirl zu werden.«

Ohne lange darüber nachzudenken und auch, um den vorherigen Fauxpas zu überdecken, erzählte Katharina ihre Geschichte. Angefangen von den Zweifeln an der Karriere, über die damit einher gehende persönliche Leere, bis hin zu ihrer Liebe zu Greg.

»Und jetzt bin ich zum ersten Mal seit sehr langer Zeit richtig glücklich. Ich freue mich auf jeden neuen Tag. Wenn ich morgens um sechs Uhr aufstehe, ist meine Welt in Ordnung. Ich rieche das Land, sehe den Sonnenaufgang und fühle mich unendlich frei und beschwingt. Ich weiß, das klingt sehr naiv, aber es ist die Wahrheit.«

»Und dieser Cowboy? Was kann er Ihnen geben?«

»Greg gibt mir das Gefühl, eine Frau zu sein. Er sieht nicht die gut bezahlte Moderatorin, weiß nichts über meinen anfänglichen Ehrgeiz und den gesellschaftlichen Status, den ich in Deutschland hatte. Und selbst wenn er es wüsste, wäre es ihm egal. Für Greg zählt nur das, was ich für ihn bin. Eben die Frau, die er liebt, die er beschützen und für die er sorgen will.«

Während sie sprach, wurde Katharina klar, wie absurd das alles klingen musste. Zu Hause hätte sie niemals einen Mann akzeptiert, der sie ausschließlich auf das »Frausein« reduzierte.

Ihr war es immer wichtig gewesen, dass ihr Beruf und das, was sie darin erreicht hatte, im Mittelpunkt standen. Hier in Texas war das plötzlich völlig egal.

»Das klingt in der Tat etwas naiv – zumal Sie nicht unbedingt den Eindruck erwecken, als müsste man ständig auf Sie aufpassen.«

»Deshalb ist es ja so schön, wenn's trotzdem einer tut. Verstehen Sie das?«

»Nicht ganz – aber ich werde es gerne versuchen. Ich hoffe, Sie geben mir die Gelegenheit, Sie noch ein wenig besser kennen zu lernen.«

Am Ende des Abends war ein Wiedersehen beschlossene Sache. Kat und Jack gingen gemeinsam zum Parkplatz und verabredeten sich für die kommende Woche.

Greg schlief schon zwei Stunden, als Katharina um 1 Uhr morgens nach Hause kam. Leise schlich sie ins Schlafzimmer, zog sich aus und kroch zu ihm unter die Bettdecke. Er wachte kurz auf und strich ihr schlaftrunken über das Haar. »Hast du dich gut amüsiert?«

»Schöner wäre es mit dir gewesen.« Das stimmte zwar in diesem Moment nicht ganz, aber beinahe.

»Und? Habe ich entscheidende politische Veränderungen meines Staates verpasst?« Wie jeden Morgen war Greg zuerst aufgestanden und lockte Katharina mit dampfendem Kaffee aus dem Bett.

»Nicht wirklich. Diese Senatoren sind ja wohl der absolute Hit! Wenn es nach denen ginge, dürften Nichtamerikaner nur an der Laufleine auf die Straße!« In kurzen Sätzen gab Katharina die Diskussion um die Mexikaner wieder. »Aber zum Glück gab es wenigstens einen normalen Menschen unter den Gästen. Kennst du Jack Clooney? Er war mein Tischherr.«

»Den Erben der Clooney Ranch«? Sicher. Meine ersten Sporen habe ich mir auf der Ranch seines Vaters verdient. Jack ist fünf Jahre jünger als ich, und wir sind damals ab und zu zusammen geritten. Ein netter Typ.«

Greg verdrängte einen leichten Anflug von Eifersucht. Musste seine Freundin ausgerechnet den schönen und reichen Jack kennen lernen? »Jack hat schon früher jede Frau um den Finger gewickelt. Ist ihm das bei Dir auch gelungen?«

»Ich würde sagen: Ich habe *ihn* um den Finger gewickelt. Aber mach dir keine Sorgen, kein Herzklopfen, keine feuchten Hände. Allerdings hast du Recht, er ist ein wirklich netter Typ. Wir sind für nächste Woche verabredet. Das heißt, wenn du nichts dagegen hast.«

Katharina hatte sich nichts dabei gedacht, als sie Jacks Einladung auf seine Ranch spontan annahm. Jetzt allerdings fragte sie sich, ob man sich in Texas einfach so mit fremden Männern treffen durfte.

»Nein, Kat, ich habe nichts dagegen. Aber wenn er dir schöne Augen macht oder du ihm, werde ich ihm persönlich die Eier abschießen. O.K.?!« Zur Bekräftigung seiner Worte schulterte er Katharina und stellte sie unter die Dusche. »Und dich sperre ich in den Hühnerstall.«

Jack behielt seine Männlichkeit, und Kat musste nicht in den Hühnerstall, denn das Treffen fand auf Lone Star statt. Einen Tag vor der geplanten Verabredung hatte Oscar Thelen Katharina ins Büro beordert.

»Ich habe gerade mit Jack telefoniert. Er will sich einige Zuchtbullen ansehen und würde sich freuen, wenn du ihm die Tiere zeigen könntest.«

»Na, so ein Zufall. Für wann ist die Fleischbeschau denn geplant?«

Kat lachte in sich hinein. Hätte Oscar gewusst, dass sie ohnehin mit Jack verabredet war, hätte das Telefonat sicher nie stattgefunden.

»Gleich heute Nachmittag. Dann könnt ihr danach vielleicht noch etwas unternehmen.«

»In Ordnung, Boss.« Katharina atmete auf. Greg hatte das geplante Treffen mit Jack zwar nicht wieder erwähnt, aber sie ahnte, dass ihm die Angelegenheit nicht ganz passte. Oscars sorgfältiges Arrangement machte das Wiedersehen entschieden einfacher.

Als Greg und Katharina aus der Mittagspause kamen, brannte die Sonne gnadenlos vom ewig blauen Himmel, und die Temperaturen lagen um die 38 Grad. Luke hatte entschieden, dass Greg Katharina zu den Bullen begleiten sollte. Falls es gefährlich würde. Während Kat nach ihrem Pferd Ausschau hielt, fragte sie sich, was konkret er damit meinte.

»Blue« hatte sich von seinem Zaumzeug befreit und graste etwa 200 Meter entfernt vom Stall. Katharina ging zu ihm, um ihn für den anstehenden Ritt fertig zu machen.

Pünktlich um zwei Uhr fuhr Jack Clooney in einem Pick-up samt Pferdeanhänger vor.

»Hey, Greg! So eine Überraschung. Wie schön, dich wiederzusehen!« Jack freute sich ehrlich. Erst jetzt ging ihm auf, dass Katharina die ganze Zeit von Greg O'Neil gesprochen hatte. Der Nachname war an dem Abend im Mainhouse nicht gefallen, und er hatte nicht danach gefragt.

»Jack, ich freue mich auch, dich zu sehen. Kat hat erzählt, dass du sie letzte Woche vor dem sicheren Tod durch Langeweile bewahrt hast.«

Die Männer gaben sich zunächst die Hände und klopften sich dann gegenseitig auf die Schultern. Ein untrügliches Zeichen dafür, dass sie sich tatsächlich gut verstanden. »Es war mir eine Ehre. Wo ist sie? Wir sind nämlich eigentlich verabredet.«

»Sie fängt ihr Pferd ein, ich werde euch übrigens begleiten, wenn es dich nicht stört.«

»Natürlich nicht.«

Katharina ritt jetzt den kleinen Hügel zum Stall hinauf, bremste eine Spur zu scharf vor Greg und Jack und genoss deren bewundernde Blicke.

»Hey, Cowgirl, ich muss gestehen, Sie sehen in den Chaps fast noch besser aus als im Abendkleid. Greg ist zu beneiden.«

Der Ritt zu den Bullenweiden war eine willkommene Abwechslung zu der täglichen Arbeit. Im Trab ging es zunächst Richtung Black Jack. »Blue« schien als Einziger keine Probleme mit der drückenden Hitze zu haben und fiel immer wieder in leichten Galopp. Kat ließ ihn laufen und genoss es, die Kraft seiner Muskeln unter dem Sattel zu spüren. Durch die tägliche Arbeit hatte sie gelernt, das ungestüme Temperament ihres Hengstes einzuschätzen und im Notfall zu zügeln. Während Blue noch einmal an Tempo zulegte, erinnerte sich Kat an die schmerzhaften Anfänge im Februar diesen Jahres:

Zunächst war alles gut gegangen. Greg hatte das frisch gebrochene Pferd an die Longe genommen, Katharina hatte möglichst locker auf seinem Rücken gesessen und versucht, ganz langsam mit ihm in Kontakt zu kommen.

Mit äußerster Vorsicht hatte sie den Druck ihrer Schenkel verstärkt, mit Gewicht und Stimme gearbeitet. Der Hengst reagierte, ohne zu zögern, ließ sich je nach Anweisung in Schritt, Trab oder Galopp fallen. Nach einer halben Stunde war Blue leicht ermüdet, und Greg hatte die Longe entfernt. »Reite mit ihm zu den Bäumen am Ende der Weide. Wenn er bis zur Hälfte keinen Mist gemacht hat, kannst du angaloppieren.«

»Auf welche Art Mist muss ich mich denn einrichten?« Kat hatte die geballte Energie des Pferdes zwischen ihren Schenkeln gespürt.

»Blue ist jung und verspielt. Manchmal benimmt er sich wie ein Fohlen und fängt an zu bocken.«

»Aha – hast du ein probates Gegenmittel?«

»Sitzen bleiben und darauf warten, dass er aufhört.«

Katharina hatte Gregs Worte noch im Ohr, als es tatsächlich passierte. Die ersten paar Meter hatte Blue sich an die Anweisungen seiner Reiterin gehalten. Als sie jedoch das Zeichen zum Galopp gegeben hatte, packte ihn der Übermut. Wie von der Tarantel gestochen war er losgeschossen und hatte dann das getan, was Katharina schon als Kind nicht ausstehen konnte: Er hatte den Kopf zwischen die Beine gesteckt und war mit allen Vieren gleichzeitig mehrmals in die Luft gesprungen.

»Mistvieh, verdammtes, hör sofort auf damit!« Kat hatte sich mit einer Hand am Sattelknauf festgehalten, mit der anderen hatte sie versucht, sich auszubalancieren. Als ehemalige Springreiterin hatte sie keine Probleme, ihre Knie fest an das Pferd zu pressen, aber genau das stachelte Blue nur noch mehr an.

»Die Knie locker, Kat, nimm die Beine weg, und stell dich in die Steigbügel.« Katharina hatte ihr Bestes gegeben – und war trotzdem gescheitert. Gerade, als sie versucht hatte, der Anweisung zu folgen, war Blue erneut in Höhe geschnellt und hatte seine Reiterin mit einem eleganten Schwung ins Gras befördert.

»Na warte, du Höllengaul …« Noch bevor Greg fragen konnte, ob ihr etwas passiert war, hatte Kat wieder auf den Beinen gestanden und sich erneut in den Sattel geschwungen.

»Ich muss da jetzt so lange durch, bis ich drauf sitzen bleibe, richtig?«

»Jawohl, Cowgirl, sonst wird er nie Respekt vor dir haben.«

Es hatte dreier weiterer Abwürfe bedurft, bis Katharina lernte, die Knie vom Körper des Pferdes fern zu halten. Als das endlich klappte, ließ Blue das Springen sein. Von da an war es Katharinas größter Traum, mit Blue bei einem

»barrell racing« zu starten. Das Rennen um aufgestellte Öltonnen war die einzige Disziplin auf einem Rodeo, bei der auch Frauen zugelassen waren. Die Regeln waren denkbar einfach: In einem Abstand von etwa hundert Metern wurden zwei Tonnen aufgestellt. Diese Hindernisse mussten zwei Mal in Form einer Acht umrundet werden. Der schnellste Reiter hatte gewonnen – fertig.

Immerhin gab es dabei auch ein paar Dollar zu gewinnen und – das war der eigentliche Grund für Kats Wunsch – eine echte Rodeo-Gürtelschnalle mit dem eingravierten Namen des Siegers. Jeder Cowboy hatte irgendwann im Leben einmal ein Rodeo gewonnen und trug das Symbol seines größten Triumphes am Gürtel.

Kat und Friederike hatten gleich bei ihrem zweiten Besuch jeweils eine Schnalle von Dick geschenkt bekommen, aber was war die gegen eine selbst gewonnene mit dem eigenen Namen darauf?! Das Problem war, dass jedes echte texanische Mädchen ihr erstes »barrell racing« bereits im Alter von etwa acht Jahren hinter sich brachte. Die Frauen, die in der Seniorenklasse antraten, waren entsprechend unschlagbar. Wie fest gewachsen klebten sie auf ihren Pferden und rasten so schnell durch den Parcours, dass Kat schon beim Zuschauen schwindelig wurde. Der Trainingsvorsprung war nicht aufzuholen, so viel war klar. Sie musste sich etwas einfallen lassen.

Greg und Jack schwelgten gerade in Erinnerungen über Viehdiebe und durchgehende Rinderherden, als Katharina beschloss, ihr persönliches Rennen jetzt und hier zwischen zwei Bäumen auszutragen. Sie brachte Blue an einer imaginären Startlinie in Position, grüßte in Richtung der vermeintlich vorhandenen Richter und gab dem Pferd dann das Zeichen zum Galopp. Froh, noch schneller laufen zu dürfen, legte Blue sich mächtig ins Zeug und umrundete die Stämme so eng, dass Kat fast mit den Beinen daran hängen blieb. Kat vertraute auf Blues Augenmaß und feuerte ihn durch leise Rufe zu noch höherem Tempo an. Atemlos blieben beide nach der zweiten Runde stehen.

»Hey, Kat, was machst du da? ›Barrell racing‹?« Greg und Jack hatten angehalten und warteten auf Katharina.

»Ja – und wir haben gewonnen. Bekomme ich jetzt eine Gürtelschnalle?« Sie quetschte Blue zwischen die Pferde der beiden und löste ihr Haarband, während sie langsam weiterritten.

Greg lachte. »Ich schenke dir meine. Für das schnellste ›German cowgirl‹ in ganz Texas.« Zu Jack gewandt erklärte er: »Kat träumt von einer Rodeo-Trophäe.«

»Kein Problem, die Clooney Ranch veranstaltet in drei Wochen ihr jährliches Fest. Lone Star ist offiziell eingeladen. Warum meldest du dich nicht einfach fürs Barrell Racing an?« Jack war ganz automatisch zum vertraulichen »du« übergegangen und meinte seine Offerte offensichtlich ernst.

Lakonisch winkte Katharina ab. »Blue ist perfekt, ich eher nicht. Aber wir werden das bei einem Ballen Heu diskutieren.«

Sie waren inzwischen an der Bullenweide angekommen und stiegen nahe der Herde von den Pferden. Jack und Greg zauberten einige Snacks und warmes Budweiser aus ihren Satteltaschen. Kat saß an Blues Bein gelehnt im Gras und träumte von ihrer Gürtelschnalle.

Als Jack aufstand, um sich die Stiere genauer anzusehen, fasste sie sich ein Herz. »Greg, meinst du, ich könnte es probieren, ohne dich, Blue und die Ranch bis aufs Mark zu blamieren?«

»Wenn wir ein wenig üben, warum nicht? Allerdings sind drei Wochen sehr knapp.« Überzeugend klang diese Aussage für Katharina nicht. Sie verließ ihren Platz an

Blues Bein und setzte sich auf Gregs Schoß. »Greg O'Neil, du bist ein verdammter Lügner. In Wahrheit glaubst du nicht, dass wir eine Chance haben, oder?«

»Es geht nicht nur um die Chance oder einen peinlichen Auftritt. Diese Rennen sind verdammt gefährlich. Denk doch nur mal daran, wie schnell die Pferde durch die Arena rasen. Und Blue fehlt es genau wie dir an Erfahrung. Wenn ihr stürzt, kann ich das nächste Bett im Hospital reservieren.«

»Deine Sorge ehrt dich, Cowboy, aber die Schnalle holen wir uns trotzdem.« Mit einem Kuss verhinderte Katharina weitere Diskussionen.

Jack hatte sich für zwei stattliche Zuchtbullen entschieden, und Katharina versprach im Gegenzug, beim Rodeo anzutreten. Das Trio beendete den Tag bei einem opulenten Mahl im »Yellow Rose«. Mit mehr als einem Whiskey wurden die Beschlüsse begossen.

*

*»Liebe Friederike – Du wirst nicht glauben, was passiert ist. Ich starte im Barrell Racing! Jawohl – deine Freundin tritt gegen die texanischen Profis an. Nachdem Greg mich wochenlang um jeden verfügbaren Busch gescheucht hat, ist es jetzt amtlich – übermorgen gehe ich auf der Clooney Ranch an den Start. Ich sterbe vor Aufregung und wünschte du wärest hier!!!*

*In Liebe – deine Kat.«*

Auf dem Weg nach Austin stoppten Greg und Katharina am Office, um das Fax noch schnell an Friederike zu schicken.

»Sie fehlt mir sehr. Seit wir uns kennen, ist dies das erste große Ereignis, an dem Friederike mir nicht zur Seite steht.« Sie dachte an die Jahre mit Friederike. Nie waren sie länger als vier Wochen getrennt gewesen, hatten den täglichen Job und fast jeden Urlaub zusammen verbracht.

»In vier Wochen hast du sie wieder. Bis dahin musst du mit mir vorlieb nehmen. Ist das O.K.?«

War es nicht, nicht heute. Aber wie sollte man einem Cowboy erklären, was eine echte, reelle Frauenfreundschaft bedeutete? Die Frauen in der amerikanischen Provinz gaben immer den Männern den Vorzug. Sobald sie einen hatten, war der Ehemann der Mittelpunkt ihres Lebens, standen er und die Aufzucht und Hege seiner Nachkommen vor jedem eigenen Amüsement.

Der Fairness halber musste Kat allerdings zugeben, dass dieses Phänomen auch in der Heimat weit verbreitet war. Sie dachte an all die Freundinnen, die sie im Verlauf der vergangenen zehn Jahre an Ehemänner verloren hatte. Spätestens nach dem ersten Kind beherrschten Windelprobleme oder die Frage nach dem Beschneiden des Buchsbaumes die Gespräche. Und wenn der Göttergatte um sieben Uhr nach Hause kam, musste das Essen auf dem Tisch stehen. Freundin hin oder her, die Bohnensuppe hatte Vorrang.

Friederike und Kat waren anders. Sie erwarteten von ihren Männern, dass sie ihnen ein Eigenleben zugestanden und dass sie sich den Bohneneintopf selbst warm machten, wenn es gerade ein Problem zu lösen gab. Das war nicht immer ohne Konfrontation abgegangen, aber die Freundinnen hatten sich meistens durchgesetzt.

Jetzt musste Katharina also ohne Friederike nach Austin reisen. In einem leisen Anflug von Einsamkeit griff sie nach Gregs Hand und redete sich ein, dass alles gut werden würde. Und zwar nicht nur in Bezug auf das Rennen. Vielleicht war 35 genau das richtige Alter, um sich endlich einmal ganz allein auf einen Mann zu verlassen.

Jack Clooney hatte ihnen eines der reizenden Gästehäuser zur Verfügung gestellt. Ein prall gefüllter Früchtekorb, eine Flasche Rotwein und eine Karte hießen sie auf der Clooney Ranch willkommen. *Freue mich, dass ihr da seid. Ich sehe euch heute Abend zum Barbecue. Gruß, Jack.* Es war bereits kurz nach sieben, gerade noch Zeit genug, sich für das Barbeque fertig zu machen. Katharina nahm das Bad als Erste in Beschlag und wartete dann auf Greg. Als er endlich wieder zum Vorschein kam, hielt sie den Atem an. »Wild Bill Hickock lebt, ich wusste es vom ersten Augenblick an.« Noch nie hatte Kat ihn in einem Anzug gesehen. Heute war es so weit. Der Cowboy trug hellgraue Hosen, ein weißes, gestärktes Hemd und die zur Hose passende Weste. Darüber zog er einen Gehrock in Anthrazit. Der schwarze Hut und die Krokoboots machten das Outfit perfekt.

Katharina strahlte ihn an. Sie war ehrlich erleichtert, dass Greg sich für diesen Abend gegen die obligatorischen Jeans und Baumwollhemden entschieden hatte. Schließlich war dies nicht einfach irgendein Barbecue unter Freunden, sondern ein hoch offizieller Anlass, bei dem neben den Cowboys auch Oscar B. Thelen samt seiner Upperclass-Clique geladen war. Und die sollten ruhig einmal sehen, dass in dem Cowboy, der ihre Rinder trieb, durchaus auch ein Gentleman steckte.

»Wow – du siehst umwerfend aus!« »Dann können wir ja gehen.« Galant reichte Greg ihr den Arm und führte Katharina zum Wagen.

Die erste Person, die sie zu Gesicht bekamen, war ausgerechnet Gregs Ex-Frau. Völlig überrascht blieb Kat stehen und beobachtete die Konkurrentin aus sicherer Entfernung.

Sie musste zugeben, dass Caitlin hinter all ihrer Maskerade eine durchaus attraktive Person war. Abgesehen von dem Silikonbusen hatte sie eine makellose Figur. Obwohl nur etwa 1 Meter 60 groß, wirkte sie durch ihre langen Beine grazil und wohlgeformt. Ihr Gesicht war ebenmäßig, die blonden Locken ein Traum für jeden Perückenmacher. Einzig ihr schlechter Geschmack stand ihr im Weg. Auch heute hatte Caitlin sich mit einer dicken Schicht Makeup zugekleistert. Dazu trug sie eine schwarze, knallenge Hose und eine fast durchsichtige Bluse im Piraten-Stil. Die Stilettos an den Füßen schrien nach einem Waffenschein.

»Greg, Katharina, wie nett, dass Ihr auch hier seid.«

»Caitlin – was für eine Überraschung.« Katharina musste sich schwer zusammenreißen, um nicht sofort wieder das Kriegsbeil auszugraben.

»Nicht wahr?! Der Vorarbeiter der Clooney Ranch hat mich gebeten, heute Abend ein paar repräsentative Pflichten zu übernehmen. Wir sind gut befreundet, müsst ihr wissen.«

»Dann wollen wir dich nicht länger aufhalten, bis später, Caitlin.« Greg geleitete Katharina zügig aus der Gefahrenzone direkt an die Bar. Hier wurden sie von Jack Clooney in Empfang genommen. Noch bevor er sein »Herzlich willkommen« nun auch persönlich loswerden konnte, machte Kat ihrer Verwunderung Luft.

»Caitlin O'Neil übernimmt auf deiner Ranch repräsentative Pflichten?«

»Das ist stark übertrieben, ich schätze mal, diese Pflichten hat sie nur euch gegenüber kurzfristig zu den ihren gemacht. Tut mir Leid, ich wusste nicht, dass Caitlin kommen würde. Roberto hat mir seine neue Liebe verschwiegen, bis er Gregs Namen auf der Teilnehmerliste entdeckt hat. Aber macht euch keine Sorgen. Heute Abend sind rund 200 Menschen geladen. Es dürfte also kein Problem sein, ihr aus dem Weg zu gehen.«

»Roberto?« Kat war hellhörig geworden. Vor vier Jahren hatte sie eine ganze Nacht lang mit einem Cowboy namens Roberto getanzt. Soweit sie sich erinnerte, war er damals für die Clooney Ranch tätig.

»Ja, Roberto Martinez. Kennst du ihn?«

»Ich denke schon.«

Zwei Stunden lang ging alles gut. Weder Caitlin noch Roberto tauchten auf, und Kat sonnte sich im Anblick ihres unverschämt gut aussehenden Cowboys. Gemeinsam schlenderten sie die Reihen der Gäste ab, tanzten eng umschlungen zu den schönsten Countrysongs und philosophierten über den Wilden Westen und das, was davon übrig geblieben war. Die Harmonie wurde jäh unterbrochen als Caitlin beschloss, ihren Ex-Mann zurückzuerobern. Angestachelt von etwa 2,5 Promille, forderte sie Greg zum Tanzen auf.

»Sie erlauben, Katharina? Das war unser Hochzeitssong.« Ohne eine Antwort abzuwarten, zerrte sie an Gregs Ärmel. Der Cowboy zögerte kurz, ließ sich dann aber doch überreden. »Um des lieben Friedens willen. Ich bin gleich zurück.«

Katharina wähnte sich in einem schlechten Film. Sie konnte nicht glauben, dass Greg tatsächlich mitging. Und es kam noch schlimmer. Caitlin hatte ihre halbe Familie zu dem Barbecue eingeladen und verwickelte Greg nach dem Lied geschickt in ein Gespräch mit Mum Dorothee, Uncle Ted und fünf weiteren Verwandten. Die ganze Zeit stand sie dicht bei ihm und sandte eindeutige Liebesbekundungen in seine Richtung.

»Whiskey?« Roberto hatte Katharina beobachtet und stand nun mit einem vollen Glas vor ihr.

»Einen Doppelten. Hallo, Roberto, wie geht es dir?« Es war tatsächlich ihr Eintänzer vom letzten Rodeo.

»Es wird mir gleich besser gehen, wenn du mit mir tanzt, ›German cowgirl‹. Und zwar so lange, bis die Menschen, die wir lieben, grün vor Eifersucht werden.« Seine schwarzen Augen blitzten kämpferisch, als er besitzergreifend den Arm um Katharina legte.

»Abgemacht, so lange, bis sie aufgeben.«

Die mexikanische Band spielte eine Art Lambada, und Roberto wirbelte seine Partnerin herum, als sei sie aus Gummi. Kat ließ sich einfach fallen. Völlig gelöst vertraute sie auf Robertos starke Arme, schmiegte sich wie eine Katze an ihn und wiegte ihre Hüften im Takt der Musik.

Im tiefsten Inneren ahnte sie, dass sie Greg Unrecht tat, aber das schlechte Gewissen wurde mit jeder Drehung weniger. Johannes hätte es niemals gewagt, sie auf diese Weise stehen zu lassen, und auch ein texanischer Cowboy hatte nicht das Recht dazu. Das sollte er lernen.

Greg beobachtete die skurrile Szene genau zehn Minuten lang. Nachdem seine Blicke nichts bewirkt hatten, stoppte er das Tanzpaar vor dem vierten Lied und zog Kat zur Seite.

»Gibt es ein Problem? Wenn ja, dann sollten wir *jetzt* darüber reden.« Er konnte seinen Zorn nur mit Mühe unterdrücken.

»Ich weiß nicht, worauf du anspielst.« Kat war auf Krawall gebürstet. »Falls du allerdings meinst, dass ich mich ein bisschen zu sehr gehen lasse, während du auf Ehemann blendest, muss ich dir sagen: So kannst du mit mir nicht umgehen! Deine verfluchte Ex-Frau spielt sich auf, als hätte sie dich gerade zurückgewonnen, presst ihre knochigen Hüften gegen deine Beine und vermittelt jedem den Eindruck, als würdet ihr morgen wieder vor den Traualtar treten. Das, Cowboy, kann und werde ich nicht akzeptieren.«

»Es gibt nicht den geringsten Grund, eifersüchtig zu sein. Caitlin ist Vergangenheit, du bist meine Zukunft. Vertrau mir, bitte.«

Ein Getränk weniger und Katharina hätte wahrscheinlich eingelenkt. Durch Robertos großzügigen Ausschank jedoch war es zu diesem Zeitpunkt schon zu spät für überlegtes Handeln. »Ich amüsiere mich so lange mit anderen Männern, wie du mit dieser Schlampe poussierst.« Sprach's und drehte sich demonstrativ weg.

Greg zögerte nur einen Augenblick. Eigentlich hatte er nicht vorgehabt, sich weiter mit Caitlin und ihrer Familie zu beschäftigen. Nach Katharinas Auftritt aber kehrte er genau dorthin zurück.

Die Nacht endete in einem mittelschweren Desaster. Katharina betrank sich hoffnungslos mit Whiskey und ließ keinen Tanz und fast keinen Mann der Veranstaltung aus. Auch als Greg längst wieder in ihrer Nähe stand, war sie nicht zu stoppen. Wie ein bockiges Kind wich sie seinen Blicken aus. Katharina fühlte sich verraten und verletzt, und dafür sollte er büßen.

Nur unter Protest folgte sie ihm im Morgengrauen zum Wagen.

Greg sagte auf dem Weg zum Guesthouse kein Wort. Mit versteinerter Miene führte er Kat ins Haus und packte dann seine Sachen.

»Was machst du da?« Schlagartig wurde sie nüchtern.

»Ich werde im Hotel schlafen. Und jetzt geh ins Bett. Wir reden morgen darüber.«

Jeder Versuch, ihn aufzuhalten, war vergeblich.

Mit dickem Kopf und schlechtem Gewissen wartete Katharina den ganzen Tag auf der Veranda. Eigentlich hätte sie für das morgige Rennen trainieren müssen, aber ohne Greg fehlte ihr jeglicher Elan. Blue graste stattdessen auf der Weide vor dem Haus. In regelmäßigen Abständen baute er sich vor Katharina auf und wollte unterhalten werden. Aber selbst dazu hatte sie heute keine Lust. Greg war weg – und so, wie es aussah, auch nicht gewillt, wieder aufzutauchen.

Gegen Abend erschien Jack Clooney. »Auweia, Kat. Du siehst nicht gut aus.« Und das war noch geschmeichelt. Mit verheulten Augen, strähnigen Haaren und Gregs viel zu großem Hemd über den Jeansshorts bot Katharina einen erbärmlichen Anblick.

»Wir haben ein Sprichwort in Texas: Trink nichts, das stärker ist als du, und nichts, das älter ist. Mir scheint, das hätte ich dir vorher sagen sollen.«

»Ich habe mich wie ein Idiot benommen, und jetzt hat er mich verlassen.« Sie verlor die Fassung und ließ sich weinend von Jack in den Arm nehmen.

»Nun mal ganz langsam. Das mit der Idiotin stimmt leider, aber so schnell verlässt man hier im Süden seine Frauen nicht. Greg kommt zurück, das ist so sicher wie das Amen in der Kirche.«

»Kannst du mir erklären, warum er mich vor allen Leuten so demütigen musste?« Kat hatte noch immer nicht ganz verstanden, was gestern eigentlich los war.

Jack schaute sie erstaunt an. »*Er* hat *dich* gedemütigt? Lady, wir müssen auf zwei verschiedenen Festen gewesen sein.«

Es folgte ein 15-minütiger Monolog über die allgemein gültigen Umgangsformen zwischen Männern und ihren Frauen. Aus Jacks Sicht war es das normalste von der Welt, dass Greg ein längeres Gespräch mit Caitlins Familie geführt hatte. Das gehörte zum guten Ton.

Und es war abgesehen davon offensichtlich genauso normal, dass eine Frau geduldig auf ihren Mann zu warten hatte, egal, mit wem er sich verlustierte. Diese Wartezeit mit ausschweifenden Tänzen zu verkürzen lief hingegen unter der Rubrik »ganz schlechter Stil«.

»Um es auf den Punkt zu bringen: Du hast Greg vor versammelter Mannschaft bloßgestellt. An seiner Stelle hätte ich dich schon viel früher zur Räson gebracht.«

»Das ist ja wohl tiefstes Steinzeitniveau!« Kat war ehrlich entrüstet.

»Wahrscheinlich bringt ihr eure Mätressen auch mit nach Hause, und die Ehefrau kocht dann das Nachtmahl.«

»Nein, Katharina, es wird niemals eine Mätresse geben. Der »Show-Off« der Jungs ist nichts weiter als ein Spiel. Ein Cowboy ist eben nach außen ein Weiberheld und genießt die Aufmerksamkeit. Aber er wird seine Frau nie betrügen.«

Und weil das jeder wusste, blieben die Mädels ganz cool und ließen ihre Männer feiern. Logisch für jeden Texaner, nicht für eine Deutsche.

»Ich weiß nicht, ob ich das je tolerieren könnte. Ich kam mir so furchtbar abgestellt vor, als Greg zu Caitlin ging.«

»Du wirst es lernen, Kat. Denk immer daran, dass außer dir niemand so denkt. Vor wem solltest du dich also blamiert fühlen?«

Damit hatte Jack natürlich Recht. Aber gegen ihren Stolz ging es trotzdem. In diesem Moment allerdings war davon nichts mehr übrig. Katharina fühlte sich hundeelend, todtraurig, und sie wusste jetzt, dass sie selbst an allem schuld war.

»Hast du mit Greg geredet?«

»Vor einer Stunde. Er hat mich gebeten, nach dir zu sehen.«

»Dann bleibt er im Hotel?« Entsetzt riss Katharina die Augen auf und betete, dass er jetzt nicht ja sagen würde.

»Ja.« Der liebe Gott hatte sie nicht erhört.

Jack verschwieg, dass Greg sich mindestens genauso schlecht fühlte wie Katharina. Es kostete ihn alle Kraft, nicht nach Hause zu kommen und Katharina nach einer kurzen Moralpredigt wieder in die Arme zu schließen.

»Strafe muss sein, Cowgirl.«

»*Strafe* – schon wieder so ein Wort, mit dem ich nicht viel anfangen kann! Und selbst wenn, doch nicht eine Nacht vor meinem ersten Rennen! Bitte, Jack, sag mir, wo er ist.« Wenn Verzweiflung einen Namen trug, dann ihren.

»Nein, und falls du jetzt auf den Gedanken kommst, das Rennen abzusagen, gibt's Ärger mit mir. Ich hole dich und Blue morgen früh um neun ab.« Er stand auf, zögerte dann aber kurz. »Möchtest du, dass ich noch ein wenig bei dir bleibe?«

»Lieber nicht – ich fürchte, meine Gesellschaft ist heute eher eintönig. Aber vielen Dank.«

Jack fuhr nach Hause, und Katharina sattelte »Blue«.

Bis zum Einbruch der Dunkelheit ritt sie über die Weiden der Clooney Ranch.

Der Tag des Rodeos begann mit einem Wolkenbruch. Als Katharina um sieben Uhr aus dem Fenster schaute, wäre sie am liebsten wieder ins Bett gegangen. Dicke Regentropfen klatschten gegen die Scheiben, die Wiese vor dem Haus stand komplett unter Wasser.

Mit Hilfe einer heißen Dusche und dem stärksten Kaffee, den die Maschine hergab, weckte sie ihre Lebensgeister.

»Jetzt nur nicht unterkriegen lassen.« Greg fehlte ihr ganz entsetzlich. Noch nie, da war sie sich ganz sicher, hatte sie sich so einsam gefühlt. Entgegen ihrer Gewohnheit rauchte sie noch vor dem Frühstück die erste Zigarette.

Auch Blue war an diesem Tag nicht gerade bester Laune. Nur äußerst widerwillig ließ er sich Sattel und Zaumzeug anlegen; den Trailer, den Jack wie abgesprochen um Punkt neun Uhr vorfuhr, wollte er schon gar nicht besteigen.

Das Rennen sollte um halb elf beginnen. Eine Stunde vorher erreichten sie endlich den Turnierplatz. Katharinas Pulsschlag erhöhte sich bedrohlich, als sie das Ausmaß der Veranstaltung überblickte. Auf mindestens 6000 Quadratmetern standen unzählige Pick-ups, Festzelte und kleine Buden. Genau in der Mitte lag die Arena, ein riesiges Viereck, umrahmt von Tribünen. Drei Fahnen wehten am südlichen Ende: die Amerikanische links, die Texasflagge rechts und in der Mitte das Wappen der Clooney Ranch.

»Jack, lass uns umkehren. Das ist mir alles eine Nummer zu groß.«

»No way. Du gehst da jetzt durch, O.K.?« Zum Glück hatte zumindest der Regen nachgelassen. An einigen Stellen am Himmel blitzte die Sonne durch. Der Abreiteplatz, eine kleine Weide, auf der die Pferde aufgewärmt wurden, war bereits proppenvoll. Mindestens 20 Frauen jagten ihre Rösser durch den knöcheltiefen Schlamm.

Katharina atmete tief durch. »Ach, du heilige Scheiße, sieht so aus, als würde das eine wirklich ernste Sache werden. Und wir zwei Greenhörner mittendrin – ganz allein.« Verzweifelt tätschelte sie Blues Hals und beobachtete, wie verbissen die Ladys zu Werke gingen. Blue schien ihren

Kummer zu spüren. Behutsam schnappte er mit seinem weichen Maul nach ihrem Kragen und rieb dann den Kopf an ihrer Schulter. Katharina vergrub das Gesicht in seiner langen Mähne und wollte nur noch weg.

Als sie sich schließlich doch aufraffte, den Sattelgurt festzuziehen und dem Übel ins Auge zu sehen, kam Greg.

»Ich werde Blue die Eisen abnehmen. Die Arena ist verdammt rutschig.« Betont gelassen und ohne ein weiteres Wort zu verlieren, zog er eine Zange aus der Manteltasche und begann mit der Arbeit. Katharina hatte keine Ahnung, wie sie sich verhalten sollte. Jack hatte bei seinem Vortrag über das Liebesleben der Texaner das Kapitel mit der Entschuldigung ausgelassen.

Während Greg vorsichtig die Nägel aus den Hufen zog, tauchten vor ihr die Bilder des unsäglichen Barbecues wieder auf, und sie wäre vor Scham am liebsten im Boden versunken.

Nachdem alle vier Hufe von den Eisen befreit waren, schaute Greg sie an. »Hast du mir irgendetwas zu sagen, Katharina?«

Auch das noch. Er war augenscheinlich nicht bereit, ihr entgegenzukommen. Oder hatte er das bereits durch sein Erscheinen getan?

»Es tut mir Leid.« Sie blickte nach unten und flüsterte die Worte in Richtung Matsch.

»Ich kann dich nicht verstehen.«

Kein Zweifel, es war die volle Demut gefragt.

»Himmel noch einmal, mach es mir doch nicht so schwer.« Ihre Stimme sollte eigentlich laut und fest klingen, aber der Versuch ging daneben.

»Der Abend tut mir furchtbar Leid. Ich habe mich komplett daneben benommen, dich verletzt und – und das ist das Schlimmste – nicht begriffen, worum es ging. Was du mir allerdings durchaus vorher hättest erklären können …« Sie ging einen Schritt auf ihn zu.

»Bitte entschuldige …«

Sie wünschte sich inbrünstig, Greg möge sie jetzt leidenschaftlich an sich reißen, aber er bewegte sich nur etwa einen Millimeter auf sie zu.

»Das Problem ist, dass es aus deiner Sicht eigentlich mein Fehler war. Du fühltest dich schlecht behandelt und hast entsprechend reagiert.« In seinen Augen spiegelten sich Traurigkeit und ein Anflug von Resignation. »Verstehst du was ich meine? Ich fürchte einfach, dass du mir auch beim nächsten Mal nicht vertrauen wirst.«

»Jack hat mir einiges erklärt. Ich will es zumindest versuchen.« Katharina legte ihre Arme um seinen Hals und schob sich unter seinen Mantel. »Vor allem habe ich in den letzten zwei Tagen begriffen, dass ich ohne dich nicht sein kann.«

Die Tränen in ihren Augen brachen den letzten Widerstand. Endlich schloss er den Mantel über Kats Rücken und küsste sie lange und zärtlich.

»Ich habe dich auch vermisst …«

Aus sicherer Entfernung hatte Jack Clooney das Happy End verfolgt. Jetzt kam er sichtlich erleichtert mit Katharinas Startnummer über den Platz gelaufen. »Noch fünf Minuten länger, und ihr hättet das Barrell Racing vergessen können. Los, Kat, rauf auf den Gaul und ab dafür. Die erste Konkurrentin ist gerade im Parcours. Du reitest als Neunte.«

Greg kontrollierte das Zaumzeug ein letztes Mal und half Katharina in den Sattel. Zum Schluss nahm er sein Halstuch ab und band es ihr um. »Viel Glück, Cowgirl! Und bitte denk an das Bett im Hospital: Geh kein Risiko ein!«

Das hatte Kat nicht vor. Aufgeregt, aber durch die Versöhnung mit Greg von tiefstem Herzen glücklich, machte sie sich auf den Weg in die Arena. Sie nutzte die kurze Strecke, um Blue zumindest ein paar Runden auf dem Zirkel zu galoppieren.

Die vierte Starterin war gerade durch und sah aus wie nach einem Schlamm-Catchen.

»Pass bloß auf, es ist höllisch glatt da draußen. Wir sind schon bei der ersten Tonne weggerutscht.« Sie blieb nicht die einzige. Von den acht Teilnehmerinnen kamen nur zwei bis ins Ziel. Und Kat hatte Blue nicht einmal warm geritten. Jetzt war es dafür zu spät, der Moderator kündigte sie bereits an.

»Und jetzt, Ladys und Gentlemen, bitte ich um Ihre Aufmerksamkeit für unsere nächste Starterin. Sie kommt aus Deutschland und reitet für die Lone Star Ranch in Robertson County. Einen herzlichen Applaus für Katharina Fahlke.« Aus dem Lautsprecher ertönte ein gellender Tusch.

Blue tippelte wie ein Lipizzaner in die Arena. Kat wäre gerne ohnmächtig geworden.

In der ersten Reihe konnte sie die Gesichter von Dick, Sue und Luke erkennen. Auf der Ehrentribüne an der Stirnseite saßen Shirley und Oscar mit Jack und seinen Eltern.

Wie sie es bei den anderen gesehen hatte, grüßte sie durch kurzes Tippen an den Hut in Richtung der Clooneys.

Blue wurde nervös und fiel in leichten Galopp, als endlich das Signal zum Start ertönte.

Unter dem lauten Gebrüll der Zuschauer schoss das Painthorse auf die erste Tonne zu. Der Matsch unter seinen Hufen spritze in alle Richtungen, und Kat merkte, wie er bei der Wende stark ins Rutschen geriet. Durch heftigen Druck mit dem inneren Schenkel glich sie die Seitenlage aus und kauerte sich danach sofort eng an das Pferd.

Eine unkontrollierte Bewegung, und sie würden hinfallen. Doch Kat scherte das jetzt nicht. Sie war wie im Rausch und verdrängte die Bilder von Hospitalbetten und Frauen in Schwesterntracht.

Blue schlug sich fabelhaft. Mit gespitzten Ohren und weit aufgerissenen Nüstern umkreiste er Tonne zwei gerade so weit entfernt, dass er die Balance halten konnte. Jetzt mussten sie noch einmal zurück zur ersten Tonne und dann über die Gerade durchs Ziel. Kat ließ Blue das Rennen bestimmen. Wohl wissend, dass er der bessere war, gab sie nur die Richtung vor und bemühte sich, ihn nicht zu stören. Als der letzte Bogen geritten war, hörte sie wildes Geschrei aus der Lone-Star-Ecke. »Gib Gas, Kat, hol sie dir, du hast es fast geschafft!«

Sie drückte die Knie fest ans Pferd und gab Blue einen leichten Stich mit den Sporen. Der Hengst streckte sich, legte die Ohren an und raste durchs Ziel.

Erst etwa 200 Meter dahinter kam er zum Stehen. Über und über mit Schlamm besudelt, keuchten Pferd und Reiter um die Wette. Kat war fix und fertig – und stolz wie Bolle.

»Wir haben es geschafft, Blue, nicht zu glauben! Wir sind durch! Juhuu!« Das Pferd musste eine Orgie von Streicheleinheiten und liebevollen Klapsen über sich ergehen lassen.

Im Schritt ritten sie zurück zur Arena und sahen sich von dort den Rest des Rennens an. An ihre Wettkampfzeit dachte Katharina nicht. Sie hatte ihr erstes Barrell Racing ohne Sturz überstanden. Das war ihr genug.

Am Eingang standen die übrigen Teilnehmerinnen, nur zwei mussten jetzt noch durch den Parcours. »Hey, nicht schlecht für ein deutsches Cowgirl.« Startnummer vier zog ansatzweise den Hut und schüttelte Kat die Hand.

»Aber das Pferd ist Texaner, richtig?«

»Richtig, und der Trainer auch. Ich hätte es kaum vermasseln können.«

Am Applaus der Zuschauer erkannten die Wartenden, dass die letzte Reiterin irre schnell gewesen sein musste. Eigentlich erstaunlich, denn der Boden wurde mit jedem Durchgang schlechter. »Das ist Charlotte Main, sie gewinnt immer.«

»Die Frau von Richard Main?« Kat hatte die unsympathische Senatorengattin auf dem Abreiteplatz gar nicht bemerkt.

»Genau die. Kalt wie Eis, aber eine verdammt gute Reiterin.«

Die Fanfare blies zur Siegerehrung, und Kat und »Nummer 4« machten sich fertig zum Aufmarsch. Vor der Ehrentribüne erwarteten Jack Clooney und sein Vater die Ladys zur Preisverleihung. Kat suchte Greg und fand ihn neben Dick Reynolds. Er strahlte mit der Sonne, die endlich auch aufgetaucht war, um die Wette. Sie warf ihm eine Kusshand zu und strahlte zurück. Verlieren konnte sie jetzt nicht mehr.

»Wir kommen nun zur Siegerehrung im Barrell Racing.« Jack Clooney Senior machte eine bedeutungsvolle Pause. »Leider sind nur acht von 20 Damen ins Ziel gekommen. Ich möchte mich hiermit in aller Form für den schlechten Zustand der Arena entschuldigen, vor allem dafür, dass ihre Kleider alle versaut sind.« Schallendes Gelächter von den Rängen. Kat fand den Spruch überflüssig. Die zwölf ausgeschiedenen Teilnehmerinnen wurden mit einem Trostpreis belohnt. Jede bekam einen Kaffeebecher mit dem Logo der Clooney Ranch.

»Und jetzt, liebe Freunde, folgt die Gewinnerin.«

Leises Murmeln unter den Zuschauern, denn normalerweise wurden die Platzierungen vom niedrigsten Platz aus aufgerufen. »Nein, heute machen wir es einmal anders.«

Katharina war's egal. Sie rechnete mit einer guten Mittelposition und spekulierte auf die blau-weiße Satteldecke.

»Die Nummer eins in Texas ist und bleibt, die von uns hoch geschätzte Charlotte Main.« Höfliches Klatschen, wenig Begeisterung. Neidisch blickte Katharina auf den Preis. Natürlich bekam die eisige Charlotte die begehrte Gürtelschnalle. Wahrscheinlich pflasterte sie bereits ihre Auffahrt mit Gürtelschnallen. Während sie noch darüber nachdachte, wie ungerecht das Leben doch war, fuhr Jack Clooney sen. fort. »Platz Nummer zwei war nur eine winzige Sekunde langsamer und könnte unserem Champion in Zukunft ernsthaft gefährlich werden.

Hut ab für Sie, Mrs. Fahlke, und herzlichen Glückwunsch an die Lone Star Ranch!«

Kat fiel fast vom Pferd. Wären ihre Cowboys nicht gemeinsam mit Shirley und Oscar aufgesprungen, sie hätte gedacht, sich verhört zu haben. »Ich??? Sind Sie sicher, Mr. Clooney?«

Er war sicher. Ein kräftiger Händedruck besiegelte die Platzierung. Sein Sohn reichte Kat ein Paar wunderschöne Sporen aus Sterling-Silber. »Glückwunsch, Cowgirl – und die nächste Schnalle gehört dir. Clooney-Ehrenwort!«

Katharina küsste Jack herzhaft auf die Wange. »Danke. Danke für alles.« Auf Wolke sieben schwebend, absolvierte sie zusammen mit den anderen die abschließende Ehrenrunde.

*

In der Woche nach dem Rodeo schlief Kat zum ersten Mal allein in ihrem Haus. Gregs Job auf Lone Star war erledigt, und er reiste weiter nach San Antonio. Zur Abwehr aufdringlicher Schlangen, Pumas oder sonstiger Raubtiere war »Miller«, einer von Gregs großen Mischlingshunden, abgestellt worden. Der Rüde lag zusammengerollt zu Katharinas Füßen, während sie auf dem Sofa sitzend einen langen Brief von Friederike las.

Lion hatte eine neue Moderatorin eingestellt, die Kats Talkshow übernahm. Sie war Ende 20, gestandene Journalistin und nach Friederikes Einschätzung »eine echte Entdeckung«. Die kleine Spitze traf, und Katharina ärgerte sich sehr darüber. Abgesehen davon ging alles seinen sozialistischen Gang. Es wurde viel gearbeitet, genauso viel gefeiert, und Kanal10 freute sich über wachsende Einschaltquoten.

Der nächste Absatz handelte von Johannes. Er war jetzt fest mit Inka zusammen und schien wirklich glücklich zu sein. *Du solltest ihn sehen! Johannes hat seine Augenringe mit Erfolg bekämpft und strahlt wie in alten Zeiten.* Was auch immer Friederike damit sagen wollte, Katharina fand die Wortwahl nicht ganz passend. Für einen Moment legte sie den Brief zur Seite.

Kein Zweifel, es störte sie gewaltig, dass in der Heimat augenscheinlich auch ohne sie alles bestens lief. Es war ein verdammt hässliches Gefühl, wenn man sich plötzlich ausgestoßen fühlte. Ausgestoßen aus einem Leben, das eine lange Zeit auch das ihre gewesen war.

Katharina ging auf die Veranda und starrte in die Dunkelheit.

Dieser November war wesentlich kälter als der, in dem sie Greg kennen gelernt hatte. Auf der Weide vor dem Haus standen einige Kühe dicht gedrängt in einer Ecke, die Bäume hatten fast alle Blätter verloren und ragten wie Geister in den Nachthimmel.

Kein guter Augenblick, um darüber nachzudenken, ob der Tausch der beiden Welten richtig war.

Das Cowgirl, das eigentlich Journalistin war, besann sich auf seine Fähigkeiten zur Selbstheilung und ging zurück ins Haus. Immer, wenn Katharina nicht genau wusste, wie sie sich entscheiden sollte, hatte sie früher zum Tagebuch gegriffen und ihre Gedanken aufgeschrieben. Die alte Tradition sollte neu aufleben. Heute Abend.

Das abgegriffene Tagebuch aus dem Jahre '98 lag im hintersten Teil des Kleiderschrankes. Kat hatte es eigentlich nur aus Gewohnheit mitgeschleppt und war jetzt sehr froh darüber. Zeile um Zeile füllten sich in den nächsten Stunden mit den Geschichten, die sie in den vergangenen Jahren erlebt hatte. Sie erinnerte sich an ihr Vorstellungsgespräch bei Kanal10, ihre erste Moderation, das erste Zusammentreffen mit Friederike. Dann ging es seitenlang um Texas.

Der erste Ausritt mit Dick Reynolds, die erste gefangene Kuh, der Tanz mit Greg vor dem Stall.

Zu einem abschließenden Urteil kam Katharina nicht, aber als sie ins Bett ging, war die Welt wieder ein bisschen freundlicher. Das Tagebuch lag von diesem Abend an in ständiger Reichweite.

Als Friederike drei Wochen später zur Auktion anreiste, umfassten die »Gedanken eines Cowgirls« stolze 56 Seiten.

Lange vor der geplanten Ankunftszeit wanderte Katharina aufgeregt und voller Vorfreude im internationalen Terminal des Flughafens auf und ab. Fast vier Monate hatten die Freundinnen sich nicht gesehen – Katharina schien es eine Ewigkeit.

Beschwörend starrte sie alle zwei Minuten auf den Bildschirm, der Friederikes Landung durch Blinkzeichen signalisieren sollte. Endlich war es so weit. LH 0440 hatte Houston erreicht. Kats Herz machte einen kleinen Hüpfer, als sie die Freundin eine Weile später durch das Gate kommen sah. »Friederike!!!!« Schnell bahnte sie sich einen Weg durch die übrigen Wartenden und fuchtelte wild mit ihrem Hut. »Hier drüben!«

Friederikes Gesichtsausdruck verhieß nichts Gutes. Abgekämpft und leicht genervt, kam sie Kat entgegen und pöbelte sofort los. »Rate, was passiert ist.«

Katharina verkniff sich ein Grinsen, ebenso die herzliche Umarmung, nach der ihr eigentlich der Sinn stand, und nahm den ernsten Tonfall der Freundin auf. »Sie haben dich beim Zoll aus der Reihe gezogen und alle deine Koffer durchsucht.« Friederike wurde immer gefilzt. Bisher hatte es nur eine einzige Texas-Einreise ohne gegeben.

»Bis in die Zahnbürstenhülle. Eine Unverschämtheit ist das!« Wie schön! Alles war beim Alten. Den Weg zum Auto nutzte Friederike, um sich in allen Einzelheiten über das »unmögliche Servicepersonal an Bord«, die »unverschämten Beamten bei der Einreise« und natürlich die »extrem fiesen Menschen am Zoll« auszulassen. Dabei tat sie so, als hätten sich die Freundinnen erst gestern zuletzt gesehen. Kat wunderte das nicht: Friederike war nicht besonders gut darin, Emotionen zu zeigen. Jedenfalls nicht, wenn es um positive ging. Wut hingegen funktionierte ausgezeichnet.

»Und tu mir den Gefallen und lass mich fahren, mit dir am Steuer lässt sich der Herzinfarkt endgültig nicht verhindern.«

Jetzt lachte Katharina laut los. »Welcome home, Friederike – ich habe dich sehr vermisst!« Beherzt drückte sie die Freundin an ihre Brust und öffnete ihr dann galant die Tür zur Fahrerseite.

Die Tage vor der Auktion waren wie immer hochgradig stressig. Zum ersten Mal seit drei Jahren standen die Rinderpreise wieder so hoch, dass mit einem echten Reibach zu rechnen war. Und Mr. B. hatte sich vorgenommen, diesen auch zu machen. Kat und Friederike fanden kaum Zeit füreinander. Luke scheuchte sie von sieben Uhr morgens bis acht Uhr abends über die Ranch. Im Gegensatz zu früher wurden sie nur selten gemeinsam eingesetzt. Friederike ritt mit Randy und Pedro, Kat mit Dick Reynolds. Erst als Greg und Jimmy die letzten fünf Tage zur Unterstützung anreisten, wurde es ein wenig ruhiger.

»Wo schläft dein Cowboy eigentlich?« Friederike bemühte sich, die Frage möglichst beiläufig zu stellen. Doch Katharina ahnte die Intention: Friederike würde es hassen, eine ganze Woche auf engstem Raum mit dem Liebespaar zu verbringen.

»In den Gästezimmern der Chowhall – wo sonst.« In Wahrheit hatte Katharina durchaus in Erwägung gezogen, Greg wieder bei sich aufzunehmen. Mit Rücksicht auf den allgemeinen Weltfrieden aber verwarf sie den Gedanken. »Greg wollte uns heute Abend zum Essen ausführen. Hast du Lust?«

»Unbedingt. Ich kann es kaum erwarten, euch beide in trauter Eintracht zu bewundern. Frisst er dir mittlerweile genauso aus der Hand wie einst der arme Johannes?«

»Eher nicht …!«

»Nicht? Na, das kann ich ja fast nicht glauben. Ich werde das beobachten und später richten.«

Greg kam in Begleitung von Jack Clooney. Der Ranchersohn war ebenfalls schon an diesem Tag zur Auktion angereist und würde bis zum Wochenende im Mainhouse logieren.

»Ich dachte es wäre netter, wenn wir zu viert ausgehen. Ihr habt doch nichts dagegen, Ladys? Friederike, darf ich dir Jack Clooney vorstellen.«

Friederike hatte nichts dagegen. Ihr war es ohnehin lieber, einen »eigenen Mann« dabei zu haben. »Schön, dass wir uns endlich kennen lernen, Jack. Kat hat mir bereits alles Wissenswerte über Sie berichtet.« Alle vier zwängten sich in Gregs Pick-up und fuhren ins »Yellow Rose«. Friederike begann ihre Observierung noch vor der ersten Kurve. Erstes Objekt war Jack, der eingeklemmt zwischen ihr und der Tür saß. Katharina hatte ihn als attraktiven und ausgesprochen netten Mann beschrieben, der mehr als nur ein Frauenherz brechen konnte. Friederike fand ihn schleimig. Das Gesicht erinnerte sie an die typischen amerikanischen Filmbeaus: ein wenig zu eben, keine Falten, wenig Bartwuchs. Matt Damon – na gut, vielleicht Jeff Bridges. Außerdem ging ihr seine ausgesuchte Höflichkeit auf die Nerven. »Sind Sie immer so freundlich, Jack?«

»Solange Sie mir keinen Grund zum Gegenteil geben: Ja! Ist etwas falsch daran?«

Friederikes Frage passte perfekt in das Bild, das er sich nach Katharinas Ausbruch auf dem Rodeo von deutschen Frauen machte. Eine Texanerin wäre niemals auf die Idee gekommen, so eine Frage zu stellen. Irgendetwas im Zusammenleben der Geschlechter musste in Europa entschieden anders laufen. Jack schaute besorgt zu Kat und Greg. Die beiden hatten noch einen weiten Weg vor sich, wenn sie ihre zwei Welten tatsächlich zu einer machen wollten.

Im Moment allerdings hing ihr Himmel voller Geigen. Ohne auf die anderen zu achten, erzählten sie sich die Erlebnisse der vergangenen Wochen, lachten und suchten immer wieder die Nähe des anderen.

»Hey, Lovers – sieht ganz so aus, als ob ihr diesmal ohne mich über die Zielgerade rutscht. Schade eigentlich, ich hätte Katharina meine starke Schulter gerne noch eine Weile geliehen!«

»Keine Chance, Jack.« Greg verstand die Anspielung und zwinkerte ihm zu.

»Manchmal bedarf es lediglich eines klärenden Gewitters, damit die Sonne wieder scheinen kann.«

Später, als Friederike und Jack sich zufällig im Gang zu den Toiletten trafen, setzte Friederike ihre Basisrecherche fort. »Hatten Katharina und Greg Stress?« Weder in den Telefonaten noch in Kats Briefen war je ein Wort darüber gefallen.

»Wenn es Ihnen niemand erzählt hat, dann wird das wohl seinen Grund haben. Fragen Sie ihre Freundin bitte selbst.«

Aber so leicht ließ Friederike von Drahten nicht locker. »Nix da, Mr. Clooney, sie wissen genauso gut wie ich, dass manche Menschen vor lauter Herzklopfen den Donner des Unheils überhören. Und meine Freundin Kat gehört ganz sicher dazu. Wenn es also etwas gibt, das ich wissen sollte, dann bitte heraus damit.«

»Warum glauben Sie, dass es überhaupt ein Unglück geben könnte? Für mich sieht das alles hier sehr harmonisch aus.« Auch wenn Jack Friederikes Befürchtungen teilte, wollte er ihr dies nicht direkt auf die Nase binden. Liebe gehörte zu den Dingen, die die Menschen unter sich ausmachen sollten.

»Noch, Mr, Clooney. Die Betonung liegt auf *noch*. Ich

kenne Kat genau. Sie ist eine Meisterin der Illusion, bastelt sich ihr kleines Märchen so zusammen, wie es ihr gerade passt. Und wenn sich der Wind dreht, dann schreibt sie das Ende flugs um – und der Held von heute ist der Trottel von morgen. Das dumme ist nur, dass von diesem Märchen etwas mehr abhängt als ein gebrochenes Männerherz – und deshalb würde ich gerne ganz genau wissen, wie nah wir dem Ende bereits sind.«

»Meine Liebe – wenn ich ihre blumigen Ausführungen richtig verstanden habe, müssen wir uns zumindest um das Thema ›Held oder Trottel‹ keine Sorgen machen. Bisher, so scheint es mir, hat Greg durchaus seinen Anteil am Schreiben der Geschichte.

Friederikes Kalkül ging auf. Jack hatte das Gefühl, Gregs Ehre retten zu müssen.

Zwischen Herren- und Damentoilette schilderte er nun in allen Einzelheiten die Vorfälle auf dem Ranch-Rodeo – und ließ Friederike dann mit einem riesigen Fragezeichen auf der Stirn stehen. Katharina hatte sich entschuldigt, *obwohl* Greg eindeutig der Übeltäter gewesen war?

»Feiert ihr eine Privatparty? Nicht gerade gemütlich hier vor den Toiletten.« Greg stellte sich zu ihnen. »Oder gibt es wichtige Dinge zu besprechen? Etwas, das ich wissen sollte?«

»Nicht wirklich, Greg. Wir haben unsere interessante Kommunikation auch gerade beendet.«

Jack warf Friederike einen Blick zu, der eindeutig Aufbruch signalisierte. Während er zurück in den Gastraum ging, blieb Friederike jedoch stehen. Die Sorge um ihre Freundin nagte an ihr. Es war an der Zeit, Tacheles zu reden. »Wenn du es genau wissen willst: Es passt mir ganz und gar nicht, dass du Katharina offensichtlich mit deiner verdammten Cowboy-Romantik so den Kopf verdreht hast, dass sie drauf und dran ist, ihr bisheriges Leben hinzuschmeißen!«

»Meinst du nicht, dass sie alt und vor allem klug genug ist, selbst zu entscheiden, welches Leben sie sich aussucht?« Greg war nicht überrascht von Friederikes Ausbruch. Katharina hatte mehrfach durchblicken lassen, dass Friederike über ihre Beziehung nicht glücklich war.

»Alt genug auf jeden Fall, ihr Verstand setzt unter gewissen Umständen allerdings aus. Fakt ist, dass sie in Deutschland eine gesicherte Zukunft hat. Kannst du ihr die auch bieten?«

»Wenn du damit ein dickes Bankkonto meinst, nein. Aber das ist auch nicht das, was hier zählt.«

»Verstehe. Ein Dach überm Kopf und ein Topf Bohnen am Tag sind ja auch was wert. Ich sage dir eines, Cowboy: Das wird ihr auf Dauer nicht reichen. Spätestens, wenn die Sonnenaufgänge und bebenden Pferdeflanken ihren Reiz verloren haben, wird Katharina aufwachen. Sie ist ein Citygirl, vergiss das nie!«

»Das ist mir durchaus bewusst, glaub mir. Aber Katharina und ich haben zumindest eine Chance verdient, meinst du nicht? Und es würde ihr sicher helfen, wenn du als beste Freundin ihr diese ebenso gibst. Steh ihr nicht im Weg, Friederike. Und vertrau uns.« Damit ließ er sie stehen.

Friederike bebte vor Wut. Sie hatte eigentlich gehofft, dass sich das Problem Greg Alan O'Neil von allein in Wohlgefallen auflösen würde. Nach dem, was sie bisher gesehen und gehört hatte, aber schien ein Einschreiten ihrerseits unabdingbar. Kat musste ins wirkliche Leben zurückbefördert werden. Und das spielte ihrer Meinung nach in Berlin und ohne Cowboy.

Gleich nach dem Essen drängte sie zum Aufbruch. Sie musste mit ihrer Freundin reden. Jetzt gleich.

Zu Hause angekommen, legte sie Bier und Zigaretten bereit und begann mit dem Kreuzverhör. »Hast du dich schon entschieden, wann genau du zurückkommst? Lion rechnet ab Juli mit dir.« Der lauernde Blick verriet die Intention der Frage.

»Was heißt hier, *er rechnet mit mir*? Ich denke, ihr habt *die* Moderations-Entdeckung schlechthin gemacht.«

»Es gibt ja noch andere Sendungen. Kanal10 hat einige neue Projekte in der Pipeline. Und dafür wirst du gebraucht. Wann also kann ich deinen Schreibtischstuhl wieder anwärmen?«

»Ich weiß nicht, ob ich überhaupt zurückkomme.« Katharina schaute Friederike bei der Antwort direkt in die Augen, die Freundin zuckte kurz zusammen.

»Jetzt hör mal zu, Hilfs-Cowgirl ...« Friederike holte tief Luft und stand auf, bevor sie weitersprach. »Die temporäre Flucht vor dem Stress und der Hektik deines bisherigen Lebens kann ich ja verstehen, habe ich schließlich auch unterstützt. Aber jetzt ist Schluss mit lustig. Das Projekt ›Kat goes Country‹ sollte wie geplant nach zwölf Monaten beendet werden! Oder wie stellst du dir dein weiteres berufliches Umfeld hier vor?«

»Friederike – ich arbeite auf der Ranch und bekomme diesmal sogar Geld dafür, falls dir das entgangen sein sollte. Für das Leben hier reichen die 700 Dollar dicke.« Katharina versuchte noch immer, die Freundin zu beschwichtigen.

»Papperlapapp!« Friederike rollte genervt mit den Augen. »Und die Perspektiven? Im nächsten Jahr eine Gehaltserhöhung auf 750 und ein eigenes Greenhorn als Sklave? Denk doch nur mal an deine Rente ...«

Jetzt kam der Part mit der Vorsorge, über den sich Katharina und Tom schon immer amüsiert hatten. Friederike war trotz aller Leichtigkeit in ihrem Leben der personifizierte Bausparvertrag. »In Deutschland hast du längst noch nicht genug eingezahlt, und in den USA wirst du nie genug einzahlen können, um dein ergrautes Haupt einmal auf weiche Kissen betten zu können. Deine Rente wird über dein jetziges Gehalt nicht hinausgehen!«

»Aha. Und woher nimmst du diese Weisheit???«

»Weil ich mich im Gegensatz zu dir im Konsulat schlau gemacht habe. Mehr als 1500 Dollar sind nicht drin. Und mit deinem Einkommen wirst du die entsprechenden Zahlungen nie leisten können.«

Kat hatte die Faxen jetzt dicke und wurde ebenfalls wütend. »Und wie machen das dann bitte all die anderen Millionen Amerikaner? Geben sie sich mit dem Einstieg ins Rentenalter die Kugel? Lass uns mit dem Quatsch aufhören, ja?!« Sie konnte nicht glauben, dass sie sich in ihrem Alter überhaupt über ihre Rente unterhielt. Aber Friederike überhörte den Nachsatz und ließ nicht locker.

»Ganz einfach. Wenn sie es bis dahin geschafft haben, ihr Häuschen abzuzahlen, und ein funktionierender Wagen vor der Tür steht, dann kommen sie gerade so hin. Aber selbst damit ist bei dir ja nicht rechnen.«

Im Gegensatz zu Katharina hatte Friederike ihre Finanzen selbstverständlich bereits bis zum Aufstieg in den Himmel organisiert. Der Mahagonisarg mit Goldbeschlägen plus Berliner Philharmoniker als Begräbnis-Combo waren jedenfalls gesichert.

»Es reicht jetzt, Friederike. Ehrlich. Ich bin Mitte 30, weit entfernt von dritten Zähnen und darüber hinaus unsterblich verliebt. Und im Moment zählt das mehr als alles andere.«

Der Hinweis auf Greg war eindeutig das falsche Stichwort. Friederike konnte die Naivität und Uneinsichtigkeit der Freundin kaum glauben. Ein theatralischer Blick gen Himmel war die Antwort. »Diese Cowboy-Romanze ist zwar schön, aber für dich niemals durchzuhalten. Das zumindest solltest du endlich einsehen!«

»Warum denn nicht? Im Moment sehe ich absolut nichts, was dagegen spricht.«

»Kat. Jetzt mal ganz im Ernst. Würdest du dich in Deutschland mit einem Bauern abgeben? Mit einem Mann, der außer seiner Bodenständigkeit so rein gar nichts zu bieten hat?«

»Wir sind nicht in Deutschland – und Greg ist kein Bauer.« Katharinas Tonfall wurde noch eine Spur schärfer.

»Ach nein? Ist dir schon aufgefallen, dass er sich die Fingernägel mit dem Messer reinigt? Dass er ›Moschino‹ für eine Kirsche hält und – das ist der entscheidende Punkt – dass er ausschließlich in seiner winzigen Welt voller Kuh- und Pferdemist lebt? Stell dir dieses Fossil bitte ein einziges Mal auf dem Ku'damm vor! Jede Wette, du würdest drei Meter hinter ihm gehen.«

»Greg wird nie auf dem Ku'damm spazieren gehen.«

»Ha! Da haben wir es doch! Du baust dir eine Welt zurecht, die nicht echt ist! Nimm ihn doch zumindest einmal mit nach Berlin. Dann werden wir schon sehen, wie weit dein großes Herz reicht.«

Sie diskutierten die ganze Nacht. Da sich die Freundinnen in Sachen Rhetorik absolut ebenbürtig waren, konnte keine von ihnen den entscheidenden Punkt machen. Kurz vor dem Morgengrauen versuchte Friederike einen letzten Angriff, indem sie auf Katharinas grundsätzliches Problem mit der Spezies Mann abhob.

»Also gut. Du hast beschlossen, dass eine deutsche Großstadt, Karriere und Geld dir nicht mehr wichtig sind. Und willst stattdessen zurück in deine Kinderzeit auf dem Ponyhof. Meinetwegen – irgendwann wirst du schon wieder zur Besinnung kommen. Aber dass du dein Heil in den Armen eines Hinterwäldlers suchst, geht wirklich zu weit! Du wirst mit der Mentalität texanischer Männer auf Dauer nicht klarkommen. Das gebe ich dir schriftlich. Oder meinst du wirklich, du könntest ewig still halten und dich diesem Macho-Quatsch unterwerfen? Vor allem, wenn der Typ deiner Bildung und deinem Intellekt meilenweit hinterherhinkt?«

»Ich habe es 20 Jahre nicht geschafft, mit gebildeten, intellektuellen Männern klarzukommen. Meinst du nicht, ich sollte es mal mit anderen versuchen?« Katharina hatte selbst unzählige Male über diesen Punkt nachgedacht, aber zum einen war Friederikes Angriff auf Gregs geistiges Potential schlicht falsch, und zum anderen hatte sie sich noch nie so geborgen, so beschützt gefühlt wie bei ihm. Greg liebte ihre Weiblichkeit, ohne ihr gleichzeitig die Stärke abzuerkennen. Er nahm ihr jede schwere Arbeit ab, erwartete aber, dass sie diese im Notfall auch allein erledigen konnte. »Solange ich da bin, musst du keine Nägel ins Holz schlagen, aber erzähl mir nicht, du konntest einen Zaun nicht reparieren, nur weil ich nicht da war.« Seine Lebensphilosophie war denkbar einfach und vielleicht gerade deshalb so bestechend.

Friederike seufzte. »Aber wenn es schief geht, stehst du vor dem Nichts. Deine finanzielle Unabhängigkeit kannst du mit dem Cowgirl-Gehalt ja wohl nicht aufrechterhalten.«

»Und zu Hause hätte ich mein ganzes Geld über kurz oder lang für einen erstklassigen Seelenklempner ausgeben müssen. Friederike, ich habe all deine Argumente x-mal mit mir selbst diskutiert. Fakt ist, dass ich endlich glücklich bin, dass all meine körperlichen Zipperlein von Gallenentzündung bis ständige Grippe wie weggeblasen sind. Ich fühle mich allein körperlich zehn Jahre jünger.«

Zumindest das glaubte Friederike, denn Katharina sah in der Tat klasse aus. Ihre Haut hatte die ungesunde, graue Farbe verloren, und Kats Blick wirkte nicht mehr abgespannt und müde. »Das kommt von der frischen Luft, nicht von deinem neuen Leben!«

»Von beidem, Friederike, glaub mir. Es kommt von beidem.«

Der verbale Schlagabtausch hatte zumindest ein Gutes: Am Ende war Katharina endgültig davon überzeugt, dass sie nicht zurück nach Deutschland wollte. Der letzte Satz der Nacht gehörte dem Tagebuch:

*»Dear Diary – ich werde es wagen. No way back – ich bleibe hier!«*

*

Mit gemischten Gefühlen stand Friederike zwei Wochen später zusammen mit Katharina am Flughafen. Sie hatte Greg und ihre Freundin in dieser Zeit intensiv beobachtet.

Aber so sehr sie auch bemüht war, weitere Gegenargumente zu finden, es waren keine stichhaltigen zu finden. Beide gingen sehr behutsam miteinander um und versuchten die Emotionen und Prinzipien des anderen zu verstehen. Greg beharrte auf den seinen ein bisschen stärker, aber Katharina schien das nicht zu stören.

»Wenn ich in Texas leben will, dann muss ich mich auch den hiesigen Gepflogenheiten anpassen.« Das war eine Argumentation, die Friederike anerkennen musste.

Auch Gregs Muster beeindruckte sie. Sein Geheimnis im Umgang mit Kat war, dass er ihre Anpassung nicht selbstverständlich hinnahm, sondern durchaus würdigte. Nie verlangte er Unmögliches, und immer, wenn er merkte, dass Kat an die Grenzen ihres Verständnisses stieß, gab er ein Stück weit nach. In Deutschland hätte man dieses Beziehungsgeflecht wahrscheinlich in langen Sitzungen einer Paartherapie erarbeiten und diskutieren müssen. Katharina und Greg sprachen nie darüber. Sie lebten es einfach.

Friederike musste gestehen, dass das nicht die schlechteste Methode war. Jetzt rückte der Abflug unaufhörlich näher und damit Friederikes pragmatische Ader in den Vordergrund.

»Nun gut, Cowgirl. Ich bin noch immer nicht einverstanden mit deiner Entscheidung, aber ich werde dir trotzdem helfen. Welche Ämter muss ich informieren? Welche Papiere beschaffen?«

»Ämter? Papiere? Scheiße, daran habe ich noch gar nicht gedacht.« Katharina erschrak. Friederike lachte. »Na, immerhin hast du dich in diesem Punkt nicht geändert: Du fliegst zum Mond und vergisst den Raumanzug. Typisch! O.K., ich erkundige mich nach den Einwanderungsmoda litäten und lege den entsprechenden Ordner an.« Bei dem Stichwort »Ordner« wurden beide plötzlich sehr traurig. Friederike hatte schon immer dafür gesorgt, dass Katharina ihren Papierkrempel und damit den logistischen Teil ihres Lebens halbwegs in Ordnung hielt. Bis sie sich kennen lernten, gab es im Hause Fahlke statt Ordnern nur Papiertüten. Finanzamtsbescheide, ungeöffnete Rechnungen, wichtige Telefonnummern – alles versammelte sich zum friedlichen Chaos in Tüten. Seit drei Jahren gab es Aktenordner.

»Und wer ordnet in Zukunft meinen Mist?« Friederike und Katharina wurde mit einem Schlag klar, dass ihre Beziehung jetzt an einem Wendepunkt angelangt war. 5000 Meilen und sieben Stunden Zeitunterschied waren denkbar schlechte Voraussetzungen für eine innige Freundschaft.

»Ich wünschte, du würdest mit mir hier bleiben ...« Kat kämpfte mit den Tränen.

»Das wäre mein Ende. Aber ich bleibe in Reichweite – dauert doch nur zwölf Stunden von Berlin bis Houston. Versuch dein Glück, Kat. Und wenn Greg dich schlecht behandelt, komme ich mit der Kavallerie. Versprochen.« Friederike heulte in der Öffentlichkeit nie, aber jetzt schwammen ihre Kontaktlinsen verräterisch inmitten der großen, grünen Augen. »Ich muss jetzt zum Flieger. Zück dein weißes Taschentuch und wink gefälligst.« Ohne ein weiteres Wort nahmen sich die Freundinnen in den Arm. Dann entschwand Friederike durch die Passkontrolle.

Katharina fuhr zu Greg. Es war Samstagnachmittag, und da beide freihatten, wollten sie das Wochenende in Caldwell verbringen. Kat setzte sich auf ihren Lieblingsplatz am Fenster und sagte kein Wort. Greg merkte sofort, dass etwas nicht stimmte.

»Was ist passiert?« Greg zog einen Stuhl in Katharinas Nähe und griff nach ihren Händen.

»Nichts, was du ändern könntest. Eigentlich ist auch alles in Ordnung.« Sie suchte nach den passenden Worten. Aber was sollte sie erzählen? Greg wusste noch nicht einmal, dass sie sich entschieden hatte, in Texas zu bleiben.

»Hast du mit Friederike über die Zukunft gesprochen?« Wer sagte, dass Cowboys unsensibel waren, der kannte keinen. Das Gegenteil war der Fall. Manchmal wussten sie schon, wo der Schuh drückte, bevor es einem selbst klar war.

»Ja.« Mehr brachte Kat nicht über die Lippen. Friederikes Worte über die »winzige Welt aus Kuh- und Pferdemist« kamen ihr in den Sinn. Diese Welt war wirklich winzig – und Kat selbst hätte sich in jungen Jahren mit Sicherheit nicht wohl darin gefühlt. War Greg nie ausgebrochen? Hatte er niemals das Bedürfnis gehabt, andere Dinge kennen zu lernen?

»Komm schon, Cowgirl. Wie soll ich dir helfen, wenn du nicht mit mir redest?«

»Greg – versteh die Frage bitte nicht falsch, aber wolltest du niemals etwas anderes als ein Cowboy sein?«

Jetzt verstand er, worauf Katharina hinauswollte. »Doch, Kat, das wollte ich. Und es hätte sogar beinahe geklappt ...« Greg ließ ihre Hände los und erzählte die Geschichte seines bisherigen Lebens.

Kurz vor dem Highschool-Abschluss war es Gregs größter Wunsch gewesen, Viehzucht zu studieren. »Texas A&M«, eine der renommiertesten Universitäten auf diesem Gebiet, lag nur eine Autostunde von Caldwell entfernt. Tatsächlich schien es zunächst, als ließe sich der Traum realisieren. In den USA gibt es die finanzielle Unterstützung für den jeweils besten Schüler eines Fachgebietes. Ein Stipendium für das College, die notwendige Zwischenstation auf dem Weg zur Uni, hatte er so gut wie in der Tasche. Erstritten durch unzählige Rodeo-Erfolge.

Bei diesem Hinweis musste Kat kurz husten, Greg stoppte seine Erzählung für einen Moment.

»Lach ruhig – ich kann mir vorstellen, dass so etwas bei dir zu Hause unmöglich ist. Aber glaub mir – hier haben schon Leute ihren College-Abschluss gemacht, die kaum in der Lage waren, ihren Namen zu schreiben. Ich kann dich beruhigen: Ich kann's.«

Zum endgültigen Erhalt des Stipendiums hätte Greg nur noch ein letztes ›team roping‹, das Fangen eines Kalbes mit Hilfe eines Partners, absolvieren müssen – er hätte nicht einmal gewinnen müssen. »Aber ein Bronko kam mir dazwischen. Obwohl mein Vater strikt verboten hatte, in einer anderen Disziplin als dem ›team roping‹ zu starten, konnte ich mir den Ritt auf dem Wildpferd nicht verkneifen. Nach fünf Sekunden warf es mich ab, ich brach mir das Schlüsselbein des rechten Armes – und wurde zum Roping nicht mehr zugelassen. Damit war das Stipendium verloren.«

»Verdammt – und du hast keine zweite Chance bekommen?«

»Nein – das heißt, ich hätte es im darauf folgenden Jahr noch einmal versuchen können – aber mit 16 hatte ich nicht die Geduld, so lange zu warten. Außerdem war mein Vater dagegen. Er hatte ohnehin nicht verstanden, warum ich die Familientradition nicht einfach fortsetzen und ein einfacher Cowboy sein wollte. Nach meinem Scheitern machte er mir sehr deutlich, dass ich jetzt gefälligst zum Unterhalt der Familie beizutragen hätte. Damals heuerte ich auf der Clooney Ranch an.«

»Hast du nie bereut, so schnell aufgegeben zu haben?«

»Doch Kat – mindestens zehn Jahre lang. Aber in der Painthorse-Zucht sehe ich auch eine Art zweite Chance – und die wird mir niemand nehmen. Und jetzt bleib einen Augenblick hier sitzen – ich gehe nur schnell etwas holen.«

Als er zurückkam, hatte Greg eine kleine blaue Schachtel unter seinem Hemd versteckt. Kommentarlos zog er Katharina auf den Schoß und hob ihr Kinn nach oben.

»Und du bist ein ganz wesentlicher Bestandteil dieser zweiten Chance – wenn du es willst.« Beinahe verlegen drückte er ihr das kleine Päckchen in die Hand. »Mach es auf.«

Katharina öffnete die Schachtel, entfernte das blaue Seidenpapier und hielt eine silberne Gürtelschnalle in den Händen. Die feinen Linien auf der Oberseite bildeten einen Namen.

*Katharina O'Neil*

»Willst du meine Frau werden, Katharina?«

All die Tränen, die sie am Flughafen noch zurückgehalten hatte, strömten jetzt über Kats Wangen. Sie vergrub sich in Gregs Armen und konnte minutenlang nicht aufhören zu weinen.

Nach einer Weile setzte sie sich auf und sah ihn forschend an. »Bist du sicher, dass das gut geht?« Kat putze sich geräuschvoll die Nase.

»Nein, das bin ich nicht. Aber ich bin ganz sicher, dass wir es darauf ankommen lassen sollten.«

»Ich auch!«

»Das war nicht wirklich die richtige Antwort auf meine Frage. Wenn ein Mann eine Frau fragt, ob sie ihn heiraten will, dann muss sie ›ja‹ sagen. Und das ist nicht nur in Te xas so.«

Greg ahnte dunkel, dass dies für Katharina genauso schwierig war wie eine offizielle Entschuldigung.

Ein sehr leises »Ja« bestätigte die Annahme.

»Ich will es lauter hören.«

»O.K.« Katharina stand auf, trat hinaus auf die Veranda und schrie es in die Abendsonne. »Jaaaa. Ich will dich, Greg Alan O'Neil, heiraten!«

*

Nur vier Monate später trat das ein, was Katharina bisher hartnäckig verweigert hatte: Sie stand eines Morgens auf und war eine Braut.

Mit schweißnassen Händen saß sie auf dem Sofa ihres Häuschens und wartete auf den Friseur.

Friederike hantierte mit Champagnergläsern und der zweiten Packung Zigaretten an diesem Morgen herum. Vergeblich bemühte sie sich um Gelassenheit. »Mach dir keine Sorgen. Noch können wir abhauen. Den Jeep habe ich voll getankt, einen Flieger kriegen wir immer. Du musst das nicht machen, Katharina.«

»Was muss ich sagen, wenn der Pastor mich fragt?«

»›Ja‹ oder ›nein‹. Auf keinen Fall ›vielleicht‹.«

»O.K.« Was für ein Irrsinn. Da hatte sie jahrelang allen Anträgen gut situierter Männer widerstanden und jetzt das. Katharina Fahlke würde sich von einem fast mittellosen Cowboy in den Stand der Ehe küssen lassen. Sie konnte keine logische Erklärung für ihre irrationale Entscheidung finden. Vielleicht war es einfach Liebe?

»Mir ist ganz schlecht.«

»Mir auch.«

In Berlin käme jetzt Gerhard Meir durch die Tür und würde ihr in Windeseile, untermalt mit viel Geschwätz über die Schönen und Reichen dieser Welt, eine Traumfrisur zaubern.

Auf Lone Star kam ein wenig Vertrauen erweckender Mann namens Vince. Shirley Thelen schwor auf den komischen kleinen Hairstylisten aus Dallas, aber ihre Frisur hatte Katharina noch nie überzeugt.

Vince packte seine Utensilien aus und legte sofort mit wilden Beschreibungen von texanischen Hochzeitsfrisuren los. »Ma'am, Sie sehen bezaubernd aus, und mit diesen wundervollen Haaren können wir wahre Kunstwerke gestalten. Wir türmen rechts ein wenig auf, links ein wenig mehr, und als Krönung stecken wir diese zauberhaften Orchideen in die Mitte.« Stolz zückte er einen trostlosen Stil weißer Orchideen.

Katharina wurde blass und sagte gar nichts.

»Das tun wir mit Sicherheit nicht. Nur Gloria von Thurn und Taxis hätte diesen Türmen zugestimmt – und selbst das ist gut 14 Jahre her.« Friederike griff eisern durch und brachte Vince zurück auf den Teppich.«Wir sind Europäer, Maestro. Und wir mögen es schlicht!«

Zutiefst enttäuscht machte sich der Figaro ans Werk. Aus Angst vor Restriktionen hielt er sich klar an Friederikes Anweisungen. Katharinas rotbraune Haarpracht wurde gewaschen, auf Wickler gedreht und dann zu einem losen Zopf geflochten. An den Seiten zupfte Vince einige Strähnen heraus, die den entscheidenden Hauch »Romantik« ins Spiel brachten.

»Vielleicht ein ganz paar sehr kleine weiße Blüten in den Zopf?« Er duckte sich vorsichtshalber hinter Katharinas Schultern.

»Ein *ganz paar* finde ich nett.« Die Braut schlug sich auf seine Seite.

Friederike lenkte ein. »Gut, aber nicht zu viele.«

Das Resultat war perfekt. Zufrieden beobachtete Friederike das finale Aufstecken des Schleiers. »Vince, Sie bleiben hier bis sie in der Robe steckt. Nicht, dass noch etwas schief geht.« Großzügigerweise schenkte sie ihm jetzt ebenfalls ein Glas Champagner ein und erlaubte, dass er auf einem Stuhl Platz nahm. Dann eilte sie ins Schlafzimmer und half Katharina mit dem Kleid.

In ein Mieder gepresst, das die Taille um mindestens acht Zentimeter verringerte und die Brust um den gleichen Umfang anhob, kämpfte Kat sich in einen Traum aus eierschalenfarbener Wildseide. Der Schnitt war im wahrsten Sinne »schlicht und ergreifend«.

Ein großzügiger Ausschnitt gab das beachtliche Dekolletee und Teile des Rückens frei. Bis zur Hüfte schmiegte sich der Stoff eng an den Oberkörper und mündete dann in fließenden Bahnen, die genug Beinfreiheit für den Hochzeitstanz ließen.

Friederike baute sich einen Meter vor der Freundin auf und ließ das Bild auf sich wirken. »Wow – dieses Kleid unterstützt deine genetisch bedingten Vorzüge aufs Feinste!«

»Sehe ich nicht ein wenig aufgetakelt aus?« Kat fühlte sich wie beim Fasching.

»Unsinn. Du siehst aus wie eine Braut. Ich hätte nicht gedacht, dass wir das so gut hinbekommen.«

Auch Vince zeigte sich beeindruckt. Bei genauerem Hinsehen fand er die Idee mit der »europäischen Schlichtheit« gar nicht so dumm.

Um zwanzig Minuten vor zwölf fuhren Katharina und Friederike in ihrem knallroten Jeep zum Lone Star Hill.

Oscar B. Thelen hatte es sich nicht nehmen lassen, die Hochzeit auf der Ranch auszurichten, obwohl er in Bezug auf die Wahl des Bräutigams eindeutig Friederikes Meinung teilte.

»Versuche es, in Gottes Namen. Zum Glück ist eine Scheidung in Amerika kein großer Aufstand.« Danach hatte er Katharina an seine Brust gedrückt und ihr schnell noch Blaze als Hochzeitsgeschenk vermacht. »Damit du immer die Möglichkeit zur spontanen Flucht hast – und damit du nicht vergisst, dass ich im Ernstfall für dich da bin.«

Tief gerührt sah Katharina, was Mr. B. für sie auf die Beine gestellt hatte. In tagelanger Arbeit war der Platz rund um den alten Schornstein planiert und für das Fest vorbereitet worden. Jetzt sah es dort aus wie in einem Hollywood-Film. Direkt vor dem Schornstein stand der blumengeschmückte Altar. Davor reihten sich ungefähr 100 weiße Stühle, jeder von ihnen war an den Armlehnen mit Kornblumen umflochten.

Zum Schutz gegen die strahlende Sonne stand am linken Ende des Platzes ein offenes Zelt.

Noch kurz vor der Trauung werkelten Köche und Kellner an Buffet und Tischdekoration, eine Countryband brachte ihre Instrumente in Position.

Die Gäste warteten schon ungeduldig, als Katharina und Friederike unter den Bäumen parkten. Neben Kats Eltern und Friederikes Freund Tom waren noch etwa 20 weitere Freunde aus Deutschland angereist. Selbst Johannes war der Einladung gefolgt. Gestärkt durch Inkas Anwesenheit, der er schnell noch ein passendes Kleid gekauft hatte, wollte er sich Katharinas Hochzeit auf keinen Fall entgehen lassen.

Texas aber war eindeutig in der Überzahl. Aus Mangel an Sitzplätzen standen die Hilfsarbeiter, die Köche, Verwaltungsangestellten und Truck-Fahrer hinter der letzten Stuhlreihe. Die Cowboys und ihre Familien, die Reynolds und natürlich Oscar und Shirley saßen zwischen Katharinas Freunden.

Vor dem Altar wartete Greg. In einem klassischen Cut und mit einem brandneuen, schwarzen Stetson auf dem Kopf, stand er neben Jack Clooney und schaute nervös auf die Uhr.

Angesichts der Menschenmenge und des wirklich bezaubernden Arrangements strich auch Friederike jetzt die Segel. »Los jetzt, Kat. Mir ist zwar noch immer schwer nach Sabotage zu Mute – aber wo wir schon mal hier sind: Hol dir deinen Cowboy!«

Sie nahm als Trauzeugin ihren Platz gegenüber von Greg und Jack ein, Katharinas Vater griff beherzt die Hand seiner Tochter und führte sie auf die Allee zwischen den Stuhlreihen. Vor ihnen standen die beiden jüngsten Reynolds-Enkel und warteten auf ihren Einsatz als Blumenkinder. Als der Hochzeitsmarsch erklang, war auch Katharina endlich bei sich.

Der ganze Morgen war ihr wie ein Traum erschienen, und sie war nicht ganz sicher gewesen, ob es ein guter Traum war. Mit den ersten Klängen des Liedes aber wurde ihr bewusst, dass in den nächsten Sekunden genau das passieren würde, was sie sich schon als kleines Mädchen gewünscht hatte:

Sie heiratete Adam Cartwright – nicht zu fassen.

Alles um sie herum verschwamm hinter einem Tränenschleier, und sie sah nur noch Greg.

Groß, schlank und stolz bedankte er sich mit einem Kopfnicken bei Katharinas Vater und ergriff ihre Hand. Kat hielt sich dankbar an ihm fest und versuchte, sich jedes Detail dieses Augenblicks für immer einzuprägen. Wie im Rausch erlebte sie die salbungsvoll vorgetragenen Worte des Pfarrers, spürte den leichten Wind, der über ihre nackten Schultern strich, und freute sich über das Rufen der Rinder, das von den umliegenden Weiden bis auf den Hügel drang.

Als der Pfarrer nach seiner Ansprache die magische Frage an Katharina richtete, stand Greg schräg hinter ihr. Ihre Knie wurden weich, und sie wäre vermutlich umgefallen, wenn er sie nicht unauffällig gestützt hätte.

Ähnlich leise wie bei dem Antrag in Gregs Küche sprach sie nach kurzem Zögern die richtigen Worte.

»Ja, ich will.«

Greg atmete erleichtert auf, wartete seinen Einsatz gar

nicht erst ab, sondern schoss seine Antwort direkt hinterher. »Ich auch!«

Noch bevor der Segen gesprochen war, lagen sie sich in den Armen.

Friederike heulte in der Öffentlichkeit – ebenso wie Katharinas Mutter, Shirley und Dick Reynolds. Johannes schloss sich an und fand Inka spontan sehr langweilig.

Der Rest der Hochzeitsgesellschaft stand auf und spendete, angefeuert von Jack Clooney, tosenden Beifall.

Bis tief in die Nacht feierten rund 200 Leute die Heirat des Country Boys mit dem City Girl.

Erst als Greg und Katharina fast ohnmächtig ins Bett fielen, tauchte kurz das Bild von Mrs. O'Neil Nr. 1 vor Katharinas geistigem Auge auf. Seit dem Rodeo hatte sie Caitlin nicht mehr gesehen. Weder Luisa noch Caitlin ahnten, dass Greg und Kat geheiratet hatten. Katharina wurde schwummerig bei dem Gedanken, dass sich das Ereignis spätestens in einer Woche herumgesprochen haben würde.

»Woran denken Sie, Mrs. O'Neil???«

»An exakt das Falsche für diese Nacht … aber es ist schon vorbei.«

Und wieder hielt Katharina sich an ihre Freundin Scarlett O'Hara: »Morgen ist ein neuer Tag« – und damit Zeit genug, sich zu sorgen.«

## Kapitel 4

*Dear Diary!*

*Seit zwei Monaten bin ich nun »Mrs. Greg Alan O'Neil (die 2.).«*

*Mein Zuhause ist eine kleine Farm in Caldwell/Texas, und niemand hier im Ort hat mich je anders gesehen als in Jeans, Baumwollhemd und Cowboystiefeln.*

*Die äußeren Statussymbole der Moderatorin Katharina Fahlke hängen gut verpackt in Kleidersäcken auf dem Dachboden.*

*Die dazugehörige innere Einstellung liegt in einer Hutschachtel daneben.*

*Ich bin die Frau eines Cowboys – Du ahnst nicht, wie gut sich das anfühlt!*

Katharina saß mit dem Tagebuch in der Hand auf dem Zaun zur Pferdeweide.

Zwei der drei Stuten waren trächtig. Sie hatten noch gut sechs Monate vor sich, und Katharina konnte es nicht erwarten, »ihre« ersten Painthorse-Fohlen auf die Welt kommen zu sehen.

Direkt vor ihr graste Blaze und genoss die neue Umgebung sichtlich. Alle paar Minuten hob er den Kopf und blies die warme Frühlingsluft geräuschvoll durch die Nüstern. Kat tat es dem Wallach gleich und atmete tief durch. Es war gerade erst kurz nach neun, in Berlin war es jetzt schon 16 Uhr. Ihre alten Kollegen bei Kanal10 steckten vermutlich gerade mitten im dicksten Stress. Besonders für die Nachrichten ging es um diese Zeit hoch her. Die ersten Bilder der aktuellen Pressekonferenzen liefen aus den Außenstudios ein, mussten geschnitten und getextet werden. Die Moderatorin schrieb vermutlich zum dritten Mal eine Meldung um, und der Chef vom Dienst stellte fest, dass seine Sendung um zwei Minuten zu kurz war. Katharina überlegte kurz, was wohl heute Thema des Tages war. Israel. Der Kampf zwischen Israelis und Palästinensern war immer für einen Aufmacher gut. Weiter kam sie nicht, denn sie musste sich eingestehen, dass das Weltgeschehen zur Zeit komplett an ihr vorbeiging. Seit Tagen hatte sie keine Nachrichten mehr gesehen, geschweige denn eine Zeitung in den Händen gehabt. Verblüfft stellte sie fest, dass sie dies noch nicht einmal bemerkt oder gar vermisst hatte. Ihre Welt beschränkte sich auf den erschreckend kleinen Teil zwischen ihrer Farm in Caldwell und der Lone Star Ranch. Gut, dass Friederike nichts davon wusste. Kat gelobte innerlich Besserung. Allerdings nicht sofort, denn dafür genoss sie das unkomplizierte Dasein in ihrem Paradies viel zu sehr.

Das aufgeregte Wiehern eines Pferdes lenkte ihre Aufmerksamkeit zurück ins Hier und Jetzt. In dem kleinen Rondell am rechten Ende der Weide arbeitete Greg mit dem Quaterhorse eines Nachbarn. Der Schimmel war nach einem Unfall äußerst schreckhaft. Ohne ersichtlichen Grund scheute er vor nahezu allem, was sich bewegte. Seit einer halben Stunde versuchte Greg, das Pferd an einem Rasensprenger vorbeizureiten. Er galoppierte ihn zunächst einige Runden auf dem Zirkel, ließ in stoppen und wieder anreiten, und erweiterte den Kreis dann so weit, dass sie irgendwann den bedrohlichen Sprenger passieren mussten. Jedes Mal erkannte der Schimmel den

Trick in letzter Sekunde und stemmte mit aller Kraft die Hufe in den Boden. Kat legte das Tagebuch zur Seite und beobachtete ihren Cowboy.

Anstatt den Schimmel anzubrüllen oder mit Hilfe eines gezielten Sporenstichs zu bestrafen, sprach er sanft auf ihn ein. Seine kräftigen Hände liebkosten den schweißnassen Hals des Tieres, bevor er einen weiteren Versuch wagte.

Greg schien in den fast vier Jahren, die er und Katharina sich jetzt kannten, keinen Tag älter geworden zu sein. Geschmeidig wie eine Katze passte er sich den ruckartigen Bewegungen des Pferdes an. Unter dem engen T-Shirt zeichneten sich herrliche Muskeln ab.

Katharina hielt es noch immer für ein Wunder, dass dieses Prachtexemplar von Mann ihr ganz allein gehörte.

Sie lockte Blaze an den Zaun. Mit einem Satz rutschte sie von dort auf seinen Rücken und trabte ohne Sattel und Zaumzeug zu ihrem Traummann.

»Gut, dass du kommst, Kat.« Er stoppte das Pferd und wischte sich mit der Hand über die Stirn.

»Ich glaube, er ist jetzt so weit, dass wir ins Gelände gehen können. Würdest du uns mit Blaze begleiten? Seine Gelassenheit wird ihm die Angst nehmen.«

Katharina freute sich, endlich auch einmal etwas tun zu können. Auf Gregs Bitte hin hatte sie den Job auf Lone Star auf zwei Tage die Woche heruntergeschraubt. Angeblich brauchte er sie jetzt im Frühjahr auf der eigenen Farm. Kat hielt das jedoch für eine eher dünne Ausrede, die Greg nur benutzte, um sie mehr um sich zu haben. Ihre Aufgaben in Caldwell beschränkten sich auf die üblichen Hausarbeiten. Darüber hinaus half sie Greg mit den Pferden. Aber mehr als fünf Stunden täglich war sie nicht beschäftigt.

Sie versuchte, sich zu erinnern, wann sie jemals faul gewesen war. Zuletzt mit vierzehn.

Mit dem fünfzehnten Geburtstag begann ihre Karriere als Zeitungsausträgerin. Es folgten Jobs als Platzanweiserin im Kino, Stallmädchen, Kellnerin, Hilfsreporterin. Kaum eine Arbeit, die sie nicht gemacht hatte, um ihr Taschengeld aufzubessern.

Jetzt, mit 36 Jahren, war sie zum ersten Mal so gut wie arbeitslos. Sie hatte viel Zeit für sich und bekam am Monatsende eine winzige Gehaltsüberweisung von 250 Dollar auf ihr Konto. Ein Gedanke, der sie plötzlich sehr beunruhigte.

Zum ersten Mal dachte sie darüber nach, wie es um die O'Neilschen Finanzen stand.

Als »Freelance Cowboy«, oder wie auch immer sich das im Wilden Westen nannte, verdiente Greg 120 Dollar pro Tag. Hinzu kamen etwa 1000 Dollar im Monat für das Bereiten von Pferden. Die Pferdezucht selbst war bisher ein Zusatzgeschäft und nur auf der Soll-Seite zu verbuchen.

Katharina war mit exakt 10 000 Dollar in die Ehe gegangen, nicht gerade eine üppige Mitgift für jemanden, der zeit seines Lebens gut verdient hatte.

Zählte man alles zusammen, so schien die familiäre Finanzdecke doch mehr als dünn.

Friederike wäre aus dem Fenster gesprungen, wenn sie wüsste, dass ihre Freundin bisher nicht ein Wort mit Greg darüber gesprochen hatte.

In trauter Eintracht ritten Greg und Kat nun am Flusslauf entlang. Es dauert eine halbe Stunde, bis Katharina es wagte, das Thema endlich anzuschneiden. »Sag mal, können wir es uns eigentlich leisten, dass ich hier in den Tag hinein träume und so gut wie nichts verdiene?«

Die eigentliche Frage lautete: »Wie viel Geld haben

wir?«, und Greg schmunzelte über ihre durchschaubare Diplomatie.

»Solange ich mir nicht beide Beine breche, ja. Wenn ich allerdings ausfalle, bekommen wir ein Problem. Ungefähr 20 000 Dollar sind für das Haus noch offen.«

»20 000 … ah … ja.« Damit hatte sie nicht gerechnet. Katharina war ganz selbstverständlich davon ausgegangen, dass die Farm längst Greg gehörte. Um sich nicht durch einen panischen Blick zu verraten, fummelte sie angestrengt an ihrem Steigbügel.

Im Prinzip waren sie also mehr oder minder mittellos. Wie unangenehm!

»Vielleicht sollte ich doch wieder fünf Tage die Woche auf Lone Star arbeiten?«

Erst jetzt bemerkte Greg, dass Katharina ernsthaft grübelte. Er hielt sein Pferd an und nahm ihre Hand. »Ich genieße jede Stunde, die du bei mir bist – und du musst dir wirklich keine Sorgen machen.«

Auf dem Rückweg versuchte er, ihr zu erklären, dass ihre Situation für texanische Verhältnisse durchaus völlig normal und keineswegs beunruhigend war. Bausparverträge, Lebensversicherungen und Aktienpakete gehörten nicht zur Standardausstattung eines Cowboys. Stattdessen hatte er einen unerschütterlichen Glauben an seine Arbeit und an den Zusammenhalt der Cowboys und ihrer Familien untereinander.

»Wenn wirklich einmal jemand in Schwierigkeiten gerät, dann helfen wir uns gegenseitig. Das war vor 200 Jahren so und wird immer so bleiben.«

Sie waren am Stall angekommen und brachten die Pferde zurück auf die Weide.

Greg nahm Katharina in den Arm und küsste sie auf die Nase. »Es ist alles in Ordnung, glaub mir.«

Etwas anderes blieb ihr zu diesem Zeitpunkt auch kaum übrig. Katharina beschloss, in der für sie typischen Art damit umzugehen: erstmal hoffen, dass alles gut ging, und wenn es tatsächlich an Geld fehlte, dann musste man eben einen Job mehr übernehmen, bis das Loch gestopft war. Spontan fiel ihr Friederike ein, die diesen Teil von Katharinas Charakter noch nie verstanden hatte. Sie würde sie vermutlich als »blauäugig« beschimpfen und sofort auf Abhilfe sinnen. Nicht so Kat. Warum sollte sie jetzt einen Aufstand machen und ein System in Frage stellen, das seit Jahrhunderten funktionierte? Obdachlose Cowboys waren ihr in der Tat bisher noch nicht begegnet.

»Wenn es dich allerdings beruhigt, dann kannst du gerne wieder voll auf Lone Star arbeiten.«

Katharina strich das Trauma der spontanen Verelendung aus dem Kopf, nahm Gregs Vorschlag aber gerne an.

Gleich am nächsten Morgen rief sie Oscar B. Thelen an.

Mr. B. nahm sie erwartungsgemäß mit offenen Armen wieder auf und freute sich, Katharina auf diese Weise ständig im Auge behalten zu können. Da er selbst keine Kinder hatte, war sie im Laufe der Jahre eine Art Tochter für ihn geworden – und auf die wollte er zumindest unauffällig ein wenig Acht geben.

»Und dein Gehalt erhöhen wir auf 1000 Dollar. Du hast dir den Titel als vollwertiges Cowgirl ja hart genug erarbeitet.«

»Danke, Oscar – und wo wir gerade dabei sind, bin ich dann bei dir eigentlich auch gleich krankenversichert?« Der Gedanke an die totale Unterversicherung lag Katharina noch immer im Magen.

»Na sicher. Alle fest angestellten Arbeitnehmer sind das.

Also, bis Montag dann, ich sage Luke, dass er dich wieder täglich einplanen kann.«

Als Kat auflegte, waren alle existenziellen Ängste verschwunden. Sie hatte einen Mann, der sehr wohl für sie sorgen konnte – und vorsichtshalber doch noch einen eigenen Job, mit dem sie zumindest den Abtrag für das Haus zahlen konnte. Katharinas Welt war wieder bunt.

Da sie Gregs Wagen nicht fünf Tage pro Woche für sich in Anspruch nehmen konnte und weil sie schon länger von einem eigenen Truck träumte, investierte Katharina einen Teil ihres Geldes noch am selben Wochenende in einen alten Pick-up. Der Dodge war gerade noch stark genug, den kleinen Trailer zu ziehen, mit dem Kat Blue transportieren musste.

Zwei Tage später kam das rote Ungetüm zu seinem ersten Einsatz. Greg packte seinen Truck für eine Woche in Südtexas, Kat stellte einen Becher Kaffee für die Fahrt nach Lone Star in den ihren. Obwohl es erst 5 Uhr 30 war, war sie putzmunter.

»So habe ich mir das vorgestellt, früh am Morgen, wenn die Dunkelheit der Nacht noch über den Baumwipfeln steht, rüstet sich das Ehepaar O'Neil für sein Tagwerk.« Sie unterstützte ihren poetischen Ansatz mit ausladenden Armbewegungen und bemühte sich um eine tiefe Stimme.

»In welchem Film spielst du gerade die Hauptrolle, Cowgirl?« Greg lachte.

Mit dem Sattel in der Hand kam er aus dem Stall und betrachtete sie. Noch nie hatte er eine Frau kennen gelernt, die ihre Emotionen und ihre Freude am Leben so offen zeigte wie Kat.

»In meinem eigenen! Den Titel weiß ich noch nicht.« Sie hatte ihre rotbraune Mähne mit einem Lederband zusammengebunden und stand mit glühenden Wangen vor ihm. Am Gürtel ihrer Jeans trug sie die silberne Schnalle, auf der Gregs Heiratsantrag für immer verewigt war.

»Ich liebe dich, Cowgirl.«

Ein inniger Abschiedskuss beendete den ersten Akt.

*

Der folgende Abend war für Katharina der erste ohne Greg seit der Hochzeit. Die Pferde standen schon wartend am Zaun, als sie gegen halb neun Uhr zurückkam. »Hi, Babys, tut mir Leid, dass es so spät ist. Habt ihr Hunger?« Sie schleppte Heu und Kraftfutter in die Boxen und brachte dann die Tiere in den Stall. In den letzten Wochen waren immer wieder Pferde von der Weide gestohlen worden, deshalb durften sie während der Nacht nicht draußen bleiben. Der Gedanke an brutale Pferdediebe jagte Katharina einen Schauer über den Rücken.

Zum Glück hatte Greg ihr auch diesmal »Miller« als Beschützer zugeteilt. Der Hund wich nicht von ihrer Seite.

Völlig erschöpft gönnte sie sich gerade ein Bier auf der Veranda, als Caitlin O'Neil vorfuhr.

»Shit. Was will die denn hier?« Kat hielt Miller am Halsband, damit er nicht vor den Wagen lief. Caitlin hatte die Nachricht von der Hochzeit erstaunlich gelassen aufgenommen und sich nicht wieder blicken lassen. Umso überraschter war Kat, sie nun zu sehen.

»Guten Abend, Katharina, oh, schon wieder Alkohol?« Missbilligend blickte Caitlin auf die Flasche. »Wie auch immer, ich muss für ein paar Tage nach Houston und kann Luisa nicht mitnehmen. Sie muss also hier bei Ihnen und Greg bleiben.«

»Ach was.« Sie hasste die Selbstverständlichkeit, mit der

Caitlin noch immer an ihr vorbei das Haus betrat und das Gepäck ihrer Tochter nach oben brachte.

»Greg ist nicht da, und ich arbeite den ganzen Tag, ich fürchte, Sie müssen sich etwas anderes einfallen lassen.« Netter Versuch.

Caitlin überlegte nicht eine Sekunde. »Nein, Katharina. Sie müssen sich etwas einfallen lassen. Als Sie meinen Mann geheiratet haben, wussten Sie schließlich, dass er eine Tochter hat. Und die braucht jetzt ihren Daddy.«

Katharina hatte sich schon länger gefragt, wann Gregs Ex-Frau wohl anfangen würde, Unfrieden zu stiften. Jetzt war der Moment gekommen. Nur mit Rücksicht auf Luisa, die sichtlich schläfrig auf einem Stuhl kauerte, gab sie nach. »In Ordnung. Wann sind Sie zurück?«

»Keine Ahnung. Vermutlich in zehn Tagen.« Sprach's und war weg. Super Performance!

Ihrem ersten Impuls folgend, griff Katharina zum Telefon, legte den Hörer dann aber doch wieder auf die Gabel. Greg lag sicher längst auf irgendeiner harten Matratze und schlief tief und fest. Sie würde ihn morgen anrufen.

»Ich muss um acht in der Schule sein.« Luisa erinnerte Kat daran, dass sie auch noch da war.

»Daraus wird nichts, Süße. Ich arbeite auf Lone Star und fange um sieben an.« Katharina dachte nicht einen Moment daran, ihre Pläne umzuschmeißen. »Weißt du was? Ich schreibe dir eine Entschuldigung, und du kommst morgen mit auf die Ranch. Dort reden wir dann mit Luke über meine Arbeitszeiten, und ab Mittwoch kann ich dich zur Schule bringen.«

Luisa gab zu bedenken, dass diese Regelung ihrer Mutter sicher nicht gefallen würde. Kat erkannte jedoch an ihrem Blick, dass ihr die Aussicht auf einen unverhofften Ferientag durchaus gefiel.

»Dann ist das hiermit abgemachte Sache! Und deine Mutter muss es ja nicht unbedingt erfahren.« Sie besiegelten das Geheimnis mit einem Handschlag und gingen schlafen.

Gemeinsam verbrachten sie einen wunderschönen Tag. Amy, Lukes Tochter, stellte Luisa ihr Pony zur Verfügung. »Soll ich für dich satteln?« Luisa hatte die kleine Stute schnell fertig gemacht und bot Katharina nun großzügig ihre Hilfe an.

»Nein, danke, Luisa, Blue ist doch noch ein wenig zu hoch für dich, oder?«

»Kannst du das denn allein?« Sie ließ nicht locker, und Kat grinste verstohlen über Luisas Eifer.

»Na sicher. Was denkst du denn, wer sonst immer mein Pferd sattelt?«

»Papi natürlich.« Mit verschränkten Armen stand sie da und schaute Katharina an, als sei das selbstverständlich.

»Nein, Luisa. Das mache ich ganz allein. Genau wie das Rindertreiben. Außer heute natürlich, denn da bist du ja dabei, um zu helfen.«

An Luisas Gesichtsausdruck konnte Katharina deutlich erkennen, dass weibliche Cowboys bisher keinen Platz in Luisas Vorstellung gehabt hatten. Der Gedanke schien dem Mädchen aber zu gefallen, denn sie beobachtete sehr genau, wie Katharina sich zwischen den Rindern bewegte und machte es ihr nach. Am erstaunlichsten fand sie allerdings, dass die neue Frau ihres Vaters offensichtlich gar keine Probleme mit Dreck hatte. Noch vor der Mittagspause sahen beide aus als hätten sie in Kuhmist gebadet. »Mami würde den ganzen Dreck hier nicht sehr lustig finden …«

»Deshalb ist deine Mama ja auch kein Cowgirl und bleibt lieber zu Hause.«

Damit war das Thema für Katharina erledigt. Sie spürte, dass Luisa fast darauf wartete, dass sie sich weiter über ihre Mutter auslassen würde. Wie ein Tiger auf dem Sprung belauerte sie Katharina, jederzeit bereit, für ihre Mutter in die Bresche zu springen. Kat würde sich hüten, Caitlin in Luisas Gegenwart schlecht zu machen, genau wie sie nie versuchen würde, Gregs Tochter auf ihre Seite zu ziehen.

Sie hatte Luisa bisher nur zusammen mit Greg erlebt und sich dabei immer ein wenig im Hintergrund gehalten. Von krampfhaften Versuchen, die Freundschaft des Mädchens zu gewinnen, hielt sie nichts. Wenn Luisa diese von sich aus wollte, sollte sie kommen.

Luisa planschte Stunden später im heißen Wasser der Badewanne und wusch sich den Dreck aus den Haaren. »Das war wirklich toll! Auch wenn Mama dich nicht mag, ich finde dich ziemlich cool, Katharina.«

»Danke, Süße, ich dich auch.«

So sehr Katharina die Tage mit Luisa genossen hatte, so froh war sie doch, als Greg am Wochenende endlich nach Hause kam. Er hatte ihr erzählt, dass Caitlin ihm per Telefon die Hölle heiß gemacht hatte, weil er seinen Job nicht abbrechen und sich um Luisa kümmern wollte. »Deine Katharina hat überhaupt keine Ahnung von Kindern. Außerdem weißt du selbst, wie zügellos sie ist. Wahrscheinlich nimmt sie unsere Tochter bis spät in die Nacht mit in irgendwelche Bars und bringt ihr Biertrinken bei.« Dabei hatte sie Greg mit Begeisterung zum wohl zwanzigsten Mal an Katharinas Auftritt beim Clooney-Barbecue erinnert.

Katharina hatte Greg versichert, dass sie und Luisa nicht vorhatten, als Bardamen zu reüssieren, und die väterliche Sorge damit in Grenzen gehalten.

Jetzt fuhr er die Einfahrt entlang und freute sich auf den Abend mit Katharina und seiner Tochter. Er war gespannt darauf, zu sehen, wie beide ihre erste allein verbrachte Zeit überstanden hatten. Noch bevor Greg den Motor des Wagens abgestellt hatte, schlug ihm laute Musik entgegen.

Caitlins Worte klangen ihm in den Ohren, als er mit großen Schritten die Stufen zur Veranda erklomm. »Du weißt selbst, wie zügellos sie ist.«

Von draußen konnte er direkt in die Küche sehen, und das Bild, das sich ihm bot, ließ ihn spontan Abbitte leisten. Kat und Luisa standen nebeneinander vor dem Herd und rührten in einem großen Eisentopf. Im Takt von Chers Shoop-Shoop-Song wiegten sie ihre Hüften.

»And if you want to know if he loves you so, it's in his kiss ...« Den Refrain sangen sie lauthals mit und benutzen dabei die Kochlöffel als Mikrophone.

»That's where it is!« Zum Abschluss drehten sich beide einmal um die eigene Achse und verbeugten sich voreinander.

»Hey, Ladys – übt ihr für etwas Bestimmtes?«

»Daddy, es gibt Chilli con Carne mit Musik!« Luisa fiel Greg um den Hals, Katharina wurde rot. »Wie lange stehst du da schon???«

»Lange genug, um zu wissen, dass Cher ein Dreck gegen euch ist.«

Er setzte seine Tochter ab und nahm stattdessen Kat in den Arm.

»Ich habe dich schwer vermisst.«

Das weniger schöne Nachspiel folgte eine Woche später.

Luisas Schule hatte Caitlin die von Kat unterschriebene Entschuldigung für den Fehltag vorgelegt. Wutentbrannt war sie daraufhin zum Jugendamt gerannt, um Greg die

Besuchserlaubnis mit der Begründung »Sträfliches Versäumen der Aufsichtspflicht« entziehen zu lassen. Nur mit Mühe konnte Greg den Beamten davon überzeugen, dass es sich um einen Notfall gehandelt hatte, der mit Sicherheit nicht wieder vorkäme. Katharina schwante, dass das nur der Anfang war.

Die Ahnung bestätigte sich, als Kat zu Vince nach Dallas fuhr.

Der Friseur, den Friederike bei der Hochzeit von der »europäischen Schlichtheit« überzeugt hatte, war für sie zu einer festen Institution geworden.

Alle paar Wochen tauschte sie das Farmer-Outfit gegen stadtfeine Klamotten und ließ sich von seinen Händen und Haarkuren verwöhnen. Die dafür notwendigen 150 Dollar nahm sie heimlich von ihrem eigenen Konto. Greg würde umfallen, wenn er wüsste, wie teuer sie sich ihre glänzenden Haare erkaufte.

An diesem Donnerstag empfing Vince sie mit sorgenvoller Miene. »Ach, Kat, meine Liebe, ich habe über fünf Ecken erfahren, was bei euch daheim los war.«

In seiner leicht femininen Art schlug er theatralisch die Hände über dem Kopf zusammen.

»Caitlin O'Neil ist eine Schlange, nimm dich bloß in Acht.«

Katharina war leicht irritiert. Nie wäre sie auf die Idee gekommen, dass ein Ereignis aus Caldwell bis nach Dallas vordringen konnte. »Woher weißt du davon? Wir reden hier von Leuten, die deinen Salon wahrscheinlich nicht einmal vom Hörensagen kennen.«

»Das trifft vielleicht auf deinen Cowboy zu, nicht aber auf seine Ex-Frau. Hast du nie von Caitlin Turner gehört? Ihre Mutter war bis zu eurer Hochzeit Stammgast hier im

Laden. Aus Protest, weil ich dir die Haare gemacht habe, hat sie dann allerdings zur Konkurrenz gewechselt.«

Zwischen Spitzenschneiden und Haartönung erzählte Vince, dass Caitlin aus einer angesehenen und einst reichen Familie stammte. Die Turners waren in den 70er Jahren schlagartig durch den Import ausländischer Autos reich geworden.

Vor etwa zwölf Jahren war dann herausgekommen, dass Mr. Turner offensichtlich die ein oder andere Zollformaliät recht lax gehandhabt hatte. Als die bestochenen Beamten vor Gericht ausgepackt hatten, verschwand er gerade noch rechtzeitig über die mexikanische Grenze. Ehefrau und Tochter blieben ohne Vermögen und mit einem Verfahren am Hals zurück.

»Seine Frau fand ihr Heil in den Armen eines braven Mittelständlers, Caitlin floh vor der Schmach in die Provinz und landete bei deinem Cowboy.«

»Was für eine wunderbare Geschichte, Vince.« Katharina war begeistert. Im passenden Moment würde sie Caitlin die kriminelle Vergangenheit ihrer Familie unter die Nase reiben. Die 150 Dollar hatten sich schon wieder gelohnt. »Aber ich verstehe immer noch nicht, woher du von unserem Streit weißt.«

»Ganz einfach. Die ›Konkurrenz‹ ist mein Freund Jo. Dorothee Turner hat ihm erzählt, dass ihre Enkelin seit der Scheidung in den Händen eines Wilden und seiner deutschen Hure – sorry, Kat, aber das ist ein Zitat – sei. Sie wollen jetzt alles daran setzten, dass der Vater das Besuchsrecht verliert.«

Noch am selben Abend erzählte sie Greg von dem Gespräch.

Obwohl er nicht viel von den Tratschereien eines Friseurs hielt, nahm er die Warnung ernst. »Das ist ihr wirklich zuzutrauen. Verdammt, wie konnte ich mich nur so dermaßen in einem Menschen täuschen.«

Greg kannte Caitlins Vergangenheit natürlich und erinnerte sich noch gut an ihre erste Begegnung. Damals hatte er an einem Rodeo teilgenommen und den ersten Preis beim Bronko-Reiten gewonnen.

Caitlin saß unter den Zuschauern. Zu der anschließenden Siegesfeier war sie mit seinem Freund Jimmy erschienen. Dieser gutmütige Cowboy hatte einige Probleme, Caitlins Temperament zu zügeln. Ohne Rücksicht auf seine Gefühle flirtete sie auch an diesem Tag mit jedem Mann, der ihr unter die Finger kam, und konzentrierte ihre Anstrengungen schließlich auf Greg.

Er widerstand ihr an diesem Abend, ging aber einen Monat später dann doch mit ihr aus.

In den folgenden Wochen lernte er Caitlin Turner von einer anderen Seite kennen.

Der Verlust des Vermögens und ihrer gesellschaftlichen Stellung hatten tief an ihrem Ego gekratzt. Sie hatte sich hinter Gregs breitem Rücken vor ihren alten Freunden versteckt und ihm das Gefühl gegeben, etwas Besonderes zu sein.

Greg hatte tatsächlich geglaubt, dass sie sich auf dem Land wohl fühlte. Erst später war ihm aufgegangen, dass sie sich nie wirklich für seine Arbeit oder die Pferdezucht interessiert hatte.

Die Zeit in Caldwell hatte sie genutzt, um ihr Selbstvertrauen zurückzugewinnen.

»Nach vier Jahren war unsere Ehe so gut wie beendet. Caitlin nahm eine Stellung in der Stadt an, traf sich wieder mit alten Freunden und blieb manchmal nächtelang weg. Nicht einmal Luisa interessierte sie noch.«

Schlagartig begriff Katharina, warum Greg sich zunächst so vehement gegen ihre Liebe gesträubt hatte. Auch sie kam aus der Stadt, auch sie war ihres alten Lebens müde gewesen, wenn auch aus anderen Gründen. Trotzdem verstand sie nicht, warum er sich das Theater hatte bieten lassen. »Wie konntest du dir all das gefallen lassen? Und dann auch noch so lange?«

Greg trat hinaus auf die Veranda. Es war ihm deutlich anzusehen, dass er sich diese Frage selbst mehr als einmal gestellt hatte. »Ich weiß es nicht, Kat, jedenfalls nicht genau. Weißt du, Caitlin war ein Typ Frau, den du hier auf dem Lande nicht an jeder Ecke triffst. Sie war schön, selbstbewusst und hatte ihren eigenen Stil …«

»Hast du sie sehr geliebt?« Es hörte sich ganz danach an.

»Zumindest war ich fasziniert. Durch Caitlin bekam ich den beruflichen Antrieb, der mir seit dem verpatzten Stipendium immer wieder gefehlt hatte. An ein Scheitern meiner Ehe habe ich nicht im Traum gedacht. Warum auch? Caitlin ließ sich nicht in die Karten schauen, hatte immer die passenden Erklärungen für ihre Ausflüge in die Stadt parat. Und ich war so mit mir selbst und natürlich mit Luisa beschäftigt, dass ich das volle Ausmaß der Katastrophe erst viel zu spät bemerkte. Ich fürchte, ich habe mich wie ein Trottel aufgeführt.«

Kat konnte dem nicht widersprechen. »Und wie ist ihr jetziges Verhalten einzustufen? Hat sie plötzlich beschlossen, dich zurückzuerobern, oder warum fährt sie jetzt derart harte Geschütze auf?«

»Das liegt an dir. Ich habe seit der Trennung keine Frau mehr angesehen, jedenfalls nie ernsthaft. Durch unsere Heirat aber ist klar, dass ihr Einfluss auf mich verloren ist. Das mag sie ganz und gar nicht.«

»Und ihre beste Waffe ist Luisa – tolle Mutter, deine Ex-Frau. Aber die Suppe versalzen wir ihr! Wenn wir uns ganz korrekt an alle Vorgaben des Richters halten, kann gar nichts schief gehen. Du wirst deine Tochter an deiner Seite aufwachsen sehen. Das verspreche ich dir.«

Katharina nahm sich fest vor, das schlechte Bild der Großstädterin gerade zu rücken.

*

Und sie sollte Recht behalten. Auch am Ende des Sommers hatte Caitlin es nicht geschafft, Greg beim Jugendamt in Misskredit zu bringen.

Luisa verbrachte jedes zweite Wochenende in Caldwell und begleitete Kat in den Ferien zu ihrem Job bei Oscar B. Thelen. Auch gegen den Protest ihrer Mutter hatte sie beschlossen, die Frau ihres Vaters zu mögen. Katharina atmete auf und freute sich auf den ersten Herbst auf ihrer Farm.

Das Land sah aus wie in einem Märchenbuch. In allen erdenklichen Rot-, Braun- und Goldtönen zauberten die Blätter der Bäume ein wunderschönes, warmes Licht. Wenn sich die Sonne in den Ästen brach, sah es aus, als stünden sie in Flammen. Am meisten liebte Katharina die frühen Morgenstunden. Während sie Blue für die Arbeit auf Lone Star in den Trailer lud, war der ganze Boden mit Nebelschleiern bedeckt. Mit den Strahlen der aufgehenden Sonne schienen sie dem Himmel entgegenzutanzen.

Kat fuhr weiterhin von Montag bis Freitag auf die Ranch. Die Abwechslung und die Gespräche mit den alten Freunden taten ihr gut, denn mit den Nachbarn im Ort war sie bisher noch nicht richtig warm geworden. Abgesehen von einigen Höflichkeitsbesuchen älterer Damen vom Kirchenverein hatten sich keine Kontakte ergeben. Nur Sue Reynolds kam in regelmäßigen Abständen vorbei, half ihr mit den Pferden und tauschte mit Katharina Rezepte aus. Texas gegen Deutschland.

Kat fragte sich manchmal heimlich, wie lange ihr das wohl noch reichen würde. In Deutschland hatte sie ständig im Mittelpunkt zahlreicher Partys und Gesellschaften gestanden, einen Terminkalender allein für die Verabredungen mit Freunden gebraucht.

In Texas beschränkten sich ihre privaten Verpflichtungen auf gelegentliche Barbecues und Geburtstagspartys.

Im Moment zumindest fehlte ihr all der Rummel nicht. Wenn Greg beruflich unterwegs war und sie Feierabend hatte, blieb sie meist ganz zu Hause und genoss die Gesellschaft ihrer Tiere. Sie liebte den Geruch des warmen Fells, freute sich über das Vertrauen und die Zuneigung der Hunde und Pferde. Jedes einzelne Tier gab die Liebe und Zuwendung, die sie ihnen täglich schenkte, hundertfach zurück. Wenn sie Haus und Hof auf Vordermann gebracht hatte, saß sie oft stundenlang bei ihnen auf der Weide und träumte einfach vor sich hin. Seit Katharina ihre Entscheidung für Texas getroffen hatte, spürte sie eine innere Ruhe, die sie seit ihrer Kindheit nicht mehr erlebt hatte. Einzig die Nächte ohne männlichen Beistand machten ihr zu schaffen.

Der nächste Hof war mehrere Meilen entfernt, und so sehr sie die Einsamkeit bei Tageslicht auch liebte: In dunklen Nächten hätte sie nichts gegen eine amtliche Großstadtstraße mit Lichtern und Häusern einzuwenden gehabt. In diesen Nächten durfte Miller heimlich in ihrem Bett übernachten.

So auch an diesem Abend. Katharina wollte sich gerade hinlegen, als der Hund kurz anschlug.

Mit klopfendem Herzen ging sie ans Fenster, doch draußen war alles ruhig. Fünf Minuten später hörte sie ein Wiehern. Die dritte Zuchtstute war zum ersten Mal tragend und gesundheitlich nicht ganz auf der Höhe. »Vielleicht hat sie Schmerzen, lass uns nachsehen, Miller.«

Im überlangen Flanellhemd, an den Füßen ein paar derbe Bergsteigerstiefel, griff Kat nach dem Revolver der immer neben ihrem Bett lag und trat hinaus auf die Veranda.

Der Hund war ungewöhnlich nervös, umkreiste sie mehrfach und jaulte leise vor sich hin.

»Pst, still, Miller.« Sie überlegte kurz, ob sie die Polizei verständigen sollte.

Nein. Wenn sich herausstellte, dass es doch nur um eine unruhige Stute ging, würde sie schön blöd dastehen. Während der Hund zunächst in die Einfahrt lief, stapfte Katharina betont zielstrebig zum Stall. Durch die leicht geöffnete Tür schien Licht. »Komisch.« Sie wollte gerade nach Miller rufen, als Katharina aus dem Hinterhalt von kräftigen Armen zu Boden gerissen wurde. Hart schlug sie auf.

»Was haben wir denn hier?« Ein Mann mit Baseballkappe drehte sie rüde auf den Rücken und beugte sich nah über ihr Gesicht. Kat vernahm eine deutliche Fahne von Schnaps und Tabak. In diesem Moment schoss Miller um die Ecke und stürzte sich auf den Angreifer. Katharina nutzte den Augenblick der Verwirrung und versuchte, aufzustehen, doch der Mann reagierte sofort. Mit einer Hand drückte er sie zurück auf den Boden, mit der anderen griff er nach seinem Revolver und zielte auf Miller. Die Kugel traf den Hund am Bein. Winselnd blieb er vor dem Stall liegen.

Kat rang zitternd um Fassung. Im Selbstverteidigungskurs an der Uni hatte der Lehrer etwas von »Abschreckung der Täter« gefaselt. Niemals Schwäche zeigen, immer so tun, als sei man ganz Herrin der Lage. Sie bemühte sich um einen energischen Tonfall. »Verdammt, was wollen Sie? Lassen Sie mich sofort los!«

Der Mann zeigte sich unbeeindruckt. »Schrei doch, Süße, hier hört dich keiner.«

Mit auf den Rücken gedrehten Armen zog er sie in den Stall. Voller Entsetzten sah Katharina, dass sich dort zwei weitere Typen an den Pferden zu schaffen machten.

Ein kleiner gedrungener Gnom versuchte, Blue aus der Box zu ziehen. Der Hengst wehrte sich nach Kräften und verpasste dem Angreifer einen gezielten Tritt gegen die Hüfte. Mit dem Mut der Verzweiflung riss Kat sich los und schlug auf den Mann ein. »Weg von dem Pferd, du Scheißkerl.« Aber bevor sie auch nur das Geringste ausrichten konnte, lag sie schon wieder im Staub. Zwei der Kerle knieten sich auf ihre Arme und Beine und zerrten an ihrem Flanellhemd.

Den Männern lief beim Anblick der braungebrannten Schultern und des Brustansatzes der Geifer aus den Mündern. Die tägliche körperliche Arbeit hatte ihren Körper gestrafft. Kein Zweifel, Katharina war auch mit fast 37 Jahren noch eine attraktive Erscheinung.

»Um den Hengst kümmern wir uns später, Pete. Diese Stute hier ist als Erste dran.«

Katharina hatte sich schon fast aufgegeben, als sie das vertraute Brummen von Gregs Pick-up hörte. Auch die drei Männer hatten den Wagen bemerkt und hielten inne. Mit aller Kraft biss Kat in die Hand, die einer der Kerle ihr auf den Mund gedrückt hatte, und schrie nach Greg.

Sekunden später flog die Tür auf. Mit gezücktem Revolver stürmte er in den Stall und sah gerade noch einen der Männer durch das Stallfenster entschwinden.

Katharina rappelte sich vom Boden hoch. Ihr Hemd war zerrissen, Blut tropfte aus einer Wunde über dem Ohr.

»Heimatland! Das war Rettung in letzter Sekunde!«

»Mein Gott, Katharina – bist du in Ordnung???«

»Es ist nichts passiert – sie haben dein Auto gehört und sofort die Flucht ergriffen. Sollten wir sie nicht verfolgen?« Sie stand schon wieder auf den Beinen und merkte gar nicht, dass sie am ganzen Leib zitterte.

»Du fängst zunächst einmal niemanden.« Sichtlich erleichtert, dass ihr nichts passiert war, nahm Greg Katharina auf den Arm und trug sie ins Haus. »Und ich verständige die Polizei. Die sollen sich darum kümmern. Viehdiebe sind für gewöhnlich ziemlich gewalttätige Burschen. Wir zwei könnten da wenig ausrichten.«

»Wirst du sie begleiten?« Mit einiger Verzögerung stellte sich nachträglich nun doch noch die Angst ein, und Katharinas Stimme wankte bedenklich.

»Natürlich nicht! Selbst Annie Oakley sollte in diesem Moment besser nicht allein sein. Selbstverständlich bleibe ich bei dir.« Greg sah, wie Katharinas Augen sich mit Tränen füllten, und zog sie behutsam an sich. »Ist dir wirklich nichts passiert?«

»Nein.« Schluchzend brach sie ab. Körperlich war sie bis auf die kleine Wunde am Ohr und ein paar blaue Flecken völlig in Ordnung. Die Gewissheit aber, dass sie nichts gegen diese Männer hatte ausrichten können, machte ihr schwer zu schaffen. »Ich fühle mich nur so entsetzlich hilflos.« Endlich ließ Katharina ihren Tränen freien Lauf und vergrub sich jetzt ganz in Gregs Armen.

*

Auch in den kommenden Wochen wich Greg nicht von Katharinas Seite. Er sagte alle Verpflichtungen außerhalb Caldwells ab und war jeden Abend zu Hause.

Kat selbst hatte den Überfall der Viehdiebe halbwegs überwunden. Das Gefühl der Demütigung, das sie bei dem Gedanken an die Vorfälle im Stall noch immer überkam, versuchte sie zu verdrängen. Sie redete sich ein, dass es keine Schande war, von drei Männern überwältigt zu werden. Gleichzeitig war sie froh, dass ihr Cowboy tatsächlich dem Bild des Mammutjägers entsprach, das sie sich damals auf Lone Star ausgemalt hatte. Ein Rest Angst jedoch blieb, denn sie wusste, dass Greg nicht ständig an ihrer Seite bleiben konnte.

Zwei Tage nach Silvester kam Greg mit einem geöffneten Briefumschlag in der Hand in die Küche. Katharina hatte gerade Eier mit Speck gebraten und stellte die Teller mit dem dampfenden Essen auf den Tisch. »Ist etwas passiert? Du siehst gar nicht glücklich aus.«

Greg ließ sich müde auf einen Stuhl fallen. »Der Brief ist von Caitlins Anwalt. Sie fordert mehr Unterhalt für sich und Luisa.«

Seinem Gesicht nach zu urteilen, handelte es sich um mehr als nur ein paar Dollar. »Kann sie das denn so einfach? Ich dachte, der Satz wäre festgelegt.«

»Sie hat ihren Job aufgegeben. Offiziell, um sich mehr um Luisa kümmern zu können.«

Das änderte die Sachlage natürlich. Bisher hatte Caitlin als Sekretärin bei einer Versicherung gearbeitet. Das Gehalt von rund 2500 Dollar im Monat deckte die Kosten für Wohnung, Auto und Lebensmittel.

»Was für ein Blödsinn. Luisa ist bis vier Uhr nachmittags in der Schule. Will sie ihr vormittags Pullis stricken, oder welche mütterlichen Pflichten gibt es sonst noch?«

Kat war der Appetit vergangen. Sie schob den Teller beiseite und steckte sich eine Zigarette an. »Und wie viel mehr will sie von dir?«

»800 Dollar.«

»Wow, das ist verdammt viel.« Unmöglich, dass Greg diese Summe ohne weiteres aufbringen konnte.

In der folgenden Stunde rechneten sie alle monatlichen Einnahmen und Ausgaben zusammen. Das Ergebnis war niederschmetternd: Selbst unter optimalen Voraussetzungen würde das Geld hinten und vorne nicht reichen. Es blieb immer ein Minus von mindestens 500 Dollar.

»Es nützt nichts, ich muss mich schleunigst um neue Aufträge kümmern.«

Kat war entsetzt. »Moment, willst du dir das einfach gefallen lassen? Die dumme Kuh kann doch nicht einfach daher kommen und mir nichts, dir nichts, 800 Dollar mehr verlangen. Den Unterhalt regelt immer noch das Gericht, und das werden wir einschalten.«

Katharina erinnerte sich mit Grausen an das Unterhaltsdrama ihrer Freundin Jule.

Deren Mann Philipp hatte ebenfalls mit einer herrischen Ex-Frau zu kämpfen, die alles darangesetzt hatte, ihn finanziell zu ruinieren. Erst nach zwei langen Jahren hatte ein einsichtiger Richter für Philipp entschieden und die Ex-Frau abblitzen lassen. Kat hoffte, dass die amerikanischen Gerichte schneller arbeiteten.

»Das können wir gerne tun, aber bis dahin muss ich erst einmal zahlen, schon allein wegen Luisa.« Greg duldete in diesem Fall keinen Widerspruch. Sofort griff er zum Telefon und verabredete sich mit diversen Ranchern in ganz Texas. Im Winter gab es für einen Cowboy nur wenig zu tun, und aus diesem Grund musste er persönlich vorbeifahren und nach einem Job fragen. »Ich werde drei oder vier Tage weg sein. Meinst du, du kommst klar?« Er wusste, dass Katharina noch immer Angst davor hatte, allein auf der Farm zu bleiben.

Auch wenn sie nie darüber sprach, die drei Männer im Stall beschäftigten ihre Gedanken jeden Abend, wenn es dunkel wurde. »Du könntest zu Dick und Sue ziehen. Sie freuen sich sicher, wenn du ein paar Tage mit ihnen verbringst. Oder zu Mr. Thelen nach Lone Star.«

»Nein, Greg, schließlich kann ich mich ja nicht ewig ausquartieren, wenn du einmal nicht da bist. Und um die Tiere muss sich auch jemand kümmern. Ich bleibe hier.« Sie hatte den Satz kaum ausgesprochen, da erschien ihr der Ansatz doch sehr heroisch. Spätestens bei Einbruch der Dunkelheit würde sie ihr Heldentum schwer bereuen. »Vielleicht könnte ich Jack bitten, herzukommen.«

Greg blickte sie forschend an. »Jack?« »Ja. Ist was falsch daran?« Katharina merkte, dass ihr Vorschlag Greg nicht behagte, fand seine Bedenken aber völlig unangebracht. »Hey – ich kenne hier keinen anderen Menschen, der den Job übernehmen könnte. Und Jack ist unser gemeinsamer Freund, oder?«

Greg vertrieb die aufkeimende Eifersucht und riss sich zusammen. »In Ordnung. Ich werde ihn gleich anrufen.«

Am nächsten Morgen machte Greg sich auf den Weg nach Santa Fe. Jack hatte dem Vorschlag sofort zugestimmt und wollte bis zum Abend in Caldwell sein.

Zwischen ihm und Katharina hatte sich in den vergangenen zwei Jahren eine tiefe Freundschaft entwickelt, und er freute sich darauf, ein paar Tage ganz allein mit ihr zu verbringen. Katharina freute sich mindestens ebenso über die unverhoffte Abwechslung, behielt dies aber nach Gregs zögerlicher Zustimmung lieber für sich.

Sie erledigte ihre Arbeiten, bezog für Jack das Bett in Luisas Kinderzimmer und packte dann die Satteltaschen für einen langen Ausritt mit Blaze.

In der Nacht hatte es geschneit, und die Landschaft sah aus wie mit Puderzucker überzogen.

Jetzt war der Himmel wieder strahlend blau, und die Sonne ließ die Eiskristalle aufblitzen, als handle es sich um Millionen Diamanten.

Kat knöpfte das Lammfell in den langen Wachsmantel, schlang einen Schal um und zog Handschuhe über. So ausgestattet konnte ihr die Kälte nichts anhaben. Pfeifend ritt sie mit Blaze hinaus in den Schnee. Der Wallach war ebenfalls bester Laune. Gespannt wartete er auf das Zeichen zum Galopp und stob beim ersten Sporenstich los in den Wald. Kat duckte sich tief über dem Rücken ihres Pferdes und konnte dennoch nicht verhindern, dass einige Äste ihren Schnee auf ihrem Mantel abluden. Am Ende des schmalen Waldweges zügelte sie Blaze und genoss den Blick auf die vor ihr liegende Lichtung.

Der kleine See in der Mitte war mit einer dünnen Eisschicht überzogen, die Büsche am Ufer bogen sich unter der Last des Schnees. Weil Greg wusste, dass Katharina diesen Platz liebte, hatte er am westlichen Seeufer einen hölzernen Unterstand errichtet. Das Dach und drei massive Wände schützten im Sommer vor Sonne, im Winter vor Wind und Kälte.

In der Mitte des Innenraums standen zwei Bänke um eine Feuerstelle. Holzscheite lagen fein säuberlich aufgestapelt daneben.

Katharina hatte wohl 100 Tagebuchseiten in der Hütte

voll geschrieben, und auch heute zog sie das Buch aus der Satteltasche. Das Feuer war schnell entzündet, eine Kanne Kaffee brodelte darüber, und zwei Roastbeefsandwiches lagen zum Verzehr auf der Bank bereit.

Als sie anfing zu schreiben, wurde Katharina nachdenklich, die gute Laune fiel einem Anflug von Melancholie zum Opfer.

*Dear Diary!*

*Things are getting worse – please send chocolate!*

*Ich sitze an dem schönsten Platz der Erde und sollte eigentlich glücklich sein.*

*Aber so, wie es aussieht, ist das sorgenfreie Dasein als »Frau eines Cowboys« jetzt vorbei.*

*Gregs Ex-Frau brüllt nach mehr Unterhalt, er kann nicht zahlen, und meine 1000 Dollar Lone-Star-Gehalt nehmen sich angesichts ihrer Forderung eher ärmlich aus … so ein Mist!*

*Wenn ich nicht will, dass mein Cowboy sich den Hintern abarbeitet, muss etwas geschehen. Aber was?*

*Meine Fähigkeiten als Journalistin kann ich vergessen – wer will schon eine Reporterin, die die Landessprache mit deutschem Akzent und beschränktem Wortschatz verstümmelt?*

*Abfinden kann ich mich mit der Ohnmacht allerdings nicht. Es muss doch in diesem Staat einen Job geben, in dem ich mehr als ein paar Dollar verdiene!*

*Ich werde ihn finden – und Jack Clooney soll mir helfen!*

Eigentlich hatte sie nicht die geringste Lust, ihr derzeitiges Leben aufzugeben. Allein der Gedanke an einen Bürojob und tägliche Auftritte in Kostüm und Make-up widerstrebte Katharina bis ins Mark. Aber es half alles nichts, sie konnte Greg jetzt nicht hängen lassen.

Es musste zumindest so viel Geld her, dass ein guter Anwalt Caitlin für immer in ihre Schranken wies. Und dieses Geld wollte sie beschaffen. Entschlossen stand sie auf und schwang sich zurück in den Sattel.

»O.K., Blaze. Lass uns heimreiten. Wir werden Jack mit einem umwerfenden Abendessen den Verstand rauben. Es wäre doch gelacht, wenn ihm danach nicht etwas zu unserer Rettung einfiele.«

Erst als sie ihre Sachen zusammenpackte und das Feuer löschte, merkte Kat, dass es bereits dunkel wurde. Die Umrisse des Waldes waren nur noch schemenhaft zu erkennen, und sie bekam eine Gänsehaut. Von leichter Panik erfasst, trieb sie Blaze zur Eile an und atmete erst auf, als sie die Farm erreichte. Jacks Wagen stand schon auf dem Hof.

»Das ist mal wieder typisch. Da werde ich hier als Bodyguard engagiert, und Madame reitet mutterseelenallein im Wald spazieren.« Mit einem Lächeln versuchte er, die Sorge zu überspielen, die sich auf seinem Gesicht spiegelte.

»Sorry, Jack, ich habe völlig die Zeit vergessen.« Sie sprang vom Pferd und nahm ihn zur Begrüßung herzlich in den Arm. »Ich bin ehrlich erleichtert, dich zu sehen!«

Jack und Katharina hatten sich zum letzten Mal an Thanksgiving im November getroffen.

Jetzt brachten sie sich beim Abendessen auf den aktuellen Stand ihrer Erlebnisse. Jack war endlich wieder verliebt und erzählte von seiner Eroberung. »Sie heißt Samantha, stammt aus einer uralten Öldynastie und ist einfach ein Schatz.«

»Aus einer uralten Öldynastie, klar. In wen sonst sollte

sich der Clooney-Erbe auch verlieben?« Kat zwinkerte Jack zu und schenkte sich ein zweites Glas Rotwein ein. »Und wahrscheinlich hat sie lange, blonde Haare, bezaubernde blaue Augen und ist gerade mal 21.«

»Falsch. Sie ist Anfang 30 und sieht eher aus wie du, Kat.« Nur eine Sekunde lang trafen sich ihre Blicke, dann schauten beide verlegen zu Boden. Die bisher heitere Stimmung nahm plötzlich eine ernsthafte Wendung. Schon bei ihrer ersten Begegnung auf Lone Star hatte es zwischen Katharina und Jack gefährlich geknistert. Allein die Tatsache, dass sie unsterblich in Greg verliebt war, hatte Jack damals davon abgehalten, zum Angriff überzugehen.

»Dann hast du einen schlechten Geschmack, Clooney.« Kat gab sich betont burschikos und versuchte auf diese Weise, ihre Unbefangenheit zurückzugewinnen. Herzklopfen für den falschen Mann hatte ihr gerade noch gefehlt. Dennoch war sie gegen die offensichtlichen Reize ihres Gegenübers nicht ganz gefeit. In seinem grob maschigen Rollkragenpullover und den weiten Cordhosen wirkte Jack noch stärker, als er eh schon war. Die dunkelblonden Haare trug er seit einiger Zeit etwa kinnlang, was ihm einen Touch Wildheit bescherte. Das Beste aber war der Mund. Seine Lippen waren weich und sinnlich, die Zähne strahlend weiß. »Er sieht aus wie ein Film-Beau« hatte Friederike über ihn gesagt. Und das stimmte. Plötzlich verstand sie auch Gregs gestrige Reaktion. Vermutlich hatte der Cowboy mal wieder als Erster durchschaut, dass aus der Freundschaft zwischen Katharina und Jack unter anderen Umständen mehr hätte werden können.

Schnell wechselte sie das Thema und erzählte von Caitlins neustem Anschlag auf Greg.

»Ich muss ihm helfen, aber mir fällt beim besten Willen nicht ein, wie ich das bewerkstelligen soll.«

Jack schmunzelte. Er nahm die Wendung des Gespräches dankbar auf. »Im Klartext: Du brauchst einen lukrativen Job.«

»So ist es. Das Problem ist nur, dass meine Talente hier nicht gefragt sind.«

»Das dürfte nicht das einzige Problem sein – weiß Greg schon, dass du ihn retten willst?«

»Nicht direkt ... aber warum sollte er dagegen sein? Auf Lone Star arbeite ich doch auch.«

»Als Cowgirl. Das ist nicht weiter dramatisch. Wenn du allerdings plötzlich mehr Geld nach Hause bringst als er, dann sieht das schon anders aus. Unterschätze die texanischen Traditionen nicht. Aber apropos Lone Star – kann Oscar Thelen nicht einspringen?«

Daran hatte Katharina natürlich als Erstes gedacht, den Gedanken dann jedoch sofort verworfen. Oscar würde ihr selbstverständlich helfen, aber diesen Triumph gönnte sie ihm nicht. Außerdem wäre eine Standleitung zu Friederike vorprogrammiert. »Nein. Die erste winzige Krise möchte ich gerne allein meistern – Mr. B. könnte sich ein ›Hab ich doch gleich gesagt‹ sicher nicht verkneifen.«

»So viel zu deinem Stolz – was ist mit Gregs?«

»Das Problem sehe ich nun wirklich nicht. Er weiß schließlich, wo er steht. Und ich auch. Also, was ist, hilfst du mir?«

»Wir werden sehen. Vielleicht fällt mir etwas ein.«

Katharina hätte gerne sofort eine Lösung gehört, wusste aber, dass in Texas die Uhren etwas langsamer tickten. Selbst wenn Jack bereits eine Idee hatte, er würde damit erst herausrücken, wenn er sicher war, dass es auch klappte. »Das wäre großartig. Und jetzt lass uns schlafen gehen.«

Jack zog sich in Luisas Zimmer zurück. Das eheliche Schlafzimmer lag direkt gegenüber auf der anderen Seite des Flurs. Jack und Katharina hatten sich flüchtig an der Türschwelle eine gute Nacht gewünscht und lagen jetzt mit offenen Augen in ihren Betten. Draußen tobte ein Schneesturm. Der Wind peitschte die Flocken in Böen gegen die Fensterscheiben.

Kat fand es irgendwie albern, dass sie nicht einfach das Bett teilten. Zu zweit wäre es entschieden gemütlicher. In Deutschland hatte sie einen ganzen Haufen männlicher Freunde, mit denen sie nach durchzechter Nacht oft unter einer Decke geschlafen hatte. Und zumindest in 95 % der Fälle war es auch dabei geblieben. Katharina überlegte, ob Greg wohl Verständnis dafür aufbrächte, wenn sie mit Jack das Nachtlager teilen würde. Die fehlenden 5 % in ihrer Erzählung könnten ein Hindernis darstellen. Und auch die Tatsache, dass sie jetzt verheiratet war, änderte die Sachlage natürlich. Unruhig wälzte Kat sich im Bett hin und her und suchte nach der perfekten Schlafposition. Sie fand sie nicht. Und sie wusste auch, woran das lag.

»Jack, schläfst du?«

»Noch nicht.« Die Stimme klang hellwach.

Kat zögerte einen Moment, bevor sie weitersprach. »Würde es dir etwas ausmachen, bei mir zu übernachten?«

Mit einem Satz stand er in der Tür. »Hast du Angst?« Jack hielt sein Kopfkissen wie ein kleiner Junge unter den Arm geklemmt. »Oder einen anderen wirklich triftigen Grund?« Er machte einen Schritt auf das Bett zu, wartete dann ihre Antwort ab.

»Nicht wirklich, ehrlich gesagt fände ich es schlicht nett.«

»O.K. Auf deine Verantwortung.« Fast schüchtern legte Jack sich zu ihr, peinlich genau darauf bedacht, sie nicht zu berühren. Kat hatte gehofft, dass sich ihre Anspannung legen würde. Das Gegenteil war der Fall. Mit Entsetzen stellte sie fest, dass sie sich magisch von Jack angezogen fühlte.

Das konnte nicht sein, das *durfte* einfach nicht sein. Sie lag neben einem von Gregs besten Freunden im Bett und war kurz davor, sich ihm mit Haut und Haaren hinzugeben. Noch während sie darüber nachdachte, woran das lag, während sie den Stress mit Caitlin, die Angst vor dem Alleinsein und die Tatsache, dass sie halt auch nur eine Frau war, als Erklärung ins Feld führte, machte Jack den Gedanken ein Ende. Zu allem bereit, drehte er sie zu sich, legte die rechte Hand über ihre Augen und verschloss ihr mit der linken die Lippen. »Nicht nachdenken, nichts sagen«, sollte das wohl heißen. Katharina, unfähig zu jeder Gegenwehr, wartete atemlos auf Jacks nächsten Schritt. Jack zog sie auf seinen Bauch und ließ seine Finger durch ihre Haare gleiten.

Endlich hielt er es nicht mehr aus und küsste sie. Als sich ihre Lippen öffneten und seine Zunge fordernd nach der ihren suchte, wachte Katharina auf.

Jegliche Anspannung fiel von ihr ab, die Leidenschaft war wie weggeblasen. Sie wollte nicht mit ihm schlafen, wollte ihn nicht einmal küssen! Erst jetzt, als sie Jack Clooney wirklich nahe war, wurde ihr bewusst, dass sie ihn nicht als Mann, sondern nur als guten Freund liebte und schätzte.

Aber wie kam sie aus der Nummer wieder raus? Um Jack nicht zu brüskieren, beendete sie den Kuss ganz vorsichtig und ließ sich dann zurück aufs Bett gleiten. »Entschuldige bitte, aber es geht nicht.«

Auch Jack hatte seine Fassung zurückgewonnen. Mit gespielt resigniertem Gesichtsausdruck blickte er sie an. »Ich habe es befürchtet. Du liebst Greg tatsächlich. Keine Chance für mich, oder?«

»Keine Chance – obwohl du prinzipiell genau meinem Beuteschema entsprichst.«

»In Ordnung, Cowgirl. Entgegen der landläufigen Meinung über texanische Männer respektiere ich deine Entscheidung und werde dich ab jetzt nur noch beschützen. Und – entschuldige bitte, dass ich uns in diese Situation gebracht habe.«

Katharina legte ihren Kopf auf seine Brust und ließ gerne zu, dass er sie dabei fest in den Arm nahm.

*

Eine Woche später stellte Jack Clooney seine Freundschaft endgültig unter Beweis.

Katharina mistete gerade die Boxen aus, als Greg sie ins Haus rief.

»Jack ist am Telefon. Es scheint wichtig zu sein.«

Er hatte schon bei seiner Rückkehr bemerkt, dass Jack und seine Frau etwas im Schilde führten, aber keiner von beiden hatte auch nur ein Wort fallen gelassen. Greg konnte nicht verhehlen, dass er noch immer ein wenig Angst davor hatte, Kat an den Freund zu verlieren.

Er kannte Jack gut genug, um zu wissen, dass er von ihr genauso angetan war wie er selbst.

Und auch Katharina barg für ihn einen Rest Geheimnis. Selbst nach zwei Jahren, die er fast ausschließlich mit ihr verbracht hatte, war er sich nicht ganz im Klaren darüber, wen er eigentlich vor sich hatte. Es fiel ihm schwer, sich sein Cowgirl als gestyltes Partygirl und Karrierefrau vorzustellen. Dennoch wusste er, dass sie diesen Part ihr ganzes Leben lang gespielt hatte. Jack Clooney konnte ihr beides bieten: ein Leben im Scheinwerferlicht, auf dem obersten Treppchen der High-Society, und die Erfüllung aller Cowgirl-Träume.

Nur mühsam widerstand Greg dem Bedürfnis, das Telefonat zu belauschen.

Seine Geduld wurde auf eine harte Probe gestellt. Katharina und Jack redeten fast eine Stunde miteinander, bevor Kat endlich mit hochroten Wangen zu ihm kam. »Schatz – vergiss die finanziellen Sorgen. Wir sind gerettet. Genauer gesagt: Ich kann uns retten!«

Sie setzte sich auf seinen Schoß, öffnete den Schraubverschluss ihres Bieres mit dem Hemdzipfel und nahm einen großen Schluck aus der Flasche. »Ich mache einen Film über die Clooney Ranch und bekomme dafür so viel Geld, dass wir den besten Anwalt von ganz Texas engagieren können.« Erwartungsvoll schlang sie die Arme um seinen Hals und hoffte auf Beifall. Aber Greg reagierte verhalten. Er hatte mit vielem gerechnet, aber nicht damit, dass Jack Clooney Katharina einen Job beschaffen würde. »So, so. Du machst einen Film, und das ist dann unsere Rettung.«

»Jawohl!« So schnell wollte sie sich die Laune nicht verderben lassen. »Hey, hast du ein Problem? Ich denke, wir brauchen eine Finanzspritze?«

»Das schon, aber meinst du nicht, ich hätte das auch irgendwie geregelt?«

Kat weigerte sich, zu begreifen, was sie längst ahnte. Allein die Tatsache, dass sie die Fäden in die Hand genommen und ohne ihn eine Lösung gefunden hatte, verletzte seinen texanischen Stolz zutiefst. »Natürlich hättest du das, aber für das Geld müsstest du mindestens drei Monate lang jeden verdammten Tag Rinder treiben.«

Das hätte sie besser nicht gesagt. Greg befreite sich aus Katharinas Armen und stand auf.

»Verstehe, und du hast da natürlich deine ganz eigenen Methoden.«

Der schneidende Tonfall ließ Katharina endlich aufhorchen. Für einen Moment drohte ihr Temperament mit ihr durchzugehen. Sie war kurz davor, Greg einen Vortrag über die Vorzüge intelligenter Frauen zu halten, die ihre Männer im Notfall aus der Scheiße reiten konnten. Gerade noch rechtzeitig erinnerte sie sich an die von Jack geäußerten Bedenken und schlug eine gemäßigte Tonart an. »Entschuldige, ich wollte damit nicht sagen, dass du die Angelegenheit nicht auch in den Griff bekommst. Aber wenn es mit meiner Hilfe etwas schneller geht, ist das doch auch nicht verkehrt, oder?«

Greg war noch nicht überzeugt. Es widerstrebte ihm zutiefst, dass Katharina ihren eigenen Lohn dafür aufwenden wollte, seine Probleme mit Caitlin zu lösen. Und auch der Job an sich gefiel ihm nicht besonders. »Das ist ganz allein meine Angelegenheit. Caitlin ist meine Altlast. Du hast damit nichts zu tun.«

»Habe ich doch. Verdammt, Greg – ich liebe dich – und wenn du in Schwierigkeiten bist, dann stecke ich bis zum Hals mit drin. Ob ich will oder nicht.« Der Gedanke, ihm im entscheidenden Moment helfen zu können, erfüllte sie mit einem lange nicht erlebten Gefühl der Befriedigung. *In guten und in schlechten Zeiten* hatte der Pfarrer bei der Trauung gesagt. Und jetzt waren halt die schlechten dran.

Greg bemerkte die Entschlossenheit in ihrem Gesicht und sah ein, dass diese Diskussion nicht so einfach vom Tisch zu wischen war. Er lenkte ein.

»In Ordnung, Mrs. O'Neil. Was hat es konkret mit diesem Film auf sich?«

»Die Clooneys haben schon länger darüber nachgedacht, einen Imagefilm über ihre Ranch erstellen zu lassen. Das heißt, sie wollen in etwa zehn Minuten Länge die Vorzüge ihrer Rinder- und Pferdezucht per Kamera festhalten und an wichtige Geschäftspartner schicken.«

»Katharina, ich weiß, was ein Imagefilm ist. Auf jeder Pferdeauktion gibt's die Dinger zu sehen. Und das kannst du?«

»Ich denke schon, und wenn ich inhaltlich einmal nicht weiterweiß, dann musst du mir eben helfen ...« Man musste den Gegner mit ins Boot ziehen, wenn er sich nicht besiegen ließ. Das funktionierte überall auf der Welt – selbst in Caldwell.

»Also gut. Entschuldige, dass ich so heftig reagiert habe. Wahrscheinlich ist das wirklich eine gute Idee ...«

An diesem Abend ging Katharina mit dem erhebenden Gefühl ins Bett, endlich einen wirklichen Beitrag zu ihrem gemeinsamen Leben leisten zu können. Sie war froh, dass Greg doch noch von seinen steinzeitlichen Ansichten abgewichen war. Kat fragte sich, wie andere texanische Ehepaare derartige Dispute wohl lösten. In Schönheit und Stolz untergehen und verhungern, wenn der Mann kein Geld mehr nach Hause brachte? Das war doch wirklich zu lächerlich.

Zufrieden schmiegte sie sich in Gregs Arme und verlieh ihm heimlich das Prädikat »modern cowboy«. Als er sie zunächst zärtlich, dann leidenschaftlich am Einschlafen hinderte, war die Welt mehr als in Ordnung.

Mit Feuereifer ging Katharina gleich am nächsten Morgen in die Planung für ihr erstes Filmprojekt in Texas. Jack Clooney sen. hatte sie für die Mittagszeit zu ersten Verhandlungen in sein Büro bestellt, bis dahin wollte Kat zumindest ein paar Rahmenbedingungen geklärt haben. Über ihre handwerklichen und redaktionellen Fähigkeiten brauchte sie sich keine Gedanken zu machen. Inhaltlich hatte sie allerdings einige Mankos, die es zu beseitigen galt. Sie musste Clooney sen. unbedingt von ihrer fachlichen Kompetenz überzeugen, musste über seine Rinderzucht und die Zeiten für Befruchtung, Auktionen und sonstige Ereignisse auf der Ranch ganz genau informiert sein. Mr. B. war diesbezüglich ihr wichtigster Informant. Sie würde ihn gleich nach dem Frühstück anrufen.

Das weit größere Problem stellte die Technik dar. Katharina brauchte ein Kamerateam und einen Schnittplatz, musste sich um Cutter und Tonmann kümmern und natürlich eine Kalkulation der Kosten erstellen. In Berlin würde sie dies in zehn Minuten geregelt haben, in Texas kannte sie absolut niemanden, der ihr helfen konnte. Kat atmete auf, als ihr Simon einfiel. Der Kameramann hatte sechs Jahre bei Kanal10 gearbeitet und sich dann vor einem Jahr ein Büro in Los Angeles aufgebaut. Das war die Rettung!

Hektisch suchte sie in den Schachteln und Tüten auf dem Dachboden nach ihrem alten Telefonbuch, stellte erleichtert fest, dass Simons Nummer tatsächlich drinstand und hatte kurze Zeit später seine verschlafene Stimme im Ohr.

»Simon? Simon, bist du das? Hier ist Katharina. Katharina Fahlke von Kanal10. SIMON, wach auf!«

»Mensch, Kat, das ist wirklich eine Überraschung!« Das Rascheln am anderen Ende der Leitung signalisierte umständliches Schälen aus dem Bettzeug. »Ich denke, du lebst als lässiges Cowgirl in Texas …?«

»Richtig. Aber das lässige Cowgirl muss jetzt Geld verdienen und deshalb einen Film drehen. Bist du dabei?«

Simon zögerte keine Sekunde. »Klar, drehe ich mit dir. Worum geht es?«

»Um einen Imagefilm. Rinder, Kälber, Cowboys, Sonnenaufgänge. Hübsch verpackt in zehn Minuten. Auftraggeber ist die Clooney Ranch.«

»Respekt, Frau Fahlke – da haben Sie sich ja gleich den fettesten Brocken unter den Rinderzüchtern ausgesucht. Aber die kleinen Fische waren ja noch nie dein Ding.«

»Du kennst Jack Clooney?« Kat war überrascht. Früher hatte sich Simon nicht gerade für landwirtschaftliche Projekte begeistert. Er war eher der Typ Kameramann, der am liebsten schnelle Autos und die dazugehörigen rasanten Damen ins rechte Licht rückte. Dennoch würde er auch diesen Job perfekt erledigen. Da war Katharina sicher.

»Nicht persönlich. Aber sein Konterfei zierte unlängst eine LIFE!-Ausgabe. Also: Wie lange brauchst du mich?«

»Lange – das steht fest. Das Problem ist, dass die Rinder nicht in der gleichen Woche befruchtet werden, kalben und auf die Auktion gehen. Wir müssen also mindestens drei Termine in einem Zeitraum von etwa vier, fünf Monaten wahrnehmen.«

»Kein Problem. Ich bin noch für einen halbes Jahr in den Staaten. Die Flugkosten halten sich also für dich im Rahmen. Wann geht's los?«

»Wenn alles klappt, in etwa drei Wochen. Dann kommen die Kälbchen zur Welt.«

»Abgemacht, ich werde da sein.«

Katharina fiel ein Stein vom Herzen. Blieb nur noch das Problem mit der Technik.

»Sag mal, hast du zufällig einen Kontakt zu technischen Dienstleistern hier in meiner Gegend?«

»Nicht direkt, aber ich kenne eine Produktionsfirma in

L.A., die dir sicher weiterhelfen kann. Gib mir eine halbe Stunde, ich kläre das für dich.«

Kurz nach Sonnenaufgang waren die ersten Hürden genommen. Mit Simon waren perfekte Bilder garantiert, und den Schnittplatz hatte Katharina auch. Jetzt musste sie sich nur noch mit Jack Clooney sen. auf den Etat einigen. Sie rechnete mit mindestens 15 Drehtagen. Hinzu kamen etwa fünf Tage für den Schnitt und die Sprachaufnahme im Tonstudio. Wenn sie nicht plus/minus null aus dem Auftrag herausgehen wollte, mussten am Ende rund 25 000 Dollar auf dem Scheck stehen. Eine stolze Summe für jemanden, der davon ausging, ein 15-Minuten-Filmchen wäre in zwei Tagen fertig.

Während Kat ins Badezimmer ging, überlegte sie fieberhaft, wie sie Clooney den Braten schmackhaft machen konnte.

»Würdest du 25 000 Dollar dafür ausgeben, dass sich potentielle Kunden an den Bildern deiner Rinder erfreuen?« Kat zog ihren Bademantel aus und stieg zu Greg unter die Dusche.

»Wenn du mich persönlich betreuen würdest – sofort!« Er seifte ihr den Rücken ein und massierte ihre Schultern. »Clooney senior allerdings wird sich von deinen Reizen nicht beeindrucken lassen. Er hat sein Imperium mit eiserner Disziplin und fast sprichwörtlichem Geiz aufgebaut. Muss es wirklich so teuer sein?«

»Wenn er den besten Imagefilm in ganz Texas haben will: ja. Mittelmaß kostet die Hälfte.«

»Das ist das Zauberwort. Drohe ihm mit Mittelmaß, und er zahlt dir jeden Preis.«

Mit einem Schwall kalten Wassers beendete Greg die Massage und wickelte seine Frau in ein dickes Badelaken. »Und jetzt mach dich hübsch, und zwing ihn in die Knie!«

Als Katharina die imposante Allee zum Clooneyschen Herrenhaus hochfuhr, fürchtete sie sich kurzfristig vor der eigenen Courage. Der landesübliche Verhaltenscodex machte das Unterfangen nicht leicht. Es war in Texas ganz und gar unüblich, größere Geschäfte ausgerechnet mit einer Frau zu tätigen. Mehr als einmal hatte Kat erlebt, dass man in Gesellschaft der Damen nicht einmal darüber redete. Wie in einschlägig bekannten Filmen zogen sich die Herren nach dem Essen in den »Rauchsalon« zurück, um sich dort ganz ungestört den ernsten Dingen des Lebens zu widmen. Die Damen überließ man ihren Rezepten und Erziehungsproblemen. Wie konnte sie glauben, dass man sie überhaupt ernst nehmen würde? Aber zur Umkehr war es jetzt zu spät – und zumindest ihr Outfit schien dem historischen Anlass angemessen.

Sie hatte lange überlegt, wie eine erfolgreiche Geschäftsfrau im Wilden Westen wohl auszusehen hatte, und sich schließlich für die feminin-kompetente Variante entschieden.

Ein hellgrauer, langer Rock umschmeichelte ihre Hüften, die weiße Bluse schaffte Seriosität, und die graue Weste samt passendem Blazer standen für Kompetenz. Die obligatorischen Lizzard-Boots und der schwarze Stetson signalisierten die Nähe zum Objekt »Rind«.

Vor der letzten Kurve hielt Kat den Wagen an und ordnete ihre Haare. Vince hatte ihr vor Monaten den Trick verraten, der jede Frisur auch unter dem Hut rettete: Man drehte die Seiten und steckte sie hoch. Nahm man den Hut ab und löste dann die Spange, fielen die Haare in wunderbaren Wellen auf die Schultern.

Mr. Clooney wartete, flankiert von seinem Sohn und einem Mitarbeiter, den Kat nicht kannte, im Büro. Jacks Vater war der Inbegriff der Autorität. Hoch gewachsen, etwa 65 Jahre alt und trotz eines kleinen Bauchansatzes ein Baum von einem Mann. Mit seinen stahlblauen Augen und den schlohweißen Haaren erinnerte er sie ein wenig an Curd Jürgens.

»Pünktlich auf die Minute, das lobe ich mir, Mrs. Fahlke.« Die drei Männer standen auf und reichten ihr einer nach dem anderen die Hand.

»O'Neil, Mr. Clooney. Ich heiße seit einem Jahr O'Neil.«

»Oh, pardon, das muss ich verdrängt haben.«

Katharina ignorierte den leicht ironischen Unterton und nahm auf dem ihr zugewiesenen Stuhl Platz. Dann erklärte sie den Männern eine halbe Stunde lang ihr Konzept.

Trotz der hektischen Recherche des frühen Morgens war sie nicht für alle Fragen gewappnet und verließ sich darauf, dass ihr im richtigen Moment die passenden Argumente einfallen würden. Die Rechnung ging auf. Je länger sie über ihren Film sprach, desto mehr Puzzleteile fügten sich zusammen.

Am Ende des Vortrages hatte sie ein beeindruckendes Bild von Sonnenaufgängen, glänzenden Rinderflanken und hart arbeitenden Cowboys gezeichnet, die das Leben auf der Clooney Ranch in die Welt hinaustragen sollten. Hätte man sie nicht gebremst, die passende Musik wäre auch noch komponiert worden. Katharina schaute Clooney sen. erwartungsvoll an. Für ihre Begriffe war ihr Auftritt perfekt gelaufen.

»Ich denke, wir sollten erst einmal etwas essen. Haben Sie Hunger?«

»Immer.« Kat verbarg ihre Enttäuschung über die Null-Reaktion ihres Kunden, so gut es ging, und suchte den

Blickkontakt zu Jack. Mit einem Kopfnicken gab er ihr zu verstehen, dass die Schlacht nicht verloren war.

Im Esszimmer duftete es nach gegrilltem Rindfleisch und Ofenkartoffeln. Der Hausherr öffnete eine Flasche Rotwein und beobachtete amüsiert Katharinas großen Appetit. Das Filet war köstlich, und sie vergaß für einen Moment, warum sie eigentlich hier war. Jack brachte das Gespräch auf das Barrell Racing, in dem Kat einen stolzen zweiten Platz hinter Charlotte Main errungen hatte, und sie stieg gern in die unverfängliche Unterhaltung ein.

»Irgendwann werde ich die eiskalte Lady schlagen, das schwöre ich Ihnen, Mr. Clooney.«

»Zumindest Ihr Pferd ist auf dem besten Wege, wenn Sie es beim nächsten Mal schaffen, es zu unterstützen, dann wird es schon gelingen.« Ein Augenzwinkern milderte die Anspielung auf ihre Reitkünste.

»Sehr witzig. Gibt's noch Wein?« Kat biss sich auf die Zunge. Die Antwort war vielleicht doch etwas zu schnippisch dahergekommen. Schnell schob sie ein »bitte« samt einnehmendem Lächeln hinterher.

»So viel Sie wollen.«

Als zum Abschluss des Lunches Brandy und Zigarren gereicht wurden, hatte Katharina einen amtlichen Schwips. Völlig unvermittelt kam Mr. Clooney auf den Anlass ihres Treffens zurück. »Nun, Mrs. O'Neil, oder darf ich Katharina sagen? Wie viel würde uns denn der Spaß ihres Filmes kosten?«

Kat mobilisierte den Rest Disziplin, den sie noch aufbringen konnte, und setzte eine möglichst lässige Mine auf. »Wenn Sie den perfekten Film haben wollen: 25 000 Dollar.«

Der Mitarbeiter, von dem sie nur wusste, dass er Dan hieß, simulierte einen Hustenanfall und blies den Zigarrenrauch demonstrativ über den Tisch. »Geht's auch kleiner?«

»Mittelmaß kostet die Hälfte.« Sie betete, dass Greg mit seiner Einschätzung Recht behalten würde.

Clooney sen. sagte gar nichts. Scheinbar gedankenverloren schwenkte er das Brandyglas in seiner Hand und fixierte Kat dann mit einem stechenden Blick. »So, so, Mittelmaß. Nun, Lady mit Mittelmaß haben wir uns noch nie abgegeben. Dan – machen Sie einen Vorschuss über 5000 Dollar fertig.« Zu Katharina gewandt sagte er: »Wir sind im Geschäft. Und wenn Sie am Ende trotzdem nur Mittelmaß abliefern, werden Sie drei Monate lang meine Kinder versorgen. Mein Sohn sagt, dass Sie sich dabei ganz ordentlich anstellen.«

Mit einem wahrhaft männlichen Handschlag und einem weiteren Glas Brandy wurde der Vertrag besiegelt.

Gleich darauf verabschiedete sich Clooney sen. mit dem Hinweis auf weitere Geschäfte und ließ Jack und Katharina allein.

Jack schlug ihr beherzt auf die Schulter. »Glückwunsch, Kat! Das nenne ich eine gelungene Performance! Ich glaube, mein Vater hat noch nie so schnell 25 000 Dollar für etwas lockergemacht, von dem er noch nicht einmal genau weiß, wie es am Ende aussehen wird.«

Kat freute sich über das Kompliment und strahlte Jack an. »Dein Anteil an der Geschichte ist mindestens so groß wie meiner. Vielen Dank dafür.« Sie gab ihm einen Kuss auf die Wange und wandte sich dann zur Tür. »Und jetzt muss ich los – ich kann es kaum erwarten, Greg alles zu berichten!«

Jack hielt sie zurück. »Nicht so schnell, Lady. Mit dem Alkohol im Blut setzt du dich nicht ans Steuer. Wie wäre es mit einem ausgiebigen Ritt über Clooney-Land?«

Kat stimmte zu. Gemeinsam gingen sie zum Stall und sattelten die Pferde.

Fast zwei Stunden ritten Jack und Katharina über die Ranch, und Kat schwante, dass der Film niemals an die tatsächliche Schönheit des Landes heranreichen konnte. Sie hatte einige Bedenken, ob sie den Mund nicht doch etwas zu voll genommen hatte. Ein heftiges Kribbeln in der Magengegend erinnerte sie schmerzhaft daran, dass sie vor jeder ihrer Reportagen am liebsten in die Spree gesprungen wäre. Ständig befürchtete sie, nicht gründlich genug recherchiert, ihre Termine nicht optimal koordiniert und überhaupt die eigentliche Geschichte nicht erkannt zu haben. Sie beruhigte sich mit der Tatsache, dass sie in ihrer gesamten Laufbahn nur zwei Filme richtig versaut hatte. Einen Imagefilm allerdings hatte sie noch nie im Leben gemacht – gut, dass das niemand wusste. Aber es würde schon schief gehen! Müde, aber zufrieden fuhr sie schließlich zurück nach Caldwell.

Greg empfing sie mit einer geöffneten Flasche Sekt. »Jack hat mich sofort angerufen und mir erzählt, wie du seinen Vater um den Finger gewickelt hast. Ich bin sehr stolz auf dich, Cowgirl.«

»In Wahrheit hat er mir den Weg so weit frei geräumt, dass ich nichts falsch machen konnte.«

Greg wiegelte ab. »Nicht ganz. Er hat dir die Tür geöffnet. Durchgegangen bist du ganz allein.« In seinen Stolz mischte sich das ungute Gefühl, dass Katharina vermutlich durch jede Tür gehen konnte, wenn sie nur wollte. Scheinbar beiläufig fragte er: »Hat dich der heutige Tag an deinen alten Job erinnert? Ich meine … hattest du Spaß daran?«

Kat ahnte sofort, wo der Hase lang lief. Dennoch antwortete sie ehrlich. »Ja, es hat mich ein wenig an früher erinnert, und ja, es hat mir Spaß gemacht – aber weißt du was? Den Spaß daran habe ich erst wieder durch das Leben mit dir.« Kat hob ihr Glas und hielt es Greg entgegen. »Auf Country Boy und City Girl – und auf ihr gemeinsames Leben!«

Greg zögerte keine Sekunde und stieß mit ihr an.

*

Wie schon so oft, wenn Kat sich ganz sicher war, dass ihr Glücksstern wieder in voller Pracht strahlte, kam überraschend alles ganz anders. Nur zwei Tage später merkte sie plötzlich, wie ihre körperlichen Kräfte nachließen. Ohne ersichtlichen Grund fühlte sie sich morgens wie zerschlagen, hatte keinen rechten Appetit und war schon am Mittag müde.

Zwei Arztbesuche und ein Telefonat später erfuhr Katharina den Grund dafür. Sie war schwanger. Schweigend legte sie den Hörer zurück auf die Gabel und ließ sich auf einen Sessel fallen. Schwanger! Das war nun wirklich das Letzte, was sie hören wollte. Ihre Einstellung zu eigenen Kindern hatte sich auch in Texas nicht geändert. Katharina wollte keine und damit basta. Sie wusste nicht, ob sie heulen oder doch einfach nur schreien sollte. Am meisten ärgerte sie sich darüber, dass sie ganz allein schuld daran war. Die Halbwertszeit der Spirale, die ihr die Befruchtung ersparen sollte, war längst abgelaufen. Aus purer Faulheit hatte sie einen Austausch immer wieder hinausgeschoben. Jetzt bekam sie die Quittung. Als sie sich halbwegs wieder gefangen hatte, ging Katharina zurück in die Küche, wo Greg gerade über den Büchern brütete. Seit Stunden schrieb er Zahlen auf Papier, rechnete die Ergebnisse nach und warf Papierkugeln in den Mülleimer. Kat fragte sich, ob dies der richtige Moment für ein Gespräch über ungeplanten Nachwuchs war. Greg wirkte extrem angespannt. Sie allerdings war das auch. Doch bevor sie ansetzten konnte, kam der Cowboy ihr zuvor.

»Kat, wie viel Geld hast du noch auf deinem Konto?«

»Was?« Kat war so in ihren Gedanken, dass sie Gregs Worte nur akustisch wahrnahm.

»Entschuldige bitte die Frage, aber die berufliche Flaute jetzt im Winter schlägt doch härter zu Buche, als ich erwartet hatte. Und in einer Woche ist die 500-Dollar-Rate für das Haus fällig. Ich fürchte, ich brauche deine Hilfe.«

Noch immer verstand Katharina nicht ganz, worum es ging, und schaute Greg nur fragend an.

Nachdem der Auftrag von Jack Clooney unter Dach und Fach war, hatte sie alle finanziellen Probleme einfach aus ihrem Kopf gestrichen. Und jetzt, gerade jetzt in diesem Moment, war sie ebenfalls nicht in der Lage, sich erneut damit auseinander zu setzten.

»Greg – ich muss dir auch etwas sagen …«

»Katharina, hallo – hörst du mir überhaupt zu? Mit dem letzten Geld habe ich Futter für die Pferde gekauft. Wir sind total pleite.«

Erst jetzt sah Katharina, wie verzweifelt Greg war. Sie ahnte, wie viel Überwindung ihn der letzte Satz gekostet haben musste. Für einen Cowboy gab es nichts Schlimmeres, als seiner Frau erzählen zu müssen, dass er ihr keine Sicherheit mehr bieten konnte. Greg war in dieser Situation – und dabei ahnte er noch nicht einmal, dass diese noch viel schlimmer war, als er dachte. Kat riss sich zusammen und versuchte, das Baby für einen Moment aus ihren Gedanken zu verbannen.

»Ich habe noch 2000 Dollar auf dem Konto. Ich kann die Rate überweisen.«

»Das ist leider nicht alles. Caitlins Unterhalt für den laufenden Monat steht auch noch aus. Nach meinen Berechnungen und der aktuellen Auftragslage werden wir erst in etwa zwei Monaten aus dem Gröbsten heraus sein. Es sei denn, ich verkaufe die Fohlen. Die bleiben uns als Sicherheit.«

Kat war wie vom Donner gerührt. »Ich kann nicht glauben, dass du mir nichts erzählt hast – und noch weniger, dass ich nichts bemerkt habe!«

Greg stand auf und nahm sie in den Arm. »Tut mir Leid. Ich hätte dir längst reinen Wein einschenken sollen. Aber ich habe gehofft, dich damit nicht belasten zu müssen.«

Schulden bis zur Decke, ein Cowboy, der um seinen Stolz rang – und sie selbst im dritten Monat schwanger. Katharina brauchte Luft, und zwar ganz schnell. Sie gab Greg einen entschuldigenden Kuss und lief in den Stall. Greg folgte ihr.

»Hey – so dramatisch ist das alles nun auch wieder nicht ...« Vor Blazes Box hatte er sie eingeholt und sah jetzt, dass Katharina gegen die Tränen kämpfte. Leise sagte sie: »Ist es doch ...« Erst jetzt kam er auf den Gedanken, dass die finanzielle Misere nicht ihr einziges Problem sein könnte. Besorgt nahm er ihre Hände. »Kat – was ist los? Hat es irgendetwas mit dem Telefonat zu tun, das du schon den ganzen Tag erwartet hast? Was wolltest du mir erzählen?«

Kat löste sich aus seinen Händen und holte Blaze aus dem Stall. »Gib mir zwei Stunden, ich muss erst nachdenken.«

Sie ritt zu ihrem Lieblingsplatz am See, setzte sich auf einen Baumstamm und starrte in das kristallklare Wasser.

»Freuen Sie sich, Mrs. O'Neil«, hatte der Arzt gesagt, »Sie werden Mutter.«

Katharina freute sich nicht und würde das Kind am liebsten nicht auf die Welt kommen lassen. Sie dachte an Greg und kannte seine Einstellung zu dem Thema. Greg liebte Kinder, und hatte sich nur ihr zuliebe damit abgefunden, dass er nicht wieder Vater werden sollte.

Mit einer Abtreibung aber wäre er sicherlich nicht einverstanden. Schon gar nicht unter den gegebenen Umständen. Er würde ewig glauben, dass sie ihm die Ernährung der Familie nicht zutraute.

Der Hufschlag eines Pferdes zwang Katharina, ihre Überlegungen abzubrechen. Greg und Storm erschienen am Rande der Lichtung. Der Anblick des Cowboys konnte Katharina selbst in diesem Augenblick von ihren Problemen ablenken. Keine Frage, Greg O'Neil war der Mann ihres Lebens.

»Sorry, Kat, aber ich konnte nicht länger warten. Willst du mir erzählen, was dich so beunruhigt?« Während Greg sich neben sie auf den Baumstamm setzte, rasten die Gedanken blitzschnell durch ihr Gehirn.

Sollte sie ihn anlügen? Sich eine plausible Geschichte ausdenken und heimlich einen Arzt aufsuchen, der das Kind abtreiben würde?

»Ich bin schwanger.« Noch bevor sie ihren Plan zu Ende gedacht hatte, sprudelten die Worte heraus.

Greg schaute sie nur an. Katharina hatte ihm erzählt, dass ein Kind in ihrer Lebensplanung nicht vorgesehen war. Gleichzeitig wünschte er selbst nichts sehnlicher, als doch eines mit ihr zu bekommen. Letztendlich überwog die eigene Freude. Mit einem Satz sprang er auf, zog Katharina mit sich und wirbelte sie durch die Luft. »Das ist wundervoll! Wir bekommen ein Kind!«

»Ist das wundervoll?« Sie stand wieder auf dem Boden und war hin- und hergerissen.

Gregs Freude rührte sie zutiefst, und sie wollte ihn auf keinen Fall enttäuschen. Er bemerkte die Zweifel in ihren Augen. »Natürlich ist es das. Ich weiß, dass du nie ein Baby haben wolltest – aber ich wette, es wird dir doch gefallen. Und um die Finanzen musst du dir wirklich keine Sorgen machen – bis zur Geburt unseres Kindes ist das alles längst überstanden.«

Kat war sich vor allem in Punkt eins nicht so sicher.

Bis spät in den Abend hinein saßen Greg und Katharina am Ufer des Sees und diskutierten über Verantwortung, Elternglück und Mutterschaftsängste.

Als sie schließlich nach Hause ritten, hatte Kat entschieden, dem Baby doch auf die Welt zu helfen.

*Dear Diary!*

*Als ich nach Texas ging, wollte ich mein Leben zwar grundlegend ändern, sooo grundlegend aber dann doch nicht.*

*In den kommenden Monaten werde ich mich in ein dickes Muttertier verwandeln – und mich mit Windeln beschäftigen.*

*Ob das wohl gut geht???*

Zumindest die ersten Wochen gingen zu Katharinas Überraschung glatt über die Bühne.

Die Schwächeanfälle hörten schon bald auf, und die von fast allen ihren Freundinnen verfluchte Übelkeit blieb aus. Nachdem für Kat klar war, dass eine Schwangerschaft offensichtlich nicht ganz so grässlich war wie befürchtet, entschloss sie sich, das Ereignis endlich öffentlich zu machen. Bisher teilte nur Greg ihr Wissen, und auch ihm hatte sie strikt verboten, sein Glück in die Welt hinauszuschreien. Katharina brauchte Zeit, um für sich den richtigen Umgang mit der Situation zu finden. Die Erste, die sie anrief, war Friederike. Die Freundin hatte schon in den letzten Telefonaten gespürt, dass Katharina etwas vor ihr verbarg, ihr das Geheimnis aber nicht entlocken können. Jetzt war sie völlig aus dem Häuschen.

»Das glaube ich nicht! Ha – ich wusste, dass etwas im Busch war. Du warst so merkwürdig einsilbig. Aber damit habe ich nicht gerechnet. *Du* bist schwanger? Und hast nicht heimlich abgetrieben? Ich bin beeindruckt, Kat. Wirklich.« Friederike bot sofort an, sich in den nächsten Flieger zu setzen und der Freundin Beistand zu leisten.

»Nicht nötig. Ich habe beschlossen, zum Alltag überzugehen und mich mit der Schwangerschaft erst dann wieder zu beschäftigen, wenn ich meine Füße nicht mehr sehen kann.«

»Na, das ist ja mal wieder typisch. Und absolut nicht mütterlich, meine Liebe. Aber dir ist schon klar, dass in sechs Monaten unabwendbar ein kleines Menschenkind neben dir liegen wird, um das du dich dann kümmern musst.«

»Sehr witzig. Wenn es so weit ist, werde ich die Mutter in mir aktivieren. Versprochen. Und jetzt reden wir über etwas anderes, ja?«

Katharina war noch weit entfernt davon, ihre zukünftige Mutterrolle auch nur ansatzweise anzunehmen. Stattdessen steckte sie die wiedererweckte Energie in die Vorbereitungen für ihren Film und in die Arbeit auf der Farm. Greg fiel es sichtlich schwer, dies zu respektieren. Gern hätte er ihr klar gemacht, dass eine Frau in ihrem Alter etwas sorgsamer mit ihrem Körper umgehen musste. Aber wenn er auch nur versuchte, sie am Ausmisten oder gar am Reiten zu hindern, stieß er auf massiven Widerstand.

»Greg O'Neil – wenn du noch ein Wort in Richtung Schonung verlierst, werde ich dich auf der Stelle verlassen.«

»Verdammt, Katharina – ich möchte zumindest ein ganz klein wenig meines Beschützerinstinktes ausleben dürfen! Ehemänner schwangerer Frauen brauchen das!«

»In Ordnung – leg den Sattel auf Blues Rücken.«

Seufzend fügte er sich und hoffte nur, dass Kat wusste, wie viel sie sich zutrauen durfte.

Gleichzeitig fragte er sich allmählich, ob Katharina ihre Schwangerschaft tatsächlich akzeptierte. Sie war jetzt in der Mitte des vierten Monats und zeigte noch immer wenig Interesse für das winzige Leben in ihrem Bauch. Viel zu sehr war sie mit dem Imagefilm und auch mit der derzeitigen finanziellen Situation im Hause O'Neil beschäftigt. Tatsächlich brachte der akute Sparkurs Katharina an die Grenzen ihrer Belastbarkeit. Kein Cent, der nicht drei Mal umgedreht wurde, bevor er für lebensnotwendigen Basisproviant ausgegeben wurde. So ungefähr musste es ihrer Familie in der Nachkriegszeit gegangen sein. Kat erinnerte sich an die Geschichten ihrer Großmutter, die ihr als Kind immer erzählt hatte, wie groß die Freude über ein Stück Fleisch am Wochenende war. Jetzt wusste sie auch, wie man noch aus dem letzten Knochen eine kräftige Suppe kochte. Oma Hedwig wäre stolz auf ihre Enkelin.

Gleichzeitig begannen die Dreharbeiten auf der Clooney Ranch, und Katharina musste vor dem Team und ihrem Auftraggeber so tun, als sei alles in bester Ordnung. Vor jedem neuen Dreh setzte sie sich mit Jacks Vater zusammen und besprach die Details.

Ihre Schwangerschaft konnte sie auch vor den Clooneys nicht länger geheim halten, und so sorgte das erste

Motiv für entsprechende Heiterkeit: Auf dem Drehplan stand die Geburt der Kälber.

Die Clooney–Ranch besaß fast 40 000 Rinder unterschiedlicher Rassen. Ihre Hauptzucht aber waren »Beefeater«, eine robuste Gattung, die für ihr ausgezeichnetes Fleisch weltberühmt war. Sie sollten im Mittelpunkt des Films stehen.

Rund 2000 Beefeater-Kälber würden in den kommenden Wochen zur Welt kommen.

Katharina und ihr Team legten sich einfach zwei Tage und Nächte bei den tragenden Kühen auf die Lauer, den Rest erledigte Mutter Natur.

Nachdem Simon den ersten Ekel über Nachgeburt, Blut und Schleim überwunden hatte, war er völlig fasziniert von der fast stündlichen Demonstration tierischer Fruchtbarkeit.

Kassette um Kassette füllte sich mit immer neuen Einstellungen von teils noch nassen, teils schon sehr flauschigen Kälbchen, die beglückt am Euter ihrer Mutter hingen oder von den Cowboys auf ihre Gesundheit überprüft wurden.

Katharina erlebte die Stunden der Geburten mit gemischten Gefühlen. Das Wunder eines neuen Lebens, das ganz plötzlich auf die Weiden dieser Welt fiel, beeindruckte sie tief. Kaum vorstellbar, dass sie selbst ein solches Wunder in sich trug. Der Weg dahin schien ihr aber doch sehr mühsam. Obwohl Kühe laut Expertenmeinung keine Schmerzen empfanden, glaubte sie doch, den ein oder anderen leidenden Ausdruck in den Augen der Kühe auszumachen. Sie würde den Arzt um eine Narkose bitten, wenn es so weit war. Das war ihr jetzt schon klar.

Greg beobachtete Kats Arbeitseifer und den damit zusammenhängenden körperlichen Einsatz mit wachsendem Missfallen und bemühte sich seinerseits, um jeden Job, den er finden konnte.

Von seinem Vater hatte er gelernt, dass der Winter für Cowboys die Zeit der Kompromisse darstellte. Ohne mit der Wimper zu zucken, tauschte er den Stetson gegen eine Baseball-Kappe, die Wildlederwesten gegen derbe Sweatshirts und hielt Ausschau nach jeder Form von Arbeit, die er mit seinen Händen leisten konnte. Meist arbeitete er als Maurer für zehn Dollar die Stunde. Kat hasste die Vorstellung, dass ihr stolzer Cowboy mit einer Kelle im Zement rührte.

Aber noch vor Ablauf der zwei Monate beendete der Segen eines unverhofften Auftrages die trostlose Zeit. Greg stand eines Morgens mit zwei prall gefüllten Einkaufstüten und einem Scheck in der Hemdtasche in die Küche. »Wir sind über den Berg, Kat!«

Triumphierend legte er den Scheck auf den Tisch. »Alle aktuellen Verpflichtungen sind bezahlt, und auf diesem Stück Papier hier steht ein 1500-Dollar-Vorschuss für vier Wochen Arbeit in Dallas.«

»Gott sei Dank! Das heißt, es ist vorbei? Kein Feilschen mehr um den Gemüsepreis, keine Kartoffelaufläufe wahlweise mit oder ohne Cheese und endlich wieder heiß duschen, ohne ans Heizöl zu denken?«

»Genau das heißt es.« Gregs Augen strahlten, und die scharfen Falten, die sich in den vergangenen Wochen um seine Mundwinkel gebildet hatten, waren fast verschwunden.

»Und es heißt auch, dass du ganz beruhigt deine letzten 150 Dollar aus dem Geheimversteck in Blues Box nehmen und dir für morgen einen Termin bei deinem Luxus-

Friseur holen kannst.« Er küsste sie auf dem Mund, Kat wurde rot.

»Woher weißt du das mit dem Friseur? Ich meine, woher weißt du, dass er so teuer ist?«

»Caitlins Mutter hat es mir erzählt. Sie meinte, mich darüber aufklären zu müssen, dass du ein ebensolches Luxusweibchen seist wie ihre Tochter.«

»Was hast du geantwortet?«

»Dass ich immer wusste, dass in meinem Country Girl auch ein City Girl steckt – und dass ich genau diese Kombination an dir liebe.« Bei den letzten Worten sah er sie mit dem Blick an, der Katharina schon bei ihrem ersten Tanz auf Lone Star eine wohlige Gänsehaut über den Rücken gejagt hatte.

»Und jetzt zieh das schwarze Kleid an, das du in eine Plastikhülle auf den Dachboden verbannt hast.«

Kat gab alles und präsentierte sich nur zwanzig Minuten später in einer Form, die in der Kürze der Zeit eben nur ein City Girl schaffen konnte. Die langen Haare fielen seidig glänzend bis über die Schultern, das schwarze Kleid, das trotz des mittlerweile doch gewachsenen Bauches noch passte, schmiegte sich an ihren Körper und gab durch einen langen Schlitz am rechten Oberschenkel den Blick auf schwarz bestrumpfte Beine frei. Ein dunkler Eyeliner, lebensbejahendes Rot auf den Lippen und ein Hauch »Must de Cartier« machten den Auftritt perfekt.

Greg, der inzwischen die Kerzen angezündet hatte, hielt den Atem an. »Wer fragt bei diesem Anblick noch nach dem Country Girl! Und jetzt habe ich noch eine Überraschung für dich: Friederike wird uns besuchen – schon nächste Woche.«

»Friederike? *Meine* Friederike?! Aber ... Warum weißt du

das – und ich nicht????« Katharina freute sich sehr auf den Besuch der Freundin, der ihr allerdings sehr überraschend vorkam.

»Weil ich sie angerufen habe. Jetzt, wo die Pleitegeier verscheucht sind, musst du den Clooney-Film nicht mehr zu Ende machen und kannst dich endlich um dich kümmern. Friederike wird den Rest übernehmen.«

Kat erstarrte zur Salzsäule. Sie versuchte, in Gregs strahlendem Lachen ein winziges Anzeichen von Bösartigkeit zu erkennen. Er *musste* bösartig sein, anders ließ sich dieser Alleingang nicht erklären. Doch obwohl nichts als Freude und Liebe aus seinen braunen Augen sprach, schrie sie ihn an.

»*Sie wird den Rest übernehmen?* Ohne mich zu fragen hast du ihr *meinen* Film übergeben? Greg Alan O'Neil – das ist mit Abstand die größte Unverschämtheit, die ich je erlebt habe! Das ist *mein* Projekt, *mein* Film, ein Stück *meines* Lebens – und du entscheidest einfach darüber???«

Nun war es an Greg, zu erstarren. Er verstand Katharinas Ausbruch nicht im Geringsten.

»Katharina – ich bin nicht sicher, was genau diese Explosion ausgelöst hatte – aber sie ist mit absoluter Sicherheit nicht angebracht. Wir brauchen das Clooney-Geld nicht mehr, und darum ging es doch schließlich in erster Linie … oder?«

»Verdammt Greg – natürlich ging es am Anfang um das Geld. Auch. Aber hast du denn nicht gemerkt, wie viel Spaß ich an der Arbeit habe? Wir haben doch darüber geredet …«

Katharina hörte auf zu brüllen. Stattdessen stellte sich mit dem Rücken dicht vor Gregs Brust. Seine Arme kreuzte sie vor ihrem Bauch. »Der Wechsel zwischen Ehefrau, Cowgirl und TV-Redakteurin ist einfach herrlich! Du hast mir die Freude an Letzterem zurückgegeben, und mit dir im Rücken ist es ein Leichtes, all diese wundervollen Möglichkeiten zu leben.«

»Die Mutter kam in deiner Aufzählung nicht vor …« Greg war bisher nur halb überzeugt.

»Muss sie auch nicht – noch ist ja nichts zum Bemuttern da. Und wenn es so weit ist, stelle ich sie gleich hinter die Ehefrau.« Sie dreht sich zu ihm um und sah ihn ernst an.

»Ich mache den Film zu Ende, und dann stricke ich nur noch Strampelhöschen. Versprochen.«

Greg ließ sich schließlich überzeugen, allerdings nur unter der Maßgabe, dass Friederike trotzdem kam. Zumindest die anstrengenden Nachteinsätze sollte sie Katharina abnehmen.

»In Ordnung, Cowboy – ab Dunkelheit übernimmt sie. Aber es bleibt mein Film!«

Einen Tag vor Friederikes Ankunft zeigte sich, dass Gregs Sorge nicht ganz aus der Luft gegriffen war. Katharina schleppte gerade Heuballen in die Pferdeställe, als ihr ein stechender Schmerz in den Rücken fuhr. Mit einem Aufschrei sank sie zu Boden und konnte minutenlang kaum atmen. Der Schmerz schien jetzt überall zu sein, zog sich vom Rücken über den Bauch bis in die Beine. Greg, der draußen mit einem jungen Pferd arbeitete, ließ die Stute sofort stehen und lief in den Stall.

Der Anblick seiner auf dem Boden liegenden Frau brachte die Erinnerung an die schreckliche Nacht zurück, in der die Viehdiebe versucht hatten, sie zu vergewaltigen. Nur mit Mühe verdrängte er die düsteren Bilder und kniete sich neben sie.

»Scheiße, Cowboy – ich glaube hier ist etwas gar nicht

in Ordnung.« Kat bemühte sich um Gelassenheit, die Panik in ihren Augen ließ sich aber nicht verbergen.

»Ich rufe sofort den Arzt an. Bleib hier liegen und beweg dich nicht.«

»Keine Sorge – an bewegen ist nicht zu denken.«

Dr. Roberts war keine Viertelstunde später da. Während er Katharina gründlich untersuchte, hielt er einen deftigen Vortrag über den Sinn und Zweck von regelmäßigen Arztbesuchen während einer Schwangerschaft. »Und Sie, Mrs. O'Neil, habe ich bisher nur zwei Mal in der Praxis gesehen. Für eine Spätgebärende entschieden zu wenig!«

Spätgebärend – was für ein scheußliches Wort. Aber er hatte Recht. Mit ihren jetzt 37 Jahren war sie unter dieser demütigenden Rubrik zu führen. »Ich gelobe Besserung, Mr. Roberts. Aber sagen Sie mir jetzt bitte, dass alles in Ordnung ist.« Zum ersten Mal spürte Katharina eine Nähe zu dem Baby in ihrem Bauch. Die Angst, das Kind zu verlieren, schnürte ihr die Kehle zu.

»Es wird alles wieder in Ordnung kommen – vorausgesetzt, Sie halten sich an meine Anweisungen.«

»Und die wären?«

»Schluss mit harter Arbeit, viel Ruhe, und geritten wird nur noch im Schritt, am besten gar nicht.«

Greg hörte aufmerksam zu, und der Blick, den er Katharina zuwarf, verhieß nichts Gutes.

»Ich werde dafür sogen, dass meine Frau sich daran hält.«

Kat sagte gar nichts mehr und haderte mit ihrem Schicksal. Spontan fiel ihr Sophia Loren ein, die nach diversen Fehlgeburten für jedes ihrer zwei Kinder neun Monate lang das Bett gehütet hatte. Soviel mütterliche Aufopferung konnte auch nur eine Italienerin aufbringen!

Katharina und Greg saßen auf der Veranda, als sie sich zum zweiten Mal an diesem Tag der Existenz des Winzlings bewusst wurde »Es tritt mich! Nicht zu glauben – es tritt nach mir.« Völlig verblüfft legte sie ihre Hand auf den Bauch und konnte die sanften Stöße deutlich spüren.

»Wahrscheinlich hat es die Nase gestrichen voll davon, dass du es beharrlich ignorierst.« Greg folgte ihrem Beispiel und strich sanft über ihre schon leicht gespannte Haut. »Ist das nicht aufregend?«

Kat musste zugegeben, dass es das war. Fasziniert wartete sie auf jede weitere Bewegung und war fast enttäuscht, als fünf Minuten später wieder Ruhe herrschte. »Schade – eingeschlafen.«

Erfreut und überrascht entdeckte Greg in ihren Augen eine Art mütterlichen Glanz. Erleichtert nahm er Katharina in den Arm. »Keine Sorge – es wird sich wieder melden. Und Kat – die Dreharbeiten sind vergessen, oder?«

»Das sind sie. Ich spiele erst im Schnittraum wieder mit. Versprochen. Und morgen kaufe ich Stricknadeln.«

»Kat, du kannst gar nicht stricken.«

»Stimmt. Betrachte sie als Symbol der Mütterlichkeit.«

Von diesem Moment an hörte Katharina auf, sich gegen das ungeborene Kind zu wehren, und fing an, Gregs Freude zu teilen. »Jetzt hast du, was du wolltest, Cowboy. Eine hilflose Person an deiner Seite, die dankend die von dir angebotene Fürsorge annimmt. Trägst du mich ins Bett?«

»Mit Vergnügen!«

*

Keine 20 Stunden später lagen sich Friederike und Katharina in den Armen. Katharina hatte den ganzen Morgen das Haus geschrubbt – ohne Möbel zu rücken, ein Meer von Blumen überall dort hingestellt, wo Platz war, und empfing jetzt die Freundin strahlend auf der Veranda. Sie hatten sich fast ein Jahr lang nicht gesehen.

»Himmel, Katharina – du bist dick! Richtig dick!« Voller Ehrfurcht strich sie mit beiden Händen über den runden Bauch.

»Ich bin nicht dick, sondern schwanger ...« Dezent von Neid gepackt, blickte sie auf Friederikes engen Gürtel. »Du ganz offensichtlich nicht. Du siehst toll aus!«

»Du auch, Kat, und deine Farm ebenfalls – was für ein Paradies!«

Jetzt im Frühjahr erwachte die Natur gerade aus ihrem Winterschlaf und breitete sich mit aller Macht aus. Katharinas geschmuggelte Blumen wucherten rund um das Haus, das in seinem frischen weißen Anstrich an eine kleine Südstaaten-Villa erinnerte. Als ahnten die Pferde, dass Friederike jedes Detail sorgsam unter die Lupe nehmen würde, lieferten sie sich just in diesem Moment ein Wettrennen auf dem vorderen Teil der Weide.

*Ich hatte eine Farm in Afrika* ... Es sieht genauso aus wie deine Träume, Kat. Ich bin froh, dass du damals so bockig warst. Und jetzt hätte ich endlich gerne ein Bier!«

Abende mit dem Mann, den man liebte, waren himmlisch – Abende mit der Freundin, die einem am nächsten stand, eine Offenbarung. Friederike und Katharina verschanzten sich mit einer Kiste Bud-Light auf der Veranda und hörten nicht auf zu reden.

Tom von Drahten hatte endlich den Durchbruch mit seiner Marketing-Agentur geschafft, und Friederike war sehr stolz auf ihren Mann. »Stell dir vor – die letzten zwei Monatsmieten hat er bezahlt!« Johannes langweilte sich noch immer mit Inka, die zwecks Legalisierung des Verhältnisses vorsichtshalber ein Kind angesetzt hatte. Die Hochzeit würde im Juni stattfinden. Und Lion, der unverbesserliche Chefredakteur, rief noch heute manchmal nach Katharina, wenn er einen Schuldigen brauchte.

»Fehlen wir dir auch manchmal?«

»Natürlich. Vor allem die Gespräche. Aber seit ich an dem Filmprojekt arbeite, ist mein Umfeld auch wieder etwas abwechslungsreicher geworden. Greg allerdings war am Anfang gar nicht begeistert davon.«

»Das kann ich mir vorstellen. Hat er immer noch diesen Respekt vor der Upperclass?«

»Der ist ihm mit der Muttermilch verabreicht worden. Da kann man nichts machen. Aber da ist er keine Ausnahme. Nimm nur Dick und Sue oder auch Luke. Sie alle sind gestandene Menschen die ihren Weg im Leben gegangen sind, deren Kinder aufs College gehen und die sich bestens benehmen und ausdrücken können. Trotzdem gehören sie für Mr. B. und seine Leute zu einer anderen Kaste. Und sie selber glauben das auch. Die einzige Ausnahme ist wirklich die Freundschaft zwischen Greg und Jack Clooney. Das ist aber auch die einzige kastenübergreifende Beziehung, die ich kennen gelernt habe.«

»Apropos Clooney: Was passiert denn, wenn der Film abgenommen ist? Gehst du dann zurück auf deine Insel und gibst wieder das Cowgirl?«

Friederike traf an dieser Stelle einen wunden Punkt, denn Katharina hatte sich die Frage auch schon gestellt. Greg betrachtete ihren Ausflug ins Business als eine Ausnahme, so viel war klar.

»Nein. Das Cowgirl wird es immer geben. Ich liebe Greg und genieße das einfache Leben mit ihm. Aber wenn wir auf Dauer glücklich bleiben wollen, dann wird er einen Teil meiner alten Welt in unserer gemeinsamen zulassen müssen.« Kat erschrak, mit welcher Vehemenz sie dieses

Statement vorgetragen hatte. Vor allem, weil ihr die Antwort selbst erst in diesem Augenblick klar geworden war. Wahrscheinlich lag es an Friederikes Anwesenheit.

»Na, hoppla. Das kam jetzt aber prompt. Ich bin ehrlich gespannt, was dein Cowboy dazu sagt. Meinst du, er kann da mitspielen? Ich meine, ohne sein Gesicht vor den Freunden zu verlieren?«

»Ich glaube schon. Es wäre nicht das erste Mal, dass er bereit ist, texanische Traditionen ein wenig aufzuweichen.« Kat dachte an die Diskussionen während ihrer ersten Finanzkrise. »Zugegeben, ihm gefällt es schon sehr gut, wenn ich ihn am Abend brav im Hause erwarte und für das erlegte Wild lobe. Aber in letzter Konsequenz respektiert er, dass ich auch manchmal auf die Jagd muss.« Katharina hoffte, dass das auch nach der Geburt des Kindes so bleiben würde.

Zum Schluss klärten die Freundinnen noch die Details für den Dreh auf der Clooney Ranch. Lediglich fünf Drehtage galt es noch zu überstehen, dann ging es in den Schnitt.

»Da bin ich dann wieder mit an Bord. Gegen ›Sitzen und Bildergucken‹ hat Dr. Roberts nichts gesagt. Wann fliegst du denn eigentlich zurück?«

»Geplant habe ich für zwei Wochen, aber ich kann im Notfall auch länger. Wann muss der Film denn fertig sein?«

»Die Präsentation ist für Mitte nächsten Monats geplant – das heißt, in dreieinhalb Wochen.«

»O.K., wir sehen einfach, wie es läuft, wie dein Bauch sich benimmt, und dann entscheiden wir spontan.«

Die folgenden Tage verliefen so, wie Greg es sich erhofft hatte. Er übernahm alle anfallenden Arbeiten auf der

Farm, Friederike tobte über die Clooney Ranch, und Kat verbrachte ihre Zeit vorzugsweise mit der Anschaffung diverser Baby-Utensilien. Als sie von einem ihrer Beutezüge zurückkam, führte Greg sie in das Zimmer, das in Zukunft dem Nachwuchs gehören sollte. Greg hatte die Wände hellblau gestrichen, einen Regenbogen und eine strahlende Sonne über die Decke gezogen. In der Ecke gegenüber dem Fenster stand eine uralte Wiege, in der vermutlich schon Generationen von O'Neils geschlafen hatten. Angesichts der liebevollen Ausstattung fragte sich Katharina zum wiederholten Male, wer eigentlich das Bild des harten Cowboys erfunden hatte.

»Gefällt es dir? Oder hätte ich anstandshalber auch einen Klacks Rosa verwenden sollen?«

»Glaubst du wirklich, Scarlett stünde auf Rosa? Nein – es ist wunderschön.«

»Scarlett? Woher weißt du, dass es ein Mädchen wird? Hat Dr. Roberts nachgeschaut?«

»Nein, ich weiß es einfach. Wie findest du den Namen?« Sie setzte sich auf den Fußboden in die Mitte des Zimmers und zog Greg mit sich.

»Ich muss zugeben, dass er mir nicht unbedingt als Erstes eingefallen wäre. Aber mit Rücksicht auf deine Vorliebe für *Vom Winde verweht* bin ich natürlich einverstanden. Scarlett O'Neil – klingt sehr bedeutungsvoll.« Greg schmunzelte, und Katharina war sich nicht ganz sicher, ob er den Namen wirklich mochte. Wahrscheinlich lauerte er heimlich auf einen Sohn und würde ihn dann Greg taufen. Kat fasste sich ein Herz. »Darf ich dich noch etwas fragen?«

»Hast du jemals nicht gefragt?«

»Wie stellst du dir unser Leben nach dem Tag X vor? Genauer gesagt, *mein* Leben?« Das Gespräch mit Friederike ging Katharina nicht aus dem Kopf. Sie musste herausfinden, ob Greg und sie am gleichen Strang zogen. Und hier unter Scarletts Regenbogen schien ihr ein günstiger Moment.

»Wie stellst du es dir vor, Kat?«

Katharina zögerte die Antwort mit einem Kuss hinaus. »Ich würde diese Film-Geschichte gerne ausbauen – ich meine, natürlich erst, wenn der erste Windelstress überstanden und das Baby fast schon ein Mensch ist.« Da Greg nicht gleich antwortete, fuhr sie fort.

»Das heißt nicht, dass ich täglich unterwegs bin. Verstehe mich bitte nicht falsch, der Mittelpunkt meines Lebens ist hier auf der Farm – aber ein oder …«

»Kat, du musst dich jetzt weder erklären noch auf irgendetwas festlegen.« Greg unterbrach sie leise, aber bestimmt. »Ich glaube, ich habe verstanden, was dir wichtig ist, und deshalb werden wir sicher einen Kompromiss finden.«

Katharina widerstand der Versuchung, den Kompromiss bereits jetzt zu konkretisieren. Greg wollte sie auch in Zukunft offensichtlich nicht an Haus und Hof festbinden. Das reichte ihr für den Anfang.

Am nächsten Morgen fuhr Greg zur großen Pferdeauktion in San Antonio, auf der er zum ersten Mal seine Painthorse-Zucht vorstellen wollte. Katharina blieb mit Friederike auf der Farm, denn sie war jetzt am Anfang des siebten Monats schwanger, und Dr. Roberts riet von längeren Reisen ab.

»Sei nicht traurig. San Antonio ist erst der Anfang. Ab nächstem Jahr werden wir von einer Auktion zur nächsten reisen, und du wirst die Pferde höchstpersönlich präsentieren.«

»Am liebsten würde ich die Fohlen gar nicht verkaufen.

Ich finde den Gedanken schrecklich, dass du mit einem leeren Transporter zurückkommst.«

Unter Tränen verabschiedete sie sich von den Tieren, denen sie zum größten Teil mit auf die Welt geholfen hatte.

»Das wiederum gehört zu *meinem* Job, Kat.« Er lachte sie an »Und da ich weiß, wie viel Wert du auf diese Dinge legst, kann ich jetzt wohl beruhigt fahren.«

Nachdem Greg in einer Staubwolke verschwunden war, setzte sie sich zu Blaze auf die Weide und begann gerade, in ihr Tagebuch zu schreiben, als das Telefon klingelte.

»Kat – hier ist Friederike. Sag mal, hast du nicht Lust, auf die Ranch zu kommen? Wir sind so gut wie durch, haben nur noch eine Einstellung zu machen. Und jetzt rate, welche.«

Katharina musste nicht lange überlegen. »Die riesige Herde, die durch den Fluss prescht – scheiße, Friederike, musstest du mich daran erinnern??? Ich habe ewig auf Clooney sen. eingeredet, damit er mir den Aufstand erlaubt …«

»Ebendrum solltest du jetzt sofort kommen. Es ist *dein* Bild, Kat – und auch nicht weiter anstrengend. Du musst dich bloß auf einen Felsen stellen und zuschauen. Auf den kommst du allerdings nur mit dem Pferd.«

Friederike hatte Recht. Mit *Arbeit* oder *Anstrengung* hatte das nichts zu tun. »Bin schon auf dem Weg – ich bringe Blaze mit.«

Nur eine Stunde später fuhr Kat auf der Clooney Ranch vor. Simon, sein Tonmann Mike und Friederike erwarteten sie bereits am Fuß des kleinen Berges, von dem aus die Einstellung gedreht werden sollte. Und auch Jack war gekommen, um sich die Dreharbeiten anzuschauen. Sofort kümmerte er sich um Blaze, legte ihm Sattel und Zaumzeug an. »Kat – dein Pferd ist fast so kugelrund geworden wie du. Das nenne ich Solidarität! Du musst den Gurt später noch fester ziehen, ich bekomme ihn kaum zu.«

»Kein Problem. Hilfst du mir hoch? Ich fürchte, allein geht's nicht mehr.«

Sie hatte sich bis zu diesem Tag an die Anweisungen ihres Arztes gehalten und kein Pferd mehr bestiegen. Jetzt erst merkte sie, was sie die letzten Wochen vermisst hatte.

Sanft getragen von Blazes wiegendem Gang, genoss sie jeden Schritt auf den Berg. Das Filmteam samt Friederike ritt weit vor ihnen. Die Kamera musste rechtzeitig in Position gebracht werden, zwei Mal ließ sich die Herde nicht treiben. Jack blieb bei Katharina, die entspannt und glücklich in der warmen Sonne vor sich hinträumte.

Viel zu spät bemerkte Kat, dass Blaze plötzlich unruhig wurde. Das Letzte, was sie hörte, bevor sie kopfüber auf den steinigen Untergrund fiel, war das Rasseln einer Klapperschlange und ein schrilles Wiehern.

Erst im Rettungswagen kam Katharina wieder zu sich. Neben ihr saßen Dr. Roberts und Friederike.

»Was ist passiert?« Sie verspürte den gleichen stechenden Schmerz wie vor drei Monaten im Stall, abgesehen davon, erinnerte sie sich an nichts.

»Blaze hat vor einer Klapperschlange gescheut, und du bist gestürzt.«

Friederike war heilfroh, dass ihre Freundin endlich wieder bei Bewusstsein war.

Gleichzeitig machte sie sich schwerste Vorwürfe. Schließlich war sie es gewesen, die Katharina zu dem Ausritt überredet hatte.

Kat las ihre Gedanken. »Es ist nicht deine Schuld – ich hätte dieses Bild auf keinen Fall versäumen wollen ... Aber mit dem Baby ist alles O.K., nicht wahr, Dr. Roberts?« Mit festem Blick wandte sie sich jetzt an den Arzt. Doch die anfängliche Zuversicht schwand. Er schien sich mit der Antwort unerträglich viel Zeit zu lassen. »Ist es doch ... oder?«

»Das werden wir erst im Krankenhaus genau wissen. Aber es sieht nicht gut aus.« Dr. Roberts Miene verriet, dass er sich ernsthaft Sorgen machte. Katharina geriet in Panik. »Das kann doch nicht sein ... Blaze ist nicht groß – ich kann gar nicht so tief gefallen sein ...« Die plötzliche Angst um ihr Kind schnürte ihr die Kehle zu. Sie fing heftig an zu atmen und fürchtete, das Bewusstsein erneut zu verlieren. Friederike hielt Katharinas Hand ganz fest und brachte zunächst kein Wort heraus. Dr. Roberts versuchte, sie zu beruhigen. »Sie dürfen sich jetzt nicht aufregen. Atmen Sie ganz ruhig ein und aus.«

Katharina war nie ein besonders gläubiger Mensch gewesen, aber in diesem Moment betete sie mit aller Inbrunst für das Leben des Kindes. »Ich muss Greg anrufen ...«

»Schon passiert. Jack lässt ihn mit dem Privatflugzeug seines Vaters abholen und bringt ihn direkt ins Krankenhaus.«

»Gut ... dann kommt alles in Ordnung.« Katharina wurde erneut ohnmächtig.

Greg erwartete sie bereits auf dem Flur vor dem Operationssaal. Mit verschlossener Miene starrte er aus dem Fenster und stürzte sofort zu Katharina, als diese, noch immer ohne Bewusstsein, auf der Trage hereingeschoben wurde. Fast ungläubig blickte er sie an, strich ungelenk mit der Hand zunächst über ihre Wange, dann über den gewölbten Bauch. Als sie nicht reagierte, wandte er sich Friederike zu und packte sie harsch am Arm.

»Kannst du mir erklären, was meine Frau auf der Clooney Ranch zu suchen hatte? Und auf dem Pferderü cken???«

Friederike suchte nach Erklärungen. »Wir haben das letzte Bild gedreht. *Ihr* Bild, Greg, das Schönste des gan zen Films ... und eigentlich hätte wirklich nichts schief gehen können ... sie ist nur im Schritt geritten ... wäre diese Schlange ...«

»Es kann immer etwas schief gehen, wenn man mit einem Pferd unterwegs ist – und meine Frau weiß das sehr wohl ...«

Katharina wachte auf, als ein Ärzteteam sie in den OP schieben wollte. »Greg ... es tut mir so Leid ...« Er trat an die Trage, brachte es aber nicht über sich, Katharina zu berühren. Regungslos stand Greg vor ihr und kämpfte vergeblich gegen den Zorn, der sein Herz wie kaltes Eisen umschloss. »Du wolltest unbedingt deinen Film zu Ende machen. Ist es das, was du mir sagen willst?« Er dachte an die Anfänge der Schwangerschaft. An ihre Probleme mit der Tatsache, dass sie Mutter werden sollte.

Katharina ahnte seine Gedanken. »Du glaubst doch nicht, dass ich das Leben unseres Kindes bewusst riskiert habe? Bitte, Greg – sag mir, dass du das nicht wirklich denkst!«

»Ich weiß nicht, was ich glauben soll. Es tut mir Leid, Katharina.« Er wollte sie in den Arm nehmen, ihr Kraft für die nächsten Minuten geben, doch die Enttäuschung über ihr Handeln und den offensichtlichen Vertrauensbruch gewann die Oberhand. Mit einem Ruck löste Greg sich aus der Erstarrung und verließ den Raum.

Endlich wurde Katharina in den OP geschoben. Wie in einem schrecklichen Albtraum erlebte sie, wie sie an Wehenschreiber und Infusionen angeschlossen wurde, ein weiteres Gerät die Herztöne des Babys überprüfte. Gleichzeitig hörte sie die hektischen Ansagen des Arztes. »Sofort eine Periduralanästhesie und Kaiserschnitt vorbereiten. Die Herztöne sind kaum noch zu hören! Beeilt euch!« Eine Hebamme drehte Katharina rigoros auf die Seite und setzte die Spritze in die Wirbelsäule. »Nein – keine Spritze, ich muss wissen, was mit dem Baby ist!« Der Gedanke, nicht zu wissen, ob ihr Kind leben oder sterben würde, mobilisierte noch einmal Katharinas Kräfte. »Ganz ruhig, Mrs. O'Neil, die Periduralanästhesie wirkt nur von der Hüfte abwärts.«

Sekunden später versperrte ein grüner Vorhang Katharina die Sicht auf ihren Bauch. Sie zuckte kurz zusammen, als ihr das kalte Desinfektionsmittel auf die Haut gestrichen wurde. Wenig später war ihr Unterleib völlig taub. »Spüren Sie noch etwas, Mrs. O'Neil?« Die Stimme des Arztes war gefährlich angespannt. »Nein – fangen Sie nur um Himmels willen endlich an!« Katharina schloss die Augen.

Für das Baby kam jede Hilfe zu spät. Scarlett O'Neil wurde tot entbunden.

Katharinas Welt brach in dem Moment zusammen, als der leblose Körper von einer Hebamme hinausgetragen wurde.

Katharina wollte schreien, weinen, hinterherlaufen, wollte das kleine Mädchen zumindest einmal in den Armen halten. Aber sie rührte sich nicht. Wie versteinert lag sie auf dem blutdurchtränkten Laken. Eine unendliche Leere hielt sie gefangen, gleichzeitig war es, als würde sie von zentnerschweren Mühlsteinen in die Tiefe gezogen.

Sie schloss die Augen und wollte ihrer toten Tochter nur noch folgen.

Greg, der sonst immer für sie da war, alle Fehltritte entschuldigte und einen Ausweg aus jedem Unglück zu finden schien, half ihr dieses Mal nicht. Er hatte vor dem OP gewartet, bis alles vorbei war. Jetzt verließ er das Krankenzimmer und ließ Katharina allein.

*

Erst zehn Tage später, als sie entlassen wurde, sah Katharina ihn wieder. Greg sah grauenvoll aus. Die Augen rot und verquollen, die Wangen eingefallen, half er ihr in den Wagen. Die Narbe des Kaiserschnittes war noch nicht gänzlich verheilt, und Katharina schaffte es kaum, den Sitz des Trucks zu erklimmen. Außer einer kurzen Begrüßung brachte Greg kein Wort über die Lippen, und als Kat ihn umarmen wollte, wich er ihr aus.

Zu Hause angekommen, wurde endgültig klar, dass Greg sich in seinem Schmerz weit von Katharina entfernt hatte. Das Kinderzimmer war neu gestrichen, alle Möbel und Spielsachen verschwunden. Stattdessen stand ein schmales Bett an der Wand. »Ich werde vorerst hier schlafen.«

»Bitte, Greg. Wir dürfen uns nicht auch noch verlieren …« Katharina sprach ganz leise, suchte seine Nähe. Greg wich erneut zurück. »Die Beerdigung ist übermorgen. Ich denke, es ist auch in deinem Sinne, dass ich nur unsere engsten Freunde dazugebeten habe.«

An einem Donnerstagnachmittag wurde Scarlett O'Neil auf dem Friedhof von Caldwell beigesetzt. Das triste Feld mit den vielen, meist schmucklosen Grabsteinen lieferte eine bedrückende Kulisse für die kleine Trauergemeinde, die den winzigen Kindersarg an seine letzte Ruhestätte geleitete. Sue und Dick Reynolds, Friederike und Jack Clooney waren die Einzigen, die Katharina und Greg auf dem schweren Weg begleiteten. Katharina hätte gerne Oscar B. Thelen und Shirley ebenfalls an ihrer Seite gehabt, wagte aber nicht, Gregs Planung umzuwerfen. In den vergangenen zwei Tagen hatte sich nichts an seiner Ablehnung ihr gegenüber geändert. Völlig in sich gekehrt, wehrte er jeden Versuch einer Annäherung ab und ging jedem Gespräch aus dem Weg. Greg und Katharina waren allein in ihrem Schmerz und litten schweigend nebeneinander her.

»... Erde zu Erde, Asche zu Asche, Staub zu Staub.« Katharina hörte nur die letzten Worte der kurzen Ansprache des Pfarrers. Wie betäubt stand sie neben Greg und konnte es kaum ertragen, den Sarg in der dunklen Grube verschwinden zu sehen. Als ihr die Beine zu versagen drohten, griff sie automatisch nach Gregs Arm. Sie bemerkte, wie seine Muskeln sich verkrampften und er ihre Nähe kaum ertrug. Doch diesmal ließ sie sich nicht abschütteln. Katharina löste die Umklammerung erst wieder, als sie die Beileidsbekundungen ihrer Freunde entgegennahm.

Friederike stand ihr als Letzte gegenüber und nahm die Freundin tränenüberströmt in den Arm. Sie hatte sich schwer zusammenreißen müssen, um Katharina am Morgen nicht aus Caldwell abzuholen, aber Shirley Thelen hatte sie davon abgehalten. »Das ist eine Sache, die Katharina und Greg ganz allein klären müssen. Wenn sie eine Chance haben, dann nur auf diese Weise. Du kannst ihr dabei nicht helfen.«

»Kat – ich weiß nicht, was ich sagen soll .... bist du halbwegs in Ordnung?« Langsam gingen sie an den Reihen der Gräber entlang zum Auto.

»Nein, Friederike, das bin ich nicht. Ich habe mein Kind verloren und verliere jetzt auch noch den Mann, den ich liebe. Ich habe alles versucht – aber er will mir nicht zuhören ...« Stockend berichtete sie von den grauenvollen letzten Tagen. »Ich fühle mich so unglaublich allein.«

»Willst du nicht einfach nach Lone Star kommen, bis sich alles wieder eingerenkt hat? Dort hast du deine Freunde, die sich um dich kümmern werden. Wir fahren gleich nach Caldwell und holen ein paar Sachen, ja?«

»Das kann ich nicht. Meine Ehe hat nur dann noch eine Chance, wenn ich jetzt bei Greg bleibe.« Intuitiv hatte Katharina das gleiche Gefühl wie Shirley. Friederike akzeptierte Kats Entschluss und versuchte nicht, die Freundin vom Gegenteil zu überzeugen. Sie waren inzwischen auf dem Parkplatz angekommen, und Friederike ließ Kat schweren Herzens los. Greg wartete am Wagen. Unsicher ging sie auf ihn zu.

»Können wir noch ein wenig hier bleiben?« Sie hatte Angst davor, dass Greg ihr zu Hause sofort wieder aus dem Weg gehen würde. »Ich möchte mich gerne noch allein von Scarlett verabschieden. Allein mit dir.« Greg öffnete ihr die Wagentür, als hätte er sie nicht gehört. Dann überlegte er es sich doch anders und blieb neben Katharina stehen.

»Zusammen mit mir? Katharina – wolltest du dieses Kind ebenso sehr wie ich?« Bisher hatte er nie eine direkte Schuldzuweisung gemacht. Diese Frage jedoch war deutlicher als jede Anklage. »Ich habe versucht, zu begreifen, was dich auf das Pferd gebracht hat – aber es gelingt mir nicht.«

Die Trauer überwältigte ihn, und er wendete den Blick ab, damit sie die Tränen nicht sah. Kat war wie erschlagen von seinen Worten. Sie wusste nicht, was schlimmer war: die Gewissheit, dass Greg sie für den Tod des Babys verantwortlich machte, oder die Tatsache, dass er seinen Schmerz nicht mir ihr teilen wollte und den ihren ganz ignorierte. Ein Teil in ihr wollte Greg in den Arm nehmen, wollte seine Nähe spüren und ihn endlich zurückhaben. Gleichzeitig wurde sie unglaublich wütend.

»Glaubst du nicht, dass ich mir selbst die schlimmsten Vorwürfe mache? Dass ich alles dafür geben würde, diesen schrecklichen Tag ungeschehen zu machen? Ich bin auf Blaze gestiegen, wie ich es tausend Mal zuvor gemacht habe. Nicht im Geringsten wäre ich darauf gekommen, dass dies gefährlich werden könnte.« Katharina holte kurz Luft, bekam ihre Wut aber nicht unter Kontrolle. »Ja – ich wollte diese Herde laufen sehen. Weil es für jeden Filmemacher *das* Bild gibt und weil es ein so wunderbares Gefühl ist, zu sehen, wie eine Vorstellung, die im Kopf entsteht, plötzlich Realität wird. Aber wie kannst du nur glauben, dass ich dafür das Leben unseres Kindes bewusst aufs Spiel gesetzt habe???« Katharina schrie ihm ihre ganze Verzweiflung entgegen, alle Emotionen, die sie seit dem Unfall in sich aufgestaut hatte.

»Es war dir im Weg.« Stockend war nun auch Greg endlich in der Lage, seine Gedanken zu formulieren. »Du wurdest genau zu der Zeit schwanger, als du deine alte Leidenschaft für den Film-Job wiederentdeckt und ein perfektes Lebenskonzept vor Augen hattest. Für ein Kind war darin kein Platz. Ich hätte es von Anfang an sehen müssen.«

Katharina konnte nicht fassen, was sie da hörte. Sie entfernte sich ein paar Schritte von Greg. »Und deshalb denkst du, dass ich es loswerden wollte? Verdammt Greg – dieses Baby ist in mir gewachsen und ich mit ihm. Nein, am Anfang habe ich es nicht gewollt, das ist richtig. Aber es hat mich schließlich gezwungen, es zu lieben. Kannst du dich noch an den Tag erinnern, als ich im Stall zusammengebrochen bin? Da hat es sich das erste Mal bewegt, und von da ab konnte ich mir ein Leben ohne dieses kleine Wesen nicht mehr vorstellen.« Sie blickte ihm jetzt direkt in die Augen.

»Kennst du mich eigentlich, Greg? Weißt du, wer ich bin?« Der Rest des Satzes erstickte in hemmungslosem Schluchzen.

Greg erkannte in diesem Augenblick, dass er zu weit gegangen war. Zögernd kam er ihr nach und stellte sich dicht neben sie. »Ich habe noch nie einen solchen Schmerz erlebt und weiß nicht, wie ich damit umgehen soll. Die Wut auf dich hat es einfacher gemacht. Verzeih mir, Kat – es war nicht richtig, dich so zu verletzen.« Für einen kurzen Moment waren sie sich endlich wieder nah, vereint in der Trauer um die verlorene Tochter. Arm in Arm standen sie am Rande des Friedhofes. Die paar Schritte zurück an das Grab jedoch wagten sie nicht.

Als Katharina in dieser Nacht schlafen ging, hoffte sie, dass Greg den Weg zurück in ihr gemeinsames Bett finden würde. Er hatte sich unter dem Vorwand, noch einmal nach den Pferden schauen zu wollen, nach dem Essen in den Stall zurückgezogen. Katharina ließ sich viel Zeit beim Aufräumen der Küche, nahm eine heiße Dusche und legte sich schließlich unter die Decke. Mit klopfendem Herzen hörte sie Greg endlich die Treppe hinaufkommen. Vor dem ehemaligen Kinderzimmer blieb er kurz stehen, öffnete dann aber doch die Tür zu Katharina. Sie stellte sich schlafend, wollte ihm die Entscheidung auf jeden Fall selbst überlassen. Leise und ohne sie zu berühren, legte er sich zu ihr.

Katharina spürte seinen Blick, wenig später seine Hand, wie sie vorsichtig über ihr Haar strich. Kat wagte kaum zu atmen. Langsam drehte sie sich zu ihm, legte ihren Kopf an seine Brust. »Ich liebe dich, Greg.«

Greg zögerte, bevor er sich ihr ganz zuwendete. »Ich liebe dich auch, Kat. Zumindest das, was ich in dir gesehen habe.« Er rückte wieder ein Stück von ihr ab und sah sie ernst an. »Du hattest Recht mit dem, was du auf dem Friedhof gefragt hast. Weiß ich eigentlich wirklich, wer du bist? Oder hast du mir nur einen Teil von dir gezeigt? Den Teil, der deiner Meinung nach am besten hierher gepasst hat?« Er sagte die Worte ohne jeden Vorwurf, stellte lediglich die Frage, die Katharina selbst in den letzten Tagen am meisten beschäftigt hatte.

»Ich habe mich für ein Leben in Texas und für ein Leben mit dir entschieden. Dass ich dafür Kompromisse eingehen muss, habe ich immer gewusst. Und immer so gewollt.« Sie zuckte ein wenig zusammen, weil die Narbe am Bauch brannte, als sie sich jetzt aufrecht hinsetzte. Greg rückte ihr ein Kissen zurecht und nahm ihre Hand. »Aber deine Vergangenheit und deine Heimat kannst du nicht verleugnen, Kat. Und in Wahrheit haben sie dich längst eingeholt. Das war mir in dem Moment klar, als du mich gefragt hast, wie ich zu weiteren Filmprojekten stehe. An dem Tag, als Scarletts Kinderzimmer fertig war.« Den letzten Satz sprach Greg sehr leise.

»Und warum hast du mich damals nicht darauf angesprochen?« Damals – das Gespräch lag erst knapp drei Wochen zurück. Kat kam es jedoch vor, als sei eine Ewigkeit vergangen.

»Weil ich hoffte, dass das Baby den Teil in deinem Leben einnehmen würde, der bisher noch mit der Vergangenheit belegt war. Ich habe darauf gesetzt, dass die neue

Rolle als Mutter dich komplett ausfüllen würde.« Er ließ ihre Hand los und blickte beschämt zur Seite. »Das war ziemlich dumm – und vor allem egoistisch. Aber ich war mir nicht sicher, ob die *deutsche Karrierefrau*, die du mal warst, hier auf unsere Farm passen würde. Und ich bin es auch heute nicht.«

Die Mutterrolle würde es für Kat in absehbarer Zeit nicht geben, und der Cowboy war klug genug, zu wissen, dass sie sich jetzt mehr denn je in die Arbeit stürzen würde. Und Katharina wusste es auch. »Aber du kennst diese *deutsche Karrierefrau* gar nicht. Vielleicht ist sie überhaupt nicht so weit von dem texanischen Cowgirl entfernt?« Katharinas Hoffnung auf einen Neuanfang mit Greg schien plötzlich wieder in weite Ferne gerückt. Verzweifelt drehte sie sein Gesicht wieder zu sich, hielt ihn fest und küsste ihn auf den Mund. »Willst du sie nicht kennen lernen?«

»Ich weiß es nicht, Kat – aber ich werde sie mir ganz genau anschauen, wenn sie vor mir steht. Das verspreche ich dir.«

Katharina und Greg waren nach dem Verlust ihres Kindes wieder dort angekommen, wo sie zu Beginn ihrer Beziehung schon einmal gestanden hatten: Bei der Frage, ob der Country Boy und das City Girl eine Chance auf ein gemeinsames Leben haben. Und dieses Mal wussten sie wirklich, was das bedeuten würde.

Beide waren müde und erschlagen von den Ereignissen des Tages und hatten nicht mehr die Kraft, das Thema ausführlich zu diskutieren. Traurig und voller Ungewissheit vor dem Morgen schliefen sie schließlich ein. Fest umschlungen, als hätten sie Angst, sich noch in dieser Nacht zu verlieren.

Mitte der folgenden Woche begleitete Katharina Greg auf die Lone Star Ranch. Der Cowboy war für eine paar Tage dort gebucht, und Kat wollte Friederike besuchen. Während sie die vertrauten roten Wege der Ranch entlangfuhren überlegte Kat, was sie Friederike in Hinblick auf den Clooney-Film sagen sollte. Jack und sein Vater hatten die Trauerfrist respektiert und sich bisher nicht nach dem Stand der Dinge erkundigt. Kat aber wollte das Projekt nun endlich hinter sich bringen. Was aber würde Greg sagen, wenn sie mit der Arbeit fortfuhr, als sei nichts geschehen? Sie hatten seit jener Nacht nach der Beerdigung nicht mehr über Katharinas berufliche Pläne gesprochen, geschweige denn dieses Thema angeschnitten. Sie versuchten, so gut es ging, den gewohnten Alltag auf der Farm zu leben und die Trauer über Scarletts Tod, gemeinsam zu bewältigen. Während sie alle Arbeiten Hand in Hand erledigten, die Jährlinge an Sattel und Zaumzeug gewöhnten und eine neue Weide einzäunten, kehrte die alte Vertrautheit zwischen ihnen langsam zurück. Sie konnten gemeinsam weinen und sich auch wieder gemeinsam freuen. Katharina wollte das noch zarte Glück jetzt nicht aufs Spiel setzen.

Als Greg sie bei Friederike im Guesthouse ablieferte, stand ihr Entschluss fest.

»Ich möchte, dass du den Film zu Ende bringst. Dass du den Schnitt übernimmst und ihn dann bei Clooney sen. ablieferst.« Katharina sprach ruhig und bestimmt, wohl wissend, dass Friederike ihre Entscheidung nicht gutheißen würde.

»Wie bitte? Das kommt überhaupt nicht in Frage. Hat Greg dir das eingeredet?«

»Nein. Aber ich möchte ihn jetzt nicht damit belasten.«

»Was heißt denn hier ihn belasten? Ich dachte es wäre

klar, dass du in Zukunft wieder als Journalistin arbeitest?« Friederike knallte die gedrehten Kassetten auf den Tisch und schob sie Katharina zu. »Hier, deine Tapes. Die Präsentation ist in einer Woche. Bis dahin ist noch jede Menge zu tun, und das wirst du erledigen. Morgen ab zehn Uhr hast du einen Schnittplatz in Dallas. Es ist dein erster Job in Texas, und den wirst du nicht vermasseln.«

»Den Job??? Ausgerechnet diesen Job?« Die Kassetten flogen auf den Boden, als Katharina vom Stuhl aufsprang. »Ich werde wieder arbeiten, natürlich. Aber nicht jetzt und nicht an diesem Projekt. Friederike – das ganze Elend ist nur deshalb über uns hereingebrochen, weil ich unbedingt diesen verdammten Film machen wollte!« Katharina kämpfte mit den Tränen und wünschte, Friederike würde einfach den Mund halten. Doch die Freundin kam jetzt erst richtig in Fahrt.

»Falsch. Dass du dein Kind verloren hast, war ein schrecklicher Unfall, der auch beim Einkaufen hätte passieren können. Deine ganze Schwangerschaft war ein Wagnis, Dr. Roberts hat es mir erzählt. Und wenn du und Greg jemals eine Basis für eine gemeinsame Zukunft haben wollt, dann müsst ihr das als Erstes begreifen. Und als Nächstes müsst ihr aufhören, euch etwas vorzumachen. Du bist ein Cowgirl, ja. Du bist eine gute Ehefrau, auch ja. Vielleicht bist du sogar eine Mutter, aber ganz sicher bist du auch eine Karrierefrau mit dem Ziel, Erfolg auf deinem Terrain zu haben. Auch in Texas. Kneif jetzt nicht an der falschen Stelle, Katharina.«

»Das haben Greg und ich längst besprochen. Und ich werde wieder arbeiten. Aber wir brauchen noch etwas Zeit.«

»Mach dir doch nichts vor! Wenn du wieder zu lange wartest, wenn du ihm wieder vormachst, dein Glück läge allein auf eurer kleinen Farm, dann wird Greg nie begreifen, was dir darüber hinaus noch wichtig ist.« Ihre Stimme wurde jetzt leise und eindringlich. »Du warst schon immer eine Kämpferin, Kat – also bitte: Kämpf!«

Als Greg am Abend vor dem Guesthouse vorfuhr, wollte Katharina direkt zu ihm ins Auto steigen. Doch Friederike kam ihr zuvor. Blitzschnell riss sie seine Wagentür auf und bat ihn herein. »Ein Bier noch, Greg, O.K.? Außerdem gibt's eine schwere Tüte zu tragen.« Im Haus drückte Friederike ihm das Bier in die eine, die Tüte mit den Kassetten in die andere Hand. »Das sind die Tapes für den Clooney-Film. Kat muss damit morgen in den Schnitt.« Katharina hielt die Luft an und wartete gespannt auf Gregs Reaktion. Sie hätte ihm die Sachlage lieber unter vier Augen erklärt und fühlte sich jetzt wie ein kleines Mädchen, dessen Mutter beim Klassenlehrer vorsprach.

Greg schien ähnliche Gedanken zu hegen. »Sonst noch etwas? Soll ich ihr Schnittchen zum Lunch schmieren?« Ohne eine Mine zu verziehen, trank er das Bier zur Hälfte aus. »Was soll der Aufstand, Friederike? Meinst du nicht, Katharina und ich hätten die Dinge auch ohne dich regeln können?«

»Nach dem, was sie mir heute erzählt hat, konnte ich absolut nicht davon ausgehen. Ich respektiere deinen Schmerz. Deinen Egoismus nicht. Katharina muss dieses Projekt zu Ende bringen. Für euch – und vor allem für sich selbst!«

»Ich habe ihr das auch nie verboten.«

»Hey – »Sie« ist im Raum und möchte jetzt gehen!« Katharina war die Situation mehr als peinlich.

Greg nahm sie an die Hand. »Komm, Kleine. Du musst ins Bett.«

Im Wagen angekommen, verlor Greg die souveräne Haltung und schaute Katharina traurig an. »Hast du so wenig Vertrauen in mich, dass Friederike für dich übernehmen muss? Warum hast du nicht einfach erzählt, dass du ab morgen wieder an dem Film arbeitest?«

Katharina kam sich noch immer vor, als hätte sie gerade eine Fensterscheibe eingeschmissen, und sackte im Sitz zusammen. Greg fuhr los.

»Ich war ja selbst nicht sicher, ob ich die Endfertigung tatsächlich übernehmen soll …«

»Aber du hast es gewollt?«

Kat versuchte, einen lauernden Unterton herauszuhören, konnte aber keinen feststellen. »Im Prinzip ja … Aber ich hatte Angst, dich damit vor den Kopf zu stoßen.«

Die Reifen des Wagens quietschten gefährlich, als Greg ziemlich abrupt auf die Bremse stieg. »Jetzt hör mir mal gut zu: Es ist an dir, mir das City Girl zu zeigen, vor dem ich bisher weggelaufen bin. Und wenn die Beendigung dieses Projektes dazugehört, dann soll es so sein.«

*

Von Vince frisch frisiert, stand Katharina eine Woche später im Wohnzimmer des Clooneyschen Anwesens.

Es hatte sie viel Kraft gekostet, das Unternehmen »Business-Frau in Texas« durchzuziehen, aber Friederike hatte letztendlich Recht behalten. Trotz aller Zweifel, wie Greg mit ihrem Arbeitseifer umgehen würde, und der Angst, sich erneut von ihm zu entfernen, ging es ihr entschieden besser. Katharina musste feststellen, dass eine ihrer ureigensten Charaktereigenschaften noch immer Bestand hatte: Wenn es ihr schlecht ging, half konsequentes Arbeiten.

Das aufgeregte Kribbeln vor der Präsentation war eine

ungeheure Erleichterung für ihre Seele. In den nächsten Minuten würde sich entscheiden, ob sie eine Zukunft als texanische TV-Producerin hatte oder nicht.

Unter den Zuschauern saßen neben Oscar Thelen und Shirley etwa ein halbes Dutzend einflussreicher texanischer Rinderzüchter sowie Jack jr. und natürlich Friederike, die sich zusammen einen Platz an der Hausbar gesucht hatten. Bis zuletzt hatte Katharina gehofft, dass auch Greg an diesem Abend dabei sein würde, aber er blieb zu Hause. »Bitte verstehe, dass ich diesen Film nicht sehen kann – aber ich wünsche dir viel Erfolg, ehrlich.« Dann hatte er sie zum Wagen geleitet und versprochen, in der Nacht auf sie zu warten.

Kat rauchte die dritte Zigarette und trank den zweiten Whiskey, als Jack Clooney sen. sie ankündigte.

»Als ich diese Frau zum ersten Mal sah ritt sie einen prachtvollen Painthorse-Hengst.

Sie hielt unseren Humor für eine Diskriminierung der Frauen und benahm sich wie ein echtes Greenhorn. Heute hat sie das Pferd zu Hause in Caldwell gelassen, ist die Frau eines Cowboys und zeigt uns jetzt, wie ein deutsches Greenhorn, zudem ein weibliches, eine texanische Rinderfarm sieht.«

Er machte eine einladende Handbewegung und zwinkerte Kat mit seinen stahlblauen Augen zu. »Mrs. Katharina O'Neil, wenn sie uns die Ehre erweisen würden …«

Katharinas Knie wurden noch ein bisschen weicher, und sie wünschte, sie hätte Friederike die Präsentation überlassen. Es erschien ihr plötzlich falsch, so kurz nach dem Tod des Babys im Rampenlicht zu stehen. Sämtliche Anwesende mussten sie für eiskalt halten. Und auch Greg war vielleicht aus diesem Grund nicht mitgekommen. Das aufgeregte Kribbeln verschwand.

»Na los, Cowgirl.« Jack jr. schob sie sachte nach vorne. Kat flüsterte. »Ich kann nicht. Dieser Film ist schuld ...« Jack unterbrach sie. »Ist er nicht, Katharina. Das Schicksal kann niemand beeinflussen, aber dein Leben liegt in deinen Händen! Und jetzt geh endlich!«

Katharina wünschte, Greg hätte das jetzt zu ihr gesagt. Wie in Trance folgte sie Jacks Aufforderung. Mit dem Glas in der Hand ging sie vor dem Kamin in Position, holte kurz Luft und fing dann einfach an zu moderieren.

»Meine Damen und Herren, als ich vor einigen Jahren zum ersten Mal nach Texas kam, konnte ich nicht ahnen, wie viel mir dieses Land einmal bedeuten würde. Heute weiß ich, dass ich ohne seine Weiten, seine prachtvollen Rinder und natürlich ohne die wundervollen Menschen, die mich mit offenen Armen aufgenommen haben, nicht mehr leben könnte. Hier habe ich Freunde gefunden, die ich, was auch immer die Zukunft bringen wird, sicher nie mehr vergessen werde.«

Sie machte eine kurze Pause und blickte dankbar zu Oscar Thelen. Ohne ihn hätte es die vergangenen Jahre nicht gegeben. Kat bemerkte, wie die Emotionen ihr die Stimme raubten, und beeilte sich, zum Ende zu kommen.

»Die Clooney-Ranch gehört mit Sicherheit zu den eindruckvollsten Monumenten texanischer Lebensart. Aber sehen Sie selbst, was ich damit meine.«

Sie ging zurück zu Friederike und Jack jr. und zündete sich eine weitere Zigarette an. Der Mann am Videorecorder löschte das Licht und startete das Band.

Kat hatte lange überlegt, wie sie den Film beginnen lassen sollte, und sich dann für den kitschig-klassischen Einstieg entschieden: den Sonnenaufgang, untermalt von der schönsten Countrymusik.

Vor allem die anwesenden Damen stießen verzückte »Oh«- und »Ah«-Rufe aus, als nach kurzer Dämmerung die Umrisse des Clooneyschen Herrenhauses auftauchten.

Nach zwei weiteren ruhigen Einstellungen von Landschaft und Rinderherden steigerte sich das Tempo mit einem Schnitt auf die Cowboys. Sattel auflegen, Gurt anziehen, aufsitzen – und los. In den folgenden neun Minuten wurden Kälber geboren, gebrannt, verkauft.

Dazwischen gab es kurze Begrüßungsworte und Erklärungen von Clooney sen.

Katharina hatte ihn davon überzeugt, dass es dem Film eine persönliche Note gab, wenn der Herrscher über all das Vieh persönlich zu den Menschen sprach.

Die Rechnung ging auf. Als Jack zum ersten Mal im Bild erschien und mit seinem unnachahmlichen Bariton über die Anfänge der Ranch sprach, wurde sein Auftritt spontan mit Beifall bedacht.

»Jetzt hast du ihn – schau dir seine Augen an!« Flüsternd drückte Jack jr. Katharinas Hand.

Als direkt danach die Einstellung der Herde folgte, die in vollem Tempo durch den Fluss hetzte, hielt er sie weiter fest. An Katharinas Zittern merkte er, dass die Erinnerung sie in diesem Moment einholte. »Nicht, Kat – nicht daran denken, nicht jetzt …«

Wie im Traum rauschten plötzlich die Bilder des Unfalls an ihr vorbei, hörte sie das schrille Wiehern ihres Pferdes, die Stimme des Arztes im OP, sah, wie die Hebamme den toten Körper aus dem Zimmer brachte – und sie sah Gregs Augen, als er schweigend das Krankenhaus verließ.

Katharina rannte aus dem Zimmer und zu ihrem Wagen, bevor Jack sie noch daran hindern konnte. Mit voller Wucht übernahm die Trauer die Macht über ihre Gefühle, kehrte der Schmerz um das verlorene Glück zurück. Sie wusste in diesem Moment, dass sie sich selbst belogen hatte. Die Wunden waren noch lange nicht verheilt, sondern nur notdürftig durch blinden Aktionismus überdeckt worden. Und ihre Ehe bestand aus einem Flickenteppich voller Versprechungen und guter Vorsätze, die vermutlich weder sie noch Greg einhalten konnten. Sie musste mit Greg reden, jetzt sofort. Musste Klarheit über seine Gefühle gewinnen und sich selbst eine Chance geben, die ihren zu ordnen. Zum ersten Mal seit langer Zeit sehnte Katharina sich nach Berlin.

*

»Willst du nicht hineinkommen? Es ist ziemlich kalt hier draußen.« Katharina hatte ihren Pick-up in den Hof gestellt und war dann einfach darin sitzen geblieben. »Ich habe gehört, dein Film ist heftig gefeiert worden. Ohne dich.« Greg setzte sich zu ihr und wärmte ihre Hände. »Was ist passiert, Kat?«

»Ich will nach Hause.«

»Bist du nicht zu Hause?« Kat wusste, dass er sehr wohl verstanden hatte, von ihr nun aber eine weitere Erklärung forderte.

»Um das herauszufinden, muss ich zurück nach Berlin. Zumindest für eine Weile.« Sie zögerte, bevor sie weiter sprach. »Und am liebsten mit dir.«

Sie dachte an Friederikes Bedenken bezüglich eines Cowboys auf dem Ku'damm. »Du würdest drei Schritte hinter ihm gehen«, hatte sie damals zu bedenken gegeben. Vielleicht wäre es Katharina tatsächlich unangenehm, Greg ihren Berliner Freunden vorzustellen. Aber dann war ihre Beziehung nicht mehr als ein konstruiertes Märchen, das der Realität nicht standhalten konnte. »Ich muss endlich wissen, ob wir wirklich zusammengehören. Und dazu braucht es die Flucht aus dem Paradies.«

Bevor Greg antwortete, überredete er Katharina doch noch, den ungemütlichen Platz im Wagen gegen das warme Wohnzimmer einzutauschen. Er öffnete eine Flasche Rotwein und schien von dem Thema nicht wirklich überrascht zu sein.

»Ist das eine gute Idee, Kat? Vielleicht gefalle ich dir nicht in der Großstadtkulisse.«

»Oder ich dir nicht.«

»Gut möglich. Und selbst wenn, wie stellst du dir unser Leben dann vor? Als ständige Reisende zwischen den Welten?«

»Nein. Ich liebe das Leben hier in Caldwell, und ich habe es nie bereut, Berlin aufgegeben zu haben. Aber ich möchte es nicht gänzlich verbannen müssen, nur weil du dort nicht sein magst – oder ich nicht mit dir.«

Greg zeigte Verständnis, wollte sich dennoch nicht auf das Abenteuer Deutschland einlassen.

»Für mich ist das ist kein guter Zeitpunkt, Katharina. Aber du solltest auf jeden Fall nach Berlin fliegen. Und nach Antworten auf deine Fragen suchen.«

*

Schon zehn Tage später setzte Katharina den Plan in die Tat um. Aus Angst, im letzten Moment doch noch schwach zu werden, verbot sie Greg, sie zum Flughafen zu bringen. Als sie ein letztes Mal ihre Pferde versorgte, war er auf dem Weg nach Dallas, um Luisa abzuholen.

Der vertraute Geruch von Leder, Stroh und warmem Fell trieb ihr die Tränen in die Augen. Sie hatte den Rückflug offen gelassen und wusste nicht, wann sie zurückkehren würde.

Blue wieherte leise, als sie zu ihm in die Box kam. Wie gewöhnlich hatte er die Hälfte des Heus in einer Ecke zusammengescharrt. Katharina konnte deutlich die Abdrücke seines Körpers darin erkennen.

»Hey, Luxuspferdchen – wer hat dir eigentlich beigebracht, ein Bett zu bauen?« Sie flüsterte ihm die Worte ins rechte Ohr, wohl wissend, dass er das nicht leiden konnte. Der Hengst schüttelte den Kopf und stellte sich dann vor die Tür. Tiere hatten ein sehr feines Gespür dafür, wenn etwas nicht in Ordnung war. »Ich kann dich nicht mitnehmen, Blue – aber ich komme wieder, ganz bestimmt.«

Blaze wollte sie für die Zeit ihrer Abwesenheit auf Lone Star unterbringen. In Caldwell konnte er nicht bleiben. Sein Anblick würde Greg jeden Tag an das Unglück erinnern.

Gerade als sie ihren Gang durch den Stall beendet und sich von allen Pferden verabschiedet hatte, stand Luisa plötzlich vor ihr. Seit dem Unfall hatten sie sich nicht mehr gesehen, denn Greg hatte seine Tochter nur in Dallas besucht.

Jetzt baute sie sich vor Katharina auf, stellte sich ihr trotzig in den Weg und blickte sie fragend an. »Warum verlässt du meinen Dad, Kat?«

»Ich verlasse ihn nicht, Luisa. Ich fahre nur für eine Weile weg.«

»Ist es wegen mir?«

»Wegen dir? Nein, Süße – wie kommst du denn darauf?«

»Meine Mum sagt, dass du keine Kinder magst, und deshalb haben sich Daddy und du gestritten.«

Katharina ließ Blaze stehen und setzte sich auf einen

Heuballen. Was für ein Biest Caitlin doch war! »Luisa, das ist kompletter Blödsinn. Hast du jemals das Gefühl gehabt, dass ich dich nicht mag?«

»Nein. Eigentlich nicht.« Sie setzte sich zu Kat auf den Ballen. »Aber dein Baby mochtest du nicht, oder?«

Statt eine Antwort zu geben, kämpfte Katharina mit den Tränen. Wie sollte sie einem neun Jahre alten Mädchen erklären, was passiert war. Und was hatten Caitlin und auch Greg ihr erzählt?

»Ich muss jetzt gehen, Schatz. Versprichst du mir, dass du gut auf deinen Daddy aufpasst?«

Sie drückte das Mädchen an sich und hätte ihre Sachen am liebsten wieder ausgepackt.

»Wie lange muss ich auf ihn aufpassen?« Auch Luisa fing jetzt an zu weinen. Sie hatte Katharina lieb gewonnen und wollte nicht, dass sie ging.

»Nicht sehr lange, Luisa.«

Keine von beiden hatte Greg bemerkt, der Luisa in den Stall gefolgt war. Er stand im Schutz eines Pfeilers und beobachtete den Abschied zwischen seiner Frau und seiner Tochter.

»Dann lass wenigsten Blaze hier. Keine Sorge, wir werden uns gut um ihn kümmern.« Jetzt trat er aus seinem Versteck hervor. Mit einem Schritt war er bei ihnen und griff nach dem Halfter. »Bist du sicher, das Richtige zu tun?« Kat spürte, dass er sie aufhalten wollte, doch sie wich ihm aus. »Ich muss jetzt meinen Weg gehen, Greg. Und herausfinden, ob er mich zurück nach Texas führt.«

Sie stieg in den Wagen und wartete einen Moment, bis sie den Motor startete. Durch das geöffnete Fenster rief sie: »Du bist jederzeit willkommen, Cowboy – ich liebe dich!«

Am Nachmittag saß Katharina im Flieger.

Durch einen Tränenschleier sah sie auf das Land unter sich, konnte Rinderherden als kleine Punkte erkennen. Sie dachte an ihren ersten Anflug auf Texas, an die wundervollen Wochen, die sie mit Friederike auf Lone Star verbracht hatte. Wie kleine Kinder hatten sie sich auf das Abenteuer Wilder Westen gefreut. Das erste Paar Chaps und den ersten Cowboyhut trug Katharina noch immer. Genau wie die silberne Gürtelschnalle, mit der Greg um ihre Hand angehalten hatte.

*Dear Diary!*

*Es hat lange gedauert, aber jetzt weiß ich, dass man ein Leben nicht einfach gegen ein anderes eintauschen kann. Ich werde versuchen, beide zu vereinen – und ich wünschte, Greg würde mir dabei helfen. In den nächsten Wochen kann ich alles gewinnen oder alles verlieren – wünsch mir Glück.*

Die Heimat nahm die verlorene Tochter mit offenen Armen auf.

Johannes hatte es sich nicht nehmen lassen, sie in alter Tradition vom Flughafen abzuholen. Zuvor hatte er alles für eine »Wiedereingliederung in die Gesellschaft« organisiert.

»Du hast mal wieder elendes Glück, Katharina. Eine Kollegin ist für ein halbes Jahr in Mexiko – deren Wohnung kannst du so lange benutzen. Außerdem gibt es einen Job als Live-Reporterin zu vergeben, den Lion dir sicherlich anbieten wird. Du triffst ihn morgen Abend auf einer Party, die ich anlässlich deiner Rückkehr organisiert habe. Und zum Schluss noch eins: Wenn du jemals wieder so tief in der Scheiße steckst und mich nicht anrufst, dann bin ich die längste Zeit dein Freund gewesen!«

»Wow – immer langsam mit den jungen Pferden!« Katharina war tief gerührt von Johannes Fürsorge, wollte aber vor sich und allen anderen klarstellen, dass sie Texas noch nicht aufgegeben hatte. Sie stand mit Johannes an der Flughafenbar und genoss den obligatorischen Begrüßungschampagner. »Punkt eins: Die Wohnung nehme ich gerne, wobei ich mal nicht davon ausgehe, dass ich sie ein halbes Jahr lang brauche. Womit wir bei Punkt zwei wären, denn einen Job möchte ich nicht! Johannes: Ich bin mit nur einem Koffer angereist – und damit offiziell im Urlaub.«

»Der eine Koffer ist ein Problem – das sehe ich ein. Aber wie ich dich kenne, hast du deine Garderobe an einem Nachmittag wieder aufgerüstet … Schmeckt der Schampus?«

Er schmeckte, und Katharina musste sich eingestehen, dass ein bisschen Luxus und europäische Umgangsformen ihr sehr gut taten.

Gleich am nächsten Tag verabredete sie sich mit Friederike zum Einkaufsbummel im alten Osten der Stadt. In den vergangenen Jahren waren gläserne Konsumtempel en masse errichtet worden und brachten nun neuen Glanz in die einstigen Vorzeigestraßen des Kommunismus. Erich Honecker musste sich angesichts der teuren Labels im Grabe umdrehen. »Wie gut, dass Jack den Scheck für den Film noch vorbeigebracht hat – 500 Euro für einen schlichten Anzug. Nicht schlecht.« Sie trat mit einer eng anliegenden Boss-Kombination aus der Kabine und drehte sich vor dem Spiegel.

»Welcome home, Frau Moderatorin. In dem Outfit kannst du direkt in deine Sendung gehen.« Friederike drückte ihr einen Kleiderbügel als Mikrofron in die Hand.

»Nein, danke.« Katharina nutzte ihn stattdessen als Gerte und trieb ein imaginäres Pferd an. »So ist es richtig.«

Europäisch schick und voller Vorfreude auf die Party, wartete Katharina am Abend auf Friederike und Tom. Sie war kurz versucht, Greg anzurufen, verwarf den Gedanken dann aber. Er hätte jetzt an ihrer Seite sein und seine erste Feuerprobe im Kreis ihre Freunde bestehen sollen.

Angesichts des Ausmaßes der Party, die Johannes für sie auf die Beine gestellt hatte, war sie froh, dass er es nicht war: Man traf sich im Voltaire, einer piekfeinen Bar am Prenzlauer Berg. Allein die kühle Stahlausstattung, unterbrochen durch kleine Wasserfälle an den Wänden und in die Tische eingelassene Aquarien, hätte Greg vermutlich umgehauen. Kellnerinnen mit pinkfarbenen Haaren servierten exotische Cocktails, der hauseigene DJ betäubte die angereiste Fangemeinde mit harten Rhythmen. Katharina war überrascht, wie selbstverständlich sich alle übrigen bei dem Lärm überhaupt unterhalten konnten. Sie selbst verstand kein Wort von dem, was Lion, der Chefredakteur, ihr gerade versuchte zu erzählen.

Abwechselnd nickte oder schüttelte sie den Kopf, je nachdem, was Lions Gesichtsausdruck zu verraten schien. Gleichzeitig beobachtete sie die tanzenden Leiber. Wie üblich hatten die Schönen der Nacht das »leichte« Outfit gewählt, wiegten Brust, Bauch und Beine lustvoll im Klang der Musik. Greg würde glauben, in einem Puff gelandet zu sein. Katharina fragte sich, ob ihr diese Art der Gesellschaftspflege besser gefiel als das strenge Reglement in Texas. Grundsätzlich: ja. Es war doch entschieden einfacher, wenn man sich benehmen und reden konnte, wie man wollte, wenn Themen nicht nach Geschlechtern geordnet waren. Das Ambiente allerdings gefiel ihr weniger. Aber sie musste zugeben, dass das Voltaire auch nicht unbedingt typisch für eine Berliner Kneipe war.

»Gibt's hier auch einen ruhigeren Fleck?« Sie brüllte gegen den DJ an und erreichte tatsächlich Lions Ohr.

»Hier nicht – aber gleich um die Ecke. Wollen wir uns davonschleichen?« Ohne eine Antwort abzuwarten, zerrte Lion Katharina am Ärmel nach draußen.

»Für meine Altersklasse ist das auch nichts mehr. Aber Johannes wollte wohl das komplette Kontrastprogramm bieten.«

In der kleinen Berliner Kneipe wurde statt Cocktails Bier serviert, und die Musikbox spielte Udo Jürgens. »Na, da fühle ich mich doch gleich heimisch!« Katharina musste lachen und wusste, dass Greg sein Bier hier auch genießen würde.

»Apropos ›heimisch‹. Hast du den Traum vom Cowgirl-Dasein final begraben, oder willst du nur gucken, ob die Hauptstadt noch steht? Friederike hat erzählt, dass es dir nicht besonders gut geht, in Texas.« Lion sah sie forschend an.

»Es war nicht alles eitel Sonnenschein in den vergangenen Monaten, aber aufgegeben habe ich nicht. Falls es das ist, was du wissen willst.«

»Mich interessiert vielmehr, ob ich dich einplanen kann. Nur ein ganz bisschen, auf deinem alten Nachrichtenstuhl.«

»Lion – ich bin gerade erst einen Tag in der Stadt, weiß nicht, wie lange ich überhaupt bleiben will, und du wedelst schon mit dem Dienstplan?« Sie fühlte sich geehrt, keine Frage. Dennoch kam Katharina das Angebot etwas zu plötzlich.

»Geht leider nicht anders. Wir haben einen Moderationsengpass. Gleich übernächste Woche.«

Katharina glaubte ihm kein Wort. »Kann es sein, dass Friederike dich zu einer Verschwörung angestiftet hat? Ich weiß sehr wohl, dass sie mich ungern zurück in die Fänge der ›Wilden‹ lässt.«

»Blödsinn. Ist ja auch nur für eine Woche. Danach kannst du dich direkt wieder verabschieden.«

»Ich werde es mir überlegen.«

Sie ging nicht zurück ins Voltaire, sondern machte sich zu Fuß auf den Weg zu ihrer Wohnung.

In Caldwell war es um diese Uhrzeit fast stockfinster, allein unzählige Sterne spendeten ein wenig Licht bis auf die Erde. Sterne waren am Berliner Himmel vergleichsweise wenige zu sehen, dafür war die Straße auf Grund der vielen Straßenlampen und Leuchtreklamen beinahe taghell.

Katharina beobachtete die Menschen, die ihr begegneten. Ein Betrunkener stritt direkt vor ihr mit einem Taxifahrer um die Bezahlung, auf der anderen Straßenseite amüsierte sich ein Grüppchen edel gekleideter Männer an einem Currywurst-Stand. Direkt dahinter verschwand ein Pärchen lachend in einem Hauseingang. Katharina blieb stehen und wartete, bis in einem der Fenster das Licht anging, und beschloss dann, Greg anzurufen.

Er war gerade nach Hause gekommen und wunderte sich über ihren späten Anruf. »Ist es bei dir jetzt nicht zwei Uhr nachts?«

»Stimmt. Johannes hat eine Party für mich gegeben. Da wird es schon einmal später.« Sie hatte den Seitenhieb bewusst gesetzt, bereute dies aber sogleich wieder.

»Aha. Johannes hat also ein Fest für dich geschmissen. Das ist aber nett von ihm.« Der Unterton entging Katharina nicht.

»Keine Sorge, er ist mittlerweile glücklich verheiratet.«

Dann erzählte sie von Lions Angebot, für eine Woche die News zu moderieren.

»In zwei Wochen? Ehrlich gesagt hatte ich gehofft, dass du dann schon wieder hier bist ...«

»Um was zu tun?« Katharina ärgerte sich, dass Greg sie offensichtlich nicht ernst nahm, ihre Reise nach Deutschland als unbedeutenden Ausflug in die Vergangenheit abtat.

»Rinder zu treiben und deine Steaks zu braten????«

»So habe ich das nicht gemeint.«

»Ach ja? Es hat aber genau so geklungen.« Wenn Katharina sich bisher nicht sicher gewesen war, ob sie die Moderation überhaupt übernehmen wollte, jetzt war sie es. »Hättest du gesehen, wie ich hier empfangen wurde, würdest du wissen, was es bedeutet, nach so langer Abwesenheit einfach so eine Moderationswoche angeboten zu bekommen – du hättest jetzt nicht so reagiert. Greg – diese Menschen und das Leben hier sind wichtig für mich, und ich werde sie nicht einfach vor den Kopf stoßen und wieder verschwinden.«

Enttäuscht legte sie auf und ignorierte zunächst jedes Klingeln des Telefons. Als Greg auch nach einer halben Stunde noch nicht aufgab, nahm sie den Hörer noch einmal ab.

»Es tut mir leid, Kat – ich gebe mir Mühe, das endlich zu verstehen.«

Nachdem Katharina einige Tage in Berlin verbracht hatte, wünschte sie, Greg hätte ihr einen guten Grund genannt, doch schon zurückzukehren: Im tiefsten Innern war sie mehr als bereit für Texas. Sie hatte sich einige Museen angeschaut, die sie vor dem Umzug in die USA nur mäßig interessiert hatten, war ins Theater und in die Oper gegangen und hatte sich von allen Gourmetköchen der Hauptstadt verwöhnen lassen. Ihr Hunger nach Zivilisation war gestillt, ihre Sehnsucht nach der Ruhe und Weite Caldwells, nach den Pferden und nach dem Mann, den sie liebte, riesengroß. Katharina hatte begriffen. Berlin war nicht länger ihr Zuhause.

Zwei Dinge jedoch hielten sie vom Einlösen des Rückflugtickets ab: Gregs starrköpfige Haltung und ihr Versprechen an Lion, die Newswoche doch zu übernehmen.

Katharina lieferte gerade eine Tonprobe im Studio ab, als es auf dem Gang laut wurde.

Fünf Minuten vor Sendungsbeginn war die Tür zum Studio für gewöhnlich geschlossen, jetzt aber wurde sie vehement aufgerissen.

In Jeans und Hemd, ohne Hut, aber mit Cowboystiefeln, stand Greg Alan O'Neil Sekunden später in einem Fernsehstudio mitten in Berlin.

»O.K., Kat. Du hast gewonnen.« Aus seiner Jacke zog er einen zerknüllten Zettel. »Drei Rancher wollen einen Imagefilm von dir. Jack hat mir die Adressen durchgegeben. Aber bevor du die Aufträge annimmst, will ich alles sehen. Will mit dir auf diesen Prachtstraßen flanieren, deine Freunde treffen und dich im Job bewundern. Kurzum: Zeig mir deine Welt, damit die unsere wieder eine Chance hat.«

## Ein Dankeschön

Kein Roman ohne Danksagung – und *Kiss me, Kat* hätte es nicht gegeben, wenn nicht meine Freundin Vanessa tatsächlich einen Rancher in Texas gekannt hätte, der uns diese wundervollen Wochen hat erleben lassen. *Thanks for ever, Birdie!*

Mein besonderer Dank gilt deshalb Klaus & Bonnie Birkel und den Cowboys der Camp Cooley Ranch: John Noey, Ken Hughes, John Zehnder, Craig Hickman und Pedro.

Von ganzem Herzen danke ich meiner Agentin Gudrun Rohe für den Glauben an das Buch und unermüdliche Motivationsarbeit und natürlich Claudia Müller und Marion Labonte, die nicht nur Lektorinnen, sondern Beraterinnen im besten Sinne für mich gewesen sind.

*Eine herrliche Komödie!*

Eva Völler
WENN FRAUEN
MÄNNER BUCHEN
Roman
320 Seiten
ISBN 3-404-16250-1

Als typische Karrierefrau hat Samantha hauptsächlich ihren beruflichen Erfolg im Auge. Als sie zu einem immens wichtigen Geschäftsdinner mit russischen Investoren eingeladen wird, taucht ein Problem auf. Zu dem Treffen kann sie nur in männlicher Begleitung erscheinen. Es kommt wie es kommen muss: Samanthas Lebensgefährte hat keine Zeit und spielt lieber Golf. Und der hilfsweise eingespannte Bruder legt sich eine Stunde vor dem Dinner eine scheußliche Allergie zu. Zum Glück gibts Spezialagenturen, wo man einen professionellen Begleiter buchen kann! Doch anstelle eines distinguierten Herrn erscheint Eddie – ein raubeiniger, muskelbepackter Bursche in viel zu engem Smoking ...

Bastei Lübbe Taschenbuch

*»Liebe und Romantik gibt's gleichermaßen in Alexandra Potters vergnüglichen und klugen Roman.«*

COSMOPOLITAN

Alexandra Potter
HER MIT DEN ROSEN!
Roman
528 Seiten
ISBN 3-404-16252-8

Juliet sehnt sich nach mehr Romantik. Sie liebt zwar ihren Freund Will, aber nach zweieinhalb Jahren vermisst sie den großen Kick. Das waren noch Zeiten als Will sie zum Kerzenlicht-Dinner eingeladen hat; heutzutage wird ein Video eingeworfen und die Chipstüte aufgerissen. Als sie dem sexy, dunkeläugigen Adonis aus der Konkurrenz-Werbeagentur begegnet, scheint Juliet ihren Romeo gefunden zu haben. Nach einer wundervoll romantischen Nacht lädt er sie zu einem Wochenende nach Verona ein. So weit, so schön, so gut – nur fragt sich Juliet plötzlich: Lohnt es sich wirklich für vermeintliche Seligkeit, Will zu verlieren?

Bastei Lübbe Taschenbuch

*Die Devise heißt:*
*Mit Köpfchen zum Traummann*

Nina Kresswitz
DIE MÄNNERTEST-AG
Roman
256 Seiten
ISBN 3-404-16254-4

Es ist schon seltsam: Frauen wissen genau, was sie wollen. Aber auf der Suche nach dem Traummann sammeln Frauen jede Menge Nieten. – Madeleine, Sandra, Kirsten und Ellen, vier gelegentlich mannlose Großstadthühner, beschließen, das übliche Trial-and-Error-Prinzip in Zukunft zu vermeiden. Bei ihren wöchentlichen Treffen werden Testreihen entwickelt, Männer auf ihre Qualitäten hin geprüft und Nieten im Vorfeld ausgesondert. Das berühmte »Beute-Schema« der Frau soll unterwandert werden. Ob dies den vier wilden Hühnern gelingt, ist ungewiss. – Fortsetzung folgt.

Bastei Lübbe Taschenbuch